光文社文庫

ヘーゼルの密書

上田早夕里《さゆり》

光 文 社

目次

主要登場人物一覧

日本側

倉地（豊川）スミ　語学教師。通訳者。「桐工作」を支援する和平工作ルート「榛《はしばみ》」の人員
倉地毅　スミの夫。貿易商
新居周治　上海自然科学研究所の料理人兼護衛。「榛」の人員
森塚啓　上海自然科学研究所に所属する生物学者。「榛」の人員
双見健太郎　邦明通信社の記者。「榛」の人員
一ノ瀬大佐　「榛」の統率者
黒月敬次　在北京日本大使館一等書記官。「榛」の現場責任者
雨龍礼士　共同租界で法律事務所を管理する男。国粋主義者
甲斐谷　雨龍の部下
西城文貴　上海憲兵隊中尉
今井武夫　帝国陸軍大佐。支那派遣軍総司令部第二課長。「桐工作」の責任者

中国側

（実在の人物については、戦前・戦中の日本での読みを、ひらがなで併記しています）

費春玲（フェイ・チュンリン）　「榛」の人員

従承志（ツォン・チャンジー）　蔣派抗日組織の人員

門准（メン・ジュン）　華字紙「凱報」の記者

呉思涵（ウー・スーハン）　婦人雑誌「上海婦女」の編集者

鄭蘋茹（テン・ピンルー／てい・ひんじょ）　蔣派抗日組織の人員

丁黙邨（ディン・モーツン／てい・もくそん）　対重慶特務工作機関ジェスフィールド76号の幹部

蔣介石（ジアン・ジエシー／しょう・かいせき）　中華民国（国民政府）軍事委員会委員長

宋美齢（ソン・メイリン／そう・びれい）　蔣介石の妻。宋家の三姉妹のひとり

宋子良（ソン・ズーリャン／そう・しりょう）　宋家の兄弟のひとり。重慶側の和平交渉窓口

汪兆銘（ワン・ジャオミン／おう・ちょうめい）　南京新政府主席代理。和平派

略年表

1840年　6月28日　阿片戦争勃発
1842年　8月29日　阿片戦争終結。清がイギリスに敗れる。南京条約締結
1845年　11月29日　上海に、イギリス租界が成立
1849年　4月6日　同地域に、フランス租界が設置される
1853年　同地域に、アメリカ租界が承認される
1863年　9月　イギリス租界とアメリカ租界が合併し「共同租界」に名称変更
1894年　7月25日　日清戦争勃発
1895年　4月17日　日清戦争終結。清が日本に敗れる。下関条約締結
1904年　2月8日　日露戦争勃発
1905年　9月5日　日露戦争終結。ロシアが日本に敗れる。ポーツマス条約締結
1911年　10月10日　辛亥革命勃発
1912年　1月1日　南京に中華民国臨時政府が成立
　2月12日　辛亥革命終結。清国滅亡

1913年　7月12日　第二革命勃発
1914年　7月8日　孫文、中華革命党結成
　　　　7月28日　第一次欧州大戦（第一次世界大戦）勃発
1917年　11月7日　ロシアで、十月革命勃発。ロシア・ソビエト連邦社会主義共和国成立
1918年　11月11日　第一次欧州大戦（第一次世界大戦）終結
1919年　4月12日　関東軍（日本による関東都督府陸軍部が前身）誕生
　　　　10月10日　中華革命党が改称し、中国国民党が誕生
1920年　1月10日　国際連盟発足
1921年　7月23日　上海で中国共産党が誕生
1922年　12月30日　ソビエト社会主義共和国連邦（ソ連）成立
1931年　9月18日　満州事変勃発
1932年　1月28日　第一次上海事変勃発。3月3日に終結
　　　　3月1日　満州国建国
1937年　7月7日　盧溝橋事件発生
　　　　8月13日　第二次上海事変勃発。日華事変（日中戦争）に拡大
　　　　11月20日　蔣介石、重慶遷都を宣言

1937年　12月13日　南京陥落
　　　　12月14日　中華民国臨時政府、北京に成立
1938年　3月28日　中華民国維新政府、南京に成立
　　　　6月　影佐禎昭、軍務課長となり、日中和平工作（のちに梅工作と命名）への関与を開始
　　　　8月1日　国民政府、重慶移転開始。8日に軍統・中統成立
　　　　10月　上海で、小野寺信による日中和平工作が始まる
1939年　2月10日　対重慶特務工作機関ジェスフィールド76号、活動開始
　　　　6月　中旬頃まで、小野寺と影佐の両機関の対立が続く
　　　　7月　小野寺工作頓挫
　　　　9月1日　ドイツ軍、ポーランド侵攻。第二次欧州大戦（第二次世界大戦）勃発
　　　　同月　今井武夫、新たな日中和平工作（のちに桐工作と命名）を開始
1940年　3月7日　桐工作の人員、10日まで香港で中国側の要人と協議
　　　　3月30日　南京で汪兆銘政権が発足
　　　　5月13日　桐工作の人員、中国側の要人と香港で二度目の協議。9月まで最終調整を続ける

9月27日　日独伊三国同盟締結
1941年　12月8日　日本軍、マレー侵攻と真珠湾攻撃。大東亜戦争（太平洋戦争）勃発
1945年　5月8日　ドイツ無条件降伏
8月15日　日本無条件降伏。大東亜戦争（太平洋戦争）終結。9月2日、第二次世界大戦終結

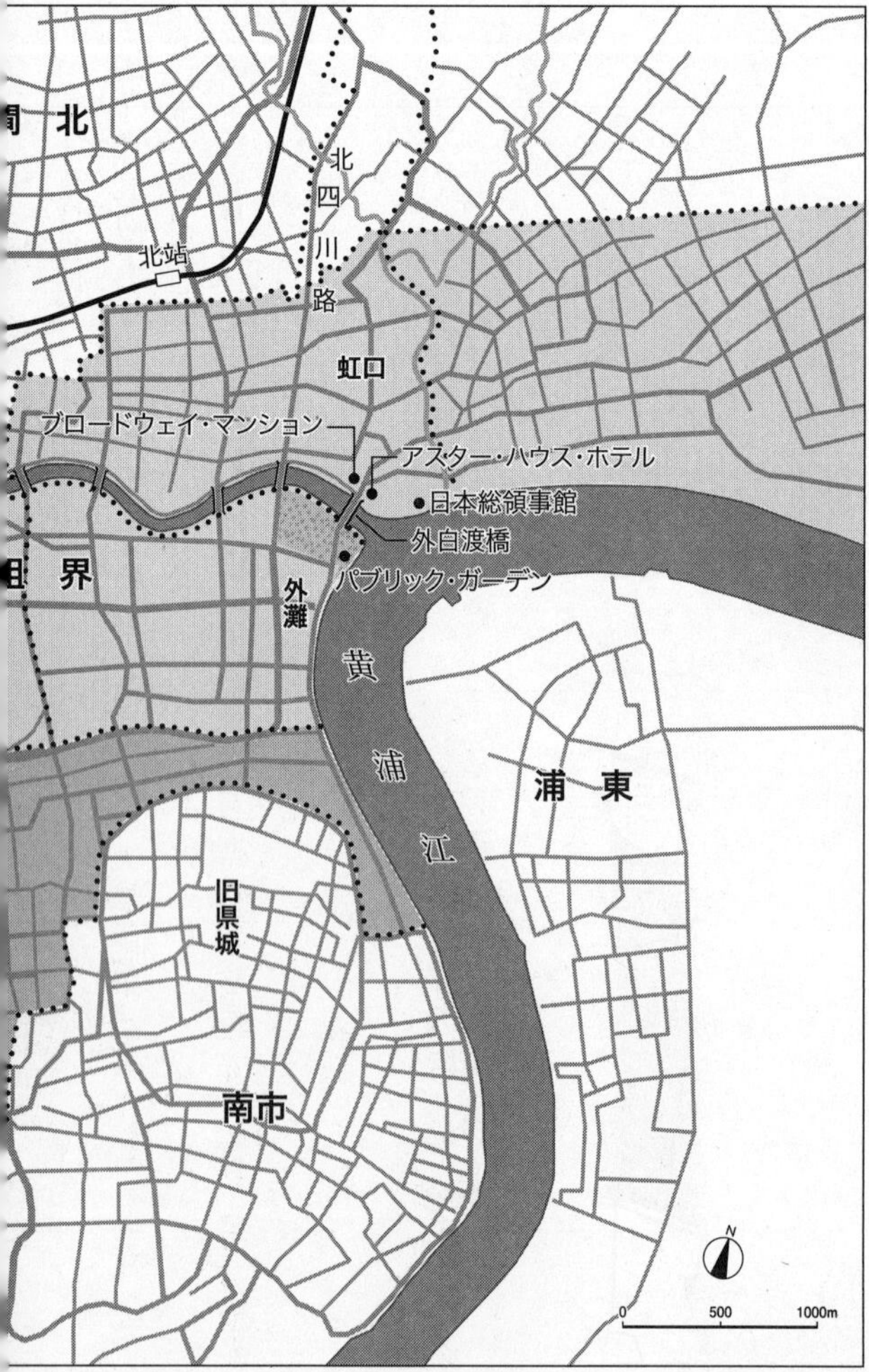

閘 北
北四川路
北站
虹口
ブロードウェイ・マンション
アスター・ハウス・ホテル
日本総領事館
外白渡橋
パブリック・ガーデン
租 界
外灘
黄浦江
浦 東
旧県城
南市
N
0
500
1000m

租界全図
交通路
蘇州河
共同
静安寺路
静安寺
霞飛路
フランス租界
上海自然科学研究所
徐家匯

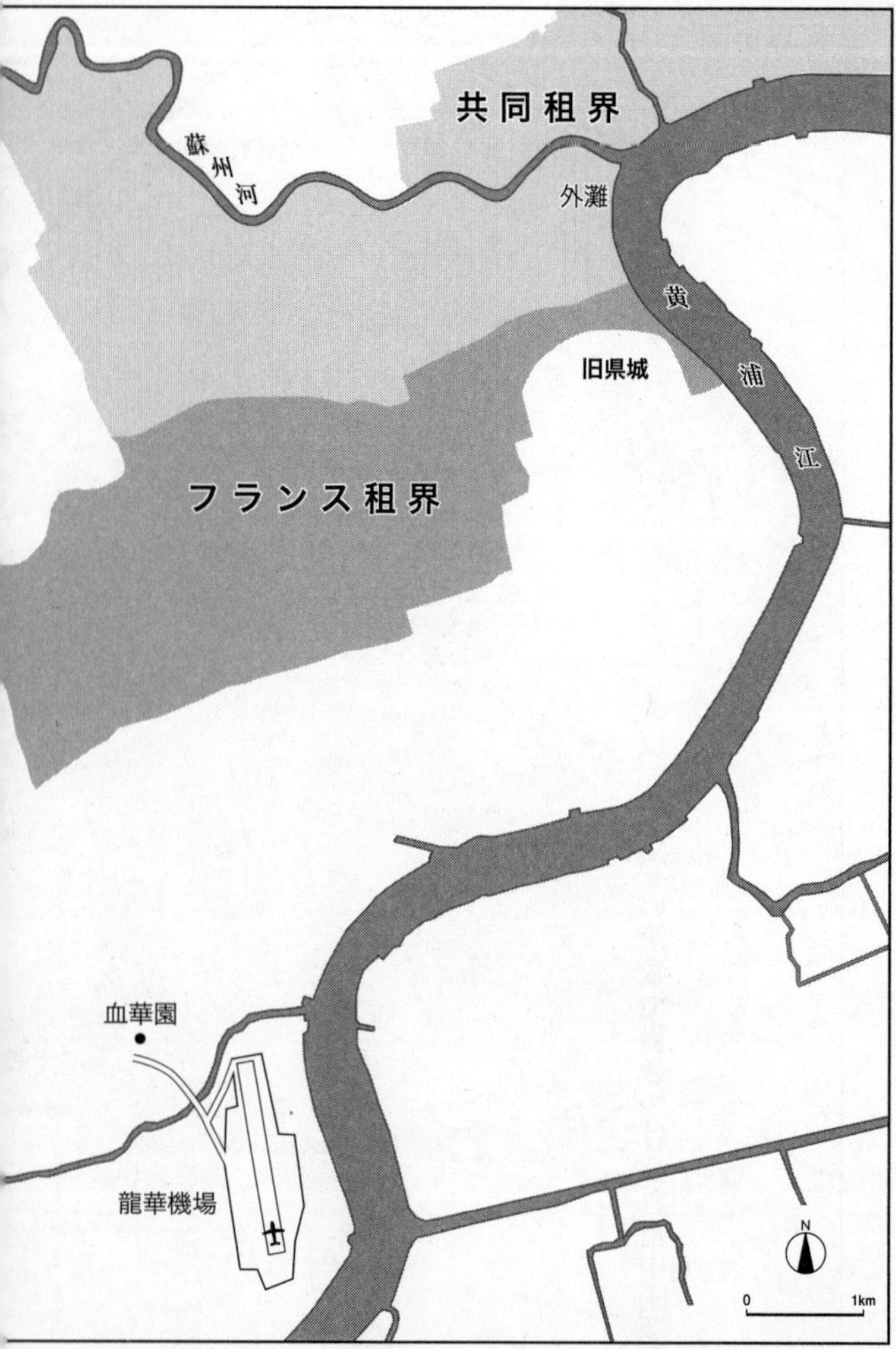
共同租界
蘇州河
外灘
黄浦江
旧県城
フランス租界
血華園
龍華機場
N
0
1km

序章　上海　1931

1

軍用手袋をはめた腕が、外壁に貼られた紙を引き裂いた。紙が破れる音は悲鳴に似ている。言葉が消されるという意味では、確かにそれは人の悲鳴だった。

貼り紙が剝がされるたびに、その下にあった映画のポスターや広告の表面が破れて白い部分が壁に残る。

石畳の上に投げ捨てられた紙片に読み取れるのは、荒々しい筆致で書きつけられた中国語だ。

対日開戦！　日本打倒！

対日絶交！　殺尽日本人！

男たちは眉をひそめ、悪態をつき、険しい表情で貼り紙を剥がした。彼らは皆、共同租《きょうどうそ》界《かい》の虹口《ホンキュウ》に住む日本人である。上海《シャンハイ》に支店を置く会社や工場で働き、家へ帰れば、よき夫やよき父となるごく普通の男たち。夕方になれば野球のバットやステッキを持ち出し、ストック付きのモーゼルC96まで手にして自警団に早変わりする。

自警団が目を光らせる相手は、排日・抗日派の中国人である。彼らが貼る抗日ビラを見つけては剥がし、怪しいと睨《にら》んだ相手は拘束し、警官や憲兵に引き渡す。ときにはその場でリンチにかける。この街の石畳は既に、夥《おびただ》しい量の中国人の血を吸っていた。

一九三一年九月十八日。

満州事変《まんしゅうじへん》が勃発《ぼっぱつ》し、中国の東北部が、日本の軍隊である関東軍《かんとうぐん》の占領下に入った。その直後から、大陸各地で、中国人による排日・抗日運動が激化した。ここ上海租界も例外ではない。

中国人は日本人に物を売るのをやめ、日本人が売る物を買うのをやめた。街中に抗日ビラを撒《ま》き、抗日精神を煽《あお》るポスターを貼って回った。

道を歩いているだけで、日本人は中国人から罵声《ばせい》を浴びた。石を投げつけられ、棒で追われた。男だけでなく、女子供までもが。

上海の日本人居留民の大半は、自分たちが、なぜこんな目に遭うのか理解していなかった。上海租界は、中国と欧州列強との間で契約が結ばれ、法律がその存在を定めている。日本人がここに住みつき、働くことは、当時は自然な選択肢のひとつだった。暴力をふるわれる理由や背景を、積極的に知ろうとする者は少なかった。内地でも外地でも、攻撃的なデマが大量に流され、疑いもなく信じた日本人は他民族を恐れて憎んだ。

自警団が次の区画へ移ろうとしたとき、数人の中国人が路地から飛び出した。ポスターを破る手を押さえ、激しく抗議する。

口論は、たちまち喧嘩《けんか》に変わった。

バットが振りおろされ、中国人の頭から血が噴き出した。反撃された日本人が血まみれになって歩道の上を転げ回る。カービン銃のストックが中国人の肩を打ちすえた。肉を打つ音が響き、呻《うめ》き声が溢《あふ》れた。騒ぎを聞きつけて集まった中国人が、石畳を砕いて、その破片を自警団に向かって投げつける。家屋の窓が開き、顔をのぞかせた中国人が、自警団の頭上へ空き瓶《びん》やゴミを投げ落とす。黄浦江《こうほこう》を渡ってくる湿度の高い風は、血とゴミと男たちの汗の臭気で淀んでいった。

工部局《こうぶきょく》の警官が駆けつけるまで、騒乱は収まらなかった。

2

「岡部《おかべ》先生、そろそろ、こちらへお見えになるのは危険ではありませんか」

語学教室の事務所で働いている楊《ヤン》は、気づかわしげに、ふたりの日本人の顔を見た。

すると、岡部は静かに応えた。「僕は、ぎりぎりまでがんばって、生徒たちに英語を教えたいのです」

東亜同文書院《とうあどうぶんしょいん》に在籍する岡部の専門は、語学ではなく商務である。が、商務に語学はつきものだ。その才能を生かして、共同租界の私塾で、中国の若者に英語や日本語を教えていた。

もっとも、ここへ来られるのは、とても運がいい者だけだ。

大半の中国人は、海外から進出してきた会社の工場で、イギリス人や日本人から怒鳴りつけられ、殴られ、低賃金の労働を強《し》いられている。きちんと学校へ通い、外国語を学ぶ機会がある者などごく少数だ。租界に住む中国人の貧しい生活は、日本の寒村を知っている者でも言葉を失うほどに酷《むご》い。

楊は微《かす》かに眉根を寄せた。「しかし、このあたりも、かなり物騒《ぶっそう》になってきましたよ。岡部先生はよくても、豊川《とよかわ》先生のほうは如何《いかが》ですか」

岡部の傍《かたわ》らに控えていた若い女性が、「ご心配頂き、ありがとうございます」と丁寧に返した。「確かに、女性や子供が歩きにくい雰囲気になりました。私は自分よりも、生徒たちの安全のほうが気がかりです」

豊川スミは日本生まれの日本人で、小柄で、どことなく小鳥を思わせるような容姿だった。愛くるしいという意味ではない。注意深く行動し、観察力があり、鋭い嘴《くちばし》で相手と戦う気丈さをそなえているという意味での小鳥である。

父親が商社勤務なので、スミは幼い頃から、上海と日本の両方で暮らしてきた。日中双方の言葉を喋《しゃべ》れるので、岡部と共に語学教室を手伝っている。

虹口に住んでいる日本人は、ふだん、ほとんど区画の外へ出ない。日常生活の諸々が虹口の中で事足《ことた》りてしまうので、特に理由がない限り、積極的に中国語を学ぼうとはしないのだ。いっぽう、スミは中国に友人が多かったので、外国語にはいつも興味があった。租界では、英語やフランス語やロシア語も使われている。どの国の言葉も、スミの耳には音楽のように心地よかった。

両親を説き伏せ、いとこや友人たちと一緒にこの街で暮らし始めたのは、上海にいれば、多くの外国語に触れられるからである。

スミは言った。「楊さん、授業の予定を組み替えませんか。皆さんには、当面、自宅で自習してもらいましょう。自警団は、銃や日本刀まで持ち歩いています。絡まれたら、ただでは済みません」

楊は溜《た》め息を洩《も》らし、首を左右に振った。「わかりました。では、皆には、私が教えられる範囲で復習をさせておきます」

念のため、今日は、スミたちが生徒を引率して帰宅させることになった。岡部やスミが一緒にいれば、自警団と出くわしても見逃してもらえる可能性は高い。

生徒を教室の外へ誘導しながら、岡部はスミに話しかけてきた。「豊川さん、これを機会に、私塾だけでなく、よそでも働いてみませんか」

「よそとは」

「どこの企業も通訳者を欲しがっています。中国紡（※中国人が経営する紡績会社）の関係者と、うまくやりたくて」

「お役に立てるならなんでも致します。でも、いまは生徒の面倒をみるだけで精一杯です。私は大学も出ていないし」

「でも、女学校には行かれたのでしょう」

「男の方の学校とは違いますから、たいしたことは学んでいません。それに、私は語学以外には疎くて、会社のことなんて何も」

「これからは、ご婦人だって経済や政治について勉強する時代ですよ」

「男の方がそう仰《おつしや》って下さると心強いです」

しばらく歩いた先で、案の定、日本人自警団と数人の中国人がもめている現場に出くわした。歩道には大量の紙が散乱している。抗日ビラを撒こうとして、とがめられたらしい。

「道を変えましょう」岡部がスミの耳元で囁《ささや》いた。「仲裁したいところだが相手が悪すぎる。巻き込まれたら大変です」

「ええ」後ろ髪を引かれる想いでスミはうなずいた。本当は、こんなときこそ割り込み、丸く収めてやるのが外国語に長《た》けた者の務めだ。だが、武器を持った自警団が相手では分が悪い。

ぱんっと何かがはじける音がした。騒ぎを遠巻きに見ていた群衆がわっと後ろへ散った。男がひとり歩道に倒れていた。ぴくりとも動かない体の下から、じわりと赤い染みが広がった。

スミは岡部に腕を引っぱられた。みんな、こっちへと大声をあげた岡部に従い、全員が走り出した。

一本隔《へだ》てた道へ逃れたところで、女生徒たちが泣き出した。

スミは生徒の肩を抱き、中国語で「大丈夫よ、みんな心配しないで」と繰り返し、落ち着かせるために背中を叩《たた》いた。「家にはひとりで帰れる？　私たちがついていこうか？」

「先生、一緒にいて。あの人たち怖い」

「わかった。家まで送ってあげる」

当初は、大通りまで出たあと解散するつもりだったが、スミと岡部は、すべての生徒を家まで送ることにした。

ひとりずつ送り届け、最後に、家が隣同士のふたりの女子生徒と、ひとりの男子生徒が残った。この三人の自宅は、さきほど騒ぎが起きた場所に近い。遠回りしながら騒ぎが収まるのを待っていたが、現場へ戻ってみると騒乱はさらに大きくなっていた。

大勢の中国人と日本人がひしめき、商店街の店主とおぼしき者たちが睨み合っていた。言い争いは先ほどよりも激しい。ここは日中の店舗が入り乱れる区域なので、日本人と中国人が、お互いを営業妨害だと罵《ののし》っている。警官はどこかで群衆に足止めされているか、アジア人同士の喧嘩だから最初から無視しているのか姿が見あたらない。これでは、かなり迂回《うかい》しなければ向こう側まで辿《たど》り着けない。

岡部は呆《あき》れ果てた調子で言った。「長びきそうだな。どこかで、晩ご飯を食べながら時間を潰《つぶ》そう。先生がおごるから、みんな遠慮しなくていいぞ」

女子生徒ふたりが歓声をあげた。男子生徒だけが心配そうな顔で、「僕が少し様子を見てきましょうか」と切り出した。

「やめろやめろ。危ないだけだ。いいか、みんなは絶対に、ああいう大人になっちゃいかんぞ。そのために勉強しているんだからな――」

そのとき、爆竹を鳴らすような音が響き渡り、人垣が崩れた。スミたちは逃げてくる人波に巻き込まれた。

スミは女子生徒の腕を引っぱり、岡部とはぐれた。群衆を切り裂くように、前方から物騒な集団が突進してくる。騒ぎに乱入してきた第三者だ。日本の極右集団だとひとめでわかった。銃や刃物を手にしている。自警団よりもさらに危険な連中だ。

商店街の店主たちと入れ替わって、勇敢な中国人が前へ出た。こちらも、それぞれの手中に物騒な得物《えもの》を握りしめている。

目を血走らせて刃物を振り回す男に、棍棒《こんぼう》を持った男が立ち向かった。たちまち血飛沫《ちしぶき》が噴きあがる。殴り合い、斬《き》り合った。形の定まらない生き物のように、暴力の範囲が広がりつつあった。

スミは女子生徒を連れて走った。ときどき後ろを振り返り、間近で荒れ狂う嵐の禍々《まがまが》しさに鳥肌を立てた。生徒のひとりが転倒した。身をかがめて立ちあがらせようとしたとき、背後に暗い気配を覚えてスミはさっと身構えた。

人とは思えない形相をした男が、怒号と共に刃《やいば》を振りあげた。背丈は倍にも感じられた。逆光の中で、その姿は日本人にも中国人にも見えた。

スミは女子生徒を背後にかばい、両腕を広げて叫んだ。

「やめて！」同じ意味の言葉を中国語でも瞬時に放つ。「住手《ジューショウ》！」

直後、焼けた鉄で切り裂かれたような痛みが、スミの胸元を斜めに走り抜けた。

反射的に押さえた両手の隙間から、手ぬぐいを絞るように、真っ赤な液体がこぼれ落ちた。

間近で銃声が鳴り響いた。
スミを斬った男は、どうっと、その場に倒れた。

共同租界内の病院に担ぎ込まれたスミは、出血で朦朧《もうろう》としながら手当を受けた。麻酔で眠ってしまったので、処置が終わり、意識を取り戻したときには病室の寝台の上だった。

巡回で訪れた主治医と看護婦は日本人だった。岡部も同じ病院に入院中だという。生徒たちは別の病院に運ばれたと聞かされた。様子を確かめに行きたいと訴えると、強く止められた。安静を保たなければ傷口が開く。命を保証できないと。

傷の痛みにのたうちながら、一夜を過ごした。

翌日、語学教室から楊が来て、状況を教えてくれた。

岡部も生徒をかばい、負傷したらしい。棍棒で肋骨《ろっこつ》を折られ、しばらく動けないという。生徒たちも何針も縫う怪我、捻挫、骨折、等々。体の傷よりも精神的な打撃が大きく、回復しても、もう教室には来ないだろうと楊は言った。教室は当分閉めると打ち明けた。

ずっしりと重い疲労感に打ちのめされつつも、スミは報告のひとつひとつにうなずき、落ち込んでいる楊を強く励ました。

若くて体力があったおかげで、スミは、医師の診断よりも早く動けるようになった。岡部の病室を探して訪れると、岡部は寝台の上に起きあがり、同室者と世間話で盛りあがっていた。

スミは、これからのことをふたりで話し合った。

岡部は言った。「教室再開の目処《めど》が立たないのであれば、僕はいったん内地へ戻ります。ふらふらしているわけにもいかないし」

「そうですか」

「豊川先生はどうなさいますか」

「私はまだこちらに。せっかく渡ってきたので」

「今日の朝刊で読みましたが、日中間の紛争は、ずいぶんきな臭い方向へ進んでいるようです。上海は、もっと危険な街になるかもしれない」

「それでも私にとっては大切な土地です。簡単には捨てられません」

「ならば、どうかお気をつけて。語学教室は他にもありますから、移られるなら、楊先生と僕とで豊川さんの推薦状を作りましょう」

「ありがとうございます」

退院したスミは、語学教室の恩師のつてで、知り合いの女性教師の家に身を寄せることになった。ひとり暮らしでは気が休まらない。しばらく何もせず、休養に専念できるようにと、恩師がとりはからってくれたのだ。

この恩師とは、両親ともども、家族ぐるみで付き合ってきた仲だった。深く感謝してお礼を言い、家事や翻訳の手伝いをしながら、静かに日々を過ごすことにした。

初めの頃は、家から出ると事件を思い出し、それだけで足がすくんだ。他人とすれ違うことすら怖かった。誰もが刃物を隠し持っているように感じられ、繁華街の人混みを想像するだけで頭痛にみまわれた。

外へ出て数分もたたないうちに、不安で汗びっしょりになって、自宅へ駆け戻ったこともある。乱れた呼吸はなかなか治まらず、気持ちを落ち着けようとすればするほど、全身が冷えて、新たな震えが襲ってきた。目蓋《まぶた》と頰が痙攣《けいれん》し、指先がぴりぴりと痺《しび》れた。

玄関で立ちつくしたまま、スミはとめどなく涙を流した。この程度の日常すら壊れてしまったのか、壊されてしまったのか。怒りや憎しみをどこへ向けていいのかわからなかった。スミに傷を負わせた男は死に、殴りたくても殴れない。この怒りを、いったい誰にぶつければいいのか。

やはり、内地へ戻るべきなのだろうか。

同胞しかいない故郷へ帰り、安全な環境で落ち着き、外国と外国人の悪口を言いながら日常を過ごしていれば、きっと多くの同胞が自分に同情し、優しく慰めてくれるに違いない。

だが、スミは帰国しなかった。

半ば家を飛び出す形で上海へ渡ってきたのだ。いま故郷へ帰るのは、それまでの自分を否定するに等しかった。だから戻れない。負け惜しみに近い感情ではあったが、勿論《もちろん》、それだけではない。

いま帰国したら、自分は他人を、当たり前のように憎む人間になってしまう。それは他人に対する不信感で街を歩けなくなるよりも、ずっと恐ろしいことだった。

目を閉じれば、懐かしい日本の風景や、上海に来てからの刺激的な毎日が、鮮やかな色と匂いを伴って甦《よみがえ》ってくる。どちらも捨てがたい光景だ。私は、日本人として日本や日本人が好き。そして、上海で得た中国人の友達や教室の生徒たちが好き。

自分の心を「好き」だけで埋め尽くしたい。

それだけが、あの凶暴な刃に対する唯一《ゆいいつ》の抵抗になり得る気がした。

スミは時間をかけて、辛抱強く怒りをなだめていった。つらいときには、近所の人が飼っている猫におやつを持っていって、そのついでになでさせてもらった。温かくふわふわしたものに触れていると、とても心が癒された。

そのうち、同居していた女性教師が、「スミさんの誕生祝いに」と言って、籠《かご》に入った綺《き》麗《れい》な小鳥をくれた。鮮やかな黄色の鳥で、甲高《かんだか》い声で立て続けに鳴いた。金絲雀《きんしじゃく》という鳥だと教えてもらった。一日中眺めても飽きなかった。育てていると、少しずつ心の穴が満たされていく気がした。穴が埋まり始めると、それでようやく、自分がどれほど深くて暗い穴を抱えていたのかを知り、あらためてぞっとした。

胸元には大きな傷痕が残った。医師や看護婦から同情されたが、だからといってどうしようもない。開き直ってあきらめる以外になかった。

なんとか落ち着き、繁華街にも出られるようになった頃。

共同租界でまた銃声が鳴り響いた。今度は軍隊による発砲だった。岡部が恐れていた事態が訪れたのだ。

一九三二年一月二十八日。

第一次上海《シャンハイ》事変《じへん》の始まりだった。これは一ヶ月余で収まったものの、五年後の一九三七年八月十三日、再び上海の街は燃えた。第二次上海事変の勃発――。

街は前よりも激しい戦闘に巻き込まれ、爆撃機が閘北《こうほく》の駅や建物に爆弾の雨を降らせた。蘇州河《そしゅうが》にかかる鉄橋には避難民がなだれ込んだ。怪我や飢えによって次々と力尽きていった。

満州と上海での事変を経て、日本人と中国人の対立は止まらなくなった。あちこちの土地で人々は焼かれ、傷つき、殺され、居場所を失った。

第一章　上海　1939

1

蒸し暑い。寝室の窓越しに眺めた空は、昼過ぎまでは、かろうじてもちそうだ。

スミはカーテンを閉じ、サイドテーブルから手提げ鞄を持ちあげた。寝室の外へ出て廊下を渡り、階段を降りて玄関へ向かう。上がり框《かまち》で腰をかがめ、踵《かかと》の低い靴を履き、傘を手にした。

夫の倉地毅《くらちつよし》は昨日から出張で家をあけている。貿易商としての仕事のついでに、帝国陸軍の将校と会うと言っていた。都合がつけば海軍の人間とも話すという。一週間ほど帰らない。スミはしばらくひとり暮らしだ。

そのせいで、うっかり寝過ごしてしまった。待ち合わせの時間に少々遅れそうだ。あわてて支度をしたせいで汗が噴き出してくる。鏡台の前ではたいたばかりの白粉《おしろい》の崩れが気になった。夏物の綿のワンピースが湿気を吸って肌にはりつく。

玄関まで出ても見送る者は誰もいなかった。倉地家では阿媽《アマ》や中国人のボーイは雇っていない。普段の掃除と夕食の支度は、通いの日本人家政婦に任せている。したがって夫の帰宅時刻を気にする必要はなく、子供もいないので時間はいくらでも使えた。

内地ならば、いや、この土地ですら「妻としてそれは」と眉をひそめる同胞も多いだろう。だが、ここは上海《シャンハイ》だ。自由に人生を選べる場所である。もとより、スミと毅とは「書類上の夫婦」というだけで、普通の結婚生活は送っていない。

玄関に鍵をかけ、テラスハウスから通りへ出る。黄浦江《こうほこう》を渡る風が独特の生臭さを運んできた。この時期、風は他の季節よりも重くなる。梅雨《つゆ》どきの上海は内地よりも蒸し暑い。パーマでウェーヴをつくったスミの短い髪は、この湿度でも崩れないが、街の匂いが染みついてしまうのは避《さ》けられない。鬱陶《うっとう》しくてたまらないが、天気は人の都合など考えてくれない。一日も早く涼しい季節が訪れるのを待つばかりだ。

社宅が建ち並ぶ住宅街から、北四川路《ほくしせんろ》へ向かって歩いた。すれ違う人々は雨が降り出すのを気にしてか、皆、心持ち早足だ。和服姿の通行人や街並みだけを眺めていると、虹口《ホンキユウ》は内地と少しも変わらない。日本列島から地方都市をひとつ切り取って、ここへ置いたような印象だ。

二年前に第二次上海事変が起きたとき、このあたりでも多くの店舗が燃えて崩れたが、いまではすっかり元通りになった。日の丸タクシーが走り、車夫《しゃふ》が黄包車《ワンポーツ》を牽《ひ》いて駆けていく。大通りを挟んで店舗が両側にずらりと建ち並ぶ。日本料理の店、日本人のための化粧品店、事務所、クリーニング店、新刊や古書が並ぶ書店、電気パーマをかけてくれる理髪店、腕のいいカメラマンが営む写真館、等々。内地でも見かける有名な菓子の名を書いた幟《のぼり》が、軽やかにはためいていた。ベーカリーの厨房《ちゆうぼう》からは、換気扇ごしに焼きたてのパンの香りが流れてくる。美味《おい》しそうな甘い匂いに胸の奥が温かくなる。どこの店でも内地と同じ商品を売っている。三角《さんかく》マーケットまで出かければ、日本産の野菜や魚すら普通に買える。塩漬けの魚だけでなく、鮮魚までもが日本の海から運ばれてくるのだ。味噌も漬物も届くので、この街で食卓に並ぶおかずは内地そのままだ。

上海でありながら上海ではない場所、それが虹口だ。

昔は大勢の中国人が住み、日本人は異郷にまぎれ込んだ移住者でしかなかった。だが、一九三一年の満州事変《まんしゆうじへん》以降、日本人は虹口にどっと押し寄せ、中国人はこの地区を避けるようになった。すると、ますます日本人が増え、内地そっくりの土地になってしまったのだ。

そのとき、誰かが、すれ違いざまにスミとぶつかった。危うく転びかけたスミは視線をあげて相手を確かめた。

五人連れの男のひとりだった。

雨を気にして急いでいたせいか、向こうが前をよく見ていなかったのか、結構、派手なぶつかり方になってしまった。

すぐに罵声《ばせい》が飛んできた。

「こらあっ、なにすんじゃあっ!」

スミはすぐに「失礼致しました」と謝ったが、あわてたせいか喉に言葉がひっかかり、おかしな発音になった。しまった、と思ったときには遅かった。男たちはそれを聞き逃さず、スミを取り囲むように立ちふさがった。

まずい。

発音のおかしさから、日本人ではないと疑われたのだ。

男たちは開襟《かいきん》シャツにズボン姿という、ごく普通の出《い》で立ちだ。しかし、妙に肩を怒らせた態度から、極右系のやくざだとすぐにわかった。まともな自警団や勤め人ではない。

「申し訳ありません」スミは丁寧にもう一度頭を下げた。「急いでいたものですから。悪気はなかったんです」

別の男が荒々しくスミの右腕をつかんだ。「あんた、支那人《しなじん》やろ」

「違います」

すると男たちは早口で絡んできた。

「本物の大和撫子《やまとなでしこ》は、そんな口のきき方はせん」「男には素直に謝るだけや」「『悪気はなかった』とか言うて逃げるんは間違いなく支那人や」「こいつ、支那のスパイかもしれんぞ」

「しょっぴけ」

怒りで目が眩《くら》むような物言いに対して、スミは必死に感情を抑えながら続けた。「私は語学の教師なので、たくさんの言葉を教えていると、ときどき、外国風の発音が交じってしまうんです。聞き苦しかったら申し訳ありません」

馬鹿にしたような男たちの笑い声がはじけた。自分でも苦しい言い訳だと思ったが、実際に笑われてしまうと、じんわりと両耳が熱くなった。腕をつかんでいた相手が、さらに強くスミを引っぱった。「ちょっと来い、いっぺん調べるけん」

「困ります。これから人と会う約束があるんです」

「ほんの少しだけや。すぐ終わる」

「嫌です」

スミは猛然と相手の腕を振りほどき、男たちを睨みつけた。「私は正真正銘の日本人です。国籍の証明が必要なら役場でもどこへでも行きますが、それ以外はお断りします」

軽くなぶっている調子だった男たちの態度が、みるまに殺気を帯びていった。女が本気で、しかも堂々と反抗するとは思わなかったのだろう。スミは傘の柄を強く握りしめた。いざとなったらこれで闘う。こういうときのために、いつも踵の低い靴を履いているのだから。

そのとき、横合いから、間の抜けたような陽気な声が飛んできた。「まあまあ皆さん、それぐらいで勘弁してやってくれませんか。若い女が、ちょっと粗相をしただけでしょう」

男たちがいぶかしげな目つきで振り向くと、体格のよい男がひとり、穏やかに微笑《ほほえ》みながら立っていた。服装は男たちと同じだ。髪は短いが、軍人や非番の警官といった様子ではない。大陸浪人じみた崩れた雰囲気もない。背丈はそこそこ高く、半袖のシャツからのぞく両腕は逞《たくま》しい。重労働か格闘技で鍛えられた体だと、はっきりとわかる。男たちは一瞬怯《ひる》んだが、己の感情を表に出したりはしなかった。野犬の群れのように、用心深く相手の出方を探る。

スミにとっては抜群にいい出会い方だった。「周治《しゅうじ》さん」と自分から声をかけた。「ごめんなさい、約束の時間に遅れてしまって」

「いや、構いません。おれも出るのが遅くなって、さっき飯を食い終えたところです。ふらふら歩いているうちに腹がこなれてきました。ちょうど力が溜《た》まってきた頃だ」

周治がゆっくりとあたりを見回すと、男たちは警戒心を強めて身構えた。

男たちは、あからさまに敵意を見せる相手には慣れていた。排日・抗日派の中国人が本気で怒ったときの態度は激烈だ。そして、中国人が反抗すればするほど、極右を信条とする男たちは「租界《そかい》の同胞を守るためだ」「お国のためだ」という己の正当性をより強く信じて奮《ふる》い立つことができた。

だが、いま彼らの目の前にいる青年は、まったく異質な空気を身にまとっている。

こちらがいくら凄《すご》んでみせても、この青年は剽軽《ひょうきん》な調子でかわしてしまう。

にもかかわらず、自分たちが攻撃をしかければすかさず拳をふるい、その拳が血まみれになっても布袋《ほてい》さまのように笑いながら相手を殴り続けるのではないかと感じさせる得体の知れなさを、眼前の青年は発していた。その種の剣呑《けんのん》な匂いを感じとれる程度には、男たちも修羅場《しゅらば》をくぐってきた身であった。が、威勢よく若い女に絡んでしまった手前、簡単に引き下がるわけにもいかない。

いっぽう、周治のほうはまったく意に介さず、男たちとの間合いを詰めると、目指すひとりのポケットに素早く紙片を突っ込んだ。相手が言い返す前に、周治は男の腰を掌《てのひら》で叩く。

「いつも租界の巡回ご苦労さまです。わずかばかりですが、皆さんの酒代の足しにでもして下さい」

男はポケットに手を入れた。指先が紙幣の感触を探りあてた。真札《しんさつ》か贋札《がんさつ》か、日本の紙幣か外国の紙幣か。それを確かめるにはポケットから引き出さねばならない。だが、その場で真贋《しんがん》を見抜けなかったら笑いものになる。価値のわからない異国の紙幣に出てこられても困る。男は己の自尊心を優先するほうを選んだ。しゃんと背を伸ばし、胸を張って言った。

「わしらは、日本人としての誇りを大切にしとるだけや。無関係な者をいじめようとは思わん」

「ええ、ええ、よく存じあげております。りっぱな大和魂を持った方々のおかげで、おれたちは安心してこの街で暮らせるんですからね」

「わかったら、はよう行け」

「ありがとうございます」

「これからは気をつけるんやぞ！」

スミと周治は足早にそこから立ち去った。

声が届かない場所まで離れたところで、スミは再び口を開いた。「あんな人たちにお金を渡すなんて。味をしめて、また同じことをします」

「こちらの顔を覚えられるよりはましです。いまは人の目をひきたくないときでしょう？」

周治の顔からは、先ほどの愛想笑いはすっかり消えていた。優しい雰囲気はそのままだが、世捨て人じみた冷めた目つきに変わっている。

これがいつもの周治の表情だ。

世間や人と距離を置き、権力や暴力を冷ややかに嗤《わら》い、人間を深く愛しつつも疎《うと》ましく思っている。怖いばかりに澄んだ瞳で前を見る姿には、野生馬のような荒々しさと清々《すがすが》しさがある。

周治は続けた。「スミさんこそ、あんなところで棍術《こんじゅつ》を披露しないで下さい。傘でやるつもりだったんでしょう」

「わかりました？」

「年中、傘をお持ちですからね。陽射《ひざ》しや雨を避けるためだけじゃないことは気づいていました。でも、ああいう連中相手にはやめたほうがいい」

「どうして」

「普通じゃないからです。そういう者は、男のおれだって怖い」

スミは、くすりと笑った。周治に怖いものなどあろうはずがないのに、こういうときに戯《おど》けてみせるのが彼のいいところだ。「すみません。ぼんやりしていたんです。『先生』の無念を想うとやりきれなくて。昨日は、よく眠れませんでした」

「それはおれも同じです。でも、終わったことを気に病んでも仕方がない」


ふたりは共同租界を南に向かって進み、フランス租界に入り込んだ。ここまで来ると、虹口と違ってロシア人居留民の姿が増え始める。一九一七年のロシア革命から逃れて、ここへ流れてきた人々だ。

フランス租界を東西方向へ延びる霞飛路《アヴェニュー・ジョッフル》の南、邁爾西愛路《ルート・カルディナル・メルシエ》と環龍路《ルート・ヴァロン》が十字を描くように交わるところに、ふたりが目指す八階建てのマンションはあった。階段をのぼって目当ての部屋へ着き、決められたリズムで扉を叩くと、扉が開かれた。

「やあ、どうも」

明朗な声が響き、丸眼鏡をかけた中年男性が顔をのぞかせた。

フランス租界の南端に施設を置く「上海自然科学研究所」に勤める、生物学者の森塚啓《もりづかけい》という人物である。学者といっても、野外調査で陽に灼《や》けているので弱々しい印象はない。フランス租界に住む者らしく、上品な雰囲気を湛《たた》えている。

室内では蓄音機がスローテンポのロマンチックなジャズを鳴らしていた。

「曲は選んだほうがいいんじゃありませんか」と周治が言うと、森塚は「なぜだね」と悪戯《いたずら》っぽい表情を浮かべた。「ここはフランス租界だ。何を聴こうが、憲兵から文句を言われる筋合いはない」

「そりゃあ、こちらでは共同租界ほどうるさくはないでしょうが」

「いよいよだめとなれば、ドイツ歌曲のレコードにでも切り替えるさ」

スミは森塚に訊《たず》ねた。「今日は何名ほど来ますか」

「予定では君たちだけだ」

「じゃあ、すぐにお茶を」

「ああ、座っていて。お茶ぐらい私が淹《い》れよう」

森塚は台所で薬罐《やかん》で湯を沸かし、中国式の茶器を並べ始めた。中国茶を淹れるのは森塚の趣味でもあるので、スミたちは邪魔をせず、おとなしく待つばかりである。

茶器一式を盆に載せて食卓まで運んでくると、森塚は言った。「先生は今日はお見えにならない。帰国前に、もう一度、皆に挨拶したいと仰《おつしや》っておられたが」

「帰国はいつですか」と周治が訊ねた。

「七月の初めには。急ぐ必要もなくなったので船で帰るそうだ」

「本当にあの話は壊れたんですか」

「どうも、そのあたりが複雑でね」森塚はスミと周治の前へ茶杯《ちゃはい》を置いた。「親父《おやじ》さんは、担当班がふたつあると知っていたのに、先生には知らせていなかったそうだ。どちらかが成功すればいいと、わざと二案で進めていたんだな。そこまではわかるが、双方に黙っていたのはまずかった」

マンションの防音はそれなりに機能しているが、ここで話すとき、スミたちは慎重に言葉を選ぶ。蓄音機やラジオを鳴らして会話にかぶせ、隠語を使うのも、第三者に聞かれないようにするためだ。

『先生』とは、今年の六月まで、蔣介石《しょうかいせき》相手に和平交渉を打診していた工作機関の責任者、小野寺信《おのでらまこと》陸軍中佐を意味する隠語である。共同租界のアスター・ハウス・ホテルに事務所を置き、交渉業務にあたっていた。

陸軍参謀本部第二部ロシア課からの命令で、小野寺は中支那《なかしな》派遣軍司令部附として上海に渡ってきた。当時、ロシア課は盧溝橋《ろこうきょう》での発砲事件を、「ソビエト連邦の陰謀ではないか」と疑っていたからである。ソ連本国から中国の共産党勢力に対して、「盧溝橋で、日本軍と中国軍との間に衝突を起こせ」と指示が出ていた可能性があるのではないかと。

証拠はない。ただの推測だ。

日本軍と国民革命軍（国民党軍）が戦って共倒れとなれば、ソ連は中国共産党軍の手引きで悠々《ゆうゆう》と大陸を南下してくるだろう――というのが、ロシア課での見立てだった。これを阻止するには、日本政府と蔣介石との対立を解消し、中国と手を組んで対ソ防共にあたらねばならない。そのために、小野寺に和平工作が命じられたのである。

小野寺は軍人をひとりも採用せず、民間人だけで和平工作機関を構成し、中国側の人脈を辿って信頼関係を築きあげた。

これに協力していたのは、ソ連通の左派思想家、大学教授、学者、政治浪人、等々。他に、連絡係として中国人や台湾人も加わっていた。スミと森塚は通訳者、周治は関係者の護衛の役目を担っていたが、計画の中止を言い渡されたのが今月の話だ。

『親父さん』とは陸軍参謀本部の意味である。

周治は溜め息をついた。「それでは大先生が怒るのも当然ですね」

「五月に帰国したとき、福岡の空港で、偶然にも、先生と大先生とが顔を合わせてしまった。その場で大喧嘩《おおげんか》になったそうだ。大先生にしてみれば、自分ひとりで仕切っていたはずの計画が、別経路でも実行されているとわかったんだ。頭にきても仕方がない。なぜ、おれの仕事の邪魔をする、せっかく進めてきたこちらの計画を台無しにするつもりかと、先生を怒鳴りつけたわけだよ」

『大先生』とは、小野寺に先行する形で日中和平工作の業務に就いていた、影佐《かげさ》禎昭《さだあき》陸軍大佐を示す隠語である。所属は参謀本部第二部支那課。南京《ナンキン》に日本政府の協力で反蔣政権を打ち立て、中国人政治家を主席とし、ここを中国の正式な政府とするつもりだった。これによって蔣介石の失墜をはかり、重慶政府との和平交渉に入ろうとしていた。つまり、小野寺とは正反対の策――「謀略による和平工作」を企図し、熱心に進めていた人物である。

最終的に、日本政府は小野寺の交渉ルートを退け、影佐の謀略のほうを選んだ。小野寺の一件で影佐が激怒し、上層部へ直訴したのがその理由だ。影佐は「こちらの邪魔をするなら、小野寺中佐の身に何が起きても知りませんよ」とまで言って上層部を脅し、蔣介石が下野しない限り日本と中国との和平は成立しないだろうと断言した。

この一件について蔣介石自身はどう受けとめているのかと周治が訊ねると、森塚は続けた。

「相当憤慨している。ナカさんは、先生との話し合いを公式なものとするつもりだったから。大先生の行動を悪質な謀略と罵《ののし》り、親父さんがそちらを優先させたことを絶対に許さないと息巻いている」

『ナカさん』は日本軍と対立し続けている重慶《じゅうけい》政府の軍事委員会委員長・蔣介石を意味する。「蔣介石」という呼び名は字《あざな》で、彼の本当の名前は「蔣中正」というので、その「中」という字からとった隠語だ。

「では、おれたちの仕事はもう終わったんですね。大先生がその調子じゃ、こちらが何を呼びかけても無駄だ」

「そうでもないよ。南京の一件が落ち着いたら、新たな交渉が始まるそうだ」

「ナカさんの意向を無視して交渉を続けろと言われましても」

「いや、ナカさんが折れてくれることを、親父さんはいまでも期待しているんだ。そのための仲立ちとして、新しい人材が投入される」

そこまで話すと森塚は椅子から立ちあがり、円卓の上の蓄音機に近づいて少しだけ音量をあげた。スミと周治の間に割り込むように顔を近づけて、囁《ささや》いた。

「新たに着任するのは、支那派遣軍参謀の今井武夫《いまいたけお》陸軍大佐だ。盧溝橋事件の直後に粘り強く中国側と交渉し、停戦交渉を成功させた人物。もっとも、この停戦は、いったん確定したにもかかわらず、中国側の現場の反発と、日本側の拡大派（※中国との戦いに積極的な一派）の思惑で破られてしまったがね。当時、今井大佐は、さぞ失望なさっただろう」

「そんなことが——」

「まあ、そのような経緯はあるものの、今井大佐は、今回も本気で蔣介石との和平交渉にのぞまれる。上長《じょうちょう》は影佐禎昭だが、日中和平工作に関しては、小野寺中佐に近い考えを持っておられる。今井さんと小野寺さんは同期でね。小野寺中佐は『くれぐれも今井さんを頼む』と私に言い置かれた。停戦するなら、次が最後の機会だろうからと」

「いよいよ欧米が動きますか」

森塚はうなずいた。「蔣介石は、日本が欧米に対して宣戦布告するときを待ち構えている。

そうなったら、公然とアメリカ軍の支援を受けられるからね。物資の援助だけでなく、アメリカ陸軍航空隊の力も得られるから、帝国陸軍航空隊とも互角に戦える」

「ならば、ここ一年ほどが交渉の山場ですか」

「ああ、これでだめだったら本当に戦争さ。日本は中国だけでなく、欧米までをも相手に戦う。そんなことになったら勝てるものか。もって二年、長くても四年で、戦争は日本の負けで終わるよ」（※巻末註1）

「なぜ、そこまで言い切れるんですか」

「戦争というのは、金と物資を使った国同士の殴り合いだ。資金と人材と物量が多いほうが勝つ。だが、いまの日本にはそれがない。大陸や南方からうまく掻《か》き集められたとしても、それが限界に達するのが二年から四年という計算さ。こんな悲しい予想は当たってほしくないが、現状、非常にまずいんだ。だから、なんとしてでも中国との和平を成立させ、欧米との対立を避けねばならん。そのための新たな和平工作だ。勿論《もちろん》、これ以上関わりたくないのであれば、今日を最後に抜けてくれ。交渉を手伝っていた機関員が、六月の初めにしょっぴかれたのは知っているだろう？」

　六月六日の五相会議で決定された「中国新中央政府樹立方針」における対支那処理要綱によって、小野寺機関を牽引《けんいん》していた主要人員が、東京からの退去と、すべての交渉業務の停止を命じられた。上海で憲兵に捕縛《ほばく》された者もいる。和平工作者は中国側と接触するので、祖国を裏切ってスパイになっていないか、その点を常に疑われてしまうのだ。末端部の人員にすぎないとはいえ、森塚、スミ、周治も、いつ投獄されても不思議ではなかった。スミと森塚は通訳者として活動し、周治の役割は交渉者たちの警護だった。いまでも外へ洩《も》らせない話は多い。そこを憲兵に探られるのはまずいのだ。

「怖いのは憲兵だけじゃない」森塚は言った。「中国側にも日本との和平交渉に反対する者がいる。彼らに身元を知られると、我々だって、どんな形でこの街から排除されるかわからない。だから、いまここで決めてほしい。今日を最後に日中和平工作から一切手をひくか、引き続き新しい工作に加わるか。今日君たちを呼んだのは、それを訊ねるためだ」

憲兵や抗日運動家が怖いのはスミも同じだった。いろいろと考え始めると身がすくむ。だが、黙ってこの件から降りるのは嫌だ。可能な限り抗《あらが》いたい。

森塚から小野寺工作に誘われたときのことを、スミはよく覚えている。語学教室経由で上海自然科学研究所のガーデン・パーティーでの通訳を頼まれ、しばらく通ったのち、密《ひそ》かに切り出された。

そのように重要な任務なら、もっと優秀な通訳者が相応《ふさわ》しいのではと言ったスミに、森塚はこう答えた。

――勿論、たくさんの方に協力してもらいます。通訳だけでなく文書の翻訳にも手間がかかるので。倉地さんには、そのひとりとして参加してほしいという意味です。

——私の語学力で大丈夫でしょうか。

——政治と外交の知識をじゅうぶんに入れて頂きますが、倉地さんなら大丈夫でしょう。中国側からも女性が参加します。あちらとの橋渡しをお願いしたい。

——先生方がおられれば、それで足りるのでは。

——様々な通訳者が必要なのです。得意分野は人によって異なりますから。たとえば私が英語を操れるのは、海外の科学書を読み、英語で論文を書き、海外の研究者と議論するからです。だから、科学方面に知識が偏っています。中国語は、研究所内で使う必要があったので最低限学んだだけです。でも、倉地さんは私とは違う。子供の頃から内地と上海を行き来し、こちらの方と交流しています。中国の方をよく理解し、偏見を持っていない。喋り方に無理がないし、言いたいこともはっきり言う。英語もできるのですから貴重な才能です。恒久的な平和が欲しいと思いませんか——と森塚は言った。それは待っているだけでは手に入らない。自分たちでつかみとるのです、と。

この言葉がスミの背中を押した。

あの事件以来、どうやって生きればいいのかと、よく考えるようになった。他者を憎みたくないと願ったものの、酷《むご》い事件を見聞きすれば、いまでも心が揺れる。

ならば、自分から行動して平和をもぎとるしかない。

日本政府と帝国陸軍の無責任さは、小野寺工作の一件でよくわかった。だが、全力を尽くして失敗したならともかく、あんな不完全燃焼な終わり方では納得できない。今度こそ、この想いを最後まで燃やし尽くしたい。

スミは森塚に言った。「私は残ります。ここで退いたら一生悔やみますから」

「おれも残ります」周治も応えた。「だいたい、森塚さんをひとりにはできません。こちらで交渉を続けるんでしょう」

「最近は研究所も自由がないが、内地はさらに窮屈だ。上海にいるほうがましだね」

「じゃあ、これまでと何も変わらない。それでいいじゃありませんか」周治は満足げに微笑し、室内を見回した。「このマンションはどうしますか。いったん引き払いますか」

「そうだな。誰かに知られているかもしれないし」

「新しい和平工作は、いつから」

「日が決まったら知らせる」

2

七月に小野寺中佐が機関を解散させて日本へ帰ると、憲兵の目から逃れるため、スミたちは連絡を取り合うのをやめた。今井大佐が上海に入るまで、租界内でひっそりと息を潜めた。

森塚は上海自然科学研究所の寮へ戻り、周治もそれについていった。

周治の本業は料理人である。研究所内の食堂で、中国人の料理長のもとで所員の食事を作るのが仕事だ。研究所の近くの借家に住んでいる。

いっぽう、スミの夫・毅は、スミがあまり外出しなくなったことについて何も訊ねなかった。普段からお互いの行動については穿鑿《せんさく》しないので、これは自然な流れだった。

鬱陶しい梅雨の季節を、スミは日用品の買い出しと家事に勤《いそ》しみつつ過ごした。なつという名の通いの家政婦と一緒に、毎日室内を掃き、家具を拭き、窓ガラスを磨き、風呂桶《おけ》を洗った。三角マーケットで買ってきた米でご飯を炊き、魚を焼き、野菜の煮物や味噌汁を食卓に並べる。

ときどき、オーブンに火を入れ、クッキーやケーキを焼いたりもした。

毅は日中間の取り引きに関わっているので、スミは時折、妻として、毅の仕事仲間のパーティーに同行した。中国語も英語も喋れるスミは、どこでも快く受け入れられた。社交性に富んだ妻を同伴すると、毅の社会的な信用度が上がるらしい。毅の役に立てるのはうれしかった。それと引き換えに、スミには自由な生活が手に入る。

毅は男性にしては小柄で、ぽっちゃりとした体形だ。歳は二歳上。大陸で生まれて海外での生活に慣れているせいか、背が低くとも三つ揃《ぞろ》いの背広をうまく着こなし、どうかすると和服姿よりも板に付いていた。眼鏡をかけた愛嬌のある丸顔に、いつも穏やかな笑みを浮かべている。どこの国のパーティーに呼ばれてもすんなりと溶け込むだろうと思わせる、不思議な魅力をそなえた人物だった。

スミが毅と知り合ったのは第一次上海事変のあと。一九三四年の春先である。

楊《ヤン》と岡部の紹介で、スミは別の私塾に勤め始めた。毅はそこへやってきたのだ。「ロシア語とフランス語を集中して学べる場を探しておりまして」と受付で申し出たらしい。仕事柄、外国語とその文化をもっと深く学びたいと。

スミは独特の勘でぴんときた。この人は勉強のためではなく、塾の内情を探りに来たのではないかと。

ここ大洋《たいよう》義塾《ぎじゆく》には、様々な国の人間が出入りしている。生徒を通じて多様な情報を得られるので、それを目当てに訪れる人間が少なくない。官憲、軍人、経済関係者も大勢やってくる。

案の定、やがて毅は、語学以外の話題を講師たちと交わすようになった。他愛《たわい》もない世間話をしているように見えて、なかなか鋭く言葉を選んでいるように感じられたので、スミは慎重に毅を観察していた。

が、毅が自分から両親の話を切り出してからは、少しだけ物の見方を和《やわ》らげた。

毅の父親は日本人、母親は中国人だという。国籍は父親に合わせて日本だ。日本の会社に勤め、日本語を完璧に喋るので、普段は日本人として扱われる。だが、心の中にはいつも複雑な気持ちがあった。血の半分は中国人だということを堂々と名乗れない、いまの日本の息苦しい雰囲気に抵抗感を覚える——いずれも、いまの時代には口にしづらいことだ。

生まれはどちらですかと訊ねると、「天津《てんしん》です」と毅は答えた。「あちらにも租界があるでしょう。日本人街も似たようなもので、住居も学校も会社も寺院もそろっています」

天津の租界は、義和団《ぎわだん》事件のあとに八ヶ国連合軍の各国が新たに租借地とした土地である。イギリス租界、フランス租界、日本租界の他に、かつては、アメリカ、ドイツ、オーストリア＝ハンガリー、イタリア、ロシアの区画、これに加えてベルギー租界。のちに契約を終えて退去した国々もある。各地区はいまでは「天津市特別第一区、第二区、第三区、第四区」と呼ばれている。建物はそのままの状態で権益自体も各国に残り、欧州の面影が色濃く滲《にじ》む土地となっていた。

「幼い頃は無邪気なものでした」と毅は言った。「租界の中にはいろんな民族がいた。住まいは日本租界でも、少し遠くへ出かければ、欧州の人間とも大陸の人間とも顔を合わせる。みんなで一ヶ所に暮らしているのが、社会の自然な在り方だと思っていました」

だが成長するにしたがって、毅は大人たちの価値観に気づいた。租界に住む日本人の大半は、同胞を心から愛し、自分たちの下僕となってくれる民族は大切にするが、それ以外の者に対しては無知で冷たい。それはなんとも、付き合い下手な姿だった。毅は同胞に対して、もやもやした気持ちをもてあまし始めた。

民族の価値を切り分ける側には、積極的な悪意、無知、他民族との付き合い方がわからないことから生じる当惑、様々な感情と思考が渦巻いている。「純粋な日本人か、そうでないか」を基準に他者の価値をはかることは、いま、大陸で暮らす日本人にとっては、「生活の安全」や「安心」とも分かちがたく結びついている。

租界で誰とでも馴染《なじ》めた毅には、理解しがたい心情だったが、それは自分が、大陸で命の危険にさらされた経験がないからだとも言えた。もし、日本人であるという理由だけで暴力をふるわれ、「日本軍による大陸での蛮行の責任を、同胞であるおまえがとれ」と責め立てられたら、自分も冷静ではいられないだろうと毅は思った。そして、じゅうぶんな教育の機会を与えられず、他民族の思考に慣れる方法を知らない大勢の日本人の気持ちを安易に非難することもまた、別種の傲慢《ごうまん》に思えた。

とは言っても、人間には他者から決して損なわれてはならない基本的な権利がある。生きるために守られるべき絶対的な権利が。自分はそれを守りたい。国同士は対立しても、庶民まで憎悪に同調する必要はないのだから。

毅はスミに訊ねた。「豊川《とよかわ》先生は、どちらのご出身ですか」

「神戸《こうべ》です。父の仕事の都合で上海に住んでいた時期があって、こちらを気に入りました」

「好きだという理由だけで、ひとりでこちらに？」

「内地は窮屈ですから。女性の生き方が限られているでしょう」

「なるほど」

「外国語を勉強すると両親に告げて、半ば家を飛び出すような形でこちらへ来ました。未《いま》だに帰国しろとうるさく言われます」

「ご両親としては、やはり心配でしょうからね」

「本当は、もっといろんなことをやってみたいんです。語学だけじゃなくて、歴史や科学の勉強も。大陸中を旅行したり、オートバイに乗ったり」

「オートバイぐらいなら、どなたかに頼めば乗せてもらえるのでは」

「いえ、自分で運転したくて」

「ああ、なるほど」

「子供の頃、上海で颯爽《さっそう》とオートバイを乗りこなしている女性を見かけて歓声をあげました。そのとき彼女が微笑みかけてくれた顔を、いまでも忘れられません。上海では若い女性がこんなことをしても誰も怒らないし、気にかけないのだと感動しました。いまでは内地の日本女性も運転しますけれど、当時は、とても珍しかったんです。ただ、ひとつだけ心配が」

「なんですか」

「私は小柄だから、ああいう重いものは、ひとりで取り回せないのではと」

「大丈夫です。あれは力の入れ方にコツがあって、体が小さくても動かせますし、起こせます。でも、その前にサイドカーを試してみませんか」

「サイドカー？」

「オートバイに、ひとり乗りの側車《そくしや》がついているんです。三輪になりますから、単車と違って支えがなくても自立する。乗り物としての構造が異なりますので、オートバイと同じ運転ではいけませんが――たとえば、角を曲がるときなどは難しいのですが、独特の面白味がある乗り物です。日本軍でも使っており、いま配備されているのは九三式側車付自動二輪車というやつで、もっと性能を上げるために陸軍では新型を研究中で」

「面白そう。どこで見られますか」

「買いましょう」

「え？」

「舶来品なら大陸ではいくらでも手に入ります。一台買って、豊川先生と僕とで、かわるがわる運転すればいい。先生が運転席にいるときは僕が側車に」

「では、購入費用の半分は、こちらで持たせて下さい」

「そこは気にしないで。売買契約者は僕になるんですから」

「それでも申し訳ない気が」

「豊川先生のお金は、ご自身でオートバイを購入するときにとっておいて下さい。側車付自動二輪車では、単車の代わりにはなりませんので」

そんな会話を続けるうちにすっかり打ち解けて、どこのメーカーがいいだろう、ハーレーダビッドソンかＢＭＷか。運転免許も取らなくては――などと夢中で話し合い、それが一段落ついたところで、スミは毅とわかれて私塾をあとにした。

久しぶりに同世代の人間と深く話したせいか、頰が熱くなっていた。家に帰ると、すぐにお茶を飲んだ。なんて変わった人だろうと半ば呆《あき》れつつも、毅の笑みが頭から離れなかった。

いまの日本では、女は男に黙って従うのが当たり前という風潮だ。「交替で運転しましょう」という言葉など普通は出てこない。男が運転して隣に女を乗せるのが当たり前なのだから。なんと思い切ったことを言う人だろうか。好奇心をくすぐられる。

数ヶ月後、スミは毅が操る自動二輪車の側車に乗り、黄浦灘路《こうほたんろ》へ向かった。外白渡橋《ガーデン・ブリッジ》から台湾路《フォルモサ・ルー》まで続く大通りは、突き抜けたような開放感と長さを誇る。共同租界からガーデン・ブリッジを渡るまでは毅が運転、そこから台湾路まではスミに交替、帰りは、また毅が運転だ。

暑い季節が終わり、秋が訪れていた。空には清々しい色が広がり、適度に乾いた大気が気分を高揚させた。

右手にイギリス領事館、左手にパブリック・ガーデンをのぞむ場所で、スミはいったん停車した側車から降り、毅と場所を交替して運転席のシートにまたがった。

エンジンをかけ、アクセルを開いてクラッチをつなぐ。ゆっくり発進させると、車体はまっすぐに進み始めた。

ゆるい速度で走らせるだけでも胸が高鳴った。すれ違う欧米人の表情や目つきなど気にならなかった。同胞である日本人の呆れ顔も。黄浦江の川面《かわも》を渡ってくる風が、いつもと違って気持ちいい。自由だ。上海にいれば、どんな夢でもかなえられる。女でも自由に生きられる。

側車付自動二輪車の速度を上げた。ドイツクラブ、キャセイホテル、パレスホテルの前を駆け抜け、銀行が密集している一角も通り過ぎる。江海関《こうかいかん》の時計塔が見えてきた。文字盤が陽光を浴びて白く眩《まぶ》しい。天に向かって伸びる竿《さお》の上では旗が悠々と翻《ひるがえ》っている。ギリシャ風の建物の正面を過ぎると、その先に現れるのは丸い屋根が載った匯豊《わいほう》銀行だ。

この頃、江海関の建物の前には、まだロバート・ハートの銅像が立っていた。四十年以上、ここで海関総税務司を務めたイギリス人の像である。税関の収入は莫大《ばくだい》な富として租界へ流れ込んでいる。かつては清朝《しんちょう》の官吏が行っていた業務だが、いまではイギリスの支配下にある。

船着き場にずらりと並ぶ黒塗りの車を眺めながら、シャンハイクラブ、欧戦紀念碑の女神像、気象信号塔の前を通過すると、そこから先はもうフランス租界だった。通りの名前は法外灘《ケ・ド・フランス》と変わり、行政を管理する組織も共同租界とは異なる区域となる。

すれ違うパッカードの運転手が、にこやかな笑みをこちらに投げてきた。スミも相手に笑顔を返した。

夕方、スミと毅は、フランス租界のロシア料理店の近くで側車付自動二輪車を停め、店に入った。サラート・オリヴィエとビーフストロガノフを注文し、楽しく語らいながら食べた。酒は呑まず、食後、ジャム入りの紅茶を飲みながら、毅はスミに訊ねた。「豊川さんは、いつまで上海に留まるご予定ですか」

「いつまでも」とスミは答えた。「できれば一生」

「日本へは戻らない？」

「よほど世の中が動けば考えますが、いまの状態が続くなら気が重いだけなので」

「僕も内地の雰囲気は苦手です。体に合わない服を着せられるようで、どうにも落ち着きません」

「国籍を変更するおつもりは」

「日本国籍を捨てたからといって、何かが変わるとも思えません」

毅は茶器から視線をあげると、ふいに言った。「もし、ずっとこちらに住まれるなら、僕と一緒に暮らして頂けませんか」

「なんですか、藪《やぶ》から棒に」

「お互いの人生には一切関与しない、話したくないことは秘密のままに。迂闊《うかつ》に相手の行動の目的を問い質《ただ》したりしない——そういうパートナーが欲しいのです。豊川さんなら、僕の希望にぴったりです」

普通のプロポーズではないのだと、スミはすぐに悟った。「――偽装結婚して下さい、という意味ですか」

「はい」

相変わらず自分を中心に話を進める人だ。スミは膝《ひざ》の上で両手をきゅっと握り、小さな声で続けた。「倉地さんにはよくても、私にはどうだか」

「いえ、とても有用なはずです」

毅はそれ以上告げなかった。言わなくてもわかるでしょうという意味か。仕方がないので、あらためてスミのほうから訊ねる形になった。「大洋義塾が、どういう種類の私塾なのかご存じですか」

「はい。失礼ながら少し調べさせて頂きました。でも安心して下さい。僕は帝国陸海軍とも、中国軍ともつながっていません。青幇《チンパン》をはじめとする中国社会の一大勢力とも、大陸の武装宗教団体とも、いかなる抗日運動家とも無縁です」

「お知り合いの中には、そのような方々もいるのでは？」

「それはまあ。日本政府と蔣介石とが妥協できるなら一番いいと、僕は考えていますから。和平のためには、様々な方面にものを頼む必要が生じます。その見返りとして僕が提供しているのは貿易上の利益であって、諜報《ちょうほう》活動で得た情報ではありません」

「あなたが欧米やソ連のスパイではないという証拠は」

「怪しいと思うなら、憲兵や領事館警察に通報して頂いて構いません」

後ろめたいことなど何もしていないと、毅の清々しい眼差《まなざ》しは語っていた。

温かく、公平な、いつもの毅の目だ。

大陸では無数の和平工作が同時進行中で、それには日中の人間だけでなく、ドイツやアメリカの人間も関与していると、スミは恩師から聞かされていた。外交関係者のみならず、学者や教育者や聖職者が発案し、行動するケースもあるほどだ。

この頃、スミは私塾で働きつつ、通訳者として交渉を手伝っていた。陸軍主導のものではなく、紡績会社の関係者が集まって和平への道を探る、民間系の和平交渉だ。経済界から蔣介石に働きかけ、最終的には日本政府を動かそうとしていた。

ただ、道は通じていたものの、話はなかなか進展しなかった。おそらく毅も、別ルートで動きながら、遅々として進まぬ内閣への働きかけに苛立《いらだ》っていることだろう。

このような行動は、たとえ家人であっても知られてはならない。家族がうっかり外で話して、そこから秘密が洩れてしまう例も少なくないのだ。ほんの小さなきっかけが、反対勢力に妨害の手段を与えてしまう。

ならば、同種の任務を担った者同士で一緒に暮らすのは、最も安心できる手段だ。目標の細部は違っていても構わない。和平交渉にたずさわっているという一点だけが、ふたりの間で共通していればいい。駆け引き次第では、お互いが、別の角度からの情報を入手可能だ。

スミは口を開いた。「大洋義塾には、中国の人文学方面と交流のある日本人研究者が大勢います。そして、中国側には、日本への留学経験を持つ研究者が何人も。そこでお互いに『日中和平のために、なんとか道を作れないか』という話になり、各方面に働きかけています。戦争が起きると学術的な交流が阻《はば》まれますから、皆さん、この状況をとても嫌がっています」

「僕も似たような立場です。大陸の住人と争ったって、商売の世界でも何もいいことはない。一緒に暮らす件、真剣に考えて頂けませんか」

「少し、うかがってもよろしいでしょうか」

「はい。なんでしょうか」

「倉地さんが和平交渉に関わる理由はなんですか。日本ではなく、中国のためですか」

「和平とは両国に利益をもたらさねば意味がありません。片方のみはあり得ない」

「貿易のお仕事だけでも、人生はじゅうぶんに楽しいと思いますよ」

「『義を見てせざるは勇無きなり』といったところですかね。金儲《もう》けの仕事は愉快ですが、それだけの人生もつまらない。人には、ときとして形のない価値も必要です。豊川先生こそ、なぜ交渉の世界へ」

「私は、中国の友人が日本人に暴力をふるわれたり、日本の友人が中国人に襲われたりするのを見過ごせないだけです」

毅は確信を得たようにうなずいた。「僕たちはきっとうまくいきます。辿る道筋は違っても目的は同じですから」

それでも、スミは少しだけ考えるための時間が欲しいと告げた。毅は納得して、しばらく返事を待つと応えた。

家に帰って着替えるとき、スミは肌着の上から指先でそっと胸元に触れた。どこの国の人間と結婚するにしても、隠しておけない傷がここにある。

大きな事変が起きた上海では、心体に一生消えない傷を刻まれた人間が大勢いる。花嫁に無垢《むく》な美しさを求める男ならば、こんな傷痕は嫌悪するだろう。

だが、毅なら、これを過剰に驚いたり憐《あわ》れんだりしないのではないか。好奇の目で見たりせず、事件とその背後に潜むものの意味を正確に読み取ってくれるのではないか。

一週間たって再び顔を合わせたとき、スミは自分の傷痕に関する話を毅に打ち明けた。毅は気にしないと言った。

ふたりはフランス租界にある教会で結婚式を挙げ、毅が共同租界で契約してきたテラスハウスで暮らし始めた。

偽装結婚といっても、もともと好ましく思っていた相手だから、ひとつ屋根の下にいれば男女の関係になる。スミはそれを拒まなかった。傷痕を見せたときの反応は、スミが期待した通りのものだった。毅は自然に振る舞い、何も問わなかった。

ああそう、実は僕もね、と言って、毅は掌で自分の上腕をなでた。肩に近いあたりに引きつれた傷痕が見えた。筋状に肉が盛りあがっている。

――これは。

スミが訊ねると、毅は「撃たれたあとだ」と答えた。他にも、見えづらいところにたくさん傷があると。

――いまでも痛む？

――ときどき気になる程度には。でも、本当に傷が痛んでいるのか、そんな気分でいるだけなのか自分でもよくわからない。

――私もそう。痛み止めの薬を飲まなくなっても、ときどき傷痕に引きつるような感覚が甦《よみがえ》る。

――他人から暴力をふるわれた者はみんなそうだ。体の傷が回復しても、心のどこかに深い穴があいたままになる。

もし誰かが、「毅はどこかの国の諜報員だ。あの傷は、敵国の兵士から撃たれ、尋問のときに暴力をふるわれたあとなのだ」と囁いたとしても、スミには驚かない自信があった。そんなことは、どうでもいいのだ。

毅はスミの尊厳を守ってくれた。あからさまな同情を寄せたり、偉そうな説教なども一切しなかった。

それだけで、じゅうぶんだった。

型にはまった夫婦の愛情など、かけらほども必要ない。いつか任務のために、書き置きもせずに、ふっと姿を消してしまう人でも構わない。

他人の権利を蔑《ないがし》ろにしない男ならば、それだけで満足だ。

3

梅雨が明けた直後、森塚から届いた暑中見舞いを装った暗号文によって、再び、スミたちに呼び出しがかかった。今井大佐による新しい和平工作が始まるので、一度、顔合わせの場を設けるという。

八月中旬の夕刻、共同租界にある「伊吹《いぶき》」という料亭の前で、スミと周治は落ち合った。漆喰《しっくい》塗りの石垣に鎧塀《よろいべい》、柿渋色の長暖簾《ながのれん》を目にして溜め息が洩れた。庶民には入る機会などない店だ。ここもまた、虹口の他の場所と同じく上海ではない。内地を完璧に再現した、箱庭じみた小さな日本だ。

周治はそわそわしていた。和平工作の打ち合わせよりも、料理人として、この店の品書きのほうがひどく気になるという。

「楽しそうですね」と、スミが声をかけると周治は、「スミさんこそ」と応えた。「久しぶりに明るい顔を見ました」

「そうですか」

「ずっと緊張していたでしょう。小野寺機関の解散以降」

「それは、まあ」

「今日は素直に料理を楽しみましょう。先方のおごりですし」

「こんな場所では腰がひけますね」

「堂々としていればいいんです。おれたちは招待された側なんだから」

麻の上下を着込んだ周治は、いつもよりずいぶん洒落《しゃれ》ている。厨房で油と汗にまみれ、片栗粉や魚の血で前掛けを汚して働く労働者の姿は、今日は、どこにも見あたらなかった。

「緊張しているときほど笑って下さい。そのほうが力が湧く」

「本当ですか」

「嘘だと思ったら、やってみて下さい」

スミはうつむき、両手で自分の頰を軽くはたいた。それから顔をあげて、

「こんな感じでしょうか」と遠慮がちに笑ってみせた。

「まだまだ硬いですね」

「では、こうですか」

「あと一息」

「こう？」

「そうそう、そんな感じです」

屈託なく笑う周治を前にすると、肩から力が抜け、ふっと体が軽くなった。スミは声をはずませた。「なんだか、どきどきしてきました」

「当然です。知らない人に会うんだから」

やがて、夏向けの背広を着込んだ森塚が、料亭の前までやってきた。片手をあげて「お待たせ」と、いつもの調子で挨拶し、「じゃあ行こうか」と、あとから来たのに立ち止まることもなく先に暖簾をくぐった。

スミと周治もあとに続いた。

緑の香りに満ちた前庭で、灯籠《とうろう》が煌々《こうこう》と光っている。内地の庭園そのままだ。外では日本人と中国人とが殺し合っているというのに、ここは別世界なのだ。

玄関で出迎えた者に森塚は自分の名を告げ、「イチノセさんの部屋までお願いします」と言った。

仲居がすぐに案内してくれた。長い渡り廊下の途中にも庭が広がっていた。岩で囲まれた池の面に、犬黄楊《いぬつげ》や櫟《いちい》や山茶花《さざんか》が影を落としている。

この敷地の規模なら、離れはひとつかふたつで、間隔も大きくあいているはずだ。政治家や軍人が密談に使うには、もってこいの場所だろう。

招き入れられた畳の間には、まだ誰の姿もなかった。

仲居が襖《ふすま》を閉めて立ち去ったあと、下座に腰をおろしたスミは室内を見回した。

赤味を帯びた艶《つや》やかな座卓。床の間には水墨画の掛け軸と生け花がある。陽が高いうちは、窓の障子から光が射し込むのだろう。夕刻のいまは、天井から吊《つ》るされた灯《あか》りが、和紙製の火袋《ひぶくろ》越しに室内を優しく照らしている。

隣に座っていた森塚が口を開いた。

「今日は北京《ペキン》の日本大使館からも人が来る。我々にとっては直接の上長となる方だ。質問があれば遠慮なくうかがってくれ」

周治が訊ねる。「話のわかる人ですか」

「お役人だから、どうだろうな」

襖の向こうから声がかかった。廊下に膝をついた仲居が両手を添えて襖をあける。

男がふたり入ってきた。

スミたちは体の向きを変え、そちらへ頭を下げた。

仲居は飲み物の注文をとることもなく、すぐに襖を閉じて姿を消した。食事を始める時間は、あらかじめ伝えてあるのだろう。

スミたちは座卓へ向き直り、ふたりをあらためて見つめた。

片方は、帝国陸軍の将校だとひとめでわかる格好をしていた。軍帽を脱ぐと、つるりとした頭頂部が露《あら》わになった。歳は四十歳ぐらいに見える。軍人にありがちな威圧感はない。太い眉、上品な眼差し、黒縁の丸眼鏡。眼鏡の奥には、参謀将校という立場に相応しい知性の輝きが見て取れるが、他者を見下す傲慢さや厳しさは皆無だ。

これが、今井武夫大佐。盧溝橋事件で停戦交渉を担った人物――。

盧溝橋事件。

それは満州事変の六年後、一九三七年七月七日に発生し、二年が経過したいまでも様々な不可解な点が残る事件である。

その夜、北京西南部の盧溝橋近くで、日本軍（支那駐屯軍）第一連隊第三大隊第八中隊が夜間演習を行っていた。

風もなく、天空では無数の星が煌《きら》めいていた。月は出ておらず、あらゆるものが闇の底だった。夜行性の野鳥の鳴き声が遠くで響き、足下の草叢《くさむら》からは虫の音がときどき立ちのぼる。生い茂る夏草の匂いと近くを流れる河の湿気が、黙々と前進する兵隊を包み込んでいた。

星明かりの下、盧溝橋城壁の形と、その傍《かたわ》らで動く中国兵の影を視認できた。闇の中で見通せる距離は、三、四十メートル先あたりまでだ。

一行は目標地点に向かって緊張した足取りで進んだ。暗闇でお互いの姿を見失わぬように、背嚢《はいのう》には白布を添付。加えて、兵は鉢巻きを締め、分隊長は腕章をつけ、小隊長は襷《たすき》をかけ、中隊長は十文字襷を身につけていた。

予定地点までの接敵行動を終え、前段の訓練が終了したのは二十二時三十分。

全員が、いったん立ち止まった。

あとは後段の訓練を残すのみだった。それは、明け方の二時より始まる予定になっていた。

そのとき、夜のしじまを切り裂いて、連続的な銃撃音があたりに鳴り響いた。演習のために置かれた仮設敵側の軽機関銃が、突然、空砲射撃を始めたのである。これは訓練に組み込まれていた発砲だが、本当は、もう少したってから行われる予定だった。どうやら仮設敵側が、伝令役の兵士の動きに反応して、予定外の行動をとったものと思われる。

直後、今度は堤防陣地側――つまり中国の第二九軍が待機していた方角からも数発の射撃があった。これを「空砲ではなく実弾だ」と判断した中隊長は、すぐさま部下に命じて集合喇叭《ラッパ》を吹かせ、全員に伏せろと指示した。この間にも十数発の弾が飛んできた。すぐに被弾した者がいないか確認したが、ここで、ひとりの初年兵が行方不明であることに気づいた。

のちに無事発見された行方不明の兵士は、訓練中に伝令として自分の隊に戻るべきだったところを、道を間違え、演習場の闇の中をさまよっていたとわかった。彼は堤防側からの発砲を実弾とは思わず、訓練用の空砲だと思って歩き続けていたという。兵士が道に迷っていたのは一時間半。

部隊は偵察目的で、少尉と兵を堤防近くまで接近させた。中国軍が発砲したのであれば、相手の兵を捕らえて事実関係を確認するためである。しかし彼らは、動哨《どうしょう》として堤防に立っていた中国兵に発見され、咄嗟《とっさ》に、彼らの戦友を装って中国語で対応した。迷子の日本兵がひとりこちらへ来なかったかと、こちらから先に訊ねたのである。

すると中国兵は「没有来《メイヨウライ》」「没看見過《メイカンジエングオ》」と応えた。来ていない、見なかったぞ、という意味である。

偵察隊は後退して闇にまぎれ、本隊へ戻って状況を報告した。

この経緯を知った中国の第二九軍は、日本軍が兵の行方不明を口実に、強引に盧溝橋へ軍隊を進めたと判断。中国軍は前々から、日本軍の訓練を「いつか強襲をかけるための予行演習だ」と警戒しており、自国の兵士に対して「敵が我が陣地の百メートル以内に接近したら射撃してもよい」と指示していた。したがって例の発砲を、日本軍がわざと行ったと結論したのだった。

いっぽう、「唐突に実弾と思われるもの」をくらった日本軍は、中国軍が本気で攻撃してきたと判断。すぐさま応戦の準備に入った。今回の演習はあくまでも隠密接敵が目的であり、演習の現場では実弾を所持している者は誰もいなかった。そもそも、暗闇の中で実弾を使う演習など危険すぎてあり得ない。仮設敵側は訓練用の空砲を撃ったが、訓練中の兵は空砲射撃すら禁じられていた。だから実弾が飛んできたのであれば、それは中国軍側だろうと結論したのだ。

満州事変以降、日本軍と中国軍との対立は深刻で常に緊張関係にあった。ほんのわずかな刺激で双方が動く、いわば一触即発の空気が盧溝橋周辺にも漂《ただよ》っていた。ここで起きた事件は、双方が生み出した恐怖の影に、関係者全員が呑み込まれてしまったようなものだった。(※巻末註2)

この盧溝橋事件直後に中国軍と和平交渉を行った今井は、相当な胆力の持ち主だとスミは思う。だが、いま目の前にいる今井からは、その種の勇猛さはあまり感じられなかった。むしろ、清々しい風が吹き抜けていくような心地よさを覚える人物だ。

森塚の話によると、盧溝橋事件での和平交渉は、上からの命令ではなく、今井大佐(※当時は少佐)が提案したのだという。今井は自ら交渉役まで申し出て、橋本群《はしもとぐん》支那駐屯軍参謀長から許可を得たのだ。

当時の日本軍の戦略態勢は危うく、「拡大派の言う通りに兵を動かせば、日本軍に不利になる」と今井は判断していた。そこで、大急ぎで自らあちこちを駆け回り、北京の関係者や特務機関と話をつけ、ときには訪問先で中国兵から銃剣を突きつけられつつも、停戦に向けての合意を日中双方から取り付けた。

ところが、ほっと一息ついた直後に、日本側の軍司令部の情報将校から「和平の話はなかったことにせよ」との電話がかかってきた。ここは兵を進めるべきだと考えていた拡大派が、今井の行動に反発したのだ。

今井は仰天したが、落ち着いた口調で、

「そのご命令には従えません」

と、一言《いちごん》の下にこれを拒絶したという。

さらに、これだけでは足りぬと判断し、北京から天津に戻っていた橋本参謀長に再び電話を入れた。そして、「このまま交渉を続けてよい」という指示を、あらためて橋本参謀長から引き出し、当初の予定通り日中間の停戦を成功させた。

柔らかな物腰からは想像もつかない、粘り強い態度である。

その今井大佐の隣に、もうひとり男が座っていた。背広姿で、今井大佐とは対照的な雰囲気だ。顔立ちは彫りが深く、頬骨が高く、瞳に強い意志の力が感じられる。体つきは細い。周治のように場の空気を読んで自分を偽ることなく、どんなときでも己を変えないのではないかと思われた。年齢は今井大佐よりも下だろう。三十代後半といったところか。一等書記官か、場合によっては、公使や参事官という線もあり得る。

今井大佐はスミたちに、知人に話しかけるような気軽さで、さらりと言った。「今井です。今日は、ようこそおいで下さいました」

「こちらこそ、お目にかかれて光栄です」

今井大佐はうなずき、首をひねって、自分の隣にいる男に視線を向けた。「こちらは北京の日本大使館からお越しになった、黒月敬次《くろづきたかつぐ》一等書記官。今後皆さんには、黒月書記官の指示で動いて頂くことになります。彼の言葉は、私からの言葉であるとお考え頂きたい」

「承知致しました」

スミと周治は、今井大佐と黒月に向かって順番に挨拶した。「倉地スミと申します。文書の翻訳や通訳を担当しています」「新居《あらい》周治です。護衛の仕事を任されています」

緊張のあまり少々ぎこちない自己紹介になったが、今井大佐はそのつど、しっかりとうなずき、こちらの目を見つめた。

小野寺中佐と初めて顔を合わせた日のことを、スミは思い出していた。平時であれば関わるはずもない相手と、難しい仕事を共にこなす——その不安と興奮は、何度体験しても慣れることはない。

小野寺中佐は民間人に対して偏見を持たない人物だった。彼と友人であるからには今井も同じだろう。黒月はどうか。付き合いやすい人ならいいのだが。

挨拶が終わると、今井大佐は軽やかな調子で切り出した。「このたびは難しい仕事を引き受けて頂き、ありがとうございます。身の安全を保証しかねる任務ですが、森塚先生からは、それを承知で皆さんが参加して下さったと聞きました。もう引き返せませんが、よろしいですね」

「はい」

「それでは、ここから先は黒月書記官にお願いします」

黒月はうなずき、スミたちの顔を見回した。「支那派遣軍は、秋口から再び蔣介石との和平交渉に入ります。南京に汪兆銘《おうちょうめい》政権が置かれるのは決定済みですから、日本の最終目標は、蔣介石を汪兆銘政権に合流させることです。蔣介石はいまの時点では、絶対に南京の新政府には従わないでしょう。しかし、日本に宣戦布告するには軍事力が足りません。そこで英米に援助を求めていますが、欧州は欧州で、ドイツの動きにじりじりしているところです」

森塚が訊ねた。「欧州で、また戦争が起きると？」

「そうなったらアメリカは黙っていません。情勢をうかがいながら英仏を助ける。すると、蔣介石は助かる。日本は国際連盟から脱退してしまったし、欧米が日本と対立すれば、堂々と彼らから軍事支援を引き出せますから」

「その前に手を打とう、というお話ですね」

「ええ」

「満州の件は、どうなさるおつもりですか」

「かなりゆるい条件でまとめたいところです。蔣介石は当初、満州の問題に関しては妥協するという立場でした。日本と正面衝突するには戦力が足りないので、一時的に目をつぶろうとした。この時点で日中和平条約を締結できればよかったのですが、関東軍《かんとうぐん》が熱河《ねっか》省まで兵を進めてしまったので中国側は警戒心を強めた。蔣介石は、あるとき公の席上でこんなふうに言ったそうです」

『——我々は決して日本と和平したくないのではない。だが、日本の要求には限度というものがない。日本が満州を欲しいというから我々がそれに応じたら、今度は華北《かほく》まで欲しいと言い出した。これを自由にさせたら、今度は上海や広東《カントン》まで欲しいと言うに違いない』

「では、どうやって、納得してもらうのですか」

「蔣介石はソ連を嫌悪しています。ソ連訪問時、あちらの政府関係者から適当にあしらわれ、ずいぶん機嫌を損ねたようです。そのとき彼は確信した。ソ連は中国共産党の手引きで兵を進め、いずれは中国全土を支配下に置くつもりだと」

「では、日本と意見が一致するのは防共の一点だけですか。これは厳しいですね」

黒月の話によると、汪兆銘政権擁立を画策してきた影佐禎昭は、八月付で大佐から少将に昇進しているという。彼が全精力を傾けてきたのが、親日派の中国人を主席とする新中国政府を南京に置くことだ。これこそが真の中国政府であると世界中に知らしめ、日本政府との間に友好関係を築けば、大陸内の騒乱を抑え込めると考えていた。

国民党副総裁で外交部長でもあった汪兆銘は、蔣介石の抗日政策を批判し続け、「日本と和平を結んで停戦するように」と、何度も進言した人物である。だが、蔣介石が徹底抗戦の態度を崩さないので、説得をあきらめ、影佐がもちかけた和平工作に乗った。中国人として日本に要求したい事柄は山ほどあるが、まずは軍事衝突を止めてからだ、という考えを持っていたのだ。

そして、虹口の新公園北側、先の事変によって無人化していた家屋に、日本側と汪兆銘側との和平工作者が集まった。和平案に関する重要な検討を行うためである。

この話し合いは、のちに重光堂《じゅうこうどう》会談と呼ばれることとなる。

日本側代表者は、首相在任中に暗殺された犬養毅《つよし》の息子にあたる政治家の犬養健《たける》、これまで和平工作に従事してきた民間人――満鉄《まんてつ》南京事務所長・西義顕《にしよしあき》と満鉄嘱託員・伊藤芳男《いとうよしお》。

帝国陸軍からは、影佐禎昭大佐、今井武夫中佐。

汪兆銘側の代表者は、和平派の外交官であった外交部亜州司長・高宗武《ガオゾンウー》、政治家・梅思平《メイスーピン》、外交部情報局日蘇科長・周隆庠《ジョウロンシアン》。

一九三八年十一月二十日。話し合いの末にまとまり、双方の署名も入った「日華協議記録」および「同諒解事項」には、以下の内容が記されていた。

一、日華防共協定の締結
二、満州国の承認

三、治外法権の撤廃と租界の返還
四、経済合作・華北資源の共同開発
五、日本の戦費の賠償放棄
六、和平回復後、日本軍の即時撤退・二年以内の完全撤兵

これらの和平協定案を、日本政府が公式の場で発表すると同時に、汪兆銘は蔣介石と絶縁して南京に新政府を樹立する、という段取りだ。

この協定で、中国側にとって最大の悲願であったのは「六」である。日本軍の大陸からの全面撤退――。

これさえ成し遂げれば、他の条項については、後々、あらためて話し合って細部を詰めればいい、と中国側は考えていた。

汪兆銘は和平案を承諾し、家族や側近を連れて、国民政府内での職も捨てて重慶から脱出。いっとき身を寄せるために、フランス領インドシナのハノイまで逃れた。

重慶を発《た》つとき、汪兆銘は蔣介石に対して書き置きを残していった。その文書の末尾には、こう記されていた。

『君為其易　我任其難』

「君は抗日抗戦の態度を貫くがいい。私は和平という困難な道を行く」という意味である。

汪兆銘は日本側の交渉者を深く信頼していた。蔣介石の側近という立場を捨て、南京に新政府を立てれば、自分は中国人全体から裏切り者と呼ばれるだろう。それでも、不名誉を承知のうえで、日中間の軍事衝突を、すべて停止すべきだという信念を持っていた。

いっぽう、影佐大佐は巧みに謀略を操る軍人で、謀略による蔣介石の打倒に邁進《まいしん》してきた男であったが、正式に決まった協定を破るような人物ではなかった。偽の協定で中国側を騙《だま》すつもりもなかった。「和平のために、あえて自分から泥をかぶる」と汪兆銘から告げられると、その覚悟に感服し、素直に畏敬《いけい》の念に打たれたほどだった。

だが後日、日本政府は、汪兆銘の気持ちを容赦なく踏みにじることとなる。

同年、十二月二十二日。

日本政府が発表した第三次近衛《このえ》声明における対華政策からは、「六」の日本軍撤退の約束が完全に抜け落ちていた。最も必要だった約束が、土壇場で反故《ほご》にされてしまったのだ。

この知らせを受けて呆然《ぼうぜん》としたのは、汪兆銘だけではなかった。

影佐も今井も愕然《がくぜん》とした。

もともと、第三次近衛声明は、汪兆銘が重慶を脱出する前に出される予定だった。それが様々な事情から、遅れての発表となったのだ。

近衛首相が「六」を退けると事前にわかっていたら、汪兆銘は南京での政権樹立を保留し、いましばらく重慶に踏み留まっていただろう。汪兆銘が後戻りできないとわかっていながら、日本政府は中途半端な政策を発表した。これでは、汪兆銘と、その協力者を欺《あざむ》いたも同然だ。日本側の交渉者の面目も丸潰れになった。汪兆銘政権を援助する予定だった中国側の人間は、怒って、この計画から次々と離脱した。

「六」を抜いた変更案は、帝国陸軍からの強い要望によって押されたものである。この頃の近衛首相は日中和平工作に熱意が薄く、ほとんど期待をかけていなかった。陸軍からうるさく言われると反対しきれず、日本にとって有利な案を呑んでしまったのだ。

汪兆銘は激しい怒りと失望に打ちのめされたが、もはや立ち止まれない。それでも自分は日中の架け橋になろうと、南京政府の責任者の地位に就く覚悟を固めた。さらに、重慶側との合流を見越して、自分の立場を新政府の「主席」ではなく、「主席代理」としておいた。

影佐は汪兆銘政権を擁立するために、これまで長い時間と手間をかけてきた。熱心に策を練り、中国側の要人に接触し、危険な場もくぐり抜けて、ようやく汪兆銘を重慶から脱出させたのだ。

にもかかわらず、この結末とは。

しかも近衛首相は、声明発表の翌年一月、内閣を解散して首相の座から降りてしまった。

育ちがよくて学究肌の近衛は、陸軍の荒々しい押し方に負けてしまう己の性質を自覚していた。ほとほと嫌になり、これ以上、自分が陸軍の傀儡《かいらい》にされないようにと、すべてから手を放してしまったのだ。

それは影佐から見れば責任放棄以外の何ものでもなかった。腸《はらわた》が煮えくり返るような思いを抱きつつも、政治家ではない影佐に、これ以上はどうしようもない。まずは予定通り、南京に新政府を作らねばならないのだ。

汪兆銘と日本政府が和平を結べば、書類の上では、中国は日本と正式に手を組んだことになる。その後は、政治の中心から外された蔣介石が何をしようが、「中国政府の方針」とは見なされない。国内での支持を失った蔣介石を穏やかな形で下野させ、蔣派の抵抗を弱めていこうというのが影佐の作戦だった。

それには南京政府が多くの中国人から支持され、蔣介石よりも汪兆銘につくほうが得だと、皆に思わせる必要があった。第三次近衛声明は、その希望を、木っ端微塵《こっぱみじん》に打ち砕いてしまったのである。

いっぽう今井にとって、これは二度目の失望であった。盧溝橋事件の交渉では、せっかく成立させた停戦協定を結果的には無視された。今回の汪兆銘との和平工作でも、熱心に進めてきた計画をだめにされた。どちらも、上層部が現場の苦労も民草《たみくさ》の苦しみも一顧だにせず、無神経に和平の機会を踏み潰して終わったのだ。

それでも、命じられれば何度でも現場へ戻り、任務を遂行せねばならないのが軍人だ。南京に汪兆銘政権を擁立する仕事と並行して、今井は再び、蔣介石との和平交渉を担った。それは実質、蔣介石に政権を放棄させよという、これまで以上に困難を伴う任務だった。率直に表現するなら、無茶としか言いようがない仕事だ。

だが、今井は憤怒《ふんぬ》を押し殺し、現場に進み出た。目の前に置かれた現実と向き合う道を選んだのだ――。

黒月は話を続けた。

「我々の和平交渉は、こういった状況下で進みます。第三次近衛声明の件で、中国人は日本人を嘘つきだと断定したでしょう。それを乗り越えて停戦の希望を伝え、防共や経済合作についてあらためて話し合う。これが今井大佐に下った命令です」

森塚は口をつぐみ腕を組んだ。日本政府がまだ丸く収まると考えているなら、あまりにも無知で、悪い意味で楽観的と言わざるを得ない。

スミは想像してみた。自分が蔣介石の立場だったら？　和平交渉に応じるふりをしながら、裏では欧米各国を説得し、中国へ援軍を送り込ませるのが一番安全だと判断するだろう。日本が大陸で領有権を主張すればするほど、欧米はそれを警戒して蔣介石寄りの立場をとる。中国は欧米による支配を嫌って、ずっと反発してきたが、その支配者が日本に置き換わることも望んでいない。いや、日本による支配のほうを嫌がっている。中国人は中国人による国の立て直しを目指しており、欧米も日本もいらないというのが本音だ。

スミは訊ねた。「では、私たちは何をすれば」

「今井大佐と蔣介石との交渉を、脇から補佐する別筋の工作が必要です。困難な交渉ですから、どうしても、裏から支えて成功に導く力がいるのです。もう二度と、失敗はできませんから」

黒月は皆の顔を見回した。「皆さんには、あらためて深くご理解頂きたいのですが、これから我々が手がけるのは、『人道主義による和平工作』ではありません。影佐少将のような強気の攻め方はしませんが、こちらもまた『謀略としての和平工作』を行うことに違いはありません。この交渉において最も大切なのは日本の国益です。それを見込めない選択肢は選べないし、益がないとわかればその時点で工作は打ち切りとなります。これに反対という方がおられたら、いまの時点で退席して下さい。これ以上、話をお聞かせするわけには参りませんので」

誰も席を立たなかった。質問もしなかった。

黒月は満足げに笑みを浮かべると、話を先へ進めた。

「皆さんもよくご存じの通り、日本は中国に対して、和平工作を乱発しすぎました。あらゆる方面から可能性を探り、どれかひとつが成功すればいいとでも言わんばかりに、試行錯誤を繰り返した。これが逆効果となって、中国側に不信感を抱かせています。中国側にしてみれば、どれが本気の打診なのかわからない。中国を騙すために、いろんな作戦をしかけているのではないかと疑われてしまった。そこで、まずは、先方との信頼関係を回復する必要があります。

中国では人脈がものをいい、ときとして、法律よりも優先される場合があるほどです。この性質を利用し、信頼されているルートを通せば、彼らはもう一度、話を聞いてくれるでしょう。そのルートは、蔣介石からも好感を得ていた小野寺中佐が開拓した人脈の中に、必ず残っているに違いない。したがって、小野寺工作を手伝っていた方々のうち、上海憲兵隊に捕まっておらず、自由に動けるあなた方に今回の仕事をお願いしたい。我々は、まず蔣介石につながる人脈から、和平工作に適任であると思われる者を選び出し、接触。こちらの意志を正確に伝え、相手が我々に協力してもいいと言ってくれたら、蔣介石宛ての密書を作成します。この密書を蔣介石まで届け、協力者の口から日中間の和平の重要性を説いて頂く。これが我々の任務です」

蔣介石は、若い頃に日本に留学した経験を持っている。そのため日本人の知り合いも多く、いまでも信頼関係は損なわれていない。日本に対して無理解というわけではないのだ。

小野寺中佐が和平交渉の断念を余儀なくされて帰国が決まったとき、蔣介石は使者を通じて、小野寺宛てに金製のカフスボタンを贈った。それには『和平信義』という文字が彫られていた。使者は小野寺に向かって、これは蔣介石本人からの言葉だと言って、この四文字の意味を伝えた。

『国と国との間には和平、人と人との間には信義』

絶望の淵にあった小野寺にとって、これは、どれほど心に染み入る言葉だったろうか。任務は終了してしまったが、蔣介石からの励ましを胸に、小野寺は次の仕事へと赴《おもむ》いた。

これがただの外交辞令だったとしても、蔣介石のやり方は巧みであったと言えるだろう。小野寺に対して、ひとつ「貸し」を作ることに成功したのだから。

周治が面倒くさそうに身じろぎした。こんな話、真面目に聞いちゃいられないといった顔つきだ。

黒月は彼を無視して続けた。

「日中間で本格的に戦争が始まれば、アメリカの支援があっても、重慶政府の出費や人的被害は莫大なものになります。蔣介石は、いまの時点では、まだ宣戦布告には踏み切れない。ここが狙い目です。欧米と組んで戦争を始めるよりも、今井大佐との和平交渉に応じたほうが中国にとっては得策だと思わせるのです」

森塚が口を開いた。「率直に言わせて頂くと、ずいぶん危うい計画だと感じます。しかし、複雑な作戦を用いるよりはましでしょう。蔣介石は猜疑心《さいぎしん》の強い人物だと聞いています。日本側は誠意を前面に押し出すことが肝要ですね」

「はい。その点については、今井大佐も注意を払われるおつもりです。ただ、ここまで話がこじれていますから、どうしても第三者による助力が欲しい。我々は、今回の和平交渉に必要とされる別経路からの支援を『榛《はしばみ》ルート』と名づけました。影佐少将による汪兆銘政権擁立が『梅工作』ですから、こちらは『榛』です」

「なぜ『榛』と」

「榛の実は英語ではヘーゼル・ナッツ、中国語では榛子《ジェンズー》と呼びますね。ヘーゼルの花言葉をご存じですか。『和解』と『平和』です。和平工作の暗号名として、ヘーゼルは、ぴったりの名前だと思いませんか」

スミは榛の花を見たことがないが、実のほうはよく知っている。ころんと丸くて、くすんだ黄土色をした可愛《かわい》らしい実だ。砕いて焼き菓子の材料にもするし、洋酒のおつまみにも合う。ヘーゼル・ナッツのクッキーは、紅茶を飲みながら食べると絶品だ。あの実の花に、和解と平和の意味があったとは。

そのとき、沈黙を保っていた周治が、ふいに口を開いた。

「梅に榛とは、なかなか洒落た名づけ方ですね。ところで、おれは他の皆さんと違って遠慮なく物を言う人間なので質問させてもらいます。よろしいでしょうか」

「どうぞ」黒月は静かに応えた。

「まずお訊ねしますが、こちらの今井さんは、本物の今井大佐なんでしょうか。影武者ということはありませんか」

森塚が素《す》っ頓狂《とんきょう》な声をあげた。「いくらなんでも失礼だぞ、新居くん」

「そうでしょうか。ここにいる皆さんは、よくご存じでしょう。小野寺中佐が、戴笠《ダイリー》の偽者と対面させられた話を。中国側がどういうつもりだったのか知らないが、あれはひどいやり方でした。それと同じように、陸軍がおれたちを騙さないとは言い切れない。複雑怪奇な状況下ですからね。まずは、その点を確認させて頂きたい」

黒月はすかさず訊ねた。「偽者だったら、この仕事は受けられませんか」

「事情によります。偽者を出さざるを得ない理由があるなら、きちんと説明してもらいたい。それがこちらにも納得できる理由なら、おれは気にしません。和平工作は危険な任務ですから」

戴笠は蔣介石の側近で、軍事委員会調査統計局（軍統《ぐんとう》）の副局長である。

蔣介石との和平交渉に際して、小野寺中佐は、鄭蘋茹《テンピンルー》（※巻末註3）という女性を経由して戴笠を紹介された。だが、後日、この戴笠が偽者であったと判明したのだ。

これを指摘したのは、上海憲兵隊の特高課長・林秀澄《はやしひでずみ》少佐である。小野寺は帰国前に林特高課長から呼び出され、「あなたがお会いになった戴笠は偽者です」と言われ、愕然としたという。写真をもとに機関員が確認したところ、確かに別人であったとわかった。

鄭蘋茹は、小野寺の和平交渉を手伝っていた女性である。歳はいま二十五歳（※巻末註4）。雑誌の表紙に写真が載ったほどの美貌の持ち主で、上海ではちょっとした有名人だ。父親は上海高等法院の検察長で、国民党員。つまり蔣介石側の人間だ。鄭自身も国民党員で、学生時代には法律を学んでいた。一時期は、抗日運動に加わってビラ撒《ま》きなども行ったりしたが、母親が日本人であるため、兄弟姉妹と共に、彼女も、ふたつの祖国の間で苦悩し続けてきたという。鄭家の子供たちは、学校でひどい差別を受け、中国人からは日本人と罵られ、日本人からは中国人だと後ろ指をさされた。鄭蘋茹は、このような状況を変えたいと願い、日中和平工作に協力してくれたのだ。そんな彼女だからこそ、戴笠の一件は、小野寺やスミたちにとって大きな打撃だった。

周治は続けた。「軍統は、昨年、抗日組織の藍衣社《らんいしゃ》を組織内へ吸収した。でも、やらせていることは相変わらずだ。三月に、汪兆銘がハノイで軍統の刺客から襲撃されたでしょう。彼らは和平工作者も同じように攻撃するかもしれない。今井大佐に危害が及ばないとも限りません。ましてや、こういう形で、しばしば我々とお会いになるのであれば、影武者を立てたほうが安全ですよね」

今井大佐は、微《かす》かに声を洩らして笑った。

黒月は眉間《みけん》に縦皺《たてじわ》を寄せ、口を真一文字に結んでいる。

今井大佐が口を開いた。「私が本物でも偽者でも、皆さんにとっては、どうでもいいのではありませんか。現場で指揮をとるのは黒月書記官です。皆さんは彼の言葉に従って動く。その指示は、間違いなく『榛ルート』に必要なものです」

「指示は、黒月さんがひとりで決めるのかもしれない。こちらには確かめようがない」

「疑っておられるなら、影武者だと決めつけて頂いても構いません。仮に、私がここで身分証明書を見せたとしても、それが本物だという証拠はありませんし」

「曖昧《あいまい》な答え方ですね」

「不安なら工作から降りて下さい」

「いえ、おれにはおれの考えがありますので、このまま続けます」

「では、これで決まりですね」

「狐《きつね》につままれたような気分ですが仕方がない。わかったことにしておきます」

森塚が真面目に言葉を引き継いだ。「私も続けます。よろしくお願い致します」

「私も」とスミもあとを追いかけた。「大切なのは、交渉そのものと思いますので」

目の前の今井大佐が偽者であったとしても、本物の今井大佐は繰り返し交渉の場に立ってきた勇敢な男だ。上層部から手ひどい目に遭わされても決して絶望せず、新たな仕事にのぞみ続けてきた。そのような人物を手助けできるなら本望だ。

「それでは」と今井大佐は言った。「今後、私の名前は『今井』ではなく『一ノ瀬《いちのせ》』と呼んで下さい。軍部の秘密工作では偽名を使いますので。いまここにいるのは、今井であって今井ではない、一ノ瀬大佐という人物――。黒月さんを通さず支那派遣軍総司令部に連絡をとる場合にも、『一ノ瀬』の名前で呼び出して下さい」

「承知致しました」

「では、私はこれで失礼させて頂きます」今井＝一ノ瀬大佐は、晴れ晴れとした表情で言った。「もうすぐ仲居が料理を運んでくるでしょう。黒月書記官と一緒に食事を楽しんで下さい。勘定は先に済ませてありますし、今夜ここは貸し切りです。じっくりと、これからの計画を皆さんで練って下さい」

大佐は畳に置いていた軍帽をとり、慣れた手つきでかぶって座布団から腰をあげた。

スミは立ちあがり、大佐のために出入り口の襖を開いた。大佐は彼女に向かって軽くうなずき、初めて会ったときと同じように温かい笑みを浮かべた。

そして、離れから母屋へと続く廊下を悠然《ゆうぜん》と歩いて行った。

第二章　榛《はしばみ》の花

1

　自分を「一ノ瀬大佐」と呼ぶように指示した人物が立ち去ると、周治は座卓の向こうの黒月に声をかけた。「大佐殿がお帰りになりましたので、ここからはもう少し楽に話したい。構いませんか」

「どうぞ」

「黒月さんも言葉づかいを変えて下さい」

「変えるとは」

「もっと上長《じようちよう》らしく、偉そうにしてほしいんです。ですます調は似合わない、あなたには」

　黒月は少しだけ頬を歪《ゆが》めた。怒っているようには見えなかった。あっけらかんとした周治の性格に、呆《あき》れているのではないかとスミは感じた。

「そう言われましても、森塚先生は私よりも年上なので丁寧な言葉を使いたい。倉地さんは女性ですから、乱暴な言葉は投げつけたくない」

「では、おれに対してだけは命令口調でお願いします。『犬』には短い言葉が必要です。特に番犬には」

「あなたは犬じゃない、人間だ」

「犬ですよ。皆さん、そのつもりでおれを雇っているはずだ」

周治と黒月は無言で睨み合った。が、どちらも、相手を蔑《ないがし》ろにしたいわけではなさそうだ。言葉の拳で、相手の実力をはかっているように見える。

先に口を開いたのは黒月だった。「『何々しろ』『ついてこい』といった具合にですか」

「はい。そして、最も重要なのは、『誰それを守れ』のひとことです」

「なるほど」

「声をかけるときは呼び捨てで結構です」

「『新居《あらい》くん』という呼び方でもだめですか」

「実弾が飛び交う場で、そんな余裕はありません」

黒月は含み笑いを浮かべた。「確かに私は、大使館の外のことはよく知らない人間だ。荒っぽい場所では、それに相応しい言葉が必要という意味ですね」

「ええ」

「小野寺中佐も、あなたをそのように？」

「勿論です。さすがに軍人さんは、そのあたりの扱いは慣れておられました」

「そうですか。だが、私は軍人ではないので、あなたのことを『犬扱い』はしません。人間として、『くん』付けで呼ばせてもらいます。ただ、他の点については心がけておきましょう」

「ありがとうございます」

「今夜は、あとふたり客が来ます。榛ルートに関わってくれる人たちです。そろそろ到着する」

ほどなく再び廊下から声がかかり、襖が開かれ、若い男女が部屋に入ってきた。女性は地味なワンピース姿、男性はありふれた背広にウールのネクタイという出《い》で立ちだった。

スミは彼女を見て目を見張った。

駆け寄ってきた女性は畳に両膝《りょうひざ》をつき、スミの手をぎゅっと両手で握りしめた。「心配したでしょう。連絡をとるのがとても難しかったの」

「追われていたの？」

「ええ。でも、匿《かくま》ってくれる人がいたから」

流暢《りゅうちょう》に日本語を操るこの女性の名は費春玲《フェイチユンリン》。中国側の和平工作者で、スミと一緒に小野寺工作に関与していた人物である。

いっぽう周治は、もうひとりの訪問者を見つめて呆然《ぼうぜん》となった。

「なぜ、おまえがここへ」

「ご縁があってね」男はさらりと答えた。

男の背格好は周治と変わらなかったが、七三に整えた髪型のせいか、身だしなみに気を配った今日の周治よりも、さらに端正な印象だった。少々、神経質な気配すら感じさせるが、人懐っこい笑顔がそれをうまく補っている。

仲居が黒月に訊ねた。「そろそろ、お料理を運ばせて頂いてもよろしいでしょうか」

「お願いします」と黒月が応えると、仲居は「かしこまりました」と頭を下げ、廊下へ出た。

スミは費春玲の手を強く握り返した。「本当に無事でよかった。憲兵や76号の動きが六月から激しくなっているから」

「知っている。仲間が何人も酷《むご》い目に遭った。運が悪ければ、私もそうなっていた」

「これからはもう安心よ。新しい居場所を探しましょう」

費春玲は、やつれた顔にうっすらと笑みを浮かべた。髪はパーマをあてずに短く切りそろえているだけだ。スミと同じ年齢なのに、しばらく見ないうちに、何歳も老け込んだように見える。

森塚も身を乗り出した。「小野寺中佐も、帰国寸前まで皆さんのことを気にかけておられました。費さんは人脈が広いから、密告されるとあとが大変だと」

「ありがとうございます。正直なところ、古くからの知り合いでも、誰が誰の味方なのか判別がつかず、この街はもはや混沌《こんとん》の極みです」

「鄭蘋茹《テンピンルー》さんはどうしていますか。近況がわかりますか」

その名を出された瞬間、費春玲は顔をこわばらせた。「鄭さんは、中統《ちゅうとう》からとても重要な仕事を任されて、いまそちらに専念しています」

中統とは、軍統と並んで国民党を支えている組織である。

「まだ上海に？　それとも他の都市に？」

「租界内にいます。76号の丁默邨《ディンモーツン》という男をご存じでしょう。李士群《リーシーチユン》と一緒に76号を作りあげた人物です。鄭さんは丁默邨の愛人のふりをしながら、76号の内部情報を探っているんです」

森塚の顔に動揺が走った。

スミと周治も言葉を失った。

上海租界には、蔣《しょう》派の抗日運動家や関係者の暗殺を担う、中国側の特務工作機関がある。

その名はジェスフィールド76号。彼らは中国人でありながら日本軍と手を結び、汪兆銘擁立工作を補佐している。蔣派を支援する組織である「軍統」と対立しており、これを叩き潰すために、日本軍から武器まで与えられていた。上海憲兵隊特高課長の林少佐とも連携し、その働きは八月に少将に昇進した影佐禎昭《かげささだあき》も容認済みだ。国民党と共産党に続く、第三の勢力。自分たちこそが新しい中国の中心となるのだと息巻いている一派である。

軍統の刺客の中には鉈《なた》を暗殺用具として使う者すらおり、そんな荒々しい工作員と正面から闘う76号もまた、容赦のない武闘派の集まりだった。両者の衝突はやくざの抗争にも等しく、まともな上海市民は、とばっちりを恐れて震えあがっている。

森塚は座卓の上で拳を握りしめた。「丁默邨がどれほど危険な男か、鄭さんだって知らんわけでもなかろうに」

「どうしても断れない筋から頼まれ、引き受けるしかなかったと」

「中統からの命令で動いているとばれたら、鄭さんは間違いなく76号に殺される」

「そうなる前に私が連れ出します」

「よろしくお願いします。費さんもあまり深入りしないように。日中和平工作は汪兆銘擁立工作と連動しているが、それでも我々は元小野寺機関の人間です。76号から見れば、軍統や中統から密命を帯びていると疑われても不思議ではない」

「気をつけます。あんな連中に殺されるのはごめんですからね」

スミは横から囁《ささや》いた。「春玲、私はもう一度、鄭さんに会いたい。なんとか場を作れない？」

「あなたまで来ることはない。危険だ」

「中国人のふりをしていく。旗袍《チーパオ》を着て、上海語だけで喋る。落ち合う場所はあなたに任せる」

費春玲はためらっていたが、やがて「わかった」と答えた。「鄭さんとも相談してみる。でも、会えなくてもがっかりしないで。向こうも神経をすり減らしている最中だから」

「ありがとう」

直後、周治が遠慮がちに声をかけてきた。「あの、そろそろ、こちらの紹介もいいでしょうか」

「勿論だよ」と森塚が応じ、周治の隣で正座している男と視線を合わせた。「新居くんの知り合いまで参加するとは驚きです。初めまして。私は森塚と申します。上海自然科学研究所の生物学科で働いています」

男は両膝に手を置くと、森塚に向かって頭を下げた。「初めまして。双見健太郎《ふたみけんたろう》と申します。邦明《ほうめい》通信社の記者です。それにしても、なぜ研究者の方がこんな場に」

「日本の研究者は分野を問わず、学問を通して中国の方々と深く交流しています。その関係で、私は和平工作への協力を頼まれました。もっとも研究所の人間は、私が関わっているとは知りませんが」

「僕は、黒月さんと付き合いのあった上司から声をかけられました。森塚先生は、野外調査で大陸内部にも行かれますか」

「はい。何年か前に、淡水魚を探しに四川《しせん》省の奥地まで」

「では、現地の官吏とも顔見知りですか」

「スパイと間違われると困るので、野外調査は中国の役場に届けてから行います。この関係で少しご縁ができました。それでも怪しむ方はいますが」

「僕も同じです。記者なんて、悔しいけれど一番疑われる職業ですから」

記者という職種のせいか、双見は初対面の人間とも臆さずに話した。スミが自己紹介すると、その話からさりげなく自分の苦労話や笑い話につなげ、場を沸かせた。

お互いに挨拶を終えると、双見は黒月の隣に移動し、襟元をゆるめて一息ついた。

森塚が言った。「記者さんが加わってくれるのは心強い。邦明通信社なら、内外ともに情報網は確かですね」

「はい。弊社が入っているビルは黄浦江《こうほこう》沿いにあります。近くには、ロイターもAP通信も。古くから連携しています」

「新居くんとは、内地からのお付き合いですか」

「子供の頃からの友人です。実は、こいつもほんの少しだけ記者をやっていたんですよ」

すると周治が横から割り込んだ。「あれはおまえが、勝手におれを新聞社へ連れていっただけだろう」

「だって、あのままでは君のお母さんが気の毒だったから」

「料理人になるという話はしてあった。おふくろは納得済みだ」

「でも、普通は内地で修業するものだろう。それをおまえは、いきなり大陸へ渡るというんだから、むちゃくちゃだ」

周治は口をへの字に結んだ。「おれはおまえとは違う。記者なんて向いていない」

「それはじゅうぶんにわかったよ。おまえは新聞社から三日で逃げ出したんだってな。僕が支局長の前でどんな顔をして謝ったか、写真があったら、いまでも見せてやりたいほどだ」

周治は口をつぐむと、すっと頭を下げた。「それについてはすまなかった。だが、おれは本当にだめなんだ。新聞社とか記者とか——ああいうのはインテリの仕事だ。水が合わない」

「現場では、おまえみたいな人間こそ欲しいんだがな。大雑把に見えて、実は平衡感覚のある奴が」

黒月が会話に加わった。「双見さん、邦明通信社の支局長は実に有能な方ですね。海外の大使とも臆せず話し、貴重な情報を運んで下さる。いつも感謝しています」

双見は即座に笑みを返した。「ありがとうございます。弊社の支局長とは、どういったきっかけで？」

「最初にお目にかかったのは上海租界のロシア大使館です。その後も、欧米の大使館が主催するパーティーで、しばしばお姿を見かけました。パイプ煙草《たばこ》の話題をきっかけに、イギリスの大使と深く話し込んだこともあるそうですね。そのとき先方から、イギリス流の外交とは、『友好的に、しかし、確固たる態度で《フレンドリー・バット・ファーム》』だと教えられたとか」

「支局長は特別な方です。僕には、とてもあの真似《まね》はできません。支局長は常々言っています。『上海は、情報《ニューズ》が多いが流言飛語《デマ》も多い街だ』と。このふたつを見分けるには、中国人の見解が必要だと力説していました」

仲居が全員の膳を運び入れて部屋をあとにすると、スミたちは、しばらく食事を楽しんだ。周治が期待をかけていただけあって、どれも目を見張る品だった。

繊細に出汁《だし》をひいた冬瓜《とうがん》入りの吸い物、煮浸しで味を含めた葉物や根菜、湯葉。色鮮やかな刺身。香ばしい塩焼きの太刀魚《たちうお》。夏野菜の天麩羅《てんぷら》。あなご入りの茶碗蒸《ちゃわんむ》し、等々。関西風の薄味ながらも、旨味《うまみ》の輪郭は、しっかりと立ちあがってくる。ひとくち食べるたびに、世間の騒がしさが頭の中からすっと消えた。

ここでは時間が止まっているのだと、スミは感じた。

世間とは違う時間が流れる場所。たとえ戦争が始まったとしても、ここは別世界のままだろう。それが壊れるのは、漁業や農業にたずさわる男たちが軍隊に召集され、大勢戦死し、労働力不足によって虹口《ホンキュウ》へ食材が届きにくくなったときなのだ。

スミは費春玲に言った。「近いうちに、またゆっくり話しましょう。フランス租界のチョコレット・ショップで落ち合うのはどうかしら」

「いいわね。共同租界のほうは、いまどんな感じ？」

「日本人街は相変わらずよ。静安寺《せいあんじ》を越えて西へ行くと、日本人も中国人も何をされるかわからない」

費春玲はうなずき、黒月に訊ねた。「新しい事務所はフランス租界ですか」

「はい」黒月は箸《はし》と碗を置きながら答えた。「毎回、この離れを借りるわけにもいきませんし、霞飛路《アヴェニュー・ジョッフル》と辣斐徳路《ルー・ラファイエット》の間のどこかで空き家を探します。住所は、後日、森塚さん経由で皆さんにお伝えします」

食事も終わりに近づいた頃、双見が「そろそろ、よろしいでしょうか」と切り出した。

「交渉可能な人物のリストを作ると聞きましたが、皆さんが接触できる相手は、いまでもかなり残っているのですか」

「ええ」とスミは応えた。「小野寺工作で築いた人脈は相当なものです。ただし、蔣介石《しょうかいせき》が耳を傾けてくれるレベルの相手となると限られます」

「やはり、国民党の中央党部秘書長や、侍従室長あたりが狙い目かな」

「上層部に和平派が潜んでいても、いまの状況では表に出られないでしょう。この期《ご》に及んで、まだそんな戯言《ざれごと》を口にするのかと――蔣介石から怒鳴りつけられてしまいます」

「では、少し離れたところから攻めていく？」

「そうですね。財界人、研究者、文学者、聖職者——このあたりなら、蔣介石も一度は耳を傾けるかもしれません。普段から、貴重な情報源になっている方々ですから。でも、そのあとを続けるのが厳しい」

「僕は、正規の外交ルートを通すのが一番いいと思うのですが、無理なのですか」

黒月が答えた。「日中和平工作は、外交筋のものでは、トラウトマン工作以外は存在していません。後続の計画がないのです」

「ドイツが仲裁するところを見たかったですなあ」森塚が口惜《くや》しそうに顔を歪めた。「あの工作が成功していれば、日本は国際的な評価を取り戻せた」

「流れた案を云々《うんぬん》しても仕方がない。私は、蔣介石が敬意を抱いている人物——たとえば、留学生時代や、上海時代の知り合いでも構いませんが、そういう人物を巻き込めるなら、ある程度効果があるのではないかと期待しています」

双見が言う。「杜月笙《ドゥーユエション》とか？　蔣介石は、彼と義兄弟の契りを結んでいますよね」

「杜月笙は抗日で反共です。蔣介石とほぼ同じ志向を持つ人物ですから、今回の交渉相手には向きません。影響力という点では大きいのですが」

「では、あとは家族や親族」

「その線は有りかもしれません。親族関係は強いカードです。ただ、日本との和平に興味を持っている方がいるのか、いまのところ聞きませんね」

「交渉を頼めそうな人物の連絡先はどこに」

「小野寺工作に関わっていた方々の、個人的な記録だけが頼りです」

「それでは時間がかかる――」

「手がかりがあるだけましです」

再び、森塚が割り込んだ。「双見さんが仰《おつしや》る通り、私も、外交ルートに頼るのがベストではないかと思います」

「具体的な案をお持ちですか」

「知日派のアメリカ人外交官に、協力を打診するのはどうでしょう」

「アメリカは蔣介石寄りの立場ですよ。蔣介石の妻である宋美齢《ソンメイリン》は、駐中華民国アメリカ大使館附陸軍武官や陸軍航空隊の大佐に積極的に働きかけています。軍事協力を取り付けるために」

「軍関係のルートは、確かに蔣介石に押さえられているでしょう。だがアメリカは、正式に日本と戦争すると決めたわけじゃない。日本に駐在しているアメリカ大使が、日本との開戦を望まず、政府を説得中だと聞いています」

「――ジョセフ・クラーク・グルー大使のことですか」

「はい。その方です。私は外交関係の知り合いから、これを教えられました。上海自然科学研究所は、もとは外務省の管轄下にありましたので、私はそちらに知り合いがおりまして」

「グルー大使に協力をお願いするにしても、どう動きますか」

「まずは、蔣介石と大使との間に立って、ふたりを結びつけられる中国側の人材が必要です。大使クラスのアメリカ人が、日中和平のために腰をあげれば、蔣介石は、万が一のときの保険として一度ぐらいは会見を許すでしょう。なるべく時間を稼ぎ、その間に、今井大佐に日中和平工作を決着させてもらえれば道も開けます」

費春玲が訊ねた。「その大使は信用できるんですか」

「グルー大使は、長年、日本を観察してきた人物です」と森塚は応えた。「結果、アメリカと日本との戦争は危険だという結論に至ったそうです」

黒月が付け加える。「私も聞き及んでいますが、アメリカ政府は大使の意見に反発しているようですね」

「なぜですか」

「大使の見方は甘すぎる、と」

「甘い？」

「グルー大使自身は、日本人は欧米人とは考え方が違うと言っているようです。日本は小国だがプライドの高い民族の集まりで、いったん戦争を始めると、最後のひとりになるまで戦いをやめようとしないだろうと。これではアメリカに甚大《じんだい》な被害が及んでしまう、だから開戦は避《さ》けるべきだというのが大使の意見です。日本経済が上向けば、内政も落ち着き、中国全土を支配するのは無理だと気づくだろう——と、グルー大使は本国に報告した」

これに対してアメリカ政府は、「その考え方は日本側に寄りすぎている」と大使を批判したのだという。満州事変《まんしゅうじへん》以降の日本の行動は危険極まりないもので、アメリカとしては看過できない、というのが国務省の極東専門家による見立てだ。

黒月は森塚に訊ねた。「外交筋を利用する場合、他に頼れそうな国はどこだと思いますか」

「ドイツはいまさら無理でしょう。イギリスとフランスは租界の権益で日本と対立していますから取り付く島もありません。ソ連は論外です。北満鉄路《ほくまんてつろ》の買い取り交渉で、向こうも日本を『侮《あなど》れない国だ』とあらためて警戒したようですから。すると現状、アメリカしか残らない。真正面から攻めてみませんか」

「わかりました。では、まずは、この線をひとつ押さえましょう。あとは大陸側で誰が動いてくれるか、ですね」

2

料亭「伊吹《いぶき》」における会合では、深いところまで話は進まなかった。具体的な行動は事務所の場所が確定してからということで、この日は解散となった。

スミは周治に送られ、夜中の十一時頃には自宅の近くまで戻った。

高揚感はまだ続いていたが疲労感も強かった。聞けば聞くほど、新たな計画の難しさを痛感する話し合いだった。

今回の和平工作が失敗すれば、あとはもう戦争しか残っていない。中国だけでなく、アメリカやイギリスまでをも巻き込む戦いだ。

以前、森塚は、「そうなったら、もって二年、長くても四年で日本が負けて終わる」と断言した。国として保有している資源の量や人口から考えると、南方へ進出して資源を確保したとしても、このあたりが限界という計算だ。経済や貿易の世界で働いている専門家なら、もっと正確な数字をはじき出すだろう。

欧州大戦下、イギリスの経済封鎖によってドイツは困窮し、それが引き金となって敗戦した。都市部に居住していたドイツ国民を襲った飢餓は恐るべきもので、栄養失調によって七十万人以上もの国民が死んだ。そのとき、闇で取り引きされた食料品の価格は、平常時の十倍から二十倍以上にも達した。日本でも同じことが起きるかもしれない。

自宅の窓に灯《あか》りを見て取ると、スミは立ち止まり、周治に向かって頭を下げた。

「今日もお世話になりました。ありがとうございます。素敵なお料理でしたね」

周治は「まあまあでしたね」と気がない調子で応えた。

「あれで満足できないんですか。本職の料理人の方は、やはり舌が違いますね」

「いや、普通に美味《おい》しかったのですが、先のことを考えると憂鬱《ゆううつ》になりまして」

「元気を出しましょうと仰ったのは周治さんですよ」

「双見が工作に関わるとは思っていなかったので」

「心配なのですか」

「少し弱いところがある奴ですから」

「どんなふうに？」

「報道の仕事は綺麗事《きれいごと》では済まない。簡単に時代に流されます。それを許せない潔癖さみたいなものを持っている奴です。どこかでつまずくかもしれない」

「周治さんがそばにいらっしゃれば大丈夫では」

「はい。近いうちにふたりだけで話してみます」

周治はスミの自宅のほうを向き、目を細めた。「スミさんも、ご主人にあまり心配をかけないように」

「夫は、よくわかっていますから」

「おれが同じ立場だったら放っておけない。いつもスミさんのそばにいる」

毅《つよし》とは普通の夫婦ではないのだ、とも言えないので、スミは軽く挨拶したあと、その場から離れた。

スミが玄関をくぐるまで、周治は目を離さなかった。

もし誰かがこの場を通りかかったら、男がひとり、恋人を見送っているところだと思っただろう。

毅は二階の寝室にいた。寝間着姿で寝台にうつぶせになり、細かい文字が並ぶ本をめくっていた。寝転がったまま、いつもの調子で「おかえり」と明るく声をかけてきた。そして「スミさん、ちょっと話をしようか」と言い、本を閉じて寝台から身を起こした。丸眼鏡のずれを直し、敷布の上であぐらをかいて寝間着の乱れを整える。

スミは寝台の端に腰をおろし、夫の言葉を待った。

毅は続けた。「今年の三月に、領警と上海憲兵隊と工部局《こうぶきょく》警察との間に協定ができた。知ってるかい」

「ええ」

領警とは、上海総領事館警察部の略称である。日本の外務省管轄下にあり、日本人で構成されている。いっぽう、共同租界には、もともと工部局警察という組織が存在している。これは、イギリスが共同租界を管理するために作った。現場の人員は、移民系のイギリス人やインドから来たシーク教徒などで占められている。若干の日本人職員も含まれる。末端の業務を担うのは中国人だ。上海租界には、このように複数の国や民族で構成された各警察組織があり、それぞれの担当範囲内で動いている。

だが、この体制では、場所を問わずに起きるテロ事件や抗日派の活動に対応しきれない。

そこで、三者が連携して街の治安維持にあたろうという話になり、その協定が成立したのが今年の三月だ。

「上海憲兵隊の林課長は有能な男でね。協定の成立と同時に、フランス租界にも手を伸ばして、あちらで憲兵が動けるように環境を整えた」

えっ、とスミは絶句した。

フランス租界を管理する公董局《こうとうきょく》は、工部局とは管轄する国が違う。公董局はフランスの行政機関だ。フランス租界にも工部局警察に相当する警察組織が存在し、公董局がそれを束ねている。このため、工部局の警察はフランス租界では自由に行動できず、公董局の警察は共同租界で勝手な動きをとれなかった。共同租界に本部を置く上海憲兵隊も、工部局警察と同様に活動範囲に制限がある。

犯罪者やテロリストは、各国警察の活動範囲の制限を利用して、追跡の手を逃れている。共同租界で事件を起こした者はフランス租界へ逃げ込み、フランス租界で事件を起こした者は共同租界へ逃げ込むのだ。加えて租界内でも、それぞれの部署の活動範囲が限定されているから、うまく動けば追跡を振り切れる。

これでは、いつまでも該当勢力を一掃できないので、長い間、警察や軍部では悩みの種となっていた。

三者協定は、これを解消するために取り結ばれた。

だが、その一件と、上海憲兵隊をフランス租界に置く話は、まったく別の問題だ。日本軍の非占領区域で、軍隊の一組織である憲兵隊を自由に行動させるわけにはいかない。

スミは訊ねた。「林課長は、どうやってそれを」

「租界にいる憲兵が外国語を喋れないのはまずいから――という理由で、憲兵にフランス語や英語を勉強させたいと公董局に申し出た。そのために、フランス租界へ出入りすることを認めてほしいと。公董局がこの要請を呑んだので、いまでは、三井洋行《みついようこう》上海支店の社宅が、上海憲兵隊の屯所《とんしょ》になっている。二十数名の日本の憲兵が、フランス租界に住み込んでいるんだ。来年には巡回も始めるだろう。あらためて言うまでもないが、上海憲兵隊は、林課長を通じて76号ともつながっている。注意しておいたほうがいいね」

課長と名乗られると一般人はうっかり聞き流してしまうが、林は根っからの軍人である。階級は陸軍少佐。租界内で起きるすさまじい暴力にも眉ひとつ動かさず、犯行現場の検証で、血まみれになりつつも平然と証拠物件を探すような剛毅《ごうき》な男だ。

その林課長が、フランス租界に憲兵を置かせたというこの話、毅はいったいどこで聞いてきたのか、スミは恐ろしくて訊き返せなかった。

六月にフランス租界のマンションで森塚と顔を合わせたとき、森塚は室内でジャズのレコードをかけながら、『ここはフランス租界だ。何を聴こうが、憲兵から文句を言われる筋合いはない』と冗談めかして笑った。が、フランス租界でも日本の憲兵が動くのであれば、場合によっては笑い事では済まない。和平工作者は敵味方双方の陣営に接するため、いらぬ誤解を受けやすい。敵を利するスパイと見なされてしまうことがある。小野寺工作が頓挫《とんざ》したとき、それまで活動していた協力者が憲兵に捕縛《ほばく》され、投獄されたのはこれが理由だ。「上海租界も窮屈になったものだね」と毅は続けた。「僕らは、いずれフランス租界に引っ越したほうがいいから、スミさんも憲兵の動きには気をつけて。どのあたりを巡回するのかわかったら、新しい家を選びやすい」

「そうね」

「僕はね、商売の延長でやっているからいいんだ。勿論、前にも言ったように、理由はそれだけじゃないけれど。心配なのはスミさんのほうだ。スミさんは思想で動いているだろう。そういう人は逃げ遅れやすい」

「いまの中国の動きについて毅さんはどう思う？　正直なところを聞かせて」

「汪兆銘の判断は甘いと考えている」

毅はいきなり核心に斬り込んできた。まるで、スミが何をやっているのか既に知っているかのように。「汪兆銘自身は、確かに、りっぱな心意気をそなえた人物だ。だが、いまの日本に、彼が求めているような『誠』や『義』などありはしない。僕は最近、日本も中国も嫌いになってきたよ。どちらの国にも、このふたつが欠けている者が大勢いて、他人をたきつけて殺し合いをさせている。いま汪兆銘を支援するのは負け戦に加わるようなものだ。汪兆銘政権は、最終的には日本の傀儡《かいらい》政権に変わるだろう。満州国や、かつての冀東防共自治《きとうぼうきょう》政府と同じさ。大陸に人数を割《さ》けない日本としては、こういう形でしか占領地の行政を維持できない。南京《ナンキン》の新政府樹立の予定は近衛《このえ》声明でつまずいたから、まともな中国人は、もはや誰も汪兆銘の言葉など信じちゃいない。そういう政府を管理していくには、傀儡にする以外に方法はない」

蔣介石は汪兆銘政権を認めていない。それが日本の傀儡政権に変われば、和平交渉など二度と見向きもしないだろう。

やはり、今回もだめなのか。

小野寺工作の二の舞になるだけなのか。

暑さのせいだけではない汗が、じっとりと背中に滲《にじ》んできた。

3

霞飛路《アヴエニユー・ジヨツフル》に面した場所に店を構えた「紗利珈琲館《シャーリーコーヒーかん》」は、一階がチョコレート・ショップ、二階が喫茶部となっている。軽食も摂《と》れるため、女性客だけでなく男性客にも人気の店だ。チョコレート好きの人間にとって、一階の菓子売り場は夢のような場所である。イギリス資本の店なので外装も内装も洋風で、これらは、本来の上海の文化とはまったく異なるものである。

スミと費春玲《フエイチユンリン》が訪れたとき、紗利珈琲館の二階はまだ混んでいなかった。用心のため窓側は避け、奥の席を選んで腰をおろした。

釣鐘草《つりがねそう》を象《かたど》ったランプシェードが室内を明るく照らしていた。中国人の店員が、英語やフランス語を操って客から注文をとる。

聞くところによると、この店は、日中和平工作に関与している者たちが待ち合わせや相談によく使うらしい。人の出入りが多いので目立たずに済むのだという。

珈琲とチョコレートケーキが運ばれてくると、ふたりは笑みを浮かべ、フォークを手にとった。

今日、スミは旗袍《チーパオ》を身にまとい、化粧も普段とは変えている。フランス租界の事務所で着替え、化粧も上海風に変えたのだ。

費春玲と並んでいると、中国人の女性がふたり、街へ遊びに出たようにしか見えないはずだった。ふたりは、ダンスホールの女給がお喋りに熱中しているかのように振る舞った。

スミはからになった皿にフォークを置くと、費春玲に小声で訊ねた。「鄭《テン》さんは、なんて言っていた？」

「あまり会いたくないって。誰かに見張られているかもしれないから、私たちと合流するのは危険だろうと」

「それじゃあ仕方がないかな——」

「十五分ほどなら応じてくれるそうよ」

「本当？」

「鄭さんもスミに訊きたいことがあるって。どうする？」

「小野寺さんの近況を知りたいのかしら」

「そうかもしれない。急な帰国だったし、結末が結末だったから」

「どこに行けば会えるの」

「案内する。この近くよ」


紗利珈琲館から出ると、スミは費春玲と並んで、大通りを西へ向かって歩いた。やがて費春玲は立ち止まった。見あげると、金属製の枠に囲まれた美髪店の看板があがっていた。植物を模した曲線的な意匠《いしょう》は西洋的だが、描かれている文字は中国語である。

費春玲はスミの耳元で囁いた。「ここよ」

戸口に目をやったスミは言った。「休業日の札が出ている」

「だから使えるの。さあ、こっちへ」

費春玲は正面から店内へ入るのではなく、路地に折れて、裏口の戸を押した。錠はかかっておらず、ふたりは簡単に中へ入り込めた。

扉の向こうには薄暗い小部屋があり、中国人の青年が待機していた。青年は足早にスミたちの脇を通り抜け、素早く戸を施錠した。「あちらへ」と、上海語でうながす。

スミたちはうなずき、裏口の真向かいの扉を開いた。灯りを落とした美髪店のフロアは、天井のシーリングファンも止まり、湿った暑い空気が淀んでいる。

室内には足置き付きの椅子が並ぶ。クラゲの触手のように無数のコードが垂れ下がった電気パーマの機械が壁際に寄せられていた。客の頭をすっぽりと包んで使うセットドライヤーも何台か置かれている。美髪師も客もいないのに、シャンプーの華やかな香りと、鼻につんとくるパーマ液の匂いを微《かす》かに感じた。

大きな鏡に面した長机の前に、若い女性がひとり座っていた。椅子を引き、こちらへ体を向けた。つばの広い帽子をかぶり、黒眼鏡で表情を隠している。服は、透明感のある薄緑色のワンピースだった。

「鄭さん、ですよね？」スミが呼びかけても相手は答えなかった。費春玲が引き合わせてくれたのだから、鄭蘋茹《ピンルー》で間違いないはずだが、濡れたような薔薇色の唇からは親しげな挨拶はひとことも洩《も》れなかった。よく似た背格好の別人、あるいは鄭蘋茹の代理人なのだろうか。

「倉地さん」女性は唐突にスミの名前を呼んだ。「今日は、あなたに、おうかがいしたいことがあってここへ来ました」

北京《ペキン》語ふうの発音だった。記憶に残っている声とほぼ一致するが、本人とは断定しきれない。

　スミはすぐに返した。「なんでも喋れるわけではありません。あなたが本当に鄭蘋茹さんだとしても」

「それはあなたが日本人だから？」

「どこの国の人間でも同じでしょう。国としての間違い、人としての間違いを正したいとは思いますが、祖国を売るつもりはありません」

「ありがとう。それならかえって安心できます。私が知りたいのは日本の本心です。日本の政治家は、大陸での日本軍の活動を本当に全面的に認めているのですか。日本軍の判断は、すべて日本政府の意向と考えてよろしいのですか」

「残念ながら、そう言わざるを得ない状態です。しかし軍部にも、これ以上、戦いを拡大したくないと願っている人はいます。和平交渉を申し出ているのは、そういう人たちです。鄭さんも、よくご存じでしょう」

「ならば、和平派同士ですら派閥争いがあるのはなぜですか。どうして影佐さんは、小野寺さんの工作を潰したのですか。どちらも中国との和平を目指していたのであれば、手を取り合えばよかったのに」

「部署が違うと簡単には手を結べないんです。特に今回は、双方が、お互いの任務を知らなかったので」

「日本は、いつも、そんなふうに言っている。だから私たちは、もう、あなた方を手伝わないと決めたのです」

「お気持ちはよくわかります。鄭さんが中統のために働くのであれば、私たちは止めません。鄭さんが偽の戴笠《ダイリー》を小野寺中佐に紹介した件も、いまさらとがめません。見抜けなかったのは、こちらにも責任があります」

戴笠の件に話が及ぶと、鄭蘋茹らしき人物は再び口をつぐんだ。悪かったとも言わないし、弁解もしない。日本人は他民族のこのような態度を非難しがちだが、多彩な民族が一ヶ所に暮らす場所では、これが普通なのだ。素直に謝ってしまうと、どこまでも相手に譲歩し続けることになる。まずは自分の権利の範囲を確保し、交渉によって擦り合わせを行う。日本人は謝罪によって他者との距離を縮めようとする傾向が強いので、異郷でのやり方が奇異に見えるだけだ。

それでも、鄭蘋茹が、かつて日本側と協力関係にあったことを考えると、なんらかの言葉が欲しいところだった。しかし、黒眼鏡の女性は態度を変えない。

スミは続けた。「でも、事情は知りたいのです。鄭さんは、あんなに熱心に小野寺工作を手伝ってくれたのに、どうして、戴笠の一件だけは——。鄭さんも誰かに騙《だま》されていたんですか」

「それは言えない」

「いつなら教えて頂けますか」

「話す機会は永遠にないでしょう」

「では、もうひとつ。蔣介石と日本との和平交渉に、まだ少しでも余地は残っていますか。鄭さんから見てどうですか。戴笠と接触していたなら、いろいろとご存じでしょう」

「蔣介石委員長は、日本との和平交渉には二度と応じないでしょう。私がここへ来たのは、それをあなた方にお伝えするためです。無駄な夢を追うのはおやめなさい。皆さんの安全のほうが大切です」

「ご忠告ありがとうございます。でも、かけらほどでも可能性があるなら、全力で任務にあたりたいのです」

「私にはわからない。あなたが、なぜ、こんな危険な任務に就《つ》くのか」

「鄭さんだって危ないお仕事を」

「私は中国のためにやっています。こうしなければ、祖国に自由と平和を取り戻せないから。でも、あなたは日本へ帰ればそれで済む。私とは違う」

「いいえ。これは私なりの戦いなんです」

スミは両手を肩越しに背中へ回し、指先で旗袍のファスナーの位置を探りあてた。スライダーを引き、エレメントを開く。「ここは人がいないのでちょうどいい。見て頂きたいものがあります」

「何を？」

スミは黙って旗袍の袖から腕を抜いた。肌着の両紐をおろし、相手に胸元を見せる。黒眼鏡をかけていても、相手が大きく感情を動かしたのが、スミにも見て取れた。

胸部を斜めにはしる大きな傷痕を指先でなぞりながら、スミは続けた。「満州事変の直後、上海がとても荒れていたのを鄭さんもご存じでしょう。大陸のあちこちで起きた日貨排斥とデモは、風が強い日の火事みたいに、この街でもあっというまに広がりました。排日・抗日運動が激しくなると、共同租界の日本人は家族や町内を守るために自警団をつくった。でも、それに乗じて、危険な思想を持つ人たちも群がってきた。私はその頃、共同租界の私塾で語学の教師を始めたばかりで、生徒を守って家へ送っていく途中、運悪く、日本人と中国人との喧嘩《けんか》に巻き込まれたのです」

女は擦《かす》れた声でスミに訊ねた。「中国人が、あなたに斬りつけたの？」

「どちらであったかはわかりません。現場は混乱状態でしたから。それに、理不尽な暴力をふるわれたという意味では、どちらでも同じなんです。私の生徒たちは、手の筋を切られて指を動かせなくなったり、顔を傷つけられたり、頭に大きな怪我をしたり――。みんな、もとの体には戻りません。日本と中国、恨めるものなら両方を恨みたいです。でも、そんなことをしても、なんの意味もない」

スミは体の前で組んでいた手をほどき、肌着の紐をたくしあげ、旗袍の袖に腕を通した。

再び背中に手を回し、スライダーを引き上げながら言った。「私はこういう体験をしましたから、世間がますますひどくなっていくのを、どうしても見過ごせないんです。それを止める手段があるなら、可能な限り手伝いたい」

「あなたの傷は――」

「お医者さまからは、一生残ると言われました」

黒眼鏡の女は、スミが旗袍の襟元を整え終えるまで口をつぐんでいた。スミが背中から体の前に両手を戻すと、女は初めて「ごめんなさい」と口にした。「私の言葉が、あなたに無用な手順を強《し》いた」

「気にしないで下さい。もう過ぎたことです。いまは、この国と日本の未来について考えたい」

「あなたの熱意はわかりました。でも、中統も軍統も、何かあればあなたたちを狙うでしょう。中国との戦争を望んでいる日本軍も、あなたたちを恨み、邪魔をするでしょう。あらゆる方向から危険が及ぶことを忘れないで」

「ありがとう。これからもまた会えますか」

「いいえ。とても残念だけれど」

そのとき、このフロアへ案内してくれた青年が、控え室から顔をのぞかせた。「そろそろ時間です」

黒眼鏡の女は椅子から立ちあがり、スミたちの横を通り過ぎた。彼女が控え室の奥へ姿を消すと、青年はスミたちに言った。「あなた方は五分後に出るように。彼女と一緒ではまずい」

「わかりました」

「春玲」と青年が声をかけた。「あまり、あの人を困らせないでくれ。他の人にも迷惑がかかる」

「言っておいたでしょう、これが最初で最後よ」費春玲はぶっきらぼうに応えた。「スミは特別なの。他の日本人だったら会わせたりはしない」

どうやらふたりは顔見知りらしいが、ここで関係を問うのも憚《はばか》られる。

五分後、美髪店の外へ出て、路地から大通りへ抜けたあたりで、スミは費春玲に訊ねた。

「さっきの方はお友達？」

「ええ、今日は少し無理をさせたから苛立《いらだ》っていたみたい」

「あとでお礼を伝えておいて。やっぱり鄭さんに会えてよかった、ありがとうって」

スミと費春玲を送り出したあと、従承志《ツオンチヤンジー》は美髪店の裏口に錠をかけ、路地から大通りへ出た。

念のため、店の周辺に怪しい者が潜んでいないか視線を巡らせる。このあたりでは、誰かと待ち合わせている者でも長くは留《とど》まらない。すぐに誰かと落ち合って歩き出す。じっとしているのは監視者か尾行だ。しかし、見あたらない。不自然な位置に停まっている車もなかった。

先に送り出した鄭蘋茹は、仲間の車に乗り込んだはずだ。

日本人のほうには、費春玲がついているから心配はいらない。

従承志は美髪店の前から歩き始めた。大通りに沿って並ぶ店舗のショーウィンドウをときどきのぞき込みながら、周囲から誰の視線も注がれていないことを確認する。車道からは少し距離をとる。背後から自動車や黄包車《ワンポーツ》が近づいてきても、すぐに身をかわせるように。

アパートに帰るまでの間、異変は何も起きなかった。

階段をのぼって自宅まで辿り着き、錠を開けて、台所と一間《ひとま》しかない狭い部屋に足を踏み入れた瞬間、室内に潜んでいた誰かが従承志に飛びかかった。従承志はすぐさま腕を振り、相手に肘を叩き込んだが、反対側から短梢子《たんしようし》でしたたかに殴られ、床にうつぶせの格好で押さえつけられた。

首の後ろにひんやりとした金属が押しつけられた。膝で体重をかけられた背骨が軋《きし》む。歯を食いしばって、かろうじて顔をあげると、寝台の縁に見知らぬ男が腰をおろしているのが目に入った。

中国人ではない。

日本人だとひとめでわかった。

憲兵や軍人ではなさそうだ。どことなく崩れた雰囲気がある。共同租界にたむろしているやくざの印象に近かった。それは青幇《チンパン》や紅幇《ホンパン》とは似て非なる、中国人から見れば「大陸に勝手に押し寄せてきた飢えた野犬」だ。

男は、真っ白な上下を着こなし、中折れ帽を目深《まぶか》にかぶっていた。カマキリを思わせる長い手足を、もてあますように組んでいる。

「従承志さんだね」

そう問いかけた発音は、日本人にしてはずいぶんこなれた上海語だった。

従承志は相手を睨みつけたまま沈黙を守った。

男は手足をほどき、ゆらりと立ちあがって、従承志に歩み寄った。踊るようにステップを踏むと、従承志の頭を靴の先で勢いよく蹴飛ばした。

目が回り、額が床に落ちた。

まだ意識を保っている従承志の耳に、男の声が降ってきた。

「少々訊ねたいことがある。しばらく付き合ってもらうよ」

4

夕刻、周治は双見と会うために借家の外へ出た。

上海自然科学研究所の職員用宿舎に面している福履理路《ルート・フレラップ》まで歩き、通りと直交する道を北へ向かう。

待ち合わせの場所は霞飛路の一角にある酒場だ。落ち着いて話したかったので、にぎやかな演奏が流れない店を選んである。

店の前で双見と落ち合い、扉を押して中へ入った。

客席の他には、アップライトピアノと狭いステージが置かれているだけだ。今日は演奏家や歌手の姿もない。

まだ混む時間ではないので客も少ない。

周治と双見は壁際に席をとり、卓を挟んで向かい合った。

ウイスキーを注文し、女給がロックグラスとチェイサーを卓に載せて立ち去ると、周治は双見に声をかけた。「邦明通信社には、いつから」

「第二次上海事変が始まる前から。おまえが上海にいるなんて知らなかった」

「おれが働いているのはフランス租界の南端だ。仕入れの市場は決まっているし、黄浦江沿いまで足を向けてりゃ、もう少し早く顔を合わせたかもな」

「最初に住んだのは大連《だいれん》だろう？　なぜここまで流れてきた」

「話すと長くなるぞ」

「構わん。それを聞くために来たんだから」

「おふくろには伝えないでくれ」

「どうして」

「無用な心配をかけたくない。手紙を定期的に送っているから、近況はよくわかっているはずだ」

「意外と親思いなんだな」

「親不孝をしているつもりはない。おれは好きに生きているだけだ」

周治はグラスをあおった。荒々しい刺激と燻《いぶ》された木の香りが、喉の奥で心地よく広がっていく。

ここ数年、緊張を強いられる任務を続けてきた。気の置けない友人同士で酒を呑む機会など皆無だった。そんな余裕などなかったのだ。ずいぶん、無理な生活をしてきたものだ。

双見は懐《ふところ》から煙草の箱を出し、紙巻きを一本抜いてくわえた。オイルライターで火をつけ、吐き出した煙に目を瞬《しばたた》かせる。双見の仕草は、先日料亭で会ったときよりも、この街に相応しいように見えた。外見の端正さに反して、どことなく気怠《けだる》い雰囲気が滲み出ている。

それは、周治が昔からよく知っていた双見の印象とは、かなり異なるものだった。だが、最後に顔を合わせてから、もう十四年もたっているのだ。普通の大人なら、新しい貌《かお》のひとつやふたつ増えても不思議ではない。

もしかしたら、こいつは、おれよりも上海の空気に馴染《なじ》んでいるのかもしれないぞと周治は感じていた。いまの時代、大陸で記者として働くには、危険と隣り合わせになる覚悟がいる。恐怖に押し潰されないために心に頑丈な殻が必要なのだ。その殻をつけたまま、この暗い大海を泳いでいく度胸も。

「大陸へ来てから、危険な目に遭ったことはないのか」と周治が訊ねると、双見は「ない」と答えた。

周治はたたみかけた。「三年前に、成都《せいと》で日本人記者が殺されただろう」

「あんな事件はまれだ。頻繁《ひんぱん》に起こされたんじゃたまらない」

一九三六年、成都の領事館再開を巡って、排日派の中国人群衆がある事件を引き起こした。視察のために同地を訪問していた日本人新聞記者を、宿泊先の旅館になだれ込んできた中国人暴徒が襲撃し、集団暴行によって殺害したのだ。真っ昼間の出来事であった。記者を含めた四名の日本人を、領事館再開のために派遣された人材と勘違いしたのである。

当初、自分たちの身元を明らかにした記者たちの言葉に、群衆の一部は耳を傾け、行動を思いとどまり、解散しようという声もあがった。ところが、膨大な数の民衆が既に集まっていたので、端々《はしばし》までは話し合いの結果が伝わらず、痺《しび》れをきらした別の集団が記者たちの部屋に乱入した。

そこからあとは、もう混乱の極みだった。暴徒は記者二名を大勢で袋叩きにし、身ぐるみを剝いだうえで、その遺体を路上に投げ捨てた。ただの誤解が招いた最悪の事件だった。

中国側は、事件後、日本側に謝罪し、遺族に損害賠償も行っている。だが、あまりのことに日本側の民衆は激怒し、日中間の溝が、ますます深まってしまった。この一件だけでなく、大陸では、日本人居留民が中国人に襲撃される事件が満州事変以前から続いている。このような事件を起こさせないためには、欧米が中国に強要した不平等な条約を破棄して大陸支配から退き、日本人は軍隊も含めてすべて内地へ引き揚げるしかない。だが、そうすべきだと考えた人間は、この時代にはまだ誰もいなかった。

双見は続けた。「記者を襲った群衆の中には、女子供まで交じっていたそうだ。荒っぽさの質が日本人とは違うんだな。僕はそういうところに日中の差異を感じるね」

「日本の自警団だって、中国人に暴力をふるっているじゃないか。満州事変のあと、上海で、どれだけの中国人が、スパイや抗日派だと疑われ証拠もなしに連行されて殺されたと思う？言葉を失うほど、ひどいものだったんだぞ。たくさんの家族が働き手や親子を失った」

「中国では、兵士だけでなく、普通の中国人も武器を持って立ちあがる。虹口《ホンキユウ》の日本人自警団は、そういう人たちから同胞を守っているんだ」

「そんな、おとなしい話じゃない。言いがかりをつけて殴ったり、斬りつけるんだ」

「乱暴な連中は、賭博や売春業がらみで中国人に恨みを持ってるやくざだろう。自警団とは違う」

「一部はつながっている」

「だが、共同租界は自警団がいるから他よりもましだ。武器を持って巡回していれば、排日・抗日派の中国人だって行動を慎む。事変の最中は厳しい顔を見せてやり過ごし、世の中が落ち着いてきたら、また中国人と仲よくなればいいんだ。紆余曲折《うよきょくせつ》はあっても、日本人は、いずれ中国人とうまくやっていけるだろうと僕は信じているよ」

周治は反論を喉の奥へ押し込んだ。久しぶりの再会なのに喧嘩などごめんだ。双見の言葉は、普段から多くの日本人が口にしている「いまの時代の常識」だ。旧友の言葉だと思うから腹が立つのであって、軽く流してしまえば、どうでもいいことではある。

周治はぼそりと言った。「まあ、記者さんと比べれば、おれの人生は呑気《のんき》なものさ。大連で働いたあと、天津《てんしん》、北京と移動して、最後に上海まで流れてきてね」

「馬賊になって大陸中を放浪しているのかと思っていたよ」双見は口調を和らげた。さきほどまでの激しい調子を、自身も少し反省しているように聞こえた。

周治は気を取り直し、自らも明るい調子で続けた。「おれはただの料理人だ。冒険活劇みたいな話を期待しているならお気の毒さまだな」

周治が中国へ渡ったのは一九二五年。満州事変が勃発《ぼっぱつ》する六年前である。二十一歳のときだった。

日本で暮らしていた子供時代、石炭運搬船の船員だった父に、中華街へ連れていってもらったことがある。家の外で食卓を囲む機会はそれまでなかった。夢のような体験を前に、周治は胸を躍らせた。

五人兄弟のうち一番下はまだ赤ん坊だったので、母はその面倒をみるために留守番。ふたりの兄と妹と周治を、父がひとりで連れ出した。博打《ばくち》か何かでひと山あてたのか、父はずいぶんと機嫌がよかった。そんなあぶく銭を手にする機会でもない限り、大人数で出かけることはない家族だった。

訪れた店は小さかった。子供の目から見ても、ありふれた大衆料理店だとわかるほどに。壁には読めない漢字で書かれた品書きが並ぶ。油の匂いと、嗅ぎ慣れない刺激臭が漂《ただよ》っていたが、不快感はなく、むしろ食欲がそそられた。

父が注文し、やがて席まで運ばれてきた料理は、どれも物珍しいものばかりだった。和食とは違う不思議な舌触りの食べ物。香りの強い野菜や肉や魚や貝。濃厚な調味料や油の味。次々と貪《むさぼ》り、最後には甘い揚げ菓子を夢中で頬張った。周治たちがあまりにも繰り返し「また行きたい、また食べたい」と言ったので、父は珍しくうれしそうに何度もうなずき、のちにも、しばしばこの店に連れていってくれた。

やがて兄たちも就職し、妹は嫁ぎ先が決まり、周治も社会で働ける年頃になったとき、大陸に渡りたいと真剣に思った。支那《しな》料理の本場であの味を学び、自分でも作ってみたい。両親に相談すると反対された。料理人を目指すのはいい。だが、内地で和食の職人になれというのである。そのほうがどこにでも勤め先があると。どうしても支那料理を選びたければ、日本人が経営する内地の店で修業してはどうか。大陸に渡る必要などないだろうと。

それではだめなのだ、と周治は言い返した。日本人は「支那料理」をひとくくりにするが、あの料理店で教えてもらったところによると、大陸では、地方ごとに素材も味もまったく異なる八つの系統があるらしい。全部は学べないから、自分は、まずそのうち二つを押さえたい。北平《ほくへい》（※この時期にはこの呼称。一九三七年から一九四五年までは「北京」）周辺の山東《さんとう》料理、上海の江蘇《こうそ》料理だ。これを学び終えたら、大陸内部の四川料理や、広州《こうしゅう》の順徳《じゅんとく》料理を——。

最後まで話し終えないうちに、父親は援助しないと切って捨てた。何を夢のような話をしているのか。一ヶ所に腰を落ち着けられない奴は何をやったってだめだと、厳しく言い放った。

周治は、渡航費用を自分で稼ぐ必要に迫られた。

そこで幼馴染みの双見に引っぱられて新聞社の仕事を手伝ってみたが、これがなんとも性《しょう》に合わず、三日で逃げ出す羽目に陥った。

自己嫌悪に苛《さいな》まれつつも新しい仕事を探し、港で力仕事に就いた。積み荷の上げ下ろしなら簡単にできるだろうと思ったのだ。

仕事の初日、背負った荷物のあまりの重さに仰向《あおむ》けにひっくり返り、裏返された亀の子のように起きあがれなくなった。無様《ぶざま》な姿を大人たちから笑われた。馬鹿にされ、怒鳴りつけられ、尻を蹴飛ばされる毎日が始まった。

だが、肉体を酷使する仕事は周治に向いていた。無茶を重ねながら働き続け、その一方で、甘えられる友人にちょっぴり金を無心してみたり、賭け事に強い悪友の協力で元手を増やしたりして、どうにかこうにか渡航費用の片道分を手に入れた。

やがて、頃合いを見計らって港での仕事を辞め、今度は大衆食堂の職を探した。料理の基本を学ぶためだ。運よく、流行《はや》っている支那料理店の厨房《ちゅうぼう》に潜り込めた。

下っ端店員の仕事は、港湾労働とさして変わらなかった。つまり、体力勝負の運搬作業が中心だ。食材が詰め込まれた箱や袋を運び、ずっしりと重い鍋や釜を持ち運ぶ。脂が抜けてがさがさに荒れてしまった両手で、毎日、野菜や調理器具や食器を洗い続けた。

料理の作り方を教えてもらえる機会などなかった。

料理人の手つきを横目で見ながら、積極的に技を盗んだ。

この頃、母が病に倒れて床に伏せるようになった。回復の目処《めど》が立たない病だと医者から言われて、子供たちは息を呑んだ。父は治療費を稼ぐために船に乗る日数を増やし、ほとんど家へ帰れなくなった。

母を残して大陸へ渡ろうとした周治を、家族も親戚も責めた。親友である双見までもが「お母さんが可哀想《かわいそう》だ。内地で料理人になる道を選べないのか」と強く引き留めた。

自分の望みはそこまで身勝手なものなのか。初めて心の底から求めた夢なのに、芽吹いた途端に手放さねばならないのか。

母の病状が心配なのは周治も同じだった。しかし、自分の中に生じた「自由に生きたい」という気持ちを、どうしても抑えきれない。

意外にも、周治の選択に賛成してくれたのは母だった。以前は皆と同じく反対していたが、息子の努力を見ているうちに考え方をあらためたという。

「好きにしたらええよ」母は布団に横たわったまま周治にそう言った。「お父さんかて好き勝手してるんやから。ほんまは、あんたを責められへんはずや」

「そやけど」

周治が口ごもると、母は布団の中から腕を伸ばして彼の手を握りしめた。「お兄ちゃんたちもよう働いてくれるし、家のことは心配せんでええ。あんたは、やりたいようにやりなさい。そういう周治のほうが生き生きしとってええわ」

もし、大陸にいる間に母の容態が急変したら、最期を看取《みと》れず葬式にも出られない。本当にそれでいいのか。家族や親戚からそれを責められるのが怖いわけではない。そうなったとき、自分で自分を支えきれないような気がした。

それでも、海の向こうから呼ぶ声には逆らえなかった。名状しがたい衝動が自分の背を押していた。時代の風ではなく、己の内側から噴き出す熱い風が出帆を急《せ》かすのだ。

必ず母に手紙を出し続けると約束して、周治は日本から旅立った。


まずは大連を訪れた。内地で勤めていた食堂で紹介状を書いてもらい、大連で営業している支那料理店の厨房を手伝うことになっていた。高級料理ではなく、庶民が喜ぶ皿を提供する店である。

大連には多くの日本人が観光目的で渡る。日本企業の支店もある。大陸各地に存在する租界と同じように、異郷であって異郷ではない性質を強く持つ土地だ。

職場を訪れる前に、一度は見ておきたかった大連ヤマトホテルの近くまで足を運んだ。ヤマト系列のホテルは満鉄《まんてつ》が経営しており、大連の建物はとりわけ壮麗だと聞いていた。大陸に渡る日本人は日に日に増え、各地の宿泊所は増築や改築を繰り返しているという。

ホテルを目にした瞬間、周治は言葉を失った。

なだらかな山並みを背後に、石造りの重厚な建築物が聳《そび》え立っていた。周囲は街路樹で囲まれ、正面玄関前にも多くの緑が空間を彩る。帽子をかぶった中国人がベンチに腰掛け、ゆつたりと休憩していた。黒塗りの車がホテルの前に停まった。そこから降り立つのは、身なりのいい人間ばかりだ。

欧州に来たのかと見紛うほどの光景だった。こんなりっぱな建物を、日本人は、いま大陸各地に次々と建てているのか。

体が震えてきた。

ここは、自分のような人間がいる場所ではない。ヤマトホテルにもレストランが入っていると聞くが、自分は客としてはおろか厨房にすら立ち入れないだろう。見学しようとしても、その場でつまみ出されるはずだ。

ざわざわと波立つ心を抱えたまま、周治はその場から離れ、紹介されていた店を訪れた。経営者は日本人だが、店長は中国人、厨房で働いているのも中国人という店である。日本人が多い店を選ばなかったのは、一日も早く大陸での生活に馴染むためだ。大連で支那料理の基本をみっちり学んだあと、各地を巡り、さらに腕をあげるつもりだった。

が、内地で勉強してきたはずの周治の中国語は、厨房の仲間たちに、なかなか通じなかった。

周治が話しかけると同僚たちは困惑した表情を浮かべ、ときには薄笑いで応じた。わざわざ日本語で意味を訊ね返してくれる者もいた。なんとも悔しいことに、これがまたとても上手な日本語なのだった。

最初は、新入りをからかって、わざと聴き取れないふりをしているのかと思った。が、やがて、自分の発音が下手すぎて、相手に意味が伝わっていないのだと気づいた。恥ずかしいやら情けないやらで、大陸に足を踏み入れたときの高揚感は急速に冷めていった。

日本人には、中国語につきものの発声や抑揚を真似るのが難しい。大陸へ渡る前、内地で知り合った中国人からも忠告は受けていた。おまえは中国語を全然理解していない、それでは中国人には少しも聴き取れないと。だが、まあ、なんとかなるだろうと、呑気な気持ちでやってきて、この有様《ありさま》だ。まさか、ここまで見事に通じないとは思わなかった。

人生最大の危機に直面したが、こういうときでも、すぐに頭を切り替えられるのが周治の長所だった。あらためて、丁寧に中国語を学び直していった。

職場が、厨房という限定された場所だったことも幸いした。同じ作業を続け、特定の食材を扱う場所では、飛び交う単語や指示は限られる。しかも、何度も繰り返されるので記憶に定着しやすい。筆談に漢字を使えるところも日本人には有利だ。あわてず、どっしりと構えることにした。自分は料理人なのだから、調理の腕前さえよければ、いずれは熱意が通じるだろうと信じた。

予想通り、厨房での仕事をきちんとこなせるようになると、周治に対する評価は変わった。まかないで美味《うま》いものを作れば、「なかなかやるじゃないか」と素直に誉《ほ》められた。

初めて「一緒に呑みに行こう」と同僚から誘われたときには、飛びあがるほどうれしかった。大陸での日中の対立は周治も耳にしていたので、日本人なのに普通に付き合ってもらえることに心の底から感謝した。

五年前には尼港《にこう》事件が起きていた。大連で働き始めてからは、南京事件（※一九二七年のもの）、漢口《かんこう》事件、済南《さいなん》事件と、立て続けに、日中の軍事行動を発端に日本人居留民が中国人に殺害される事件が続いた。相手が悪ければ、この街ですらどんな目に遭うか、わからなかったのだ。

だが、厨房の仲間たちは暴力とはまったく無縁で――仕事が忙しすぎて、くたくたに疲れるので、そんな余力がないとも言えたが――言葉さえ通じれば、距離は急速に縮まっていった。慣れない間は彼らの会話がずいぶん騒々しく感じられたが、それは中国語に固有の音の上がり下がりを周治がよく理解していなかったせいで、聞き慣れてしまえば平気になった。

同僚の相談に乗ったり、こちらも話を聞いてもらったり、呑み会で新しい友人を紹介されたりしているうちに、ふと気づけば周治は「大陸流の人の環」の中に組み込まれていた。彼らは周治を「兄弟」と呼び、敬意を示した。周治が話す中国語は、彼らとの付き合いの中で急速に洗練されていった。大陸での冗談や笑いのツボがわかり、自分でもその価値観に合わせた軽口を叩けるようになると、中国の友人たちはますます周治を大切に扱った。

「おまえは日本人だが、この国の道理がわかる奴だ」「おれたちはもう兄弟だから、なんでも相談してくれ」「せっかく大連にいるんだから、もっといい服と靴を売っている店に案内してやろう。おまえはお洒落《しやれ》をするべきだ」等々、皆から気軽に声をかけられた。大陸の庶民の生活は日本人にとってはびっくりすることの連続だったが、周治はそれを楽しみ、すべて呑み込むと決めた。

やがて、大連を離れる日が近づいてきた。

資金が続く限り、いろんな土地で支那料理を勉強するのが最初からの目的だが、寒い地方は苦手なので満州は選ばなかった。北平へ向かい、そこから南下して最終的には上海へと至る経路を周治は計画していた。

大連から船で青島《チンタオ》へ渡り、そこでしばらく逗留《とうりゆう》する。そのあとは、青島から山東鉄道で済南まで行き、津浦《しんぽ》鉄道に乗り換えて天津や北平を訪れる。このあたりでまた長期間働き、時機を見計らって、再び津浦鉄道で南京の北にある浦口《ほこう》まで南下。揚子江《ようすこう》を渡河し、南京でひと休みしてから河を下る船で上海へ入る――。

行く先々で働き続ける旅だ。金銭に余裕はない。遊びながら回ることはできないが、急ぐ旅ではないので時間は気にしないで済む。

出発の予定を聞かされた厨房の仲間たちは、周治との別れを驚くほど悲しんだ。まるで今生の別れのように嘆くので、いずれまた大連に戻ってくる、安心してくれと言うと、皆はがらりと表情を変え、「なんだ、心配して損をした！」と、カラカラと明るい声で笑った。

「帰って来たら、すぐに知らせるんだぞ！」と友人たちは言った。

「勿論だ」

「皆でお祝いしよう」

「新しい料理を覚えてくるから、皆に振る舞うぞ」

「そいつは楽しみだ。美味い料理を、たくさん勉強してきてくれ！」

大連の港から船に乗ると、周治は甲板から青黒い海を眺めながら考えた。修業の旅が終わったら、そのあとはどうするか。

やることがなくなったら日本へ帰るのか。

それとも、一生、大陸で暮らそうか。

大連ではたくさん友人ができたし、人との縁も深まった。長く住むのも悪くない。大連からであれば、黄海《こうかい》と東支那海《ひがししなかい》を経由すれば日本は目の前だ。帰りたくなったらいつでも帰れる。母に対する不安は、以前ほど強い葛藤《かっとう》を引き起こさなくなっていた。もっと旅を楽しんでみたかった。

青島に上陸した周治は、料理人として働きながら、さらに熱心に中国語を学んだ。大陸では、そもそも文字が読めない者が珍しくなく、筆談でも通じないと知ったからだ。そんなときには絵を描いて説明した。

行きたいところへ行き、やりたいことをやった。休みの日には言葉が通じる道場を訪れ、護身のために武術を習った。武術は内地でも少しやっていたので、師匠を選べば習得は難しくはなかった。

道場で得られる礼儀と心の静けさは、厨房での喧騒《けんそう》を忘れさせてくれた。正しく鍛えられた体軀《たいく》はしなやかさを増し、内面を見つめる機会を得たことで、周治はより一層、ゆったりとした態度をとれるようになった。それは本業にもよい影響を与え、周治は料理人として、めきめきと腕をあげていった。

青島から天津、天津から北平、北平から浦口へと移動していくうちに、歳は三十を超えた。放浪の旅は、日本への思慕を日に日に薄れさせていった。微かな後ろめたさを覚えつつも、自分はこのまま一生放浪しているのではないか、もはや、これ以外の生き方はできないのではないかと感じ始めていた。

大陸社会と同化したいとか、国籍とは無縁な人間になりたいと思ったのではない。周治の中には、いまでも日本人としての自意識があった。日本が嫌で故郷を離れたわけではないので、外地での日本人共同体――租界内の日本人居住区を訪れると懐かしさがこみあげた。

日本人が住んでいる租界は天津以外にもいくつかある。重慶《じゆうけい》、漢口、杭州《こうしゆう》、蘇州《そしゆう》、そして最後に向かう土地、上海にも。大陸に来た日本人の大半は内地にいた頃と同じ暮らし方をする。近所付き合いを欠かさず、清潔さを好み、日本人としての習慣を守っていた。利に聡《さと》い民族と比べると、そんな日本人の生き方は大陸では浮いて見えた。だが、古式ゆかしい日本人と出会うと、周治の胸にはいつも感傷を伴った好ましさが湧きあがった。

その一方で、大陸に渡ってくる日本人の中には「内地ではやれないことをやる」という野望に燃え、傍若無人に振る舞う者も少なくなかった。異文化に馴染もうとせず、己の欲望のみに忠実で、大陸に集まる富を貪る者たち。

大陸の環境は、ある種の人々を面白いほどに変えてしまう。その変化は、もぞもぞと蠢《うごめ》く昆虫の脱皮や羽化を思わせた。

長い旅の末、周治は上海に辿り着いた。

宿を探してぶらぶらしているうちに、共同租界の北四川路《ほくしせんろ》で、内山《うちやま》書店の看板に目がとまった。

上海語は少しかじっていたが、生活するうえではまったく足りていない。詳しく学べる本が欲しくて店内へ足を踏み入れると、店番から「いらっしゃいませ」と日本語で呼びかけられた。久しぶりの懐かしい言葉に周治は相好《そうごう》を崩し、訊ねた。「語学の本はどこにありますか。上海語を勉強したいのです」

「あちらです」店番は奥を指さした。「本棚の前で、お客さんがひとり立ち読みしてらっしやるでしょう」

「はい」

「たくさん並んでいますので、わからないことがあったら、あの方に訊ねて下さい。学者さんだから、なんでも知っている」

「ありがとうございます」

棚の前に佇《たたず》んでいる客は、中年の手前といった年頃だった。南国の地方でよく見かける、涼しげな上衣《うわぎ》とズボンに開襟《かいきん》シャツという出で立ちだ。帽子を小脇に挟んでいた。簡素な格好なのに垢抜《あかぬ》けた印象がある。すっきりと整えた髪型、丸眼鏡。痩身《そうしん》だが陽《ひ》に灼《や》けているので弱々しい印象はない。

周治はそっと近寄って、客に声をかけた。「あの、お忙しいところを誠に恐縮ですが」

客は眺めていた本を閉じ、こちらへ顔を向けた。「はい、なんでしょうか」

「お店の方に教えて頂いたのです。語学の本が欲しければ、あなたにお訊ねすればすぐにわかると」

丸眼鏡の奥の瞳が優しく輝いた。「何を勉強されますか」

「上海語です。ここへ来たばかりなので、何も知りません」

「ならば、このあたりがいいでしょう」

相手が棚から次々と本を手に取っている間、周治は店の奥から響く会話に耳をとめ、そちらへ顔を向けた。

珈琲館で見かけるような机が置かれ、その周囲を青年たちが取り囲んでいる。小さな椅子に腰をおろし、額を突き合わせるようにして熱心に話し込んでいた。全員、周治よりも少し年下に見えた。耳に届くのは聞き慣れない発音ばかりだ。

これはまいったなと思わず頭を掻《か》いた。大陸各地で使われている方言と同じように、上海の言葉も他とは違う。大連や北平で覚えた言葉が通じないのは知っていたが、ここまで聴き取りが難しいとは思わなかった。

気落ちしつつも本棚へ向き直ると、さきほどの客が問いかけてきた。「なぜ、上海語を学ばれるのですか」

「え？」

「虹口から一歩も外へ出なければ、この街では日本語だけで事足ります」

「でも、租界を見て回りたかったら言葉は必要でしょう？　喋れるほうが便利だし、おれは支那料理の店で働きたいので」

「ほう」客の目つきが微かに鋭くなった。「料理をお作りになる方ですか」

「はい。大陸をあちこち巡りながら十年修業してきました」

「和食や洋食も作れますか」

「材料がそろっていれば。料亭の味を期待されると困りますが」

「虹口は内地から食材を入れているからなんでも手に入る。私の職場はフランス租界にあるので、献立は和食に拘《こだわ》っているわけではありませんが」

「学者さんとうかがいましたが、職場に食堂があるんですか。ならば、少しの間おれを雇いませんか。支那料理を日本人の口に合う味つけにする方法も知っています」

「私ひとりでは決められないので帰って相談してみます。他のお店からの推薦状や、これまでの経歴を証明できる書類はお持ちですか」

「勿論です。新しい土地へ移るときには、必ず、もとの職場で一筆書いてもらっています」

「有名店のものですか」

「北平では結構大きな店にいました。電話をかければ、おれが勤めていた時期を確認できるはずです」

「宿はどこに」

「まだ決めていません」

「じゃあ、一緒にフランス租界まで行きましょう。近くに泊まれる場所がありますから」

「ちょっと待って下さい」周治はあわてて両手を振った。「おれには、フランス租界で長逗留できるほどの金はないんです。日雇いの労働者が泊まるような安宿で、あきを探すつもりでした」

「ならば、私の連絡先をお渡ししておきましょう。宿が決まったら連絡を下さい。電話のかけ方はわかりますね？　大きめの酒場か珈琲館に入れば電話ボックスがあります。そこからかけて下さい。込み入った話し合いが必要なら、もう一度この店で落ち合いましょう」

「お店の方の迷惑になりませんか」

「大丈夫です。ほら、ご覧なさい」

客は机の前で話し合っている青年たちを一瞥《いちべつ》すると、楽しそうに微笑《ほほえ》んだ。「ここは店主のご厚意で、お客が自由に討論できる場が設けられています。あそこに集まっているのは、この街で公演をうっている中国の演劇青年たちですよ。彼らにとって芝居は遊びではありません。小説の執筆と同じく社会的な活動、自分たちの思想を示すひとつの方法です。ここにはいろんな知識人が訪れる。日本人も中国人も欧米人も。どんな相談でもとがめる人はいません」

客は持っていた本をすべて周治に渡し、懐から名刺入れを取り出した。一枚抜き、周治に差し出す。

周治は本を脇に抱え、片手で名刺を受け取った。そこにはこう書かれていた。

上海自然科学研究所　理学部生物学科

森塚　啓《けい》

住所は、フランス租界祁斉路《チジロ》三二〇号とある。

どんな仕事をしている施設なのか想像もつかない。得体の知れない気配が、びしびしと伝わってくる。

じゃあ、よろしくお願いしますと言って、森塚は本棚の前から離れた。ひとりで店の出口に向かう。

周治は大声で彼を呼びとめた。「あの、どの本を買えばいいんですか。これ」

森塚は振り返ると、にっこりと笑った。「全部です」

「全部？」

周治が目を瞬かせると、森塚は平然と続けた。「語学を勉強するには、最低限それぐらいの知識と努力がいります」


周治は教養には疎かった。料理人としての腕はいっぱしのものだが、それ以外は何も知らない。教養を身につけるには読書が一番だが、どんな本を読めばそれがかなうのか、自分ひとりではわからない。だから、内山書店で森塚が勧めてくれた本はすべて買った。思わぬ出費になったが気分はよかった。確かに、自分からは手に取りそうもない本ばかりである。森塚には感謝の気持ちしかない。

宿を決め、少し離れた場所にある珈琲館から、上海自然科学研究所に連絡した。森塚は

「厨房で採用されるかどうかは、必要な書類を提出したあと、担当者との面接を受けてからの話になります」と言った。面接から二、三日のちに内定。正式な文書への記入や若干のやりとりを経て、ようやく厨房へ入れるらしい。

厨房には中国人が多いという。日本語と中国語を話せる周治は、所員同士の橋渡しになれそうなので、長期の勤務を期待されているという。

周治は少しとまどった。雇ってもらいたいのは確かだが、自分は一ヶ所には留まれない性質だ。ここも、当座の仕事と考えて頼んだつもりだった。

それでも「あわてる必要もないか」と思い直し、予定よりも長く研究所の厨房に留まることにした。上海の料理のコツは厨房長から聞けるだろう。教えてもらえなければ、上海中の店を回って味を調べればいい。できあがった料理から手順を逆算できる程度には、周治も経験を積んでいる。

ちかごろ研究所内には独身者用の宿舎が完成し、厨房が忙しさを増しているという。加えて所内では定期的に国際交流会が開かれるので、料理を作れるだけでなく、パーティー会場で客対応ができる者が求められていた。

パーティーには、中国人だけでなく欧米人もやってくるという。上海語と同時に英語も学んでほしいと周治は森塚から頼まれた。

周治にとっては、唐突に、眩《まぶ》しいほど陽のあたる場所へ招かれたようなものだった。これまで自分が日常的に接してきたのは庶民ばかりだ。大きな店舗に勤めても、厨房で働いているのは庶民なのだ。エリート層とはまったく縁がなかった。ましてや欧米の人間など、街の風景のひとつでしかなかった。

それを変えるきっかけに恵まれるならやる価値はある。現場へ出る前から、むくむくと闘志が湧きあがってきた。

上海自然科学研究所の所員数は、周治が厨房で働く許可をもらった頃からじわじわと増え続け、二百名に近づきつつあった。全員が宿舎暮らしというわけではなく、租界内の各所に家を借り、家族と共に暮らしている者も多い。だから、全員の食事を作る必要はないのだが、もうひとつの仕事──研究所所長が主催するガーデン・パーティーの準備と招待客の世話は目が回る忙しさで、接客業を学んでこなかった周治にとって大きな負担となった。

周治が研究所の厨房に勤め始めた一九三五年、この時期にパーティーを企画していたのは、東大卒で京大の総長でもあった宇宙物理学者・新城新蔵《しんじょうしんぞう》所長である。新城所長は上海という土地柄を生かし、内外の理学研究者だけでなく、歴史や文学の研究者にも声をかけ、積極的に交流会を行っていた。研究者の国籍は問わなかった。日中間の交流が主であったが、欧米の学者も招いた。所長宿舎の前で開かれるガーデン・パーティーは、広い庭いっぱいに円卓が三十近くも並ぶという大規模なもので、なるほど、これでは人手が足りなくなるだろうと周治も納得した。

テントの下で料理を温め、葡萄酒《ぶどうしゅ》をグラスに注ぎ、からになった食器を集めて回る。それだけでもてんてこ舞いなのに、招待客から、しょっちゅう英語で話しかけられた。

決まり切った対応であれば英語でも難しくなかったが、複雑な要求や、誰それはどこにいるのかという質問になると、英語を学び始めて日が浅い周治の頭は爆発しそうになった。ぐるぐると一定の範囲しか駆け巡らない思考を、どうにか英語の文章に換えて相手に伝えると、納得してもらえるときもあれば、きょとんとされることも少なくなかった。それでも場数を踏むと度胸もついた。中国語を必死に覚えたときと同じように、周治は着実に英語を身につけていった。

ある日、恒例のガーデン・パーティーで、ひとりの女性に目がとまった。

海外からの招待客と研究所員との間に立ち、彼女は通訳を担っていた。客同士お互いの国の言葉は少々わかるようではあったが、会話が滑《なめ》らかに進むように、その女性が横から助けている。

所内では見かけない女性だ。外部から応援に来た人か。小柄で派手さはないが、瞳の輝きが印象的だった。周治は綺麗な小鳥を連想した。生き生きとして、可愛《かわい》らしいという意味ではない。不届き者が戯《たわむ》れに指を伸ばせば、たちまち鋭い嘴《くちばし》で反撃しそうな――その凜《りん》とした雰囲気に惹《ひ》きつけられた。

彼女の英語は滑らかで、日本人であっても、訓練された発音はこれほどまでに美しいのかと驚かされた。ちょっと喋れるぐらいではだめなのだ。久しぶりに背筋が伸びる想いを抱いた。

休憩のために学者たちのそばから離れると、彼女は、ひとりで円卓の前に座った。

周治は、すかさずそこへ近づいて訊ねた。「お料理と飲み物をお持ちしましょうか」

「ありがとうございます」女性は視線をあげ、丁寧に応えた。「お水かお茶を下さい。料理は結構です」

「ご婦人向けの甘口の葡萄酒もございますが」

「酔ってしまうと仕事にならないので」

「かしこまりました」

ガーデン・パーティーは繰り返し催されたので、周治はそのつど、彼女を探して挨拶した。やがて、相手の名前が「倉地スミ」であること、本業は語学の教師であること、既に夫がいることなどを知った。

夫婦で撮った写真を見せられた。スミの夫は、丸眼鏡をかけたおっとりとした小太りの男だった。周治は、かすかに怒りに似た感情を覚えた。なぜ、こんな呑気そうな豆狸《まめだぬき》が、この聡明な女性の夫君なのかと。だが、じっと写真を見つめているうちに、この豆狸の瞳に、そこはかとなく知性の煌《きら》めきを覚え始めた。もしかしたら、案外りっぱな人物なのかもしれない、おれにはわからない何かを持っているからこそ、スミさんはこの男を選んだのではないか。

ともかく、スミの前では絶対に彼女の夫の悪口を言わないと決めた。陰ながらスミを慕《した》い、守るのが、自分の在り方としては相応しい。

スミは森塚とよく話していたので、そういうときには積極的に接近した。勿論、給仕係として自然な形で。

何度も会っているうちに、森塚から情報が伝わったのか、スミは周治の名前を覚えてくれた。厨房にはもうひとり「アライ」という名前の料理人がいて、パーティー会場でも一緒に働いていたので、混同しないように、スミも所内の人間と同じく周治のことを「周治さん」と呼ぶようになった。

スミがかけてくれる声は周治の心をときめかせた。その声を聞き、姿を眺めるだけで満足だった。それ以上は決して求めなかった。

忙しい日々に慣れた頃、突然、森塚から訊ねられた。

「君の武術の腕前は、どれぐらいなの」

「自分の身を守れる程度です。ひとりで旅をしていると危ないので」

「警護の仕事はできる？」

「専門家ではないので、そこまでは責任を持てません」

「でも、きちんと師匠がいたんだよね。見よう見まねで覚えたわけではなくて」

「はい」

「訓練すれば、もっと上へ行けるね？」

「それは、軍事教練に加わってくれというご命令でしょうか」

「いや、それとは別に、武術の先生からあらためて指導を受けてもらいたい。日本人の先生だ。体ができあがったら、護衛の仕事をお願いしたい。よろしく頼む」

こんな話を切り出された理由を周治が知ったのは、ずっとあとになってからである。和平工作の打ち合わせに呼ばれ、小野寺中佐の元を訪れたとき、スミとも合流したので驚いた。森塚とスミは通訳者として活動しており、周治の任務は、護衛役として交渉者と通訳者を守ることだと告げられた。

一も二もなく引き受けた。

森塚やスミを警護する――周治にとっては身が奮《ふる》い立つような仕事だった。料理の道を究めようとしたその脇道に、こんな世界が広がっていたとは、人生は思いがけないことばかりだ。

交渉の場に出ると、スミは中国側の要人の前でも臆さず、淡々と日本側の交渉者の言葉を中国語に変えていった。その堂々とした姿に周治はますます惹きつけられた。

かなうところまで、森塚やスミと行動を共にすると決めた。それは料理にかける情熱と少しも違《たが》わぬ想いだった。

5

「こんな話でも記事になるのかい」と周治が訊ねると、双見は大きくうなずいた。

「生活感があるしロマンもあるし、書き方によってはいい記事になる。おまえが許可してくれるなら書くよ」

「いや、遠慮しておこう」

「どうして」

「顔写真が一緒に載るんだろう。恥ずかしい」

「女学生じゃあるまいし何を照れてるんだ。大陸に来ても祖国の発展のために尽くしています、日中友好の架け橋になっています、というところが、とても前向きでいい」

「そういう仰々《ぎようぎよう》しい煽《あお》り方をされるのが嫌なんだ。宣撫《せんぶ》工作みたいじゃないか」

「嫌なら書かない。記者としての礼儀は、わきまえているつもりだ」

「すまんな」

「気にするな」双見は指のあいだに挟んだ煙草を揺らしながら言った。「それにしても本当に好き勝手をやってきたんだなあ。うらやましい」

「おまえこそ、なぜ内地の新聞社を辞めてまで上海へ来た。反対されなかったのか」

「そこはいろいろとね。だが、内地で情報を待つよりも、ニュースの最前線へ飛び込みたかったのさ。僕もおまえと同じだ」

「じゃあ、今度はそっちの話を聞かせろ」

「おまえと比べたらたいした人生じゃない」

「構わん。気にするな」

双見は言葉を選ぶようにしばらく黙り込んだのち、おもむろに口を開いた。「邦明通信社に入れたのは幸運だった。採用試験に落ちていたら僕は未だに内地暮らしだったろう。あるいは取材旅行と称して、大陸中を放浪していたかもしれない」

「おまえが放浪生活を？」

「僕だって、ときには何もかも捨てて、さまよいたくなることもあるさ」

「おまえは、そういう生き方とは無縁だと思っていた」

「人間の個性は花の蕾《つぼみ》みたいなものだ。開いてみるまでは本当の形も美しさもわからない」

「おまえは綺麗に咲けたのか」

双見はそれには答えず煙を吐き、ウイスキーをひとくち呑んだ。「僕の体験談よりも、聞いてもらいたいことがある。上海での華字紙《かじし》襲撃事件についてだ」

上海租界では、蔣介石を守るために作られた武装組織・藍衣社《らんいしゃ》と、それに対抗するジェスフィールド76号との血みどろの闘争が長く続いていた。藍衣社はテロや暗殺も辞さない抗日派で、その下には、さらにいくつもの民間組織がぶら下がっている。書類の上では一九三八年に解散となり、社員は「三民主義青年団」と「軍事委員会調査統計局（軍統）」に所属を振り分けられたが、抗日組織の工作員は軍統に入り、主な活動はこれまでと変わりない。

いっぽう、ジェスフィールド76号は、「中国人による反蔣組織」である。日本軍の協力で設立され、幹部は、いずれ南京に設立される新政府の支持者であった。

南京に設立予定の新政府は、日本によって企図された新政権だ。成立すれば、これが正式な中国政府となり、世界中にその旨が告知される。主席代理の座には、和平派の汪兆銘が就任予定。蔣介石が属している国民政府は、中国の中心から外れることとなる。国民政府が日本に従わないのであれば、日本に従う中国新政府を自分たちで作ってしまおうというのが、日本側がめぐらせた謀略だった。このお膳立てに奔走しているのが影佐禎昭少将だ。

76号の幹部は、新政権発足のあかつきには、汪兆銘政権の要職に就くことを約束されていた。それを条件に中国人でありながら日本軍に協力している。日本軍は彼らに大量の武器を提供し、抗日派中国人を次々と暗殺させていた。上海憲兵隊もこれと連携している。国民党でも共産党でもないこの勢力は、自分たちこそが新しい中国の要となるのだと、意気に燃えていた。

双見が語り始めたその事件も、抗日派と76号との間に起きた出来事だという。

日時は、料亭「伊吹」で双見が周治と再会した日の一ヶ月前、七月下旬の夕刻。

黄浦江の向こう岸に広がる浦東《ほとう》一帯が黒い影と化し、租界側では灯火がちらつき始める時間帯。客船の発着が終了し、夜の楽しみを求める人々の姿が目立つようになった頃——。

共同租界を南北に走る江西路《キアンス・ロード》と東西に延びる大通り愛多亜路《エドワードⅦアヴェニュー》が交わるあたりで、ある建物の前に二台の車が停まった。

中から降りてきたのは、ひとめで、まともではないとわかる男たちだった。手には拳銃を握り、ズボンのポケットには手榴弾《しゆりゆうだん》を押し込んでいた。目と手で合図しながら、男たちは眼前の建物の正面玄関へ向かって進んだ。彼らが目指す先は、抗日系として名高い華字紙「凱報《カイバオ》」の社屋。そこに勤務している社員は、この物騒な男たちと同じくすべて中国人である。

白い光が建物の窓から洩れていた。退社時刻を過ぎても、熱心に記事を書き続けている社員がいるのだ。男たちは玄関に足を踏み入れると、まず守衛を撃ち倒し、その死体を飛び越えて上階へ向かった。

編集部には五人の記者が残っていた。原稿の見直しを終え、一息ついて煙草に火をつける者、緑茶を啜《すす》りながら饅頭《マントウ》にかぶりつく者、まだ執筆を続けている者。

そこへ襲撃者がなだれ込んだ。

記者たちは訓練された兵士のように机の前から飛び退《の》き、ある者は物陰に身を隠し、ある者は隣の控え室へ逃げ込んだ。この時期、76号の工作員が抗日系の華字紙を襲撃する事件が上海租界では頻繁に起き、自分たちもいつ襲われるかわからないと予想していたのだ。

中国人同士で抗日を貫く蔣派と、日本軍と手を結んだ76号の考え方は正反対だ。そして、蔣派も76号も、中国の未来のために暴力をふるうことを厭《いと》わない。新聞記者が持っているのは銃ではなく言論だが、76号はそれを銃と同じものと見なしていた。すなわち言論とは「自分たちの陣営にとって迷惑な暴力だ」と。

男たちは威嚇《いかく》の声をあげつつ記者を追い回し、発砲を繰り返した。逃げきれなかった記者が机にぶつかり倒れる。積まれていた書類や原稿が崩れて、血に染まった床の上へなだれ落ちた。隣室の窓から外へ脱出しようとした記者の背中へ、追いついた男が弾を浴びせた。記者は身をのけぞらせて窓から落下し、地上に赤い飛沫《しぶき》を撒《ま》き散らした。

通行人が金切り声をあげて死者から遠ざかる。警察に連絡した者はまだ誰もいなかった。うっかり通報すれば、自分も襲撃者から殺されかねないと考えて。

その間に男たちは建物内の印刷室まで移動し、残業に勤《いそ》しんでいた植字工にも銃口を向けた。次々と倒れ込む植字工の腕が作業台の上を薙《な》いだ。版盤に置かれた活字が散らばり、驟雨《しゅうう》のように床に降り注ぐ。植字工を皆殺しにすると、男たちは印刷室の外へ出て廊下から室内へ手榴弾を投げ込んだ。

轟音《ごうおん》と共に印刷機は完全に破壊された。書類や紙束に火がつけられ、窓という窓から煙が外へ向かって噴き出した。

男たちが社屋から道路へ出ると、まわりは野次馬だらけだった。残っていた手榴弾を、そこへ向かって投げつける。

群衆はどよめきながら周辺へ散った。手榴弾は誰もいない場所で爆発し、道路の敷石を吹き飛ばした。

男たちが車に乗り込み素早く姿を消したあと、ようやく、通報を受けた工部局警察と消防車が駆けつけた。

消防士が伸ばしたホースを抱えあげ、煙を噴き出す窓へ筒先を向ける。そのとき正面玄関から、男がひとり、よろよろと表へ出てきた。運よく生き残ったひとりだった。男は脇腹を押さえたまま地面に倒れ込んだ。そこへまっさきに駆け寄ったのは、警察官でも消防士でもなく、双見健太郎だった。倒れた男は双見の知り合いで、門准《メンジュン》という名前の中国人記者だった。

双見は門准を抱き起こすと、

「しっかりしろ。警察が来ているからもう大丈夫だ」

と大声で呼びかけた。門准は返事もできず、ぼんやりと目を半分開き、ぐったりとしたままだ。近寄ってきたイギリス人の警官が双見の肩をつかみ、英語で怒鳴りつけた。「勝手に触るな。あっちへ行ってろ」

双見は身をよじってその手を振り払い、英語で言い返した。「病院へ運ぶ」

「それは警察の仕事だ」

現場は殺人事件と放火で大騒ぎになっている。誰かが門准を運んでくれそうな気配などなかった。この街では人が殺される事件があまりにも多すぎて、工部局警察はうんざりしている。そんな彼らの鈍い動きは、双見にはいい加減なものにしか見えなかった。

双見は警官から視線をそらして群衆に向かって叫んだ。「誰か手伝ってくれ。僕の友人を病院へ運びたい」

見物していただけの中国人たちが、たちまち活発に動き始めた。

飲食店の店員とおぼしき中年女が、近くの雑貨屋から毛布をもらって駆けつけた。それで門准の体を包み込み、声を張りあげて励ました。通りでタクシーを呼びとめた男が、群衆を掻き分けてこちらまで車を誘導してくれた。別の男がタクシーの扉を開き、数人で門准を後部座席へ運び込んだ。双見は皆の手をひとりずつ握って礼を言い、助手席へ乗り込んだ。

さきほどの警官が助手席をのぞき込んで文句をつけた。「おい、病院の名前ぐらい教えていけ」

「仁済医院《レスター・ホスピタル》だ。そこがだめなら、宝隆医院《パウルン・ホスピタル》まで行く」

「おまえの勤務先と氏名は」

「邦明《ほうめい》通信社の記者、双見健太郎だ」

双見が中国人ではないと知って、警官は露骨に驚きの表情を見せた。なんという物好きだ、おまえは頭が変だ、とでも言いたげな顔つきだった。

それを無視して、双見はタクシーの運転手に声をかけた。「仁済医院までお願いします。四馬路《スマロ》まで進むと薬房がありますが、その角を少し南に下ったところです」

「スモル？」と運転手が上海語で訊ね返した。

「是《ズー》」双見は上衣の懐から手帳と鉛筆を取り出した。紙の上に漢字で行き先を綴《つづ》る。『請去仁済医院。附近有中西大薬房』

薬房と医院の位置関係を描いた図を加え、ページを破って相手に渡した。

運転手はうなずき、エンジン・キーを回してアクセルを踏み込んだ。たちまち車窓の外の光景が猛烈な勢いで流れ始める。

タクシーが医院に到着すると、双見は後部座席を汚したお詫びの意味で、運賃に少し上乗せした額を運転手に手渡した。

すると運転手は率先して門准を担ぎ、双見と共に受付へ運ぶところまで手伝ってくれた。そこまで頼むつもりはなかったので申し訳ない気持ちになったが、運転手は当然だといった顔つきで、看護婦との会話も横から助けてくれた。門准が無事に救急治療室へ回されると、運転手はほっとした表情で笑みを浮かべ、手を振って双見と別れた。彼が玄関から外へ出るまで、双見は後ろ姿を見送った。

その間も警官はひとりも訪れなかった。双見は、医院に設置されている電話で邦明通信社に第一報を入れ、あとは鬱々としながら待合室で長椅子に座っていた。

やがて治療室の扉が開き、車輪付き寝台に載せられた門准が運び出された。

医師の説明によると、どうやら宝隆医院へ転送する必要はないらしい。難しい外科手術が必要な場合は、あちらの専門医に任せるのが一番だ。しかし、それには及ばないという。局所麻酔で縫ったので、門准とはすぐに話ができると言われた。ただし、あまり興奮させないでくれと念を押された。

車輪付き寝台のあとを追って、双見は病室まで同行した。運ばれた先は大部屋だった。室内には八台の寝台が入り、そのうち五台が埋まっている。

看護婦が門准の体を抱え、窓際の寝台に横たえた。彼女たちが立ち去ると、双見は床頭台《しょうとうだい》の傍《かたわ》らに置かれていた丸椅子を引っぱってきて腰をおろした。

門准はまだ青い顔をしていたが、瞳には、いつものふてぶてしい光が戻っていた。双見と目を合わせるなり、英語で「煙草をくれ」とねだった。

「無茶を言うな」

「一本でいいから」

「よせ。傷に響くぞ」

門准は舌打ちして顔をしかめた。傷がかなり痛むのだろう。喘《あえ》ぐような調子で続けた。

「現場へ戻れよ。記事にすべきことが山ほどあるだろう」

双見は首を左右に振った。「あんな連中に襲われたんじゃ、他の社員はたぶん皆殺しだ。生き残った君から証言を取れれば、これ以上のスクープはない。僕はそのためにここにいる」

乾いた笑い声が門准の喉から洩れた。「さすが一流の記者さまだ。おれ以上にがめついな」

「襲撃の予告はあったのか。脅迫文が届いていたとか」

「そんなもの、しょっちゅう投げ込まれていたさ。壁には嫌がらせの落書き、窓ガラスは石《いし》礫《つぶて》で割られ放題だ。いずれ、こうなるとわかっていた」

「だったら、なぜ社を閉めなかった。そうすれば死者を出さずに済んだのに」

「わかりきったことを訊くな。金のためだ」

「どこから、どれぐらい出ていた」

「アメリカから。金額は言えん」

つまり「凱報」は、アメリカが後援する抗日プロパガンダ新聞社なのだと、門准は明かした。中立法があるせいで、アメリカは現段階では公的に中国を支援できない。だが、日本が大陸で好き勝手に振る舞うのは見過ごせないので、密《ひそ》かに、大陸各所で梃子《てこ》入れしているのだという。大きなところではアメリカ陸軍航空隊の関係者と重慶政府との接触、小さなところでは報道機関への資金援助。

双見は言った。「知っている、そういう話は」

門准は少しだけ眉を動かした。「知ってて助けたのか。日本人はお人好《よ》しだな」

「僕は通信社の人間だから、情報を集めるのが仕事だ。現場で君が見たことや、事実関係だけが欲しい。僕がまとめて配信すれば、あとは日本の新聞社が適当に記事にする。いまの日中関係を考えると、情報を受け取っても使わない可能性は高いがね。だが、僕としては、最初の一石ぐらいは投じておきたい」

「やっぱりお人好しじゃないか」

門准は憐《あわ》れむような目つきを寄越《よこ》したが、やがて、おもむろに襲撃の様子を語り始めた。

双見は懐から手帳を取り出し、鉛筆を走らせた。門准は喋りたくない事柄については巧みに隠すだろう。同業者としてそのあたりの機微はわかる。だから、いまはとりあえず、すべてを書き留めておく。分析はあとでいい。

門准の話によると、襲撃者は名乗りをあげなかったという。だが、抗日系の華字紙をこんな形で襲うのは、ジェスフィールド76号の工作員以外には考えられない。76号は、片っ端からこの系統の新聞社に殴り込みをかけ、抗日系の華字紙を殲滅《せんめつ》するつもりなのだ。

「勿論、最初からこちらもその心づもりだった」と門准は言った。「逃げ遅れた者は気の毒だったが、危ないとわかっていた仕事だ。何しろ実入りがとてもいい」

「『凱報』は、これで廃業かい」

「とんでもない。場所を変えて続けるだろうよ。発行している限り、アメリカから金が入ってくるんだ。やめる理由がない」

「逞《たくま》しいな」

「おたくらも似たようなもんだろう。政府にすり寄り、ご機嫌とりの記事を書く。南京陥落時の日本の新聞を読み返してみろよ。南京を攻め落としたときの祝賀弁当の作り方が載っているんだぞ。『白羹と食紅《しょくべに》で日章旗《にっしょうき》を表現し、南京《カボチャ》をすり潰したものを添えてみました』なんて、よくもまあ、あんな恥ずかしい記事を載せたものだ。日本人の民度が知れるぞ。第二次上海事変以降、日中合わせて何十万人も死傷者が出ている。それなのに、日本人は、ああいう形で大陸での戦いを茶化すのか」

「日本人をみんな同じだと思わないでくれ。いろんな奴がいるんだ」

「だったら阿呆な同胞を自分たちでなんとかしろ。おれだって抗日記事ばかり書くのはうんざりだ。こんな仕事をするために記者になったんじゃない。おれが書きたいのは、もっと深い教養に彩られた読む者の心が豊かになる記事だ！」

門准は抗日紙で、精力的に過激な文章を書き飛ばしてきた男だ。それ以前にどんな夢を見て、どんな理想を抱いていたのか、双見はひとつも聞かされたことはない。いつかは訊ねたいと思っていたが、こういう形で知るのもつらい話だ。

手帳を閉じて懐《ふところ》に収めたとき、見舞客らしき男が病室に入ってきた。上背があり、カマキリを連想させる長い手足をもてあますように歩いてくる。夏向けの白い上下を身にまとっていた。双見が椅子から立ちあがると、中折れ帽を持ちあげて挨拶し、それから門准に向かって上海語で声をかけた。「よかったな。遺体安置所だと思っていたぞ」

「おかげさまでね」

「少し話せるか」

「煙草をくれるなら」

男は上衣のポケットから煙草とオイルライターを出し、門准の枕元に置いた。「好きなだけ吸え。痛みが消えるやつだ」

「ありがたい。これがなきゃ元気が湧いてこない」

男は門准の代わりにライターで火をおこした。一本くわえた門准は、枕から頭を浮かせて煙草の先端を炎に近づけた。普通の煙草とは違う香りが、うっすらと漂ってきた。双見は思わず顔をしかめた。

灰皿は近くに見あたらなかったが、門准は探してくれとも言わず、白い服の男もまるで気にしなかった。何度か吸って灰が伸びてくると、門准は唇から煙草を引き抜き、腕を伸ばして寝台から床に灰を落とした。

双見は居心地の悪い雰囲気を感じ、「それでは僕はこれで」と断って、ふたりのそばから離れた。

6

「門準と僕とは、最初から仲がよかったわけじゃない」

酒場の照明の下で、双見の瞳は暗い輝きを帯びて見えた。グラスの中で氷がゆっくりと滑る。「出会ったのは記者がよく出入りしている酒場だ。中国人が来る、日本人も来る、情報交換と顔つなぎの場所さ。不思議なことに、そういう場所に集まる人間は右や左に関係なく友情を育める。日中の記者が額を合わせて和平工作の案を練っている姿も見かけた。自由だったなあ、あそこは。門準と僕とは人を介してそこで出会ったが、最初の接触は最悪だった」

「殴り合いにでもなったのか」

双見は苦笑してうなずいた。「挨拶もそこそこに、つかみ合いの喧嘩だ。向こうは抗日紙の中国人記者で、僕は日本を背負った通信社の記者だからね。でも、邦明の支局長はああいう人だし、僕自身もリベラルだと説明したがまったく信用してもらえなかった」

「いまの状況じゃ仕方がないな」

「占領地での日本軍の振る舞いに関しては、ものすごい話が流れているからね。無責任な噂も多いが、いつもの行動があれだから信じる人間もたくさんいる。歴史のある史跡を壊し、建物の一部を記念に持ち帰ってしまう者までいるそうだ。中国人は彼らの知性の無さに驚き、無礼さに呆れ、人間性に恐怖して、そして激しく怒っている」

「どうやって友達になった。そんな状態から」

「根はいい奴だよ。僕はああいう男は嫌いじゃない」

「中国人の友達ができたから、和平工作に興味が湧いたのか」

「まあね。おまえはなぜ？」

「森塚先生に恩があるんだ」

「護衛なら本職がいるだろう」

「一ノ瀬大佐や黒月さんの警護には憲兵隊がつく。本来は、そちらの部署の仕事だから」

「上海憲兵隊には林課長がいるのに？」

「一ノ瀬大佐のためだけに働く特別班が内部にあるそうだ。誰にも干渉できない。林課長であっても」

「じゃあ、おまえの役割は」

「憲兵隊では手が回らない細かいところで働く」

「一番損な役回りじゃないか」

「たいしたことじゃない。報酬も出るし」

「降りたほうがいいんじゃないか」

「おれが降りたら、おまえもやめてくれるかい」

「それは困るよ。僕だって事情が」

「ほらな、つまりは、そういうことなんだよ。この和平交渉に関しては、人それぞれ関わるべき事情がある。スミさんにも、費《フェイ》さんにも、森塚先生にも。おまえの事情も訊きたいな」

「僕は邦明の支局長から頼まれて」

「そういうのは事情とは言わん。断れば済むことだろう。断ったら邦明通信社をクビになるのか」

「いや、それはないが」

「じゃあ、なんだ」

双見はテーブルに視線を落とした。やや沈んだ声で語り始めた。「――記者として働いていると、毎日、耳を疑うような話が飛び込んでくる。事実として確認がとれるものもあれば、はっきりとデマだとわかるものも。おおむね、いまの大陸の状況はよろしくない。中国人も日本人も激怒して当然だろう。正直なところ、よほど強く意識していなければ中立の立場をとるのは難しい。軍人でもない庶民、ましてや女子供が無残に殺された事件を知ると、僕だって頭の中が真っ白になる」双見は指先で、こめかみをゆっくりともんだ。「この状況を変えるには和平工作を成功させるしかない。最も困難な道ではあるが、すべての元凶が国同士の対立にあるのだから、交渉以外でそれを成し遂げられるとは思えない」

「国同士はともかく、末端にいる庶民はもっとえげつない動機で動いているぞ。和平工作の成功＝民族間の争いの消失じゃない」

「でも、国が手本を見せられない限り、荒れ狂っている庶民は収まらない」

ふむ、と一息ついたのち周治は朗らかに笑った。「優等生的な答え方ではあるが、まあ、いいか。昔から、おまえは真面目に物事を考えるのが得意だった。いまの時代、特に、そういう人間が必要なのかもしれんな」

周治は自分から手を伸ばして双見に握手を求めた。双見はテーブル越しにその手をしっかりと握った。

「十四年ぶりに再会したのに、のんびりできないのも惜しい話だが、よろしく頼むよ」

「こちらこそ依頼を誇りに思っている。必ず交渉を成功させよう」

第三章　合議

1

一九三九年九月一日。

ドイツ軍がポーランドに侵攻し、欧州で大規模な軍事衝突が始まった。欧州に住む人々は前回の悲惨な大戦争を思い出し、またしても長い戦いが続くのではないかと怯《おび》え、湧きあがる不安と苛立《いらだ》ちに翻弄《ほんろう》された。

同じ頃、スミたちは、中国との新たな和平交渉の機会を、じりじりしながら待ち望んでいた。

ポーランド侵攻から三日後、日本は欧州情勢に対して「中立の立場」を公表。戦争をきっかけに欧米が中国大陸から一時的に退くのか、あるいは軍隊を動かしたついでに、中国にいる日本軍を武力で追い払おうとするのか、いまの時点では誰にも予測不可能だった。

黒月書記官は、在日アメリカ大使館と連絡をとり続け、九月二十日、ついに上海で合議を開くことが決定した。十六日には、ノモンハンでの満蒙国境紛争、すなわち日本軍とソ連軍との交戦が終結しており、長らく返事を待たされていた黒月は、ようやく駐日アメリカ大使から知らせを受けとった。「知日派の公使を上海へ送る」と。

黒月は、ほっと安堵《あんど》の息を洩《も》らし、あらためて書簡に目を通した。そこには、大使自身が上海まで赴《おもむ》くわけにはいかないので、代理として渡航するエドマンド・ピアース公使と話し合ってくれと綴《つづ》られていた。その結果次第で、大使から本国アメリカ政府への働きかけがなされるという。

フランス租界の事務所で、黒月は合議当日の手順についてスミたちに説明した。

「和平への第一歩と呼ぶには細い糸ですが、アメリカと直接交渉できる意味は大きい。向こうにとっては、軽く様子見といったところでしょうが、こちらは可能な限り食い込み、和平工作のルートを確保します。倉地さんは通訳者として立ち会って下さい。私も英語は喋れますが、第三者による補佐と観察眼が欲しいのです。簡単な内容は、スミさんが通訳者として伝えて下さい。こみいった話になってきたら、私が直接喋ります。合議の途中で不審に思ったら遠慮なくその場で私に声をかけて下さい。場合によってはそこで合議を中断し、交渉の流れを整え直します」

スミはうなずき「わかりました」と応えた。

黒月は一等書記官である。スミの助力など必要としないほど英語は堪能なはずだ。しかし、相手の本心を探りながらの交渉は神経を使う。スミの補佐があればその負担が軽減される。スミが秘密の和平交渉に立ち会うのは、このような交渉者の負担を軽減するためでもある。

通常、政治家同士の交渉であっても、通訳者は必ず立ち会う。どれほど外国語が得意な政治家でも、国家に関わる重要な問題について話し合うときには必ず通訳者を間に置く。国家間における厳格な習慣だ。

黒月は続けた。「森塚先生は合議の内容を記録しつつ、注意深く分析して下さい。対話に加わる必要はありませんが、何か気づいた場合には私に合図を。対話を中断して、先生のご意見を吟味します」

「了解しました」と森塚も答えた。

次に黒月は、費春玲《フェイチュンリン》と双見に視線を向けた。「費さんは事務所で待機して下さい。交渉中に何かを調べる必要が生じた場合、あるいは中国側に連絡をとってもらう場合、電話を入れますので指示通りに動いて下さい」

「はい、任せて下さい」

「双見さんも事務所で待機です。邦明通信社の支局長との連絡係を担って頂きます。合議の内容を支局長に伝えるのは双見さんの役目です。私はアメリカ側への対応に追われますので、双見さんは支局長と共に、他国の大使館経由での情報収集をお願いします」

「了解しました。ところで合議の場所は」

「重光堂《じゅうこうどう》です」

「縁起が悪い場所だなあ」周治が横から茶々を入れた。「あそこで中国側と結んだ約束は、近衛《このえ》内閣にひっくり返されてしまったんでしょう」

「同じ場所を使うのは警備計画を立てやすいからだ」と黒月は言った。「新しい場所を選ぶと、また一から安全対策を考えねばならん。一度使った場所なら、どこに憲兵や警察を配置すればいいのかすぐにわかる。内装もそのままだ。外国からの公使をお招きするにも申し分ない。他に質問は」

「ありません」周治は素直に応えた。「では、おれがやるべきことを命じて下さい」

「合議の場に立ち会ってもらいたい。室内には先方の護衛も入れるが、いまの情勢では何が起きるかわからん」


魚屋の軒先に脚を縮めた上海蟹《がに》がずらりと並び、縄で縛られたその蟹を片手に人々が浮き浮きと通りを歩くようになった頃——スミは、駐日アメリカ公使との合議が十月中旬に決まったと連絡を受けた。

約束の日、黒月は普段着で事務所に現れた。霞飛路《アヴェニュー・ジョッフル》や南京路《ナンキン・ルー》を楽しげに歩く人々と同じ格好だ。スミや周治も、共同租界で働く事務員に似た服装だった。森塚は普段から箇素なので印象は変わらない。

「気をつけてね」費春玲は出がけにスミに言った。「成功を祈っている」

「何かあればよろしく」

「任せておいて」

スミたちは事務所の前に待たせた車に分乗した。昼間はまだ暑いが、夜半にはもう冷え込む季節である。空の青さが気持ちいい。冬になれば煙突から吐き出される石炭の煙のせいで、上海の空気はひどく淀み、灰色に濁る。黄浦江《こうほこう》を挟んで向こう側に見える浦東《ほとう》の景色が、ぼんやりと霞《かす》んでしまうほどだ。

重光堂は、虹口《ホンキユウ》の新公園北側を走る道路のそばにあった。かつて、ここで練られた和平案は、日中間で合意がなされ、その後、日本で内閣の承認を経て正式に成立するはずだった。ところが土壇場で反故《ほご》になった。軍部内の拡大派が近衛首相を説き伏せ、和平案を揉《も》み消させてしまったのだ。

目下のところ、日本は拡大派の勢いに押され、英米との関係も悪くなる一方だ。今回の交渉では、それも改善せねばならない。

重光堂に到着したスミたちは、憲兵に案内され、すぐに部屋に入った。室内には大人数が着席できるように長卓が置かれ、すべての窓にカーテンがおりていた。照明が室内を柔らかく照らし、南国につきもののシーリングファンが、この季節でもまだゆるやかに回っている。

黒月は中央の席に腰をおろした。右隣にスミと森塚、左隣に記録係がつく。周治は監視と警護のために、スミたちから少し離れた場所に立つ。

しばらくすると、工部局《こうぶきょく》の警官が、四人の男を部屋へ誘導してきた。駐日アメリカ公使、通訳者、記録係、護衛。

駐日アメリカ公使、エドマンド・ピアースもまた軽装だった。この街の雰囲気に姿を溶け込ませるべく観光客に似せている。タイも締めていない。服に合わせて髪型も少し崩している。大柄な男で、歳は黒月よりも上に見えた。黒月に挨拶したとき目尻に皺《しわ》を寄せたが、あまり友好的な雰囲気は感じられなかった。ガラス玉のように輝く青い瞳の奥に、読み切れない感情が滲《にじ》んでいる。

挨拶を終えると、黒月は回り道をせずに本題へ入った。スミがそれを通訳する。「日本政府は、中断していた蔣介石《しょうかいせき》との和平交渉を、来月から正式に再開する予定です。つきましては、これに関して、あらためて各国からのご協力を仰ぎたいと考えております。現在の駐日アメリカ大使は、大陸の戦闘が激化することを強く懸念し、アメリカと日本との開戦も望んでいないとうかがいました。私も同じ意見です。この状況を打開するために、お互いに手を取り合えないでしょうか」

ピアース公使は卓の上で両手を組み、黒月をまっすぐに見据えた。「その機会は過去に一度あった。日本政府も覚えているはずだ。だが、ドイツのトラウトマン大使が和平工作を手がけたとき、日本は自らそれを放棄したのだ。汪兆銘《おうちょうめい》政権擁立工作においてもしかり。日中の代表団でまとめた和平案を、近衛内閣は公然と無視してしまった。日本は、中国や欧米を怒らせることばかりしている。これでは和平など結べない。我が国としても途方に暮れる」

関東軍が満州事変を起こし、それに連動して支那派遣軍が戦闘に参加してきたのは事実だ。そして、祖国を守るために中国人も激しい反撃を繰り返した。軍人だけでなく、一般人をも巻き込んだ被害が日中双方で出たのだ。それはいまも終わる気配がない。きっかけを作ったのは確かに日本だから、中国側の抗戦は起こるべくして起こったのだと言われると反論はできない。

黒月は応えた。「日本軍および日本政府の対応について、諸外国が非難していることは承知しています。しかし、重慶《じゅうけい》政府と直接交渉にあたる今井武夫《いまいたけお》大佐は、盧溝橋《ろこうきょう》事件の際に日中両軍を一時停戦させ、和平を成立させた方です。中国側からの信頼も篤《あつ》く、今井大佐を措《お》いて今回の件で適任者はおりません。これでまとまらなければ、もう開戦以外の道はありません。いつ、どちらが、どこでしかけるかはわからないが、日本はおそらく容易には退《ひ》かないでしょう。欧州大戦のように、甚大《じんだい》な被害が出ると思われます」

「今井大佐やあなたの熱意は理解できる。だから私も、わざわざ上海まで来たのだ。しかし、日本が中国に抱かせた不信感は、並大抵の努力では覆るまい。その点をどう考えているのか」

「交渉の余地はまだあると我々は判断しています。開戦すれば、政府の出費は莫大《ばくだい》なものとなるでしょう。中国単独では、それだけの戦費は賄《まかな》えない。となると、活動資金や軍事力を海外から得なければならない。欧米が中国への支援を思い留まって下さるなら、開戦には至らないでしょう。いま欧州は、ドイツの軍事行動で危険な状況に陥っています。アメリカとしては、中国を助けるよりも、まず欧州を救援するほうが先ではありませんか」

「我々が中国への支援を打ち切れば、日本軍は大陸全土を支配するだろう。これは国際的に承認できない」

「まだ、そうと決まったわけではありません」

「アメリカ政府による判断だ。政府の方針を変えるのは、駐日大使からの提言をもってしても、困難であるとわかってもらいたい」

「では、中国への支援打ち切りを条件として、アメリカにも満州での経済発展をお約束するとなればどうでしょうか」

ピアース公使は少しだけ眉を動かした。

黒月は続ける。「日米共同で、満州の資源開発を行うという案は如何《いかが》ですか。日本政府は、満州の地下資源について建国前から調査を入れ、ボーリング作業も行っています。これにアメリカが加わって下さるなら、地下資源の発見、採掘、原油の確保は、よりすみやかに進行するでしょう」

森塚が目を丸くしてこちらを見た。スミは通訳を任されただけだから、交渉の具体的な内容については事前に知らされていなかった。が、森塚だけは、黒月と何か打ち合わせていたようだ。どうやら、その場では出なかった話が、いま突然持ち出されたらしい。

満州の資源開発に関しては、迂闊《うかつ》に言及するのは危険だ。細かく追及されれば、日本側の軍事機密に触れざるを得ない。大使館の人間が勝手に情報を洩らしたことが伝われば、関東軍は激怒し、機密漏洩《ろうえい》の罪で黒月を軍法会議にかけると息巻くはずだ。

二年前から満州では、産業開発五ヶ年計画が始まっている。土地の開墾だけでなく、地下資源の確保まで視野に入れた大計画だ。鉱物資源の他に原油の採掘も目標になっている。資源が乏しい日本にとって、石油はとりわけ重要な物資である。それが満州の地下に存在する可能性は前々から指摘されていた。これを採掘できれば、日本は海外からの輸入量を抑えられる。石油の輸入量の八割をアメリカに頼っている日本にとって、アメリカと対立するのは悪手《あくしゅ》だ。石油がなければ陸軍の機甲師団は動けないし、ましてや海軍の艦船は、海に浮いているだけの鉄の箱となる。だから、どんな形にせよ、アメリカとは良好な関係を維持せねばならない。そう考えると、黒月の提案には一理あったが、一方で両刃《もろは》の剣《つるぎ》にも感じられた。

開発の範囲を限定したとしても、アメリカが確保する分、日本の取り分は減る。関東軍や日本政府は絶対に納得しないだろう。黒月がそれを知らないはずはないので、そのあたり、どう決着をつけるつもりなのか。

アメリカ側の通訳者がピアース公使に身を寄せ、小声で話しかけた。満州産業開発五ヶ年計画について情報を補足しているようだ。立場上、ピアース公使も、既にこの情報はつかんでいるだろうが、通訳者は何かを付け加えたがっていた。かなりの早口だ。スミには追いつくのがやっとだった。

通訳者は、おおむね次のような話を公使に告げていた。計画は確かにあるが、日本政府や関東軍の対応は遅い。日本側には採掘のための最新設備もない。そして何よりも、黒月がただの書記官で、開発計画関係者ではないことを問題視していた。ここまで言及できるのは、この人物がただの通訳者ではなく、副交渉者と呼んでもいいほど情報を持っているからだろう。

スミは黒月に身を寄せ、先方の会話内容を聴き取れたかどうか、小声で確認した。黒月は軽くうなずいた。やがて、向こうは公使との会話を打ち切り、姿勢を戻して正面を向いた。

軍事機密に立ち入ってきたとはいえ、黒月が話した内容は、まだまだ序の口である。経済関係に人脈があれば、よそからも簡単に入ってくる程度の情報だ。黒月は平然としている。知られても構わないと見たわけか。

先方が口にした通り、日本は石油開発に関して後手に回っている。関東軍が、兵器を作る鉱物資源のほうを優先し、原油の発掘事業に予算を割けないせいだ。日本は最新式の発掘機材もそろえられず、調査と採掘に回せる人材も少ない。とてもではないが、効率よく掘れる状況ではない。だから黒月から先方への呼びかけは、日本に足りないその技術と人材を、共同開発という名目でアメリカに肩代わりさせようという、ある種の謀略にも聞こえた。

ピアース公使はおもむろに口を開いた。「あなたが仰る通りなら、これは大きな取り引きになる。あなたひとりでは約束できないはずだ」

「勿論、具体的な話はこれからです。まずは、アメリカが日中和平を仲介して下さる意思をお持ちか、どう動いて頂けるのか、この点を確認できればありがたく存じます。あるいは予定通り蒋介石を援助し続けて、日本との開戦に踏み切りますか。私は、日中米いずれも、本格的な開戦は危険極まりなく、消耗も激しく、軍需産業で利益をはじき出せても、人的・物質的被害は甚《はなは》だしく、戦争に勝っても、政府は戦後、戦死者の家族や戦傷者を手篤く支援し続けねばならない。大変な出費となります。戦争など、始めないのが一番ではありませんか」

ピアース公使は口許《くちもと》を少し歪《ゆが》めた。「我が国にはそれぐらいの資金はある。開戦すれば泣くのは日本だろう」

「確かに日本は勝てはしないでしょう。専門家が計算するだけで、それを明確に予想できるはずです。しかし、アメリカ側が、予想内の被害だけで終わるとも私には思えません。欧州大戦の頃と比較して、各国の兵器は非常に発達しています。特に航空機関連の技術向上がすさまじい。これは戦時に『銃後』が存在しなくなることを意味します。今度の戦争では前線も銃後も同じように燃えるでしょう。実際、上海事変だけでなく、昨年の重慶爆撃でもそうなっています。目標を蔣介石に絞っていたにもかかわらず一般市民を巻き込みました。公使は、アメリカ本国が同じ目に遭ってもいいとお考えですか」

「アメリカは中国とは違う。簡単に本国を日本軍に空襲させたりはしない」

「技術の発展という視点から見れば、次の戦争では何が起きても不思議ではありません。私は日本列島に対する空襲も予想したうえで、この話をしています」

スミの背中をひんやりとしたものが駆け抜けた。日本列島が、敵の爆撃機から空襲を受ける――。上海事変からすぐに予想できたはずなのに、なぜ、いままで考えたこともなかったのだろう。大陸で起きたことは内地でも起きる。いまはもう、そういう時代だ。

黒月はたたみかけた。「資源開発の件、いますぐに決めて頂かなくても結構です。駐日大使とよく相談されてから」

「ひとつ訊きたいが、開発は我が国が独自に行っていいのだろうね。常に日本と技術協力せよという話ではないのだろうな」

「そのあたりは、これから詰めて参りましょう」

「約束できたとしても、必ずしも、日本の望む形での協力にならない可能性もあるが」

「承知しております。日本政府がどこまで譲歩できるかは話し合い次第ですが、我々は、これ以上、大陸での紛争を拡大させたくないと考えています。本格的な戦争を回避できるなら、多少の不利は呑むつもりです。資源開発への参与に疑問をお持ちであれば、まずは、満州での煙草《たばこ》販売経路の一部をお譲りし、米国企業が活躍できる場を提供致しましょう。目下のところ日本と中国の煙草産業は、欧米の企業を圧して、販路を広げつつあるわけですが――」

そのとき、地鳴りに似た音が鳴り響き、ガラス窓が一斉に震えた。

聞き覚えのある音にスミは青褪《あおざ》めた。あの音――上海事変で何度も聴いた。間近で手榴《しゅりゅう》弾《だん》が爆発した音だ。

あとを追うように乾いた音が連続した。軽機関銃の発射音だ。重光堂の近くで銃撃戦が始まったのだ。

森塚が卓の下へ腕を伸ばし、スミの手に自分の手を重ねた。「大丈夫ですか、倉地さん」

「はい」スミは擦《かす》れた声で応えた。「すみません。上海事変を思い出して、固まってしまいました」

「周治くんをそばへ呼びましょうか」

「いいえ。周治さんには、警護の仕事に徹してもらわないと」

動揺ではなく怒りに近い色がピアース公使の顔に滲んだ。黒月は相変わらず冷静だったが、それでも目に鋭い光を浮かべている。

窓に近づこうとした周治を森塚が止めた。「外を見るな。危険だ」

「心配いりません。気をつけてやります」周治は窓の正面に立つのではなく壁際に身を寄せ、窓とカーテンの隙間から外の様子をうかがった。ピアース公使が連れてきた護衛も、別の窓から同じような姿勢で外を観察する。

「門の前でもめています」と周治が言った。「武装集団ですが動きが鈍い。金で雇われた素人かもしれません。租界の外れで賭博場でも回って人を集めたのでしょう。訓練を受けたこともなさそうな連中だ。やくざの下っ端だって、もう少しましな動き方をする」

「蔣派の抗日集団か」

「だとしたら、わざわざ、こんなところへ来る理由がわかりません。なんの考えもなく、捕まるような真似《まね》はしないでしょう」

「では、どうして」

「見当もつきません。本気で襲う気なら、軽飛行機で、真上から手榴弾を投げ込むでしょう。そもそも連中は、いまここに誰がいるのか知ってるんですかね」

「こちらの計画が洩れているなら――」

「ならば、もっと優秀な襲撃者を寄越《よこ》さないと意味がない。示威行動のつもりなら、ずいぶん貧弱なやり方です」

周治たちの会話を、通訳者がピアース公使に説明した。危険はないとわかっても、公使はあまりいい顔をしなかった。黒月に向かって声を荒らげた。「これはどういうことだ。今回の合議は秘密ではなかったのか」

「勿論です」黒月はスミを通さず、直接、英語で応えた。呆《あき》れるほど冷静なままだ。「しかし、ここは上海ですから」

「上海だから？」

「何が起きても不思議ではないという意味です。この街では、物事は、欧米や日本の思惑通りには進みません。地下に見えない水脈があって、多くの人や物は、地上とは別の流れに乗って動くのです」

「それは我々とは無縁だろう」

「すべてはつながっているのですよ。公使も、ここで一市民として暮らしてみればわかるでしょう。貧しい者が集まる場所で働き、彼らが訪れる菜館《さいかん》で安い料理を食べ、安酒を呑み、彼らが住んでいる狭い住居で寝起きしてみれば、それはもう嫌になるほどはっきりとわかるはずです。上海租界と呼ばれるようになっても、この土地は、まぎれもなく中国人のものなのだと。我々は租界を支配し、新しい文化を植えつけ、主人のような顔で振る舞っていますが、実は、中国の歴史の片隅に間借りしているだけです。大きな獣の毛皮にとりついた蚤《のみ》のように」

「君は日本人なのに、ずいぶんと、へりくだった言い方をするのだな」

「事実を述べているだけです。何も知らないという意味では、大使館の人間である私も公使と同じです」

森塚が横から口を出した。「黒月書記官。突発的な事件で皆さん驚いているとはいえ、話が肝心なところからそれています。もとへ戻しましょう。あるいは中止を」

「こちらはもう続ける気はない」ピアース公使は冷ややかに言い切った。「外の騒ぎが一段落ついたら我々は失礼させてもらう」

「第二波が来ないとも限りません」と森塚が止めた。「あわてて動かないほうがよろしいかと存じます」

「憲兵と警察がいるし、彼らに余力があるうちに少しでも早くここから離れたい。では、ごきげんよう。お邪魔したな」

一行が椅子から腰を浮かせた瞬間、黒月が毅然《きぜん》とした態度で告げた。「席へお戻り下さい、ピアース公使。話し合いはまだ途中です」

「こんな状況でか」

「大丈夫です。彼らはここへは来られない。あなたの護衛と我々が確認した通り、襲撃はたいしたものではない。話を続けましょう」

「しかし、万が一、何かがあったら」

「外の人たちを信用して下さい」黒月は語調を強めた。「彼らは長年、この街の治安に尽くしてきた者です。本当に危ないときには、きちんと『危ない』と伝えてきます。外からの指示がない限り、我々は、じっとしているほうが賢明です。下手に動くと、彼らの仕事を邪魔しかねない」

ピアース公使と黒月の視線が、一瞬、正面からぶつかった。スミはひやりとした。黒月の口調には、「この程度で逃げ出す気か」と相手を挑発する色が滲んでいる。それを先方が快く思わなかったことは、公使の様子だけでなく、通訳者と護衛の顔色からも察しがついた。

はらはらしながら、スミはふたりの様子をうかがっていたが、やがてピアース公使の顔に広がったのは悠然《ゆうぜん》とした笑みだった。すみやかに椅子に戻り、背筋を伸ばすと、黒月に向かってあらためて声をかけた。

「承知した。では、先ほどの話をもっと詳しくうかがおう」

――わざとだったのか。

冷や汗が首筋に滲んだ。うっかり横から口を挟まなくてよかった。ふたりの面子《メンツ》を潰すところだった。計算尽くの駆け引きをしながら、相手がどこまで信頼するに足るか、お互いに距離をはかり合っていたらしい。

黒月書記官は一瞬だけ笑顔を見せ、スミに向かって「では続けましょう」とうながした。

ここからが合議の本番なのだ。スミは姿勢を正し、気を引き締めた。

ピアース公使が再び口を開いた。「日本は資源をほとんど持たない国だ。アメリカが石油と鉄鋼の輸出を止めるだけで干上がる。そう考えれば、中国だけでなく欧米からの要請でもある『大陸からの日本軍撤退』を受け入れないのは自殺行為だと思わないか。いま退けば、大きな戦いが始まる前に、すべてなかったことにできるだろう。それとも、まさかここまで来て、ドイツと同盟を結ぶ気ではあるまいね」

いきなり深いところへ斬り込んできた。黒月がどう応えるのか、スミはひんやりとした気持ちを抱きつつ待った。

黒月は言った。「日本は、ナチス・ドイツの政策には賛成していません」

「政治家や軍部の中には、ナチスに親しみを感じて、接近しつつある者がいると聞くが」

「国として決めたわけではありません。ユダヤ人にも同情的です」

「『盧溝橋事件以前までは』だね。ユダヤ人を助けるのは、経済的な見返りを期待してだろう。あまり上品なやり方ではないな」

日本は、人道主義としてではなく、打算でユダヤ人を助けようとしている――と公使は言いたいようだ。そう見えても不思議ではないとスミは思う。軍部が外国人を見る目は、その程度なのだろう。租界で日常的に接してすら、いまの日本人は、外国人との距離をうまくとれずにいる。前の大戦では、西洋に追いつけ追い越せと、捕虜の扱いなども国際的な基準に合わせて、ずいぶん礼儀正しいものだったと聞くが――。

公使はさらに続けた。「日本は、なし崩し的にナチスの政策を支持するだろう。同盟を結ぶまであと一歩だ。最小限の手間で一気に敵を壊滅させるやり方は、いかにも日本人が好みそうな戦法だ。大いに共感しているのではないかな。だが、ドイツと同盟するつもりなら、欧米との開戦は免れん」

「よく承知しております」

「ナチスとの間に一線を引けないなら、他国がどれほど蔣介石との仲を取り持っても無駄だ。奇跡的に停戦協定を結べたとしても、日本とドイツが同盟した瞬間、中国は日本に対して、国際法に則《のっと》った形で正式に宣戦布告するだろう」

「それは最も避けたい事態です」

「では、どうする」

「日本政府には、ドイツとの同盟に反対している者も少なくありません。ヒトラーは日本人を有色人種であるがゆえに軽蔑し、劣等民族と決めつけていますから。このことは、ヒトラーの著作である『わが闘争』にもはっきりと書かれているので、ここを問題点とし、ナチス・ドイツは信用ならんと批判している者が有識者の中にいます。ドイツは、対ソ戦を想定したうえで日本を味方につけたいだけでしょう。西側と東側から挟み撃ちにすれば、ソ連ほどの大国でも耐えきれまいと。ソ連が倒れれば、次は、ドイツが自ら日本を下しに来る。これが、私も含めて、多くの外交関係者が抱いている予想図です」

「では、同盟の締結はあり得ないと？」

「反対者が少なくないのは事実です」

「ならば、ここが最後の砦《とりで》になるね。もし、日本政府がドイツと結んだ場合、我々は日中和平の仲介役から手を退《ひ》く。日本が公然とドイツを支持するなら、アメリカはこれを絶対に許容できない。ここを守り切れるなら日中和平に手を貸そう。ただし、これも条件次第だ。満州での煙草販路の話は魅力的だが、それだけでは動けない」

「勿論、よく存じあげております。煙草の件は、あくまでも、アメリカ政府に信用して頂くための第一歩です。日本からの誠意の証《あかし》とお考え下さい」

「満州での石油採掘は、予定よりも遅れていると耳にしているが」

さきほどアメリカ側の通訳者が公使に囁いた件である。細部まで触れると、日本側の軍事機密に言及せざるを得ない部分だ。

スミは横目で黒月の様子をうかがった。

黒月の表情は相変わらず静かだ。「陸軍はともかく、海軍は石油の重要性をよくわかっています。採掘調査が止まるとは考えにくい。海軍の関係者を通して陸軍に働きかければ、いまは滞っている調査も淀みなく進むでしょう」

「そのルートは」

「既に確保してあります」

「交渉の自信は」

「勿論。公使のほうは、どのようなルートで蔣介石に接近できますか」

「陸軍航空隊の一件を通して、蔣介石に面会を申し込むのは難しくない。航空隊の指揮官に仲立ちを頼めばいい。だが、迂闊に和平交渉を打診すれば、蔣介石は機嫌を損ねるだろう。『アメリカはどちらの味方なのだ？』と憤慨する」

「中国は、アメリカが満州の資源開発に参入する可能性など、一度も想像してこなかったでしょう。この部分の利害関係を複雑化すれば、蔣介石は判断に悩むはずです。そこが狙い目です」

「何度も訊くが、和平の条件として日本軍の撤退は可能なのか」

「短期間で全面撤退させるのは無理です。段階的に減らす格好になります。しかし、そもそも中国側との軍事衝突さえなければ、大半の場所には駐屯は必要ありません。最後まで兵を残さざるを得ないのは華北《かほく》ですが、これは、対ソ防衛という面で蔣介石と協調路線をとれるのではないかと」

「君は、内地の勢力をどれぐらいまで動かせるのだ？」

「そのあたりは、私ではなく、支那派遣軍の参謀である今井大佐が担われます」

　合議は夕方まで続き、重光堂の外で鳴り響いていた銃声は、いつのまにか聞こえなくなっていた。黒月書記官とピアース公使は、意見が嚙み合ったというよりも、いまだ駆け引きの途上にあり、大きな合意を得られぬまま次回へ課題を持ち越す形となった。

公使は徹底してアメリカの国益を優先し続けた。黒月はそれを少しでも譲歩させようと挑んでいた。

次回、煙草販路の件で日本側が関係者を連れてくると約束したところで、合議は終了した。

公使一行が部屋から立ち去ると、森塚は即座に黒月に詰め寄った。「黒月さん、満州の石油開発の話を持ち出すなんて私は聞いていない。どういうことですか」

「申し訳ありません」黒月は丁寧に謝った。「事前に話すと、森塚先生は反対なさると思ったので」

「当たり前です。こんな話、関東軍の耳に入ったら、どうするおつもりですか」

やはり、黒月がうっかり口を滑らせたわけではないようだ。最初から、森塚を出し抜くつもりだったのだ。合議中の態度からも、それはよくわかった。

森塚が気色《けしき》ばむのも無理はない。信頼していた上長《じょうちょう》から騙されたようなものだ。スミも同じ気分だった。情報を伏せられたままでは、じゅうぶんな手助けはできない。

だが、なぜ隠すのだ？

和平工作において、協力者にまで情報を伏せる意味とは？

黒月は言った。「原油採掘については海軍から急かされています。満州に原油があるらしいとわかっているのに、陸軍は満州事変以降、あわてて開発に乗り出した有様《ありさま》で、海軍よりも二十年ぐらい対応が遅れている。これまで満州に調査団を派遣してきたのも海軍です。艦船や航空機を操る海軍にとって、石油なしでの国防などあり得ません。もし、アメリカが満州での調査を手伝い、最新の機材で掘ってくれるなら、精製技術も含めて日本側が得るものはとても大きい」

「確かに、日本はフードリー法の技術ライセンスもまだ取れていないし、ＵＯＰ式に至っては試験段階です。海軍の水素添加装置も、九六式、九八式ともに実用化には遠い。でも、だからといってアメリカに頼るというのは」

「満州には、通常の採掘で入手できる原油以外にも、撫順《ぶじゅん》に油母頁岩《オイルシエール》があります。石炭層の上部に、厚さ百から百八十メートルにわたって広がっており、含有率は五・四パーセント。試算によれば、五十五億トンの埋蔵量が見込まれており、ここから石油として精製できるのは約三億トンと予想されています。これも合わせて利用できれば、日本にとっては相当な量です」

現時点における日本国内での石油需要は、年間約五百万キロリットル前後。九十二パーセントが海外からの輸入で、その内訳は、アメリカからの輸入が八十一パーセントである。

満州の油母頁岩を化学処理して得られる人造石油は、精製技術が未熟であることが難点だが、その問題が解決されれば、とてつもなく魅力的な資源だと黒月は言った。当初、ドイツから機材を調達するつもりだったが、欧州大戦の勃発で日本は入手できなくなった。次の調達先として考えられるのがアメリカというわけだ。

黒月は続けた。「欧米が日本に対して輸出規制を行ったら、日本は石油を手に入れるために南進政策をとるしかない。蘭印《らんいん》（※オランダ領東インド諸島）に兵を進め、そこの油田を占領する。欧州大戦のときの経済封鎖については、よくご存じでしょう。イギリスのドイツに対する厳しい輸出規制で、ドイツは日用品はおろか食糧まで失い、たった数年間で七十万人を超える餓死者を出しました。物資を輸入に頼りきっている日本も、あらゆる物資に関してこれと同じことが起きる」

「しかし、アメリカが石油を確保したうえで、中国への援助もやめなかったら」

「その場合には、時機を見て、満州の石油開発からアメリカを追い出すまでです。勿論、採掘施設と精製技術は、そのまま日本が丸取りします。この点においては、絶対に損にならないようにする」

「それでは、アメリカのほうから宣戦布告してきますよ。リスクが大きすぎる」

「当然です。だから、これは最悪の道であると心得て、絶対に避けるべきです。今後の合議で、そのあたりを詰めていきましょう」

黒月は、ふいにスミへ視線を向けた。「倉地さんにも意見をうかがいたい。今日の合議を倉地さんはどう感じられましたか」

いきなり話を振られて驚いたが、スミは遠慮なく応えた。「私は政治の専門家ではありませんが、意見を述べてもよろしいのですか」

「お気になさらずに。榛《はしばみ》ルートに関わる者は、専門家も非専門家も、男女の差も地位の差も関係なく、皆、平等に意見を出し合いましょう。でなければ最善の道など見つけられません。ピアース公使と通訳者から受けた印象について、なんでもいいので聞かせて下さい。どんな些細《ささい》なことでも構いません」

「私は――温度差を感じました」

「温度差？」

「はい。『伊吹《いぶき》』で森塚先生からうかがったとき、グルー大使は日米開戦を望んでおられないというお話でした。しかし、ピアース公使は、グルー大使から命を受けて上海へお越しになったにもかかわらず、大使自身のご意見だけでなく、アメリカ本国の意向も踏まえておられるようですね。上長である大使には逆らえないけれど、本国政府からの指示はもっと大事ですから、簡単には私たちに協力できないのでは」

「どのような点から、それを？」

「うまく説明できかねますが、言葉の端々や態度に、こう、いろいろと――。ああ、これでは曖昧《あいまい》すぎますね。申し訳ありません」

「いいえ構いません。直感で物を見るのも大切なことです。それは非専門家の強みです」

「ありがとうございます。今日の合議に限って言えば、まずは、相手の実力を探っていたという感じですね」

「なるほど」

「私が知っている日中間の交渉は少し違いました。中国の方も駆け引きは上手でしたが、『面子』が絡んで話がこじれるとかなり面倒でしたね。でも、中国の交渉者は望みが明確で、それに対してどこで妥協点を見出《みいだ》すのか——という点に力が入っていました。おそらくピアース公使は、グルー大使からの依頼と、本国政府から受けた指示を天秤《てんびん》にかけているのでしょう。矛盾するふたつの方向性を吟味し続け、アメリカにとって最も有利な方向を探っている——。それは黒月さんも同じではありませんか」

「同じとは？」

「黒月さんは、いまの時点で、もう『欧米と日本との開戦』を可能性のひとつに入れておられますよね。今回の和平工作が失敗した場合、とても高い確率で開戦するだろうと——。これは私も同感ですが、黒月さんは、あまりにも、そちらに意識が向きすぎておられるように思えます」

もう少し言葉を続けたかったが、スミはいったんそこで会話をとめた。

ひょっとしたら黒月は、この和平工作に、あまり価値を見出していないのではないか——。それが、今日、スミが最も強く感じた印象だった。ピアース公使の態度よりも、むしろ、こちらのほうが気になった。

いまやっていることを、小野寺工作の延長として捉えるべきではない。それはよくわかっている。今井大佐の上にいるのは影佐《かげさ》少将なのだ。それでも、これまでの話から、黒月は今井大佐と同じ志を持っていると考えていた。

だが、今日初めて、スミはそこに疑問を覚えたのだ。

もし、中国だけでなく欧米とも開戦となれば、アメリカ企業を満州から追い出し、アメリカ人が建設した原油採掘施設を丸ごと接収する——という黒月の案は、日米関係の不和とその決裂まで、高確率で予想していなければ出てこないものだ。なるべく早い時期にアメリカを満州へ誘い込み、原油採掘技術を確保したうえで、和平か開戦かの判断を行う——。かなり大胆な策だ。

森塚が横から口を挟んだ。「ともかく、私としては原油採掘の話にアメリカを絡めるのは反対です。それでは中国側の協力者と連携できない」

「なぜですか」と黒月は訊ねた。

「満州を中国へ返還する案が消えてしまいます。中国は日本軍の全面撤退を条件に、満州の件を一時棚上げし、和平を呑んでもいいと言っているのです。しかし彼らは、満州の農地や家屋を、不当な手段で日本から奪われた件も忘れていません。日本軍の撤退が完了したら、いずれは満州返還の話が浮上してくるでしょう。彼らは何十年でも粘って、それをやり遂げようとするはずだ。そのときに、石油の件でアメリカ企業が満州に定着していたら面倒だから、和平交渉にアメリカを嚙ませることは絶対に認めませんよ」

「石油の採掘が始まれば、これは単なる和平の話ではなくなります。日中米の三者が手を組み、経済合作を行うだけでなく、満州に対ソ防衛線を張る——これが私の最終目標です」

呆然とした森塚に向かって黒月は続けた。「この計画は、そこまで考えて進めないと意味がない。日中和平だけに拘《こだわ》っていてはだめなのですよ。華北の経済圏にアメリカを引きずり込むのです。欧州がドイツと戦っている間にこれをまとめ、不動のものとする」

「欧州情勢がどう転ぶにせよ、アメリカは欧州を見捨てられないでしょう」

「アメリカは今回もぎりぎりまで様子を見る。前の大戦のときと同じですよ。正義感から欧州へ向かう義勇兵はあとを絶たないでしょうが、アメリカ政府が軍隊を動かすのは、ずっと先になるはずだ。おそらく、ドイツとソ連との衝突がきっかけになる」

「独ソ不可侵条約があるのに？」

「あんなものは一時的な約束にすぎません。ヒトラーはソ連を許容しないでしょう。いずれかの時点で条約を破って、ソ連への侵攻を開始する。日本としては、ドイツの動きに引きずられないようにしつつ、アメリカとの関係を強化すべきです。これはグルー大使が日本にいる間しか進められない。彼が帰国を命じられたら、我々にとっては極めて不利になる。最初に『グルー大使に頼りましょう』と提案したのは、森塚先生ご自身ではありませんか。私はそれをもとに今回の案を練っただけです。でも、他にもっとよい方法があるなら遠慮なく仰って下さい。可能性は、すべて検討しますから」

いずれにしても、一度や二度の合議で終わる話ではなさそうだ。

次は四川《しせん》省から人を呼んで、中国側の意見をアメリカ側へ聞かせたいと黒月は言った。学者でも役人でも経済関係者でもいい、和平交渉へのアメリカの介入に賛同してくれる中国人が何人か欲しいのだと。

森塚は髪を掻《か》きむしりながら、少し考えさせてくれと応えた。

スミは黒月に訊ねた。「次の合議はどこで行いますか。ここはもう危険でしょう」

「日本総領事館に頼んでみます」と黒月は言った。「いくらなんでも、あそこには近づけないはずだ」

2

フランス租界の事務所では、双見と費春玲が連絡を待っていた。電話がかかってこないので、合議は順調に進んでいるのだろうと判断し、新聞や本を読みながら時間を潰す。

夜の七時に至っても電話は鳴らず、誰かが帰ってくる気配もないので、練炭《れんたん》火鉢《ひばち》で点心を温め直し、空腹を抑えることにした。

鍋に水を入れて火鉢に置き、饅頭《マントウ》を並べた蒸籠《せいろ》を載せる。やがて、竹籠の隙間からしゅうしゅうと白い湯気が噴き出した。鍋ごと火からおろし、熱々の饅頭を菜箸でつまんで皿へ移す。

触れられるようになってから手にとり、かぶりつく。具の旨味《うまみ》が生地と混じり、口の中でじゅわっと広がった。双見は思わず歓声をあげた。「これ、どこで買ったんだい？」

「少し先の店で」

「華界《かかい》？」

「フランス租界の内側です。欧米人の邸宅や工場で働いている中国人が毎日通うような店。日本人が予約を入れて行く店よりも、ずっと美味《おい》しい」

「僕らはこういう店を、なかなか見つけられないんだよなあ」

「ほんとに不思議なんですけど、上海にいる日本人って、どこで何を食べてるんですか」

「まあ、たいていは共同租界で日本食を」

「もったいない！　上海料理は醤油や砂糖や黒酢を使うから、油っぽくない料理を選べば、日本人の口に合うはずなのに。魚介類も豊富ですよ」

「そこはほら、日本人には中国語の発音が難しいし、話せないと怖《お》じ気《け》づく人も多いから。スミさんや新居みたいなのは例外だ」

一時間ほどたった頃、ようやく、黒月だけが事務所に戻ってきた。黒月は「外で食事を摂《と》りましょう」とうながした。

秋の上海は、陽《ひ》が落ちたあと急速に気温が下がる。冬の寒さにはまだ遠いが、薄着だと震えてしまう。

　遠くまで出かけるのは億劫《おっくう》だったので、近場の菜館へ入った。混んでいたが、ちょうど食卓がひとつあいたので、そこを押さえた。

　合議の話はあとでと断ってから、黒月は料理を注文した。紹興酒《しょうこうしゅ》が香る蒸し豆、湯気の立つ炒飯《チャーハン》、豚肉の甘辛煮、魚介類と野菜の炒め物、等々。皆で、脇目も振らずに貪《むさぼ》り食った。

　料亭で見た上品な振る舞いとは違う黒月の食べっぷりに、双見は啞然《あぜん》となった。「黒月さんは、和食よりも支那料理のほうがお好きだったんですか」

「食べ物の好き嫌いはありません。頭を使ったので腹が減っているだけです」いっときも箸を止めずに黒月は続けた。炒めた青梗菜《チンゲンサイ》にかぶりつく。「運動したら消耗するでしょう。あれと同じです。そのぶん食べないと保《も》たない」

「じゃあ、いつか新居が作る料理を食ってやって下さい。あいつは支那料理の専門家なんです」

「用事もないのに、上海自然科学研究所の食堂まで行けません」

「だったら誰かの家を借りましょう。僕も一度あいつの料理を食べてみたいので。倉地さんのご自宅はどうでしょうか。お子さんもおられないし、迷惑はかからないのでは」

「交渉が成功したらの話ですね」緑色の葉をつるりと呑み込み、黒月は言った。「任務を完遂する前に個人宅に集まるのはまずい。どこで誰が見ているかわからないし、そこを襲撃されたら榛ルートの主要関係者が全員お陀仏《だぶつ》です」

「あっ、確かに。申し訳ありません。考えが足りませんでした――」

「気にしないで下さい。一般の方では考えが及ばなくても仕方ない」

「すみません。黒月さんがあまりにも美味しそうに召しあがるので、つい」

「『伊吹』で出すような料理は内地でも食べられるでしょう。せっかく大陸にいるなら、こちらの料理のほうがいい。都市部の支那料理なら私の口にも合います」

費春玲は思わず目を細めた。「黒月さんは、お料理のことなら新居さんと話がはずみそうですね」

怪訝《けげん》な顔つきで黒月は費春玲を見つめた。「仲が悪いように見えましたか」

「意見が衝突したとき、結構、怖い顔をしていたから」

「新居くんは言うべきことを言っただけです。詰めは少々甘いが、ありがたい指摘だと受けとめていますよ私は」

双見が口を挟む。「合議の件、特に問題がないのであればお話は明日うかがいます。これから事務所へ戻るのも寒いし、また練炭に火を入れ直さなきゃならない」

「そうですね」費春玲も賛成した。「日をあらためましょう。合議は順調だったんでしょう」

「まあ、そこそこには」

「だったら急ぎませんよね」

「気がかりなことが、ひとつだけありました」

「なんですか」

「手榴弾で襲撃されました。我々に被害は出ていませんが」

「どうして最初にそれを言わないんですか！　犯人は？」

「全員逮捕されました」

「こちら側の情報が洩れていたんですね」

「そこは憲兵が調べてくれるでしょう。まあ、これ以上ここで話すのはやめましょう。詳しくは明日事務所で」

3

翌日の午後、双見は事務所で合議のあらましを聞き終え、次の合議の予定を聞かされた。

夕方、共同租界の北四川路《ほくしせんろ》へ足を向けた。

ときどき周囲に目を配り、誰も追ってこないことを確認しながら歩く。

虹口だけでなく、このあたりの買い物客も日本人ばかりだ。荷物を抱えて闊歩《かっぽ》する様子は、内地の雰囲気と少しも変わらない。二度の事変などすっかり忘れ、街の喧騒《けんそう》を楽しんでいる。

ここにいる日本人は外国に住んでいる実感が薄い。どうかすると、自分たちの生活圏に中国人が交じっているという逆転した意識で暮らしている。

通りをしばらく進み、目的の建物まで到着した。事務所が複数入っている煉瓦《れんが》造りの建物だ。一階の酒場は、仕事帰りに一杯ひっかけていく客たちで満席だった。

ガラス窓越しに見えるのは日本人労働者の顔ばかり。出している酒も料理も日本式だ。内地の盛り場にも似た雰囲気に、双見は祖国の淀んだ臭気を微《かす》かに嗅ぎとった。が、無論、それに不満があるわけではない。むしろ、この淀みは懐かしい。己の意志で渡ってきた土地ではあるが、最終的に双見が思い知ったのは、若い頃に抱いた夢とはかけ離れた荒《すさ》んだ現実だ。

階段を使って四階までのぼり、そのフロアに入っている法律事務所の扉を叩いた。いつも返事などもらえないので、勝手に扉をあけて足を踏み入れる。上がっている看板は法律事務所だが内実はでたらめだ。そもそも、ここへ真面目に法律相談に来る者などいない。訪れるのは悪知恵を仕入れたがっている者だけで、ここはそれを提供する場でもある。

中へ入ると煙草の臭気が押し寄せてきた。双見は自分でも煙草を吸うのに、他人が吐き出す煙や灰皿に放り投げられた吸い殻の匂いを好きになれない。この事務所の場合は特にそうだった。机の上で立ちのぼる煙と、陶器製の壺《つぼ》に押し込まれた吸い殻の刺激臭で目が痛くなった。

顔色の悪い男がひとり、安っぽい長椅子にもたれて新聞を読んでいた。靴の踵《かかと》を机の縁にひっかけ、開襟《かいきん》シャツの胸元をだらしなくあけている。阿片《アヘン》でも吸っていたのではと疑いたくなるほどの乱れ具合だ。寝癖で髪が突っ立っている。男は双見に気づくと、広げた紙面の向こう側から虚《うつ》ろな視線を投げてきた。

手に持っているのは「大陸新報《たいりくしんぽう》」だった。今年の一月に上海で創刊された国策新聞だ。陸軍・海軍・外務省・興亜院《こうあいん》の後援で設立され、大陸新報社が刷っている日刊紙である。編集部には「朝日《あさひ》新聞」の記者が引き抜かれたと聞くが、内実は、自由主義から最も遠い新聞だ。

双見は軽く頭を下げ、長椅子のそばを通り抜けようとした。すると、潰れたような低い声が背中へ飛んできた。「雨龍《うりゆう》さんならもう来とる。あっちの部屋や」

振り返ると、さきほどの男が、たたんだ新聞紙の先端を部屋の奥へ向けていた。その方向には隣室へ続く扉があった。

「ありがとう」と応えてから、双見はそちらへ歩き出した。ここでしばらく待つ覚悟を決めていたので、雨龍が先に到着しているのは助かる。

扉を叩いて隣室へ入ると、さきほどの乱雑な部屋とは別世界が広がった。ガラス戸のついた書類棚と箪笥《たんす》、帽子や外套《がいとう》をかけておく真鍮《しんちゆう》製の衣架《いか》。床に敷かれた絨毯《じゆうたん》が靴を優しく受けとめる。脚の短い長卓と革張りの長椅子が、部屋の中央にどっしりと鎮座していた。

雨龍礼士《れいじ》は長椅子に腰をおろし、ひとりで猪口《ちよこ》から酒をあおっていた。こちらに視線を投げながら満足げに呑み干すと、双見に向かって「どうぞ。こちらへ」と、よく響く滑らかな声で言った。

　向かいの席にも猪口がひとつ用意されていた。皿に盛られた干し貝柱が、アルコールへの渇望と食欲をそそる。

　双見は頭を下げ、席についた。「遅れて申し訳ありません」

「いえ、私が早すぎたのです。お気になさらずに」

　雨龍は痩身で手足が長く、カマキリを連想させるような印象の人物だ。季節が変わったせいか、上衣《うわぎ》やズボンを落ち着いた色に替えていたが、それでも秋物にしてはかなり薄い色である。雨龍が暗い色の服を身にまとったところを双見は見たことがない。妙な拘りでもあるのか、この男はいつも白や淡い色を基調とした服ばかり着る。

　双見は徳利《とつくり》を手にとり、雨龍の猪口に酒を注いだ。雨龍は双見につまみを勧め、葉巻もあります、如何ですかと訊ねながら卓の端に置かれた平たい箱を開いた。褐色の艶《つや》を放つ長い煙草が何本も並んでいた。甘く濃厚な発酵臭がふわりと香る。

　双見は「ありがとうございます。でも、僕は強い煙草は苦手なので」と断った。

「お気に入りの一本をまだ見つけていないなら、これはお勧めですよ。葉巻はワインと同じでね。何本も味わってから、ようやく自分の好みの品と出会える」

「僕は、ワインも、甘くて癖のないものしか呑みません。どうも、酸味や渋みが苦手で」

「そうですか。まあ、人には好みがありますから」

「今日は難しい話をするために来たので、あまりお気づかいなく」

「わかりました。でも、まずは先に一杯どうぞ」

「はい、頂戴いたします」

双見は猪口の酒に口をつけた。意外にも気取ったところのない美味《うま》さだった。毎日呑むならこういうものがいい。

視線をあげたとき雨龍と目が合った。

雨龍は人懐っこい笑みを浮かべた。知り合って以来、何度も見てきた笑い方だ。だが、未だに慣れない。ぞっとする何かを感じることがある。この男の笑みは、ただの仮面なのだ。内側に秘めている苛烈さを隠すためだけに、いつも愛想よく笑う。その内面は外見の冷ややかさとは裏腹に、いつも炎の如く燃えている。

「重光堂の件ですが」と双見は自分から切り出した。「なぜ、武器を持たせてまで襲わせたのですか。役にも立たない素人を雇って」

「なんの話ですかね」

「私がある程度情報をつかむまで、そちらには動かないでほしいとお願いしていたはずです」

「だから何かとうかがっています」

「知らないんですか。あれは、あなたが命じたのではないと？」

「いちから説明してもらえませんか」雨龍は猪口を卓に置き、長椅子にもたれかかった。長い手足をもてあますようにして組み、顎《あご》を少しあげる。自然と双見を見おろすような眼差《まなざ》しになった。「濡れ衣を着せられたんじゃたまらない。日中和平工作を潰したい奴なんて、この街にはごまんといます。なんでもかんでも私のせいにされては困ります。きちんと筋を通してほしいですね」

「本当に何もご存じないんですか」と双見は念を押した。

雨龍は面倒くさそうに、頭を左右に振るばかりだった。「そんな騒ぎを起こしても、なんの得にもならない」

「では誰が」

「やるとすれば軍統でしょう。もっとも、上からの指示がなくとも、勝手に行動する連中はあとを絶ちません。それよりも榛ルートの内情はどんな具合ですか」

「外部との話し合いが始まりました。小野寺工作で培った人脈がまだ生きているので、合意がとれれば話が進むのは早いでしょう」

「それぞれの役割と能力は」

「黒月書記官以外は民間人です。たいしたことはありません。束ねている黒月さんが降りれば工作は自然消滅するでしょう。新たに誰かが任命されたとしても、また、その人物さえ消せば」

「確かですか」

「はい」

「あなたのご友人が、意外な人脈を持っていたり、実は有能だったりする可能性は」

「倉地さんも新居も、中国人と仲がいいだけの一般人です。国民党とのつながりはない。私塾で語学を教えている先生と、ただの料理人兼護衛ですよ。そして、皇国の民として、ふたりの思想は僕たちと同じです。祖国である日本の行く末を憂えている」

「もうひとり、学者さんのほうはどうですか」

「森塚さんなら心配はいりません。いくら頭がよくても学者風情に何ができますか。面倒な動き方をしたら、興亜院から上海自然科学研究所へ圧力をかけてもらえばいい。強制的に帰国させれば問題ありません」

「中国人の女性もいましたね」

「費《フェイ》 春玲《チュンリン》さんは、『上海婦女《シャンハイフーニー》』という中国系の婦人雑誌の刊行を手伝っていて、これは去年の四月に創刊された左派系の雑誌です。ただし、共産党とは関係していない。自然に生まれた女性向けの総合誌で、戦時下での暮らしの知恵を授けたり、世界情勢を解説したり、抗日思想を広めたりしています。下層階級の労働者を取材するなど、なかなか骨のある活動を行っています。日本の国防婦人会とは、ずいぶん感じが違いますね。中国では女性も兵士になって前線へ赴きますから、戦争に対する実感が強いのでしょう」

「費春玲も烈士《れっし》という印象ですか」

「いいえ。至って愛らしく、カフェで女給もしておられるような方です。『上海婦女』では、編集人や寄稿者ではなく経理や発送を担当。その仕事も自分から求めたのではなく、友人から頼まれたのだとか」

「では、思想的に問題がある人ではないと」

「いまどき抗日思想を持たない中国人などいません。中国のご婦人方がこのような雑誌を作るのも、ごくごく自然な成り行きでしょう。もっとも、内容が過激化すれば日本軍は発禁処分にする。それよりも、春玲さんに関しては別の件で気になることが」

「なんですか」

「春玲さんは鄭蘋茹《テンピンルー》と交流があります。小野寺工作のときの縁がまだ続いているんです。鄭蘋茹は国民党員です。日本側の和平工作から外れたあとは、純粋に、蔣介石のためだけに働いています。最近は76号の丁默邨《ディンモーツン》に接近して、内部情報を探っているようで」

「その件ならこちらでも把握しています。既に手も打ってある」

「監視をつけているとか？」

「こちらの工作員を党に潜入させています。他に気になることは？」

「ありません」

「では、いまのところ、たいした心配はいりませんね」

「頼みますよ、雨龍さん」双見は語気を強めた。「新居には手を出さない約束です」

「勿論です。黒月書記官を消せば決着がつくなら、私もそこしか狙わない」

「合議の場所を、重光堂から日本総領事館へ移すと言っていました。近づきにくくなりますね」

「そのあたりは、どうとでもなるでしょう」

雨龍は組んでいた手足をほどき、前屈みの姿勢に戻った。「租界にいる限り、どこからでも狙える。ただ、新居さんが黒月書記官を護衛していると、どうしても巻き込む形になります」

「なんとか避けて下さい」

「では、黒月書記官をひとりにする時間を作って下さい。租界の中ならどこでもいい。新居さん以外の人間なら、どうなっても構わないんでしょう？」

「僕は常識の範囲で話をしています。他の人のことも考慮して下さい」

「軍統と76号の衝突がなくても、この街では人が簡単に死にます。毎晩どこかの路上で人が死ぬ。朝になったら掃除夫が回収していく。あなたもよくご存じでしょう。ふたつの事変が起きたときには、もっとひどかった。最初の事変などは冬ですからね。行き場のない避難民が外白渡橋《ガーデン・ブリッジ》の上に溢《あふ》れて、夜の間に凍《こご》えて死んでいった。貧しくて栄養失調になっていると、ちょっと気温が下がっただけで、もうだめなんです。夏場でもね。私は夜明けと共に死体を荷車に載せ、墓地まで捨てに行ったものでした。毎日毎日、荷車を引っぱって何往復もした。重労働でしたよ」

双見が啞然としていると、雨龍は虚ろな笑みを浮かべた。「当時は私も上海へ来たばかりで、寝る間もないほど雑用に追いまくられておりましてね。死体運びなんざ、他と比べれば楽な仕事でした」

雨龍は猪口を目の高さまで持ちあげ、ゆらゆらと揺らしてみせた。「まあ、その苦労の甲斐《かい》あって、いまは事務所を任せてもらっています。私は欲がないんで、このあたりがちょうどいい。ところで双見さん、外地で暮らす日本人にとって、いま、最も大切なものはなんだと思いますか」

「さあ」

「誇りですよ。大日本帝国の臣民として胸をはって、内地にいたとき以上に、日本人としての誇りとは何かと模索せねばならない。しかるに、陸軍の一部が画策している和平工作とは、日本人が中国人の訴えを親切に傾聴したうえで、駐屯兵を大陸から撤退させ、満州を返還してやろうという計画です。これは大きな間違いだと思いませんか。日本軍が大陸から退《ひ》けば、欧米が中国を支配する。大陸を押さえた欧米は次には日本を狙うでしょう。我々はそれを阻止せねばならない。中国人任せではだめなのです。中国は領土こそ広いが近代化が進んでおらず、この巨大な土地を管理できない。だから日本が助けてやるのです。鉄道を整備し、大都市を造り、農地を開拓して、大勢の人間の懐《ふところ》を潤す。成果はあがっているのですよ。中国の方には、そこを理解してもらわないと」

「はい、そのあたりはよく承知しています。だからこそ、こうやって雨龍さんをお手伝いしているのです」

「ならば結構」雨龍の声に明るさが戻った。「新居さんの行動は、あなたがうまく誘導してあげて下さい。そうすれば、門准《メンジュン》さんの命を救えたように、今度も間違いなく、あなたのご友人を助けられるでしょう」

4

事務所をあとにすると、双見は寄り道もせずに、虹口に借りているアパートへ帰った。上衣を脱ぎ、台所の棚からミネラルウォーターの瓶《びん》を取り出す。栓を抜いてそのままあおった。喉の奥を流れていく水の美味さに緊張が解けていく。

雨龍に会うといつもこうだ。話している最中はさほどでもないのに、家へ帰ると、どっと疲れが出る。信頼できる相手なのにおかしなことだ。

あいつはなんでもやってくれる。任せておけば安心だ。何も考えるな。計画はすべて先方が立てて実行してくれる。僕はそれを手伝うだけだ。よけいな思考は必要ない。

菜館に寄らなかったので腹は減っていたが、あまり食べる気がしなかった。買い置きのバゲットと燻製ハムを少し切り、干し葡萄《ぶどう》と一緒に皿に並べる。甘口の酒が欲しかったので、白葡萄酒をグラスに注いだ。

塩辛いハムとパンの組み合わせに、干し葡萄の甘さはちょうどよかった。口あたりのいい酒のおかげで、胃の底がぬくもってきた。

アルコールでゆるんできた頭で、さきほどの一件を反芻《はんすう》する。

黒月書記官を雨龍に差し出し、周治を見逃してもらうことに後ろめたさはない。周治は、森塚との縁で和平工作を手伝っているだけだ。自分を牽引《けんいん》する者が消えれば、自然に工作から手を退くだろう。周治はこれまで通り、ただの料理人として生きればいい。料理人として中国人と仲よくなっても、庶民同士の交流にすぎないのだから、日本の国益を損なったりはしない。

周治が無事でいる限り自分は救われる。もし、彼が殺されるようなことがあれば、今度こそ自分は完全に壊れるだろう。

あの日——華字紙《かじし》「凱報」が襲撃される少し前、双見は邦明《ほうめい》通信社の社屋にまだ居残っていた。そろそろ帰ろうかと椅子から立ちあがったとき、室内の電話が鳴り響いたのだ。同僚が受話器をあげて応対したが、すぐに大声でこちらに呼びかけた。「双見くん、君にだ」

「誰からですか」

「名乗らんが情報を提供したいと言っている。覚えがないか」

ネタを集めるために、双見は何人もの情報提供者を確保している。日本人もいれば他民族もいる。何かあれば社に電話してくれと伝えてある。そのうちのひとりだろうか。

受話器を受け取ると、すぐに耳にあてた。「もしもし、代わりましたが」

相手はそれでも名乗らず、続けた。「門准《メンジュン》ちゅう名前の記者を知っとるな」

聞き覚えのない声だった。言葉そのものではなく、抑揚に柄の悪さが滲んでいる。双見は取材でそんな社会層にも飛び込んでいくが、見知らぬ相手に対する警戒心は忘れていない。

情報提供者の名前はすべて覚えている。誰かがこの人物に連絡先を教えたとしても、紹介者の名前が出てこないのはおかしい。

双見はおもむろに応えた。「門准は新聞社勤務です。こちらの通信社にはおりません。連絡先はご存じですか」

「そんなことはわかっとる。黙って聞け。いまから76号の連中が『凱報』に殴り込みをかける。拳銃と手榴弾で社員を皆殺しにするつもりや。はよ駆けつければ、あんたの友人だけは助けられるで」

「なんの話ですか」

「急いで支度せえ。もう時間があらへん。社屋に近づくのは、連中が立ち去ってからにするんやで。そうせんと、あんたも撃たれるからな」

電話は唐突に切れた。双見は受話器をフックに戻すと、はじかれたように駆け出した。椅子の背にかけていた上衣をひったくり、机の上に出していた鉛筆と手帳を懐へ突っ込む。指先が震えていた。またしても同業者の死を目の当たりにするのかと思うと、こめかみがずきずきと痛んだ。

電話をとってくれた同僚に向かって言った。「すまん。今日はもう帰る」

「垂れ込みかい」

「ああ」

「でかいやつ？」

「待機しておいてくれ。現場から第一報を入れる」

双見は社の外へ出るとタクシーを拾った。

その直後、76号の工作員たちが「凱報」の社屋を襲撃し、社内で銃を乱射する事件が発生。手榴弾で印刷機を破壊し、社屋に火を放った。一行は道路に溢れていた野次馬にまで手榴弾を投げつけたのち、またたくまに逃走した。

電話による警告がなければ、双見の到着はかなり遅れていただろう。翌朝まで現場を訪れなかった可能性もある。匿名《とくめい》の情報提供者は、あらかじめ76号の計画を細部まで知っていたとは思えない。

　双見が駆けつけたのは、道路で手榴弾が破裂する直前だった。見事なまでに時間を合わせた誘導だ。そんなことができる者は誰なのか、この時点では双見には見当もつかなかった。

　負傷した門准を仁済医院《レスター・ホスピタル》まで連れていき、社へ第一報を入れて待合室で待機していた間、双見は記憶を総ざらいした。情報提供者の顔と、最近の動向を頭の中で挙げていく。だが、誰かに匿名で連絡させそうな者は思い浮かばない。そもそも、自分と門准との交流を知っているのは限られた記者仲間だけだ。そこから情報が外部に伝わったのだとしても、見ず知らずの人間から助け船が出る理由がわからない。

　病室に運ばれた門准と少し話したのち、双見は邦明通信社へ引き返して「凱報」襲撃事件の第二報を書きあげた。生き残りである門准からの採話は、どこの報道よりも詳細で貴重な内容だ。上司から配信の許可を得て、すべての作業を終えた頃には真夜中を過ぎていた。

　疲れ果て、家に帰る気力さえ湧かなかった。

　今夜は社屋の仮眠室で眠るつもりだった。その前に屋台で麺でも食っておこうと思って、よろよろと表の通りへ出た。

　社の周辺は闇に沈んでいた。だが、上海は夜になってからが本番だ。行くところへ行けば、街灯の輝きは真昼のように街を明るく照らしている。酔客で歩道が混み合うような区画では、本格的に飲食店が混み始める時刻はたいそう遅い。店選びに困ることはないのだ。

暗闇の中へ歩み出たとき、ふいに背後から声をかけられた。「邦明通信社の双見さんですね」

驚いて振り返ると、カマキリを思わせる手足の長い痩せた男が立っていた。門准を運び込んだ病院で、見舞客としてやってきたあの男だ。

連れは見あたらない。ただ、近くに黒塗りの車が一台停まっていた。ひとりではないのだろう。

男は、中折れ帽を少し持ちあげて挨拶した。「今日は病院で失礼しました。お話し中に割り込む形になりまして。私は彼とは旧知の仲で、名は、雨龍礼士と申します」

男は懐から名刺を出し、双見に手渡した。勤務先は法律事務所。双見は思わず相手の顔を見返した。

確かに整った身なりではあるが、雨龍から滲み出ている雰囲気は、法を遵守《じゅんしゅ》する者のそれとは思えなかった。むしろ逆だ。精悍《せいかん》な顔だちには、暴力の世界に身を沈めた者の暗さが感じられた。言葉づかいこそ丁寧だが、その教養を裏切る何かが背後で燃えている。記者としての双見の嗅覚が、この男とは関わるなと警告を発していた。

雨龍は続けた。「法律事務所といっても私は経営をやっているだけです。専門家は別におりましてね」

「なるほど」

「門准さんの件で、少しお時間を頂いてもよろしいでしょうか。近くの店へ案内させて頂きます。個室がありますし、店員の口も堅いのでご安心を」

「お申し出はありがたいのですが、今日は僕もくたくたです。軽く食べたら社に戻って眠るつもりでした。日をあらためて頂けませんか」

「食事代はこちらで持ちますから、どうぞ遠慮なさらずに」

「いや、そういう問題じゃなくて」

雨龍は片手をあげて双見の言葉をさえぎった。「今日――いや、日付の上ではもう昨日になりますね。夕方、双見さんにお電話を差しあげたのは、うちの事務所の者です。指示を出したのは私ですが」

その可能性については既に考えていたが、相変わらず事情がよくわからない。

「ともかく」と双見は繰り返した。「明日にして下さい。昼間来て頂ければ、いくらでも話を聞きます。別の場所がよいのであれば、霞飛路《アヴェニュー・ジョッフル》で珈琲館にでも入って」

「人目のある場所だと、双見さんはご都合が悪いんじゃありませんか。このご時世、通信社といっても、いろんな考え方をする人がいる。お互いの信条には踏み込まないように気をつかっているはずだが、それでも伏せたい話ぐらいは」

「なんの話ですか」

「あなたは同僚を失った事件をきっかけに、日中和平に疑問を覚えるようになった。違いますか」

双見は黙っていた。その事件自体は調べればすぐにわかる。いちいち反応するまでもない。

雨龍は言った。「日本と中国の行く末について、私は深いところで双見さんと話し合いたいのです」

疲労で頭が回っていないときに、この手の人物と話をするのはまずい。特に密室では。いま行くのはだめだ。

双見は応えた。「わかりました。お話はうかがいます。でも、昼間にして下さい。もしご不満なら、この件はなかったことに」

そっけない断り方だったが、雨龍は素直にうなずいた。「では、夜が明けたらあらためて連絡を入れます。ここへ車を来させますから、社に電話が入ったら降りてきて下さい」

社屋で眠り、窓の外が明るくなってから、近くの店を訪れた。粥《かゆ》と鶏卵を注文し、手早く朝食を終えてから社に戻り、また机の前で忙しく働いた。

昼頃、予告通り、雨龍から偽名で電話がかかってきた。一緒に昼食でもどうですか、あるいは珈琲館のほうがよろしいですかと訊ねられたが、どちらも断った。「午後四時に、パブリック・ガーデンでお目にかかれると助かります」

「暑いですよ」雨龍が素っ頓狂な声をあげた。「木陰があるといっても屋外です。どこかの店へ入りましょう。氷ぐらい食べたいでしょう」

「僕は平気なので、お越しになれないなら、あきらめて下さい」

「仕方がないな。じゃあ、そちらへ向かいます。公園は広いので、近くのわかりやすい場所で待ち合わせを」

「では、グレンラインビルの前で」

パブリック・ガーデンは外白渡橋《ガーデン・ブリッジ》の近くにある。ここから黄浦江《こうほこう》を眺めると、右手の対岸には畠《はたけ》と草叢《くさむら》ばかりが広がる浦東《ほとう》の景色、左手の対岸には各国の大使館や領事館の建物と、独特の角張った外観をそなえるブロードウェイ・マンションを見て取れる。

かつては「犬と中国人の立ち入りを禁じる」と看板に記されていたことで有名なパブリック・ガーデンは、十一年ほど前に中国人にも開放された。もっとも、第二次上海事変以降は、別の意味で居心地が悪くなっている。日本軍が上海から国民革命軍を退却させて以来、共同租界は、中国人にはいっそう肩身の狭い場所となった。極右系の日本人自警団が、抗日分子と見なした中国人を平気でリンチにかけるので、事件が起きるたびに日本の領事館警察ですら渋い顔をしている。

黄浦灘路《こうほたんろ》と北京路《ペキン・ルー》が交わる角に立つと、双見は雨龍の到着を待った。今日も上海は蒸し暑い。直射日光が路面を灼《や》き、黄浦江の水面を渡る湿った風が人々をなぶる。

遠くで陽炎《かげろう》が揺らめいていた。雨龍が姿を現すと、双見は大通りの向こうに広がるパブリック・ガーデンへ彼を案内した。

公園内は大通りの喧騒からは完全に切り離されている。豊かな緑が木陰を作り、炎天下の大通りよりは遥《はる》かにましだ。

四阿《あずまや》が見えてきた。背の高い、つば広帽子に似た屋根と、その屋根を支える二本一組の細い柱が目をひきつける。ここは休憩所ではない。音楽隊のための舞台だ。演奏会の夜には灯がともり、柔らかな光が周囲にこぼれ落ちる。

双見は一度取材しているが、在華イギリス人向けの演奏は、公園の外に渦巻く貧困や犯罪の日常とはかけ離れた実に優雅な世界だった。軽やかに響き渡るバイオリンの調べと、ベルベットを想起させるフルートの音色が絡み合い、チェロが奏でる低音は川面《かわも》を渡る白鷺《しらさぎ》のように悠々《ゆうゆう》と流れた。上海の一角が欧州に置き換わっていた。それは、虹口が日本人の土地に変わっていったのと同じだった。

上海で貧富の差を目の当たりにするとき、双見はいつも複雑な想いに囚《とら》われる。イギリス人から見た日本人は、彼らから蔑《さげす》まれるアジアの一民族にすぎない。語学や学問をよく学び、礼節を守って欧米式の会話に加われば相手をしてもらえるが、ひんやりとした居心地の悪さを双見はいつも覚える。そのぎくしゃくとした関係が、己の対話能力の限界に起因するのか、日本人全体に対する欧米人の偏見によるのか、自分では判断がつかなかった。

いっぽう、中国人にとっては、日本人はイギリス人と同様に大陸を支配する側の人間だ。

同じ有色人種だが、「日本は清《しん》とロシアに勝った。有色人種であっても、日本だけは強くて偉い」と威張るので中国人はそこを嫌う。

通信社の中には、日本人の驕慢《きょうまん》を戒める声もあった。

ただ、双見の考えは皆とは少し違っていた。

日本は、明治以降、欧米に負けじと努力してきた。その甲斐あって、最近は科学力も優秀だ。軍部の無軌道ぶりや、同じアジア人に対する差別は非難されるべきだが、国としての日本はりっぱだと思う。上海に来たからといって、自分は国際人になったわけではない。外国語を喋り、外地での生活に慣れても、自分は根っからの日本人だしそれが誇らしい。大陸を放浪する生活を選んだとしても、この考え方は変わらないと思う。日本こそが、永遠に心の中心にある。

四阿の前を通り過ぎると、双見と雨龍は、黄浦江沿いに置かれたベンチに腰をおろした。大樹が地上に陰をつくっていた。近くで休んでいる者はいない。時間帯と場所を選べば、公園には静かな場所がいくらでもある。

ベンチに座るなり、雨龍は懐から扇子を取り出し、首筋へ風を入れ始めた。この冷ややかな男が、こんな表情をすることもあるのかとおかしくなるほど、げんなりとした表情だった。

双見も噴き出す汗を繰り返しハンカチで拭《ぬぐ》った。夏季に特にひどい黄浦江の生臭さは、公園の樹々にさえぎられても、緑の背後にうっすらと感じられた。

双見は訊ねた。「率直におうかがいしますが、僕に何を望んでおられるのですか」

「日本のために働いて頂きたいのです」

「記者の仕事だって国のためですよ」

「それだけで足りるとお考えですか。いま、中国には日本の発展を阻《はば》む者が大勢います。中国人だけでなく欧米人もそうだ。日本を小国と侮《あなど》り、欧米の基準に従えと命じます。彼らはアジア全体を平らげようとしているのです。日本人は断固として、これに対抗せねばなりません」

「お話はごもっともですが、僕は記者ですから言論の力で闘うだけです。他に何ができるわけでもない。だいたい、あなたは門准《メンジュン》と知り合いなのでしょう。彼は激烈な抗日記事を書く男ですよ」

「ああいう人間のほうが、主義主張を超えて信頼できます。立場がはっきりしている分、純粋に、利害関係だけでお互いの妥協点を探れる。私は大日本帝国のすべてを尊び、彼は命懸けで中国を守る。なんの問題もありません。協力できる点で、お互いに助け合うだけです」

「それはそうですが」

「双見さんこそどうなんです。あなたの同僚を殺したのは中国人なのに、門准なんかと付き合っていらっしゃる。悔しくないのですか。犯人は未だに捕まっていないのでしょう」

同僚の山村《やまむら》が中国人暴徒に殺害された事件は、新聞記事にもなったので調べるのは簡単だ。

第二次上海事変のときの話である。

山村はカメラマンだった。爆撃で焼け出された民衆を撮ろうとして、鉄橋の上に座り込みうなだれる人々や、怪我をして動けなくなった人々、家族を失って泣き叫ぶ人々にレンズを向けた。通信社から大陸各地へ、海外へ、内地へ、上海の惨状を伝えるために、記者としての正義感から生じた行動だった。

だが、そのとき、近くに座りこんでいた若者が立ちあがり、『不要拍照（撮るな）！』と叫んで、山村に殴りかかった。山村はカメラをかばうために腕を振り、運悪くそれが相手の顔にあたった。これが発端になって他の中国人も山村に殴りかかった。双見ともうひとりの記者は腕を振り回して暴れ、必死に現場から逃げ出した。山村だけが命を失った。

踏み潰された山村のカメラから回収されたフィルムは、既に巻き取られていた部分の先頭近くにかろうじて感光を免れた部分があり、そこから何枚か現像できた。第二次上海事変の避難民の姿を生々しく写しとったその記録は、山村の最後の仕事として各新聞社に配信された。

この事件が双見の心にどんな影を落としたのか――それを知っている者は限られる。雨龍はそのあたりを探ってから来たようだ。油断のならない男だ。

あの頃の怒りがぶり返さないように気をつけながら、双見は言った。「集団暴行事件なので個人を特定するのは難しいのです。大陸では、こういう事件はありふれていますし」

「捕まえておきましょうか」

「え？」

「警察だけが頼れる先ではありません。双見さんがお望みなら、我々で手分けして犯人のひとりを見つけ出して証拠もそろえます。あとは双見さんが好きにすればいい。警察へ突き出しますか、あるいは我々で処分するとか」

「何を言ってるんですか。ここは未開の地じゃない。上海は名だたる国際都市です」

「甘ったれた気分でいると次は双見さんが狙われますよ。中国人は日本人を憎んでいますからね。軍人、資本家、売文業者——。恨まれる職業にもいろいろあるが、通信社や新聞社に勤める人間もそうだ。事件や戦争をネタに食べているし、軍の宣伝工作にも加担している」

本当は中国人を恨んでいるのではないか、という問いかけに、双見は猛烈な反発心を抱いた。そんなふうに考えるべきではない、未来をつくるためには個人の憎しみなど捨てるべきだ。自分は己の意志でそれを選び、誇りに思っている。「——軍事衝突が起きるたびに、日本側にも中国側にも大きな被害が出ています。衝突した回数分だけ、その背後で泣いている家族がいる。僕はそれを考えずにはおられません。もう、どちらが良い悪いという段階じゃない。あえて言うならどちらも悪い」

「前向きに考えて頂きたいんです。日本の陸軍は、蔣介石を相手に最後の和平交渉をもちかけようとしています。馬鹿ばかしいにもほどがある。いまさら、どうにもなりませんよ。日本と中国とは、もはや徹底的に戦って決着をつけるしかないのです。戦力を集中させれば日本は必ず勝てる。中国の軍隊は、まったく練度が足りていませんからね。和平交渉は日本が勝ってから始めればいい。大陸の民は未熟です。日本人が導いてやる必要がある」

「僕は、そのような話には関与したくない」

「『凱報』が襲撃されたとき、なぜ、門准だけが生き残ったかわかりますか」

「さあ」

「私が76号に申し入れておいたからです。門准だけは致命傷を負わせないでほしいと」

「あなたの友人だからですか」

「いいえ。私にここまで権限があると、双見さんに知ってもらうために」

双見は愕然《がくぜん》とした。「人の命を、そんなことのために利用したのですか」

「私は憂国の士です。内地の拡大派から指示を受けて上海へ来ました。拡大派は中国との本格的な戦争を望んでいます。短期間で勝負をかければ、日本は、必ず大陸を制圧できると彼らは考えている。彼らから見れば、だらだらと和平交渉を続けている支那派遣軍の参謀部は、国益を損なう愚か者の集まりでしかありません。交戦の機会を先延ばしにすれば、国民革命軍はアメリカからの軍事指導で力を伸ばし、日本軍を凌《しの》ぐ恐れがある。だから、まずは一撃必殺で蔣介石を下さねば。そのあと講和に持ち込めば、長く安定する平和を得られます。双見さんはどう思われますか」

「確かに、南京まで陥落させている現状では、和平工作に拘るのは筋が悪いような気がしますが」

「日中和平工作の担当者は、汪兆銘政権擁立に尽力している影佐少将です。汪兆銘政権を維持するには、蔣介石との和平が必須と考えているようですが、これは無駄な仕事です。まず戦争、それから講和ですよ。私は上海で進行中の和平交渉を調査し、危険な計画は潰せと命じられているんです」

「潰す？　ここで進行している和平工作は軍部が立てた計画でしょう」

「軍の内部には様々な派閥があります。和平には反対する軍人も多い」

「それでも、参謀部が指揮をとっているのに」

「参謀部にも、これまた、いろんな方がおられましてね。内地とのつながり方も、人によって違う」

拡大派と和平派では、和平交渉に対する考え方が正反対なのか――。

雨龍は続けた。「民間で進行中のものも含めれば、現在上海では、十を超える数の和平工作が確認されています。ただ、たいていは立案が甘く、放っておいても潰れそうなものばかり。我々が手を下すまでもない。だが、中には頭の切れる交渉者もいましてね。これが危ない。双見さん、あなたのお勤め先にも近いうちに打診があるでしょう。記者としての立場を生かして和平工作を手伝ってほしいと。そのとき、それを受けるふりをして、内部の情報を探って頂きたいのです」

「私のところへ話が来るとは限らないと思いますが」

「いや、話が行く可能性は非常に高いのです。北京の日本大使館から、黒月という名前の一等書記官が訪れ、まず支局長に相談をもちかけるはずです。リベラルな支局長は勿論引き受けるでしょう。ただ、他の仕事との兼ね合いが難しいから、ひとりでは回せない。この仕事を手伝ってくれる者を社内で探す。そのとき、声をかけられたら了解して下さい」

「機会がなかったときには？」

「放っておいて構いません。じきに別件で動いてもらう形になりますから」

どうやら雨龍は広く情報網を保持しており、和平工作の動きを先読みしているようだ。拡大派が背後にいて情報を提供しているなら、相当に精度の高い情報を得ているのだろう。

「あなたは同僚を失ったとき、涙ながらに支局長に語ったそうですね。『決して中国人を恨まない。和平によって彼の魂を慰めたいと思う。何かあれば、自分も和平のために力を尽くしたい』と。失礼ですが、ご本心からですか」

「勿論です」

「そのおかげで、あなたは支局長からとても信頼されるようになった。いままでは様々な相談にも乗っている」

「僕が、出世のために、嘘泣きをしてみせたと言いたいんですか」

「そうじゃない。支局長との関わりがなくても、双見さんは同じように振る舞ったでしょう。

でも、その行動と本心は食い違っているのではないかと思いましてね」

「どういう意味ですか」

「人は心に深い傷を負うと、わざと、りっぱな態度をとってみせることがあります。双見さんが絶対的な平和を希求したのは、あまりの怒りに、中国人をぶち殺しそうになったからではありませんか。それを抑え込むには、聖人の如き強靭《きょうじん》な意志を持つしかなかった――。お気持ちはよくわかります。でも、真にこの世を憂うなら、『戦争によって得られる平和』についても、よくよく考えるべきではありませんか」

「そのとき戦場へ出るのは誰ですか。名もなき庶民であり、家族を残して前線で死んでいく者だ。それは、あなたや僕自身でもあるんですよ」

「私は、どの前線へ送られようが日本のために戦います。双見さんは怖いんですか」

「召集令状が来れば、僕だって胸をはって戦地へ赴きます。でも、行かないで済む状況を作れるなら、そのほうがずっといいんだ」

雨龍は肩をすくめ、ベンチから立ちあがった。しかし、説得をあきらめたふうでもなかった。「あなたの同僚を殺した犯人の件、とりあえずこちらで動いておきます。また連絡しますので、そのときに、あらためて答えを聞かせて下さい」

「本気で探し出す気ですか」

「はい」

「見つかっても、僕は何もする気になれないかもしれない」

「その場合は、うちで好きにしますので」

「何かの役に立つんですか」

「日本人を殺しているんだからただじゃ済ませない。それだけのことです」


次に雨龍から連絡が来たのは三日後だった。今度も通信社に直接電話をかけてきた。いったん切ると伝え、社外へ出て、近くの珈琲館で電話ボックスに入った。

雨龍は、例の暴行事件に関わった者をひとり確保できた、どうするかと双見に訊ねた。あまりの対応の早さに驚愕《きょうがく》した。パブリック・ガーデンで会ったときに、既に相手の身柄を押さえていたとしか思えない。初めから、それを材料に取り引きするつもりだったのだ。

「工部局警察に引き渡して下さい」と双見は頼んだ。「僕の望みは、彼が司法によって裁かれることです」

「警察にも連絡を入れましたが、あまりいい顔をされませんでした。あちらも忙しいんでしょう。上海事変のときのごたごたなんて、いまさら扱いたくないと言っています」

「職務放棄だ。そんな馬鹿な話がありますか」

雨龍はそれには応えず、さてどうしますかと再び訊ねた。「困ったことに、その男は、あなたの名前も居場所も既に把握しているんです」

「なんだって」

「あなたの同僚を記者と承知のうえで襲ったわけですから、当然、目撃者となったあなた方についても事件後に調べた。自分たちの身を守るためにね。今後はよくよく注意して下さい。昔の一件を蒸し返されて逆上していたので、解放したら、まっすぐにあなたのところへ行くかもしれない。何をされるかわかりません」

雨龍は明らかに、「では、警察の代わりにその男を始末して下さい」と双見に言わせようとしていた。もし犯人がこちらを襲撃し、あわてふためいた自分が北四川路の事務所へ逃げ込めば、雨龍は必ず彼を抹殺してくれるだろう。だが、自分はそれをきっかけに、きっと雨龍から離れられなくなる。

双見は唇を嚙みしめ、言った。「もう一度、パブリック・ガーデンでお目にかかれますか」

「うちの事務所に来て下さいよ。わかりやすい場所ですから絶対に迷いません」

「そちらへうかがうのは、ちょっと」

「では、このまま放っておいて、よろしいんですね」

「待って下さい。すぐには答えられない」

「先日お渡しした名刺に住所を記載してあります。ご都合のよいときにお越し下さい」

雨龍は一方的に電話を切った。

双見は深く息を吸い、震える手で受話器を置いた。


その日は、苛立ちのあまり、まともに仕事ができなかった。何度も間違いや不手際を繰り返し、ようやく一日の仕事を終えると、双見は夕刻、名刺に記されている場所へ急いだ。

目指す事務所はすぐに見つかった。階段をのぼって該当の階まで辿り着くと、フロアには確かに、法律事務所の看板がかかっている部屋がひとつあった。


扉を叩いて中へ入る。

たちまち紫煙《しえん》が押し寄せてきた。開襟シャツ姿の胡散臭《うさん》い男たちが、部屋の奥から一斉に双見へ視線を集中させた。

思わず後ずさりしたくなる圧力に、双見はぎこちなく頭を下げて挨拶した。法律事務所のはずだが、集まっているのはどう見ても博徒《ばくと》だ。室内の散らかりようからも、それが、ひしひしと感じられる。


男たちと一緒に談笑していた雨龍が、こちらへ視線を向け、人懐っこい笑みを浮かべた。

そのあと、すぐに真顔に戻って、傍らにいた男に何事かを囁いた。相手はうなずき、事務机の電話に近づいていった。

雨龍はこちらへ歩いてくると、双見の背中を軽く叩き、「外へ出ましょう」とうながした。

大通りでタクシーを拾い、波止場へ行くように日本語で頼んだ。

双見が「波止場へ向かうなら、黄浦江沿いで待ち合わせたほうがよかったですね」と言うと、

「いえ、車を走らせている間に、ちょうど準備が整いますので」と雨龍は応えた。「途中で腹ごしらえをしましょう」

「僕は屋台でも構いません」

「そう仰らずにおごらせて下さい。これからも何かとお世話になるわけですから」

訪れたレストランの客は、ほとんどが欧米人だった。金融業界で出世したとおぼしき中国人の姿も見える。双見と雨龍はごく軽い夕食を注文した。雨龍は飲み物を頼むときに、酒ではなく水を選んだ。値が張るので断ったのかなと思ったら、給仕が下がったあとに、そっと言った。「このあと船に乗りますので水だけに。悪酔いするといけません」

「こんな時間に船ですか」

「遊覧船ではなく小船なので揺れます」

「海まで？」

「黄浦江を少し下るだけです」

食事を終えて外へ出たとき、双見は懐中時計の蓋をあけて時刻を確かめた。

午後八時半過ぎ。

どこへ行くのか知らないが川面は真っ暗だ。密談に誘われたのはわかるが、人払いができ

る場所など、この街にはいくらでもあるだろうに。

なぜ、わざわざ船に乗るのか。

波止場で待っていたのは屋形船だった。四隅に支柱があり、その上に屋根だけが載っている。周囲の景色をすべて見渡せる造りだ。

波止場の灯《あか》りは暗いので、船内に先客がいる様子は見て取れたが、顔までは確認できなかった。船首に置かれたランプが船板をうっすらと橙色《だいだいいろ》に染めている。それは水面にも光を落とし、銀色の小魚が跳《は》ねているような煌《きら》めきを生み出していた。

渡り板の前で待機している男は、服装から察するに漕ぎ手らしい。港湾労働者というよりも、事務所で見かけた男たちと似た匂いがあった。桟橋から雨龍が乗り込むと、漕ぎ手はおもむろに頭を下げ、双見が通り過ぎるまで同じ姿勢を保ち続けた。

雨龍が船内へ向かって声をかけた。「お邪魔致します」

船尾側の腰掛けに男がふたり座っていた。片方は西洋人。暗がりの中で目を凝らし、その人物が誰なのか気づいた瞬間、双見は頭を殴られたような衝撃を受けた。

華字紙「凱報」が襲撃されたときに、現場へ出動していたイギリス人警官――。門准を助けようとした双見に、軽蔑するような眼差しを放ったあの男だ。

イギリス人は双見の顔を一瞥《いちべつ》し、感情の読めない冷ややかな表情を返した。

どう呼びかければいいのか困惑し、双見は何も言わずに視線をそらした。視界に入ったもうひとりの男を遠慮がちに観察する。

こちらは日本人だった。ありふれた夏物の上下を身にまとい、中折れ帽を目深にかぶっている。帽子のつばの奥で瞳が鋭く光っていた。双見は仕事柄、こんな目つきをする男たちをよく知っている。特高か憲兵だ。

舳先《へさき》に近い腰掛けでは、男がひとり、だらしなく両脚を大きく開き、気怠《けだる》そうな態度で座っていた。雨龍が声をかけたので、その人物の名前が「カイタニ」だとわかった。海谷、甲斐谷、廻谷など、様々な文字が頭の中に浮かんだが、とりあえず自分の知人にはいない「甲斐谷」という字の並びで覚えることにした。容姿は日本人に見えるが、違うと言われても納得できる曖昧さがある。

そのとき双見は、甲斐谷の足下に誰かが転がされていることに気づいて、ぎょっとした。海老《えび》のように背を丸めて横たわった男がひとり。両手首と両足首を縛られ、目隠しをされている。猿ぐつわを嚙まされた口から、ときどき、くぐもった呻《うめ》き声が洩れてくる。歳は二十代から三十代あたり。甲斐谷は男を靴底で踏みつけ、動けないようにしていた。

呆然とする双見に向かって、甲斐谷は嘲《あざけ》るような笑みを投げた。

もやい綱をほどいた漕ぎ手が船に乗り込んできた。雨龍が「出してくれ」と命じると、へいと応えて綱を巻き取り、櫂《かい》を握り込んだ。

船はたちまち桟橋を離れた。墨を流したような黄浦江の中央へ滑り出す。

街の煌びやかな灯りが遠のいていく。外国人倶楽部や飲食店が建ち並ぶ通りのどこかで、サックスとトランペットの音色が軽やかに響いていた。倶楽部でひと仕事終えたジャズマンが、戯《たわむ》れに路上で吹き鳴らしているのか、意中の女の気をひくためにやっているのかもしれない。

対岸の浦東側は、うって変わって闇の中に沈んでいる。灯りなどひとつも見あたらない。昼間は青々とした緑をのぞめる浦東も、夜は野生動物が活動するだけの場所となる。この地の開発が進み、世界中の人間の目を惹きつける高層建築物が建ち並ぶ未来を、双見はふと想像してみた。いったい何十年先の話だろうか。五十年、百年。いや、現実にはもっと早いのか。それを建てるのはどこの国の人間だろう。日本人なのか、それとも中国人なのか。

船が流れに乗ると、漕ぎ手は櫂の動きをゆるめた。

雨龍が皆の顔を見回し、口を開く。「今夜はお集まり頂き、誠にありがとうございました。あらためてご紹介させて頂きますが、こちらは邦明通信社にお勤めの双見健太郎さん。例の一件に関わっておられる方です」

そのあと、雨龍はイギリス人に向かって英語で同じ内容を伝えた。

イギリス人はすぐに英語で応じた。「この人が、あんたの知り合いとは思わなかった。知っていればもっと違う対応をしたんだが」

双見も英語で喋った。「私と雨龍さんは、あの時点では知り合いではありませんでした。

交流が始まったのは『凱報』襲撃事件の直後です」

「おう、そうか。いずれにしても、もう赤の他人という間柄ではないわけだ。よろしくな」

「こちらこそ。ところで、あなたこそ雨龍さんとは」

「ずいぶん長いね。普段から仕事を手伝ってもらっているから」

イギリス人警官はトミー・ベイカーと名乗った。肩書きは巡査部長。身元を確かめたければ工部局警察まで訊ねてくれ、嘘ではないとすぐにわかると言った。

雨龍はもう片方の男も紹介してくれた。「こちらは、西城文貴《さいじょうふみたか》中尉。上海憲兵隊で働いておられます」

双見が黙礼すると、西城も同じように返した。ベイカーと違って軽口を叩く性格ではないようだ。憲兵はたいていこんな調子なので気にはならない。

「さて」と雨龍は話を続けた。「本日は、双見さんの同僚であった山村さんが殺害された事件について、あらためてご意見をおうかがい致します。ベイカーさん、工部局警察では扱いかねるというお話でしたが、この点について双見さんにご説明をお願いできますか」

雨龍は、英語で同じ内容を繰り返した。

聞き終えると、ベイカーはすぐに喋り始めた。「第二次上海事変での事件を、いまさらどうしろというんだ。あのときは兵隊だけでも何万人も死んでいるんだぞ。爆撃では民間人にも多くの死傷者が出た。大世界《ダスカ》のまわりなんざ地獄だったぜ。ガーデン・ブリッジの上は、中国人の避難民で溢れかえっていた。市民同士の暴行まで、いちいち数えていられるかい」

「しかし、被害を受けたのは現場を取材していた記者さんです。特殊な事例と思われますが」

「あの状況では、『撮るな』と怒る中国人がいても不思議じゃない。中国は戦闘で押されていた。みじめな姿を日本の新聞や雑誌でさらされるのは、さぞかし侮辱的に感じただろうよ」

「では、工部局警察では扱えないという結論に変わりはありませんね」

「ああ」

「ありがとうございます。それでは中尉どのからも、双見さんにひとことお願い致します」

西城は軽くうなずき、双見を見据えた。「上海での我々の任務は、抗日分子を探し出し、捕縛《ほばく》して抗日活動に関する情報を得ることだ。軍部や国を脅かす問題でなければ事件を捜査する義務はない。その点を理解してもらいたい」

双見は素直に頭を下げた。「憲兵隊の手まで煩わせるつもりはありません。そもそも、僕としてはもう忘れたい事件ですし」

「なるほど。では、これで終了だな。雨龍くん、私からは以上だ」

あまりのそっけなさに雨龍は苦笑をこらえつつ、続けた。「ありがとうございます。ここから先は、私が取り仕切ってもよろしいですね」

「好きにしたまえ」

雨龍はあらためて双見の顔を見た。「というわけで、あとは双見さんの判断次第なんですよ」

「僕に決めろと言われても」

「まずは相手と話して下さい。そのうえで、どうするか決断を。上海語、わかりますか」

「苦手なんです。北京語なら多少は」

「聴き取れなかったら遠慮なく言って下さい。私が翻訳しますので」

雨龍は背後を振り向き、甲斐谷に声をかけた。甲斐谷は身をかがめて、足下に転がしておいた人物を引き起こした。

目隠しと猿ぐつわをほどいてやる。殴られて腫《は》れた顔が露《あら》わになった。学生や思想家のような洗練された雰囲気はない。そんな余裕もなく、港や市場で懸命に働き、わずかな金で生活を支え、若い妻子と老いた両親を養ってきたのだろう。おそらく、同じように貧しい親戚が大勢いる。上海なら少しはましな生活ができるかもしれないと、地方から出稼ぎに来た農民かもしれない。ひび割れた唇を舌の先でゆっくりとなめ、ぎらぎらした目で双見を睨みつけた。あの事件で暴行に加わった人物だと断定できるほど、双見は当日の記憶を持ち合わせていない。雨龍が無関係な人物を引っぱってきて、話をでっちあげている可能性も捨てきれない。だとすれば安易には乗れない。

双見は雨龍の顔を見た。「この人が、山村を暴行したひとりだという証拠は」

「本人に訊ねたところ間違いないと答えました」

「名前は」

「マー・シャオジンです」

「どんな字を書きますか」

「馬小京」

双見は納得し、北京語で中国人青年に訊ねた。「なぜ、この人たちに捕まったのか、きちんとわかっているのか」

馬小京は、ゆっくりと首を縦に振った。

脅されて嘘をついているのなら、なんらかの形で本心を伝えようとするはずだ。兆候を見逃してはならない。「本当に殺したのか。軽く殴ったり、ちょっと足蹴《あしげ》にしたり、その程度じゃないのか」

「最初に殴りかかったのはおれだ」馬小京はきっぱりと言った。「おれが始めたら皆が止まらなくなった」

「兵士ではなく、記者だとわかっていたのに？」

「写真を、日本の新聞に利用されるのが嫌だった」

「利用？」

「日本人は、中国人を殺すところを写真に撮る。日本刀で斬り捨てたり、首を落とすところを全部撮って、あとで日本人同士で自慢する」

「僕の社はそんなことはしない。どこよりも早く事実を報道するのが務めだ」

「おれたちには写真家の区別などつかん。新聞社も雑誌社も通信社も同じだ」

「君たちが殴りかかった写真家は、大陸の悲劇を世界中に伝えようとしていたんだぞ」

馬小京は腫れた顔を痛そうに歪め、首を左右に振った。「あんたらは飢えた野犬だ。目の前の光景に齧《かじ》りつき、正義を為《な》したつもりでいる。おれたちはカメラの前では、野犬に食い散らされる死体でしかない。日本人は爆弾を雨のように降らせたうえで、地上では写真を撮りに来る。活字の力で中国人を貶《おとし》め、中国人を責める。兵士が人を撃つことと、記者が言葉の暴力で人を貶めることの間に、いったいどれほどの差があるというのか」

相手が早口になってきたので、聴き取れない部分を雨龍に訊ねつつ、双見はゆっくりと続けた。

「言葉を暴力として使っているのは中国人も同じじゃないか。大陸で暮らす日本人は、抗日運動家から激烈な言葉を毎日浴びせられ、読まされ、怯えているんだぞ」

「おれたちの言葉は暴力じゃない。人間としての真摯《しんし》な叫びだ」

「最初に上海を爆撃したのは国民革命軍だ。日本じゃない」

「日本はすぐにやり返した。台湾や本土から爆撃機を飛ばした。爆弾を落としたのは疑いようのない事実だ」

「日本軍が応戦しなければ、上海はもっとひどいことになっていた」

擦《かす》れた声で馬小京は笑った。「日本人は日本へ帰ってくれ。ここはおれたちの国だ。誰にも渡さん」

「事変の写真は欧米の記者だって撮っている。みんな大陸の現状を世界に伝え、一日でも早く争いを止めるために報道しているんだ。日本人だけじゃない。中国人の記者だってカメラを向ける。もし、君の前に現れたのが中国人記者だったら、君は積極的に彼の手を引っぱり、すべてを見せようとしたんじゃないのか。この惨状を世界中に伝えてくれと」

「おまえは何もわかっていない！　日本も欧米も、中国を食い荒らすことしか考えていない。飢えた中国人が何百万人いても知らん顔だ。おまえたちは中国人を人間扱いしていない。だが、おれたちは家畜じゃない。あたりまえに普通の人間だ。暴力をふるわれれば暴力で抵抗する。何か間違っているか？」

馬小京は苦しそうに身を揺すった。「強盗に襲われたときに、じっとしている奴などいない。手足を振り回して暴れ、相手を殴るだろう。おれたちも同じだ。日本人も欧米人も、中国人が暴れると、突然、自分が被害者みたいな顔をし始める。これまで被害を受けてきたのはこちらなのに。おれたちはデモをやった、ビラも撒《ま》いた。労働条件の向上を求めてストライキもした。だが、おまえたちは何も変えず、金を稼ぎたいがために上海に居座り続けている」

「僕の同僚を殺したことを、正しいと言い張るんだな」

「ああ」

「欧米や日本が酷《むご》い真似をするなら、誰もが中国人に殺されて当然だと」

「他人の国を土足で踏みにじっておいて、よく、そんな言い方ができるな。中国人は正義のために闘う。正しいものが勝つことが正義だ」

双見のこめかみには、いつしか汗がびっしりと浮いていた。これでは、どこまで話しても平行線だ。山村に対する謝罪など、ひとことも引き出せないだろう。

ベイカーが雨龍に、これまでのやりとりの要約を頼んだ。雨龍が簡単に説明すると、ベイカーは鬱陶《うっとう》しそうな顔をして、双見に向かって英語で言った。「真面目に聴いてやるだけ無駄だ。中国人は甘ったれているんだよ。本気で日本人を追い出したいなら、国民党と共産党がすみやかに手を取り合い、早い段階で日本軍に攻勢をかければよかったんだ。それをやらずに、中国人同士で殺し合っていたんだからな。国共内戦だけで、どれほどの中国人が死んだと思う？　その隙に日本に領土を奪われても文句は言えんのじゃないか」

双見は眉根に皺を寄せ、英語で返した。「ベイカーさん、いくらなんでもその言い方は」

「アジア人同士だから同情してんのか。あんたも甘ちゃんだな。いいか。中国人が日本人を嫌うのは、日本人にだけは命令されたくないからだ。欧米の奴隷になるのは我慢できても、下僕の奴隷になるのはごめんだってことなのさ。この意味、わかるだろう？」

双見が言い返す前に雨龍が割って入った。「双見さん。馬小京には、まったく罪の意識はないようですね。中国人として当然の権利を行使しただけだと。こういう奴を野放しにしておくと、いろいろとやっかいですよ」

「では、どうしろと」

「前にもお訊ねしました。双見さんが決めるのです。事件の当事者なのだから、あなたが判断すべきだ」

「僕は司法に任せると答えました」

「だが、ベイカーさんは処理できないとのことです。西城中尉も」

「だったら、あなたが好きにすればいい。僕はもう関わりたくない」

判断を放棄した双見を鼻で笑うと、雨龍は「では」と言って、舳先で待機していた甲斐谷に顔を向けた。「やれ」

甲斐谷は馬小京の頭に麻袋をかぶせた。猿ぐつわに使っていた布で首回りを縛る。馬小京が激しく身をよじるせいで、船は何度も揺れた。麻袋の中から罵声《ばせい》が絶え間なく飛んでくる。だが誰も気にしなかった。甲斐谷が馬小京を舳先へ引きずりあげるのを、ベイカーはにやにやと眺め、西城中尉は冷ややかに見やっていた。

双見は微動だにせず、眼前の光景を見つめていた。止めるならいまのうちだとわかっているのに、進行中の暴力を、ただの夢幻のように受け流すばかりだった。

心臓は胸の奥で跳ね回っている。体は熱く燃え、興奮で頭が朦朧《もうろう》とした。喉が渇き、言葉を忘れて、浅い呼吸だけを繰り返す。罪悪感はあったが現実感がなかった。早く終われと願っていた。僕は何もしない、何にも触れたくない、関わりたくもない。

舳先に立たされても馬小京は叫び続けた。日本を罵《ののし》り、欧米を罵り、国民党と蔣介石の功績を誉《ほ》め称《たた》えた。背筋を伸ばし、自分には新しい中国の姿が見えると言い出した。その世界では日本も欧米も没落し、中国が世界の中心になっているのだと。アジア全体が中国の配下に入り、日本人は中国人の下で働き、中国人から仕事をもらうようになる。そうなって初めて、おれたちがいまどんな気持ちでいるのか、日本人はつくづくと思い知るだろう！

双見は拳を握りしめ心の中で叫んだ。何が新しい中国だ。平凡な、ただのカメラマンをよってたかって殴り殺す――それが国造りだなんて、そんな国がまともに発展していくとは思えない。日本人こそが、日本こそが、誰よりも世界の平和を望んで努力しているんだ。きっと日本はアジアで、この意志を強く守り抜く――。

面倒くさそうな顔つきで、甲斐谷が懐から拳銃を抜き出した。指さすように馬小京にかぶせた麻袋の上方に狙いをつけ、次の瞬間にはもう撃っていた。

馬小京は大きく首をのけぞらせ、しかし後ろへは倒れず、うなずくように首を折って、すとんとその場に尻餅をついた。海鼠《なまこ》のように体がぐにゃりと曲がり、船縁に上半身をあずける。麻袋の内側から、ぽつんと黒い染みが浮きあがってきた。

甲斐谷は舌打ちし、馬小京の体を船縁から水面へ蹴落とした。くそっ、馬鹿力を出して踏ん張りやがって、船が汚れた、と悪態をついた。

間近を進む船は他にいなかった。いたとしてもこの暗闇だ。いまの出来事に気づくはずはない。馬小京を呑み込んだ黄浦江は、何食わぬ顔をして岸辺の煌めきを身にまといつつ静かに流れていた。

漕ぎ手に向かって雨龍が命じた。「岸へ戻してくれ」

舳先が回り、下流から上流へと船の針路が変わる。

双見は気が抜けたように腰掛けに戻り、肩を落として背を丸めた。

雨龍が言った。「この一件はこれで終わりです。工部局警察も憲兵隊も、馬小京が起こした事件を調べる必要はなくなり、双見さんは見事にご友人の仇《かたき》を討ちました。今後、別の者が口を挟んできた場合にも、我々は同じように処理します」

西城中尉は「よろしく頼む」とだけ応えた。

「うちも大変ありがたい」ベイカーも上機嫌だった。「租界ではやるべき仕事が多すぎる。少しでも手があくのは助かるね」

ふたりに向かって微笑んだあと、雨龍は双見の耳元で囁いた。「馴染《なじ》みの酒場へご案内しますから、今夜は思いっきり呑んで下さい。厄落としですよ」

連れられるままに入った酒場で、双見は席につくとウイスキーを頼んだ。やけくそ気味に一杯目をあけ、二杯目も一気飲みしようとしたとき、雨龍がグラスの上に掌《てのひら》をかざしてそれを止めた。「工部局警察と憲兵隊に顔つなぎができたので、これからは何が起きても困りません。あのふたりは出世頭です。彼らが偉くなればなるほど我々も動きやすくなる。何かあれば私に連絡して下さい。彼らと相談して処理方法を決めます」

双見は力なくグラスを卓に戻した。最初にあおった一杯は、まったく効いていなかった。むしろ、恐ろしいばかりに頭を冴《さ》えさせていた。「あなたは僕が後悔に苛《さいな》まれていると思ってるんでしょうね。でも、逆です。実は、ほっとしているんです。僕はふたつの考えの間で、ずっと揺れ続けていましたから。山村を殴り殺した中国人を憎む気持ちと、そんな思いを抱いてはならない、事件が起きた背景こそを突きとめるべきだと命じる声との間で。より強く、僕を縛っていたのは後者です。いっぱしの教育も受けて記者になったのに、浅はかな憎しみで暴走するのは恥だと。邦明の支局長の励ましも、僕の背を押していました。本気で、支局長の和平工作を助けたいと思っていたんです。それなのに、いつまでたっても、心の底から濁った水が抜けてくれなかった。邦人が大陸で襲撃される事件を取材するたびに、山村の顔が脳裏に甦《よみがえ》る。いや、顔ではないな。正確には彼の遺体の有様《ありさま》だ。人間の体があんなふうに壊れるなんて、それまで知らなかった。僕たちは、白昼、取材の途中で襲われたんですよ。つかみかかってくる手を振り払い、他の同僚と一緒に無我夢中で逃げおおせましたが、山村だけが逃げ遅れた。あっというまに群衆に取り囲まれ、あとはもう何もできませんでした。僕らは物陰で震え続け、何時間もたって安全を確認してからようやく現場へ戻った。そして、道端にうち捨てられた山村の遺体を見たのです。『殴り殺す』って言葉、現実を知らなければ軽い表現ですよね。あれは殴るというよりも潰すという行為に近かった。歯は折れ、鼻は陥没し、肋骨《ろっこつ》もへし折られて胸がへこんでいた。抱きあげると体がぐにゃっと曲がるんだ。水揚げした烏賊《いか》みたいに」

双見は両手で顔を覆った。「中国人が僕らを憎む気持ちはわかります。日本は満州事変以降、とんでもないことをしてきました。僕は記者だから、ひとつひとつの事件について知っている。でも、だからといって、従軍経験すらない山村が――大陸の惨状を海外へ伝えようとした男が、ただの誤解から殺されるなんて。それが民族同士でいがみ合うことだ、日本人は大陸に住む者を踏みにじってきたのだから、どんな形で反撃されても仕方がないのだと言われても、僕はどうしても現実と折り合いをつけられなかった。憎しみだけでは人を殺す気にはなれません。僕には勇気が欠けている。いつでも強くて正しい言葉に頼りたい。でも、言葉は人を裏切る」

雨龍は真剣な面持ちで双見を見つめていた。からかうような態度は影を潜め、誠実そのものといった態度でうなずいた。「日本中の人たちが、毎日、同じように感じているでしょう。日本と中国は、ずっと仲のいい友人だった。大昔、日本は中国から文化をもらって国を発展させたのですからね。中国は偉大な兄貴みたいな存在です。だが、兄が道を迷い始めたならば、手を添え、正しい方向へ導くことも弟たる日本の務めです」

「僕はやっぱり、あの男を撃つのを止めるべきだったのだろうか。そうすれば、もっと違う形で視野が開けただろうか」

「気にしないで下さい。あなたのご友人は、馬小京よりも、ずっと苦しい死に方をしたのですから」

「いまになって震えがきている」

「それは新しい世界を知った震えです。あなたは今夜生まれ変わったのです。本当の意味で平和について考え、これを作る方法について思考し始めた。新しい世界を生きるには、そのための服がいる。それがまだ見つかっていないから、いまは寒いのです」

「その程度の考えでいいなら、本当に気が楽なんだが」

「インテリの人たちは、すぐに中国人を可哀想《かわいそう》だと言ってかばいますが、彼らは日本人が想像しているよりもずっとしたたかです。惑わされてはいけません。この土地の広さ、人口の多さ——彼らの国こそが帝国なのです。道を誤れば世界で最も危険な国になるでしょう。そのような国は中央政府に逆らう者を罰するだけでなく、周囲の民族もすべて呑み込んでしまうに違いありません。五十年先、百年先を想像して下さい。中国という国の本質は、彼らの歴史自体が証明しています」

雨龍は双見のグラスを引き寄せて持ちあげ、中身を半分だけ呑んだ。それから卓に戻し、双見の前へ滑らせた。双見は、ぼんやりと雨龍の顔を見あげた。

「一蓮托生《いちれんたくしょう》といきましょう」雨龍は穏やかに微笑んだ。「あなたも私も憂国の士だ。日本を脅かす者を退け、真の平和を己の手でつかみとる。この道を選んでもいいとお考えなら、どうか残りの酒を呑み干して下さい」

双見はグラスに残された酒を、しばらく見つめていた。

他人にやらせたのは間違いだった。自分でやればよかった。甲斐谷から銃をひったくり、自分の手で馬小京を撃ち殺したあと、己の頭も撃ち抜くべきだった。そうすれば、いま、こんな想いを抱かずにすんだのだ。

それができなかった自分は、つまりは雨龍と肩を組みたいと望んでいるのだ。弱くてだめな自分は、それが一番楽な生き方だと気づいてしまった。

この男の言葉は、自分の不安をすべて消してくれる。日本と日本人は素晴らしいと、迷うことなく断言してくれる。いまの時代、誰もがそれを求めているのではないか。誰もがそれを信じたいのではないか。世界中の国々と衝突し、非難されるようになって以来、それこそが日本という国と日本人が渇望している暗くて熱い想いなのだ。たとえ事実として九割方こちらが悪くても、残り一割を誉め、尊重してくれる者を探している。阿片に手を出した者が吸引パイプから手を放せないように、僕らは日本という国を認めてくれる者を求めている。

狂おしいまでに。

双見は決意を固めてグラスを手にとり、残りの酒をすべて呑み干した。

雨龍は楽しそうに軽く手を叩いた。「それでは明日から、愚にもつかない和平工作で日本を足踏みさせている輩《やから》を見つけ出し、排除する仕事を始めましょう。まずは、自分の身の回りを注意深く観察しておいて下さい。日本の国益を損なう形で中国と手を結ぼうとする者は、皆、国賊です。容赦なく告発して下さい」

「わかりました」

「もし、新たな和平工作の話が持ちあがり、邦明の支局長があなたにそれを手伝わせようとしたら、承諾するふりをして、内部の情報をこちらへ流して下さい。支局長は、知らず知らずのうちに誰かに利用されているだけかもしれません。リベラルな方ほど綺麗《きれい》な言葉で騙されやすい。注意してあげて下さい」

「具体的な話が出たら、すぐに雨龍さんへ連絡すればいいんですね」

「はい。何かあれば北四川路の事務所まで。電話でも、ご来訪頂くのでも構いません。ただし電話は、レストランや酒場の電話ボックスからお願いします。誰にも知られないように」

雨龍が言った通り、やがて双見は、邦明通信社の支局長を通して、在北京日本大使館勤務の黒月書記官を紹介された。黒月は支局長に日中和平工作の手助けを依頼し、支局長経由で双見にもその話が伝わってきたのだ。双見は積極的に自己を売り込み、ぜひ、この工作に関与させてほしいと真摯に訴えた。かつては本気でそう思っていたのだから、和平派を演じてみせることなど造作もなかった。

双見は、命じられるままに料亭「伊吹」へ出向き、協力者たちと顔を合わせた。

新居周治との再会――それだけは予想外の出来事だった。十四年ぶりの再会を喜びながらも、これをどう処理すればいいのか双見は動揺した。

長きにわたる大陸暮らしで、周治にも皮肉っぽい部分が生まれていたが、酒場でじっくり話を聞いてみると、相変わらず、あっけらかんとした性格だった。湿った感情を抱え込みがちな双見とは、そこが決定的に違っていた。

中国語が不自由なくせに、何も恐れず大陸社会へ飛び込んでいった男。その放浪記は呆れるほど大らかで、澄み切った秋の空を思わせた。

どうして周治は、こんなふうに割り切って物事を処理できるのか。誰もを喜ばせたいと望み、その通りに生きられるなんて、自分にはとうてい手が届かない生き方だ。

こいつを巻き込むわけにはいかない――と双見は結論した。このまま無事でいてほしい。周治の母親を悲しませたくない。周治を和平工作から外させるか、危険な場所から遠ざけよう。

榛ルートに関する情報を雨龍に流しつつ、「周治にだけは手を出さないでくれ」と双見は強く求めた。これが守られなければ雨龍への協力自体をやめる、和平派にこちらの動向をぶちまける、とまで脅した。

雨龍は珍しく不機嫌そうな態度を示したが、双見と周治が旧知の友であると知ると、「それでは仕方がありませんね」と肩をすくめた。「でも、こういう現場では何が起きるかわからない。最悪の事態に陥った場合、むやみに我々を責めないで頂けませんか」

「この一点だけは、どうしても譲れません」双見はがんとして聞き入れなかった。「黒月書記官は、あなた方の判断で好きにすればいい。他の協力者に対しても同じだ。だが、新居周治だけはだめだ。もしそうなったら僕はあなたを殺す。本気だ」

「どうしてそこまで拘るんです？　十四年間も離れていた友人でしょう。何か弱みでも握られているんですか」

弱みか――と双見は嗤《わら》った。「あなたらしい訊ね方だ」

「違うんで？」

「友を見捨てるような人間に、はたして国が守れるでしょうか。僕は誇りある日本人として、この一線だけは譲れないのです」

雨龍はいつもの笑みを浮かべ、わかりました、じゃあ、そういうことにしておきましょうと言った。

どことなく揶揄《やゆ》するような物言いだったが、双見は気にしなかった。

周治を気づかえるうちは、自分はまだ「人間」だ。もし、周治がこの件に巻き込まれ、傷ついたり死んだりすれば、そのとき自分は完全に人としての心を失うだろう。十何年も離れていた友人なのに、最後の心の砦を守ってくれるのは周治以外にはあり得ない気がしていた。その理由は言葉では説明がつかないが――長く忘れていた瑞々《みずみず》しい感情に近い。

「うらやましいですな」雨龍は言った。「そこまで惚れ込んだご友人がいるとは」

「雨龍さんには」

「いませんねえ。恩人や慕ってくれる若い者ならおりますが」

「内地にも？」

一瞬だけ、雨龍の瞳に暗い色が滲《にじ》んだ。「内地と比べれば上海は極楽です。民族の違いに関係なく、金と力を持っている奴が一番強い。わかりやすくてありがたい」

雨龍もまた、周治と同じように大陸に適応した人間なのだろう。その方向性は周治とは正反対だが。

5

十一月初旬、スミは毅《つよし》から「フランス租界に引っ越そう」と言われた。以前、聞かされていた話だ。

スミは自分で調べておいた憲兵隊の巡回路を毅に教え、そのルートから外れる形での家捜しをふたりで始めた。

「仕事に差し障《さわ》りはないの？」

「大丈夫だ」と毅は応えた。「虹口《ホンキユウ》に住んでいると町内会の目があるだろう。僕はともかく、スミさんは婦人会の手伝いに誘われる機会が増えてくる。それはまずい」

虹口には、満州事変以前から町内会が置かれている。一九二〇年代から続く組織だ。小売業などを営む古い世代の日本人が、各地区で個別に作ったものである。のちには紡績業などの会社派の住民も加わった。

かつて、その数は四十ほどあった。

満州事変を機に、これがひとつの組織に統合され、各路連合会という名称に変わった。

当初は、大陸で巻き起こった排日・抗日運動から、日本人居留民の身を守るための集まりでもあった。のちに在郷軍人会や軍部から協力を求められ、帝国陸海軍の雑務もこなすようになった。土嚢《どのう》作りや運搬、弾薬や食料品の輸送。戦闘による死傷者を野戦病院へ担ぎ込み、ゴミ掃除や郵便物の配送なども行い、やがては前線まで手伝いに出た。

虹口の日本人は、結束を強めるごとに排外主義に傾いていった。中国人が日本人を排斥するなら、日本人も容赦なく中国人を排斥しようという考え方だ。これが、のちの自警団の結成をうながした。

上海での暮らしが長い日本人の中には、中国人と家族ぐるみで付き合い、親しくしてきた者も少なくない。このような人々は露骨な差別が横行していることに眉をひそめたが、少しでもそれを指摘しようものなら、「非国民」「おまえは中国のスパイか」という非難が飛んでくる。表面的には町内の雰囲気に合わせるしかなかった。二度目の事変で日本軍が勝利すると、軍部の威光をかさに着る者はますます横暴になった。彼らを恐れ、心ある者も口をつぐんでしまった。

この各路連合会に参加していたのは、一部の居留民だけである。新興勢力の企業系住民は、社宅暮らしなので各路連合会とは交流しない。そして、企業の経営者は、たいていフランス租界に邸宅を持っていたので虹口とは接点がなかった。

スミが各路連合会の集まりに出席せずに済んでいたのも、毅の貿易会社が新興勢力だったからだ。とはいうものの、日中の対立が続けば、いずれは手伝ってくれという声がかかる。日本国籍を持っているとはいえ、毅の母親は中国人だ。おまえも皇国に対する忠誠心を示せ、中国のスパイではないと証明してみせろと言われれば、軍部の雑用を引き受けざるを得ない。それは毅とスミを監視下に置くという意味でもある。

毅は続けた。「時局婦人会は、今年、上海事変での戦没者の墓参りをした。呉淞《ウースン》上陸戦で亡くなった兵隊の墓を、みんなで掃除するためだ。割烹《かっぽう》着《ぎ》姿で箒《ほうき》を持って、子供を連れている人もいたよ。日本人としてはとても大切な仕事だが、虹口に住んでいると、ああいう仕事が頻繁《ひんぱん》に回ってくる。でも、スミさんは出られない日もあるはずだ」

日中和平工作が動き始めた現在、常に身軽でいなければならない。黒月書記官から指示が出たとき、「ちょっと私用が」とごまかして各路連会の仕事を休むのは難しい。さしたる理由もなく断れば、何か隠していると怪しまれる。疑り深い住民に密告されれば、特高や憲兵にしょっぴかれる。そうなったら、黒月書記官だけでなく、一ノ瀬大佐にまで迷惑がかかってしまう。

スミは訊ねた。「なつさんはどうしよう。辞めてもらうの？」

「そうだね。食事は外で済ませればいいし、それぐらいの軍資金は貯まっている。これからは、いつでも家を捨てられるようにしておこう。急な話だから多めに包んであげようね」

夕餉《ゆうげ》の支度のためになつが訪れたとき、スミと毅は引っ越しの件を告げた。

なつは目をぱちくりとさせたが、すぐに気を取り直して、「こげん世の中ですから、しょんなかね。虹口には勤め先がようけありますけん、心配せんでもよかよか」と笑った。そして丁寧に頭を下げ、「長《なご》ぉ、お世話になりました。どうも」と屈託のない口調で言った。

「こちらこそ、ありがとうございました。留守中も、よく守って頂いて感謝しています」

「大変なときやけん、旦那さまも奥さまも気ばつけて」

「急な話で本当にごめんなさい」

「いっちょん気にせんでもよかとですよ。次は、どけ行きなさっと？」

「貿易業ですから、まだしばらくはこちらに留まります。二、三年先には、もう上海にはいないかもしれません」

フランス租界に借りた新しい家は、以前、森塚が使っていたような集合住宅だった。持ち出すべき家財道具は少ないので、マンションの一室でも狭くはなかった。

毅は、こちらへ移ってから、前よりも家をあける日が増えた。

何かが変化しつつあることにスミも気づいた。覚悟を決めて、静かに「その日」が訪れるのを待った。

ある日、毅は食卓で切り出した。「明日から、これまで以上に長く留守にする。ひとり暮らしは危ないから、いろいろと気をつけて」

「もう、そんなときが来たの？」

「ああ」

「――そうなの」

「約束だからね。ちょっと早すぎた？」

「ええ」

「僕は楽しかったけど、スミさんはどう」

「勿論。楽しいだけじゃなくて、いつも助かっていた」

「スミさんが助かっていたなら僕も報われる。ずいぶん無理もお願いしたからね」

「もし、普通に結婚していたら、お互いの家のことや子供のことや町内会のことで、全然違う人生になっていたでしょう。普通じゃないことが、これほど楽しく、幸せだとは想像もしていなかった。本物の夫婦じゃなくても、私にとって毅さんは、まぎれもなく『救い』だった」

「そう言われると照れちゃうなあ」

それから毅は、スミがひとりで暮らすための工夫について細々と教えた。洗濯物は家の中に干す、どうしても外に干したいときには男物と一緒に。友達に、この家を頻繁に訪問してもらうこと。そこに男友達が交じっていればなおよい――等々。身の安全を守るための知恵だ。

毅は最後に遠慮がちに言った。「できれば、スミさんが信用している男の人に一緒に住んでもらうのが一番いいんだ。フランス租界とはいえ、女性がひとりで暮らすのはなかなか難しいからね」

それを聞いてスミがまっさきに思い浮かべたのは、租界にいるいとこや恩師ではなく周治の顔だった。しかし、共に暮らすとなると躊躇《ちゅうちょ》があった。男性の暴力性にスミは未だに抵抗感がある。毅にはこの種の雰囲気があまり感じられないので、とても過ごしやすかったのだ。

周治は男らしくて頼り甲斐があるが、長く一緒にいると、あの事件を思い出して身がすくむような気がした。周治から暴力をふるわれたことはないし、むしろ、普通以上に優しく気づかってもらっているのに、あの刃物を振りあげた男の大きな影が、いまでも恐ろしくてたまらない。

本物の平和が訪れれば、この恐怖も消えるのだろうか。わからない。

勿論、秘密を抱えているがゆえに、毅は私に本当の姿を見せていないだろう。本当の毅には、もっと狡《ずる》くて、ひどい部分もたくさんあるはずだ。

それは私も同じだ。日中和平工作の詳細を隠すために、差し障りのない面しか表に出してこなかった。私の狡くてひどい部分を毅は知らない。でも、わざわざ、それを見せたいとも思わない。

すべてを打ち明ければお互いを深く理解できるようになる——と言う人もいるが、そんな考え方は錯覚だとスミは思う。

秘密は秘密のままでいい。

そのうえで、毅と、どうありたいのかという話なのだ。

毅は続けた。「ここの家賃は、二年先の暮れの分まで入れておく。もし、そのときまで僕が戻らなかったら、あとはスミさんが好きにしてくれていい」

「私は上海が好きだから、ずっとここにいる」とスミは応えた。「いつもかがり火のように窓に灯をともしておくから、戻りたくなったら、いつでも立ち寄って玄関の扉を叩いて」

「人は好きなところへ移動して、好きなように生きればいいんだ。僕はスミさんを、この街に縛りつけたくはない」

「わかってる。でも、いまはこう言わせて」

「それは僕には贅沢《ぜいたく》すぎる言葉だ」

「あまり重く考えないで」

「いやいや、そこまで言われたからには、必ず、なんらかの形で応えるよ」

「無理はしないでほしいの」

「いや、本心だから」


ピアース公使との二度目の合議が年明けと決まった、十二月初旬。

スミは費 春玲《フェイチュンリン》に連れられて、『上海婦女《シャンハイフーニー》』の編集部を訪れた。女性編集者の呉思涵《ウースーハン》以外には電話番がひとりいるだけで、皆、出払っていた。

長い髪を後ろで束ねた呉思涵は、長袖のシャツを着て幅広のズボンを穿《は》いていた。色白な顔はふくよかで、しっかり描かれた眉と目蓋《まぶた》と唇を彩る色に目を惹かれた。

透かし彫りの入った長椅子を勧められ、スミたちは腰をおろした。

呉思涵は言った。「日本人女性の訪問は倉地さんが初めてです。語学の先生とうかがっていましたが、さすがに上海語がお上手ですね」

「ありがとうございます。これでもずいぶん訛《なま》っていると、こちらの方にはときどき笑われます」

「気にしないで下さい。いまの中国には、日本人に対して劣等感を持っている人が大勢いて、でも負けん気はあるので」

「いいえ、日本政府の対応こそ、まったくお恥ずかしい限りです。よく私などを、この場へ呼んで下さいました。感謝します。こちらの雑誌は先進的ですね。女性の社会問題まで取りあげているとは驚きです」

「アジアでも欧州でも、女性はひどい目に遭っているでしょう。皆に味方がいることを知らせて問題を解決したいのです。この記事を読んでもらえませんか」

　呉思涵は卓の片隅にあった紙束を手に取り、中央へ置き直した。「これは、日本人女性の、紡績工場における賃金と労働時間に関する取材記事です。日本では、いまこういう文章を発表すると『国賊』と非難されると聞きましたが、同じアジア人として、私たちは不当な扱いを見過ごせません。記事にして中国の読者にも考えてもらいます。こちらの女性も、とてもひどい条件で働かされていますから」

　その記事が、敵国日本の現状報告にもなっていることをスミは見過ごさなかった。が、この場で口にする必要もないので、何も言わず紙面に視線を走らせた。

取材内容は細部まで行き届いていた。誇張した部分や極端な煽《あお》りはない。中国は日本政府の至らなさを批判しているだけで、日本国民を憎んでいるわけではない、という主張が繰返されていた。これは蔣介石もよく口にしている言葉だ。対外的な建前とも言えるし、人によっては本音でもあるのだろう。

スミは紙面から目をあげて言った。「ここまで取材しておられるとは驚きです。情報源は在華紡《ざいかぼう》（※中国に工場を置く日本の紡績会社）で働いている女工さんですか」

「ええ。女工や童工はどこでも最底辺にいます。低賃金、長時間労働、不潔な居住環境、奴隷じみた扱いです」

その諸々はスミも知っていた。私塾でも、しばしば耳にした話だ。

童工とは、低年齢の男児や女児の働き手のことをいう。勤務先の割合は、中国系企業よりもイギリス系企業のほうで跳ねあがる。そして、労働力を安く買い叩いているのは、日本企業も同じである。

上海では工人《こうじん》の七割が女性で、特に紡績関係の業種では、これが八割を超えて九割近くになる。現場では十二時間働き続けるのが普通で、勿論、場合によってはもっと時間が延びる。職場はたいてい、専用の工場ではなく普通の邸宅を転用して使っている。当然、狭くて衛生状態もすこぶる悪い。

女工の平均賃金は男性の半分以下。最も低賃金なのが製糸工人で、月給はたったの八元余

（※当時の上海の平均世帯収入は月三十元余）だ。紡績工人でも十元余。出来高で計算される業種なので、この数字は個人の作業能力に応じて若干動く。同職種の男性工人の平均月給は二十七元余（※一九三〇年頃の熟練炭鉱労働者の賃金とほぼ同じ程度）である。

上海へ出稼ぎに来る中国人少女の場合、給与の大半は実家へ送られ、残りはほとんどが斡《あっ》旋《せん》業者に渡る。住居と食事は与えられているが、個室はなく、一室に二十人もの女工が押し込まれてそこで寝起きする毎日だ。一枚の布団にふたりで寝るという。顔を洗ったり洗濯のために使ったりする湯もないので、湯銭として一分を持って銭湯へ行き、そこですべてを済ませる。食事は日に三回あるが、朝夕は粥、昼は二種類の野菜と米のみ。肉を食べられるのは元日だけ。病を訴えれば仮病扱いされ、熱を出して休もうとすれば容赦なく打ちすえられ、職場まで引きずっていかれる。

女性と同様に、男性労働者の生活も悲惨そのものだ。女性より賃金が高くとも、家族を養うためにすべて消える。

家族持ちの中国人男性工人の場合、借家の一間《ひとま》に、五、六家族が押し込まれ、共同生活を余儀なくされる。当然、同居者同士でいつも喧嘩《けんか》が絶えない。幼子もいるので、お互いにやかましくてたまらない。不衛生になりがちなので病気も流行《はや》る。悪臭と汚水が周辺に垂れ流し状態となり、青蠅《あおばえ》が人にたかる環境だ。

一九二〇年代以降、上海共同租界では、中国人学生や労働者による反帝国主義を訴えるデモが頻発してきた。これに対して、政府側はしばしば発砲を繰り返し、市民を殺害するまでに至っている。民衆の悲痛な声はイギリス人や日本人の経営者には届かず、生活環境の改善など、なされる気配もない。

二度の事変で苦労を強いられ、スミ自身も大きな怪我をしているが、この街で食べ物に困った経験はない。虹口の三角マーケットへ行けば好きな食材が手に入り、レストランでは洋食も食べられる。租界の底辺から見れば、虹口の日本人の暮らしは完全に別世界だ。イギリスやフランスのチョコレートも買える。美味しい上海料理の店も知っている。

見ようとしなければ何も見えないこの街で、人間の肉体はすり潰され、人が人の生き血を吸って繁栄している。自分の足下が血まみれであることはスミも承知していた。だからこその和平工作への執着だった。自分の立場と能力で、他にできそうなことは何もないのだから。

呉思涵は言った。『上海婦女』は社会の変革を求めています。労働問題の改善と同時に、日本でも中国でも、男性だけでなく女性が参政権を得られるようにして、これらの問題に対処を」

費春玲が横から遠慮がちに口を挟んだ。「あの、呉さん。雑誌の話はそれぐらいにして、そろそろ本題に」

「あっ、そうですね！　日本の方に話を聴いてもらうのは初めてなので、つい熱がこもってしまいました」

申し訳なさそうに身を縮めた呉思涵の姿に、スミはにこやかに応じた。「気にしないで下さい。私もこういう機会は大切だと思うので」

「ありがとうございます。できれば、今度、倉地さんが勤めている私塾も取材したいのですが、よろしいでしょうか」

「まずは受付で先生方とよく相談なさって下さい。中国人の先生もおられるので言葉の心配は無用です。見えないところでがんばっている日本人は大勢います。攻撃的な人ばかりではないのです。それを伝えて頂けるなら」

「わかりました。今日は、和平交渉の件で来られたのですよね」

「はい」

「私も和平には賛成です。日中が和平を結ばない限り、上海はこのまま荒れ続けるでしょう。軍統と76号との争いは、反対勢力の抹殺や新聞社襲撃だけでは済まなくなっています。先月、高等法院の刑事法庭長が暗殺された事件をご存じですか」

「ええ、邦字紙にも掲載されました。嘆かわしい事件です」

　租界には、中国が独自に裁判権を行使できる特区法院がある。上海を完全に掌握したい日本軍にとって、これはとても邪魔な組織で、いますぐにでも叩き潰したいものだ。

「上海を南京の新政府下に置くには、法院を接収しなければならない。刑事法庭長の暗殺は、それを狙ったのでしょう」

呉思涵が口にしたのは、十一月二十三日に起きた事件である。

江蘇《こうそ》高等法院第二分院の刑事法庭長・郁華《ユイホワ》は、その日の朝、フランス租界にある自宅から門の外へ出た。いつものように自家用車で出勤するためである。そのとき、物陰で待ち伏せしていた三人の男が駆け寄り、郁華に向かって一斉に銃弾を放った。

郁華は三発の弾を胸に受け、犯人たちは、飛びかかってきた運転手にも弾を撃ち込んだ。

郁華は即死。運転手が一命をとりとめたおかげで、襲撃時の様子が明らかになった。警察は襲撃者の行方を追っているが、未だに特定も逮捕もされていない。

特区法院は、以前から76号による脅迫を受けていた。

手榴弾が投げ込まれたり、脅迫状が送りつけられたり――。その一方で、76号は、法務官や職員たちを甘い言葉で勧誘し、脅してもいた。

『汪兆銘政権に協力するなら、新政権発足時に要職を与えよう』

『もし反対するなら命の保証はできない』

郁華殺害は、『汪兆銘政権擁立に反対すれば命はないぞ』という意味であった。『日本軍に盾突くな。法務官もおとなしく南京新政府の支配下に入れ』

暗殺成功以降、76号はさらに強く、しかも、名指しで脅迫状を送りつけるようになった。

そこには、この事件に対してよけいな口出しをするなと書かれていた。警察への情報提供を許さぬという意味である。

呉思涵は言った。「法廷長暗殺に成功した以上、彼らは何度でも同じ行為を繰り返すでしょう。しかし、司法がテロに屈するなんて、あってはならないことです。私は中国人ですから、日本軍や76号とは戦い続けますが、和平交渉によって都市の安全を取り戻せるならそのほうがいい。この点で倉地さんに協力いたします。決して、汪兆銘政権を認めたわけではありません。わかって頂けますか」

「はい、それはよく承知しています。私も、まずは上海での暴力を止めたいのです」

「蔣介石委員長につながる人脈をお探しだそうですね。ならば、金融関係からたぐるのが一番です。蔣介石委員長の奥さまは三人姉妹で、さらに兄と弟がいます。弟の宋子良《ソンズーリャン》さんは銀行家ですから、上海や大連《ダーリエン》の金融関係者から人脈を辿れば、必ず、重慶《チョンチン》政府と接触できるでしょう。まずは、このルートを押さえてみて下さい。勿論、手ぶらでは会えません。経済的な利益を約束できなければ彼らは少しも動かない」

「ありがとうございます。なんとか考えてみます」

「いつでも、こちらを頼って下さい。編集部員の配偶者から人脈をつなぐ方法もとれます。私は個人として、あなた方への協力を惜しみません。共に闘い、上海から暴力を退けましょう。それから費さんには、これを」

呉思涵は費春玲に封筒を差し出した。「鄭蘋茹《テンピンルー》さんから受け取りました。あなたに読んでもらいたいと」

費春玲は、緊張した面持ちで封筒に手を伸ばした。

スミも胸騒ぎを覚えた。

鄭蘋茹とは、あの日、美髪店で話してから一度も顔を合わせていない。スミたちの和平交渉を、彼女は「やめたほうがいい」と非難した。だが、スミが行動の動機について語ると、理解し、許してくれたように見えた。日本人の母親を持ち、中国と日本との間で揺れてきた鄭蘋茹だ。簡単には割り切れない心情をわかってくれたのだろう。

ただ、二度と会えないかもしれないと、そのときに感じたのだ。何しろ彼女は、76号の本部に潜入して情報を探っている。祖国のためとはいえ、あまりにも危険な任務だ。

費春玲はすぐに封を切り、中から便箋を取り出した。

一読するなり、青褪めた表情でスミに便箋を回した。

中国語での走り書き。署名はない。宛先も。誰から誰への伝言だったのか、それすらわからない。つまり、持ってきたのは鄭蘋茹だが、彼女自身がやりとりした手紙だとは断言できないのだ。第三者同士の連絡メモを、こっそり流してくれたのかもしれない。

便箋には、こう書かれていた。

『蔣介石は、一九三七年にソ連と締結した中ソ不可侵条約の背後で密約を結び、軍需物資の支援を受けています。既に大量の兵器が中国に搬入され、日本軍との交戦に備えて各所に配られました。新疆《しんきょう》を経由するこの搬入ルートは、今後も維持される可能性が非常に高いと思われます。そして、この条約に付随する、公告されていない口頭協定によって、蔣介石は日本と反共協定を結ぶことを禁じられています。

つまり、日本が、対ソ防共案で蔣介石と和平を詰めようとしても、彼は絶対にそれに乗らない。「考えておこう」という素振りを見せても、それは本気ではないのです。ここを見誤ってはいけません。

満州返還と日本軍の全面撤退を約束できない限り、蔣介石はソ連と決別することを考えず、日本側の和平交渉は、すべて失敗に終わると予想されます。』

動揺を押し殺しつつ、スミは便箋を折りたたんだ。呉思涵《ウースーハン》には交渉の詳細は語れない。震え出しそうな指で便箋を封筒に戻し、呉思涵に一礼した。「貴重なものをありがとうございます。鄭蘋茹《テンピンルー》さんは、こちらへ、よくお見えになるのですか」

「もう来ないと言っていました。しばらく身を隠すかもしれないと」

「え？」

「言葉通りなら近々何かが起きるのでしょう。私には想像もつきませんが」

呉思涵は礼儀を重んじ、便箋の内容については何も訊ねなかった。

スミは費春玲と共に椅子から立ちあがり、編集部をあとにした。

　この手紙を、大急ぎで黒月書記官に見せなければ。

日本は、蔣介石がソ連を嫌悪していること自体は知っている。両者をかなり冷えた関係と見なし、強い協力関係は生じないだろうと判断している。

アメリカ軍による蔣介石への支援は把握されており、黒月書記官の計画もそれに基づいたものだ。だが、ソ連が蔣介石を支援し続けるなら、アメリカを退かせても効果はない。独ソ不可侵条約があるとはいえ、ドイツとソ連は共産主義をめぐって正反対の立場だ。いずれ両国は正面から激突するだろう。

　アメリカはイギリスやフランスの味方なので、そのとき、必然的にドイツを敵に回す。ドイツと戦うソ連に肩入れする。両者が戦争を始めれば、アメリカはソ連に対して軍需物資を供給するだろう。中国はソ連とアメリカの双方から支援を受け、日本軍と対立する。こうなったら日本は圧倒的に不利だ。

　スミは費春玲に言った。「この情報が本物なら、アメリカ公使との合議を考え直す必要がある」

「待って。鄭さんは、そういう意味でこれをくれたんじゃない気がする」

「じゃあ、なんのために」

「――私たちに、もう一度、和平工作の中止を訴えているのかも」

「え？」

「美髪店で再会したとき、鄭さんは私たちの立場をよく理解してくれた。でも、和平工作自体には反対していたでしょう。これは私たちへの二度目の警告なんだと思う。もう絶対に無理だって、教えようとしているんじゃないかしら」

スミは頭の中で広げていた様々な考えを、ぱたぱたと折りたたんでいった。

鄭蘋茹は、いまでも私たちを——いや、和平工作にたずさわる者を心配してくれているのか。勝ち目のない勝負には出るなと。

スミは費春玲に向かってうなずいた。「わかった。でも、それとは別に、この情報自体は、私たちだけでは処理できない。すぐに黒月さんと相談しましょう」

フランス租界の事務所へ戻ると、スミは共同租界にある日本総領事館に電話をかけ、黒月書記官を呼び出してもらった。

スミが事情を話すと、黒月はすぐに車でフランス租界へやってきた。護衛として周治も連れていた。早速、便箋に目を通して、しばらくの間、考え込んでいた。いつになく長い黙考だった。

黒月は便箋を封筒に戻しながら言った。

「費さん、倉地さん、貴重な情報をありがとう。しかし、これだけでは、まだなんともできかねます」

「鄭蘋茹さんから直《じか》にもらった手紙です。参謀部へ渡せば――」

「差出人も宛先も不明です。どういう状況で、いつ書かれたものか、それすらわかりません。口頭協定については裏を取りますが、鄭蘋茹さんからの情報となると、参謀部の人間は眉に唾をつけて考えるでしょうね」

「偽情報だと仰りたいんですか。彼女が、私たちを騙そうとしているのだと」

「小野寺中佐に偽者の戴笠《ダイリー》を紹介したのは鄭蘋茹さんです。そのあたりの真相も、結局は聞き出せていないのでしょう?」

スミは渋い顔で「はい」と答えた。あの日、美髪店で鄭蘋茹に訊いたものの、答えを得られなかった一件だ。この真相を突きとめていれば、黒月はすぐにでも手紙を信用したかもしれない。真相を聞けなかったのが悔やまれる。

黒月は続けた。

「蔣介石は欧米流の思考をよく理解していますから、ソ連を憎悪しつつも、打算で利用することなど平気でしょう。だが、日本の参謀本部や支那派遣軍を説得するには、この手紙だけでは足りない。具体的な証拠が必要なのです。手紙の内容を裏づける中ソ政府の動きや、武器輸送の記録をそろえねばならない。これがすべてそろってから、ようやく参謀部は新たな計画を立てられる」

「黒月さんのところへ、類似の情報は入っていないんですか。参謀本部のロシア課や哈爾浜《ハルビン》特務機関であれば、ソ連の動向をつかんでいるんでしょう」

「すぐにでも訊ねてみます。鄭さんが、本気で我々を助けようとしたのであれば——たとえば、戴笠の一件を悔やんで借りを返そうとしているのであれば、これは信憑性《しんぴょうせい》の高い情報と言えるでしょう。ただ、いまの時点では保留ですね」

反論の余地などなかった。スミとしては、一日も早く真実を知りたいだけだ。

「それはそれとして」と黒月は続けた。「呉思涵さんが勧めてくれた、金融関係から人脈をたぐれという話は興味深い。宋子良。いいですね。蒋介石に直結するルートです。そこへ至る道を調べてみましょう」

6

スミたちが『上海婦女《シャンハイフーニー》』の編集部を訪れた日よりも少し前、すなわち、十一月中旬——。

特区法院の刑事法庭長、郁華が暗殺された事件を知った鄭蘋茹《テンピンルー》とその家族は騒然となった。鄭蘋茹の父親である鄭鉞《テンユエ》も、郁華と同じく特区法院に勤める検察長だったからだ。

鄭鉞の妻、鄭華君《テンホワジュン》は、次は夫の番かもしれないと恐怖に震えた。

華君は本名を木村《きむら》花子《はな》といい、日本生まれの日本人である。官費留学生として日本にやってきた鉞と恋に落ち、やがて結婚した。花子は士族の末裔《まつえい》で一家の末娘であったが、「中国を立て直したい」と願う夫を手伝うため、家族の反対を押し切って大陸に渡った。「華君」とは、中国人として暮らすようになってからの名前である。
しかし、日本軍の大陸進出と共に、華君は、周囲の中国人から冷たい目で見られるようになった。彼女の血をひく子供たちも学校でひどくいじめられた。それでも華君も子供たちも上海から逃げなかった。胸を張り、鄭鉞を支え続けた。

この時期、華君の娘である鄭蘋茹は、76号の幹部である丁黙邨《ディンモーツン》の愛人を装いながら内部情報を探っていた。ある日、丁黙邨のもとを訪れた鄭蘋茹はさりげなくこう言われた。

「なあ、蘋茹。おまえの父親は、どうして我々の和平活動に協力しないのだろうね。これでは、郁華と同じ目に遭っても不思議ではないのだぞ」

鄭蘋茹は両手を臍《へそ》のあたりで組み、ぎゅっと力を込めた。全身に鳥肌が立った。普段からこの男に感じていた嫌悪感が腹の底で荒れ狂った。

丁黙邨は、いつも、蛇のように賢そうな目つきで身辺を警戒している男だ。洒落《しやれ》た洋服を身にまとい、76号の幹部としての威厳を常に保っている。歳は、いま三十代後半。その冷徹さゆえに女性とは縁が少なく、鄭蘋茹は彼の孤独感に巧みに忍び寄り、愛人の座に納まった。

76号による暗殺計画を指示する丁黙邨は、自分も同様に敵側から狙われていることを熟知している。丁黙邨も、かつては蒋派の人間であったのだ。汪兆銘が日本軍に取り込まれる過程で、自らも蒋派に背を向けた転向者だ。それゆえ「世間の流れを見て思想を変えよ」という忠告を、他人に対しても平然と口走れたのだろう。

父親の名前を出されてかっとなった鄭蘋茹は、しかし、その場では不満などかけらも見せず、

「はい、仰る通りです。父の頑固さには家族もとても困っているのです」と切なそうに溜《た》め息を洩らし、悩ましい表情で丁默邨にもたれかかった。腹の底では、いますぐにでもこの無礼な男を殴り倒してやりたいと思っていたが、貴重な情報源なので懸命に我慢する。

満足げにうなずいた丁默邨は、鄭蘋茹の髪をそっとなでた。「君からもよく言っておきなさい。人間は歳をとると頭が固くなっていかん。考え直すならいまのうちだ。素直に態度を改めるなら、南京政府で、いまよりも高い地位を得られるだろう。お母さんも社交界で人気者になれるよ」

帰宅したのち、鄭蘋茹は父に怒りをぶちまけた。鄭鉞は鼻で笑っただけだった。丁默邨のような裏切り者の口利きなど、死んでも受け入れるかという態度だった。

その日、鄭蘋茹はなかなか寝つけなかった。父の態度はりっぱだが、危険にさらされるのだと思うと素直には喜べなかった。

深夜、ようやく眠りに落ちた直後、嫌な夢を見た。

薄暗い部屋に、ひとり取り残されていた。四方に出入り口はない。壁にはびっしりと漢字が書かれている。すべて人の名前だ。経文の如く並ぶ名前には、ひとつも見覚えがなかった。

なんとなく、これはすべて死者の名前であるように思えて、どこかに家族や自分の名前があるのではないかと疑った瞬間、真っ黒な恐怖が足下から噴きあがり、思わず叫び声をあげた。自分の声で目が覚めた。

息を荒らげたまま、しばらく天井を見つめていた。

両手で顔を覆い、自分が郁華と同じく弾丸を撃ち込まれるところを想像した。が、さほど現実感は湧いてこなかった。

というのも、鄭蘋茹は日本軍にも少なからず人脈を持ち、何人もの将校と交流があったからだ。とりわけ、滬西《こせい》憲兵分隊長の藤野《ふじの》少佐は、鄭蘋茹を信頼して可愛《かわい》がっていた。非常時には藤野少佐が助けてくれる、心配はいらないと鄭蘋茹は安心しきっていた。

大丈夫。自分はきちんと準備してきたのだ。国民党のために、蔣介石委員長のために、存分に自分の能力を発揮するのだ。そうすれば誰からも「りっぱな中国人だ」と信じてもらえる。「おまえは日本人の腹から生まれた子だ」「中国人のふりをした日本人だ」と蔑《さげす》まれてきた、あの悔しさから解放されるのだ。私は誰よりも模範的な中国人、誰よりも勇敢な中国人。仕事を成し遂げれば、母や兄弟姉妹に対する差別もなくなるだろう。

十二月。

重慶の工作機関から、待望の命令が鄭蘋茹に下った。

『今月、76号の幹部・丁默邨を暗殺する。行動隊からの指示を待つように』

ついに来た、このときが。

熱い血が全身を駆け巡った。これでもう、あの男と嫌々付き合わずに済む。お世辞や愛想笑いとは無縁の生活に戻れる。そして私は、国民党員として最高の名誉を手に入れる。

行動隊は慎重に計画を立てたが、一度目の襲撃は丁默邨の慎重さに隙を見出せず、実行に移せなかった。

再度の機会が訪れたのは、クリスマス直前だった。

スミたちがフランス租界で、「手紙の内容の裏をとるから少し待つように」と黒月から言われて、じりじりしていた頃――。鄭蘋茹の自宅には丁默邨から電話がかかり、「いま、滬《こ》西《せい》の友人の家にいる。これから昼食を摂るのだが君も来ないか」と誘いがあった。

光栄です、喜んでうかがいますと答えて受話器を置くと、鄭蘋茹は間髪《かんはつ》をいれず行動隊に連絡を入れた。

今度こそ絶好の機会だ。

行動隊は、あらかじめ仮定していた手段の中から、最適のルートをひとつ選んだ。

見張り役は二名、射手《しゃしゅ》も二名。滬西から虹口へ帰宅するなら、丁默邨と鄭蘋茹が同乗する車は必ず静安寺路《バブリング・ウエル・ロード》を通る。この通りに面したシベリア毛皮店の前で襲撃と決まった。シベリア毛皮店は大通りにある高級店だ。丁默邨を誘って入っても自然な店である。

行動隊は鄭蘋茹に「理由をつけて、ここまで彼をおびき出すように」と指示した。

見張り役と射手は店の近くで待機した。買い物を終えて鄭蘋茹と一緒に出てくる丁默邨を、至近距離から射殺するという手順だ。さりげなく標的の脇へ近づき、銃口を押しつけて発射する。撃ち損じを避けるために、多くの暗殺者がこの方法をとっていた。

鄭蘋茹は呼び出された先で昼食を摂り、帰り際、丁默邨の車に同乗させてほしいと頼んだ。よくあることなので、丁默邨は何も疑わずにうなずいた。

ふたりを乗せた車は、計画通り、静安寺路へ向けて発進した。

通りにさしかかる直前、鄭蘋茹は丁默邨に言った。「途中で買い物に寄っても構いませんか。シベリア毛皮店でクリスマス・セールをしているので、少し見ていきたいんです」

「どれぐらいかかる?」

「欲しいものは決まっているので、二、三十分もあれば」

「それぐらいならいいだろう」

「うれしい！　先生も一緒に来て下さいますか」

「私は毛皮の良し悪《あ》しなどわからんぞ」

「似合っているかどうか、眺めて下さるだけで構いませんから」

「そうか。では、少しだけな」

丁默邨はそっけない態度だったが、店へ入れば、うれしそうに外套や襟巻きを買ってくれるに違いなかった。自分が与えた服で愛人を飾り立て、寝室ではそれを自らの手で剝ぎ取ることに喜びを覚える男だ。寝台の上に広げた毛皮に顔をうずめ、うっとりと裸体を愛撫《あいぶ》する様が目に浮かぶ。

――可哀想だけれど、もう二度とそんな機会は訪れないのよ。

この男とは数え切れないほどの逢瀬《おうせ》を重ねてきた。嫌々寝ればこちらの策略に気づかれてしまうので、世間知らずの小娘のふりをして、相手の欲望に従ってきた。ときには屠《ほふ》られる羊のように、男の虚栄心を満たしてやらねばならなかった。強姦《ごうかん》じみた激しい愛し方に耐えながら、シーツを握りしめていたことも一度や二度ではない。

丁默邨との付き合いで、安らぎを覚えた日など皆無だった。寝台の上は落日に似た妖《あや》しい光に照らし出された舞台で、鄭蘋茹はそこで娼婦《しょうふ》を演じる女優だった。男を慰めるためだけに在る意思のない存在。体を重ねるだけで心まで得られると思うとは、なんと滑稽で哀れな男だろう。言葉が人を裏切る以上に、肉体こそが人を裏切るというのに。

ふたりを乗せた車は、道路を挟んでシベリア毛皮店の向かい側に停まった。静安寺路はイギリス方式の左側通行だ。虹口方面へ向かう車は、この位置で停車する格好になる。

運転手は先に降り、慣れた手つきで後部座席の扉を開いた。

鄭蘋茹と丁默邨は身を寄せ合い、通りを渡った。シベリア毛皮店は店舗の左側四分の三がショーウィンドウだ。初めてここを訪れる者は、そこに並ぶ商品の煌びやかさを目にして圧倒される。

十メートルの間口にはめられた重いガラス製の扉を押し、ふたりは店内へ足を踏み入れた。店員がすぐに近づいてきて、にこやかに微笑んだ。鄭蘋茹たちは、見るからに金回りがよさそうな格好をしていた。店員は「どのようなものをお求めでしょうか」「なんでもお申しつけ下さい」と言って、優雅な物腰でふたりを案内した。

洋服掛けは外套で埋め尽くされている。照明を浴びて銀色に輝く毛皮、青味を帯びた灰色の毛皮、深みのある焦げ茶色や獣の柄をそのまま生かした毛皮。ふたりが平気で買うそれらは、貧しい労働者にとっては、一生、目にする機会がない値段がついている。

帽子や襟巻きもございますと店員は勢い込み、別の者に、大きな箱をいくつか持ってこさせた。蓋をあけると、眩《まばゆ》いばかりに艶《あで》やかな小物類が現れた。生きた海獺《ラッコ》や狐が、箱の中でくるりと身を丸めているように見えた。

商品選びは、やはり店員に任せたほうがいいと感じた丁默邨は、店内を見回したついでに窓ガラスの外へ視線をやった。周囲をくまなく観察したくなるのは、立場上身につけてしまった癖である。

直後、丁默邨は、はっとなって街の一角に視線を留めた。

綿入りの長袍《チャンパオ》を着た男がふたりいる。片方はショーウィンドウをのぞき込み、もう片方は街灯の傍らで人待ち顔をしている。

ただの通行人ではないと、ひとめでわかった。

静安寺路には、上海租界で随一の服飾店や宝飾館が建ち並ぶ。出版社、写真館、旅行会社なども軒を連ねている。この寒空の下、簡素な袍《パオ》しか身につけていない男が、女も連れずにうろつく区画ではない。

刺客だと丁默邨は察した。

彼はポケットから札束をつかみ出すと、大急ぎで鄭蘋茹に歩み寄り、彼女の掌にそれを押しつけた。「悪いが私は先に行く。ひとりで選んで、これで支払っておきなさい」

鄭蘋茹が呼びとめる間もなく、猟師に追われる兎《うさぎ》の如く、丁默邨は店から飛び出した。みっともないほどにあわてふためきながら、通りを挟んで向こう側に停まっている自分の車を目指して走る。車で待機中の運転手に向かって叫んだ。「出せ！　早くしろ！」

仰天した運転手は、丁默邨の背後から、銃を手にしたふたりの男が追いかけてくるのを見て、即座に状況を理解した。

車体後部へ取りついた丁默邨は、そこに身を隠しながら歩道へ回り込む。

ターン！　という甲高《かんだか》い音と共に、びしっと嫌な音が響いた。頭を少しあげてみると、道路側の防弾ガラスに小石を叩きつけたような亀裂が生じていた。

肌が粟立《あわだ》ち、全身の血が一気に沸騰した。丁默邨は転げるように後部座席に飛び込み、勢いよく扉を閉めた。エンジン音にほっとする。早く出せと、もう一度運転手に命じた。

接射の機会を失って頭に血が上った射手たちは、こうなったら何がなんでも当ててやるといった勢いで、車に向かって弾を浴びせ始めた。

運転手は悲鳴をあげ、力一杯アクセルを踏み込んだ。石畳を蹴って飛ぶように車が発進し、たちまちのうちに追っ手を振り切った。射手たちは再度の失敗に怒り狂い、罵詈雑言《ばりぞうごん》を吐き散らした。

銃声を聞きつけた巡査が現場へ駆けつけた。射手は急いで見張り役のふたりを連れ、その場から逃げ出した。

ひとり残された鄭蘋茹は、呆然とする店員に向かって、「また、おうかがいしますね」と声をかけると、何も買わずに戸外へ飛び出した。自分の身を守るため、近くにいた巡査に頼み込んだ。「スリに遭って財布をとられてしまいました。家まで帰れないので警察の車で送って頂けませんか」

関係者がすべて立ち去ると、街はもとの穏やかな雰囲気を取り戻した。上海租界では発砲事件など日常茶飯事だ。騒ぎはすぐに街の喧騒にまぎれていった。

これらの騒ぎを、静安寺路から北へ延びる戈登路《ゴードン・ロード》の一角に身を潜め、ひとりの青年が最初から最後まで観察していた。かつて鄭蘋茹の身辺で働いていた、従承志《ツォンチャンジー》だった。暗殺計画の進行に伴って、いまは彼女の身辺から離れて別行動をとっていた。

従承志が佇《たたず》む場所は、大都会花園舞庁《ヴィエナ・ガーデン・ボールルーム》の近く。ここからも、通りの向こうにあるシベリア毛皮店の様子がよくわかる。陽が落ちたばかりのダンスホールは、まだ人の出入りも少なく、彼を気にかける者はいなかった。

従承志の傍らには、以前、双見と共に屋形船に乗り、中国人青年を撃ち殺した甲斐谷《かいたに》が寄り添っていた。街灯にもたれて煙草をふかしながら、甲斐谷は、従承志の背中に向かって話しかけた。「終わったか」

「ああ」従承志は応え、後ろを振り返った。「丁默邨は逃げおおせた。事件の目撃者は、誰が誰を狙ったのか、それすらわからなかっただろう。直前に射手の配置を変えさせておいてよかった。一発目が不発だったのも幸いした」

「先生が無事ならそれでいい。あとはこちらの仕事だ」

「本当に、これで解放してもらえるんだろうな」

「勿論だ」

「家族には手を出さない約束だ。親戚にも近所の連中にも」

「雨龍さんは義理堅い人だ。約束は必ず守る」

「信じていいんだな？」

「早く帰って、家族を安心させてやりな」短くなった煙草を指先ではじき飛ばすと、甲斐谷は続けた。「手にした金で、すぐに租界の外へ出ろ。そうすれば誰もおまえを調べやしない」

事件が起きた夜、鄭蘋茹《テンピンルー》は、静安寺路での出来事をすべて家族に打ち明け、これから自首するつもりだと告げた。

計画が失敗した以上、このまま自宅に隠れていると、76号の工作員が家族も含めて殺しに来る。皆を、郁華と同じ目に遭わせるわけにはいかないと考えたのである。

「憲兵隊の藤野少佐を頼ろうと思っているの」大変な事件を起こしたにもかかわらず、鄭蘋茹は落ち着き、自信に満ちていた。「私に日本人の血が流れているおかげで、藤野少佐はこれまで、いろんな便宜をはかってくれた。私もそれに応えて信用を積み重ねてきた。彼なら、76号をなだめて処分を軽くしてくれるはず。76号は仕事をもらっている側だから、絶対に日本軍の指示には逆らえない。日本軍がだめだと言ったら、76号は何も言えない、何もできない。私は拳銃も持っていなかったし、射手を誘導したわけでもない。きちんと説明すれば、身の安全は保証してもらえると思う」

「姉さんこそ、拳銃を持っておくべきだったのよ！」鄭蘋茹の妹は、いまにも泣き出さんばかりだった。「毛皮店の中でズドンとやればよかったのに。そうすれば、あの裏切り者を間違いなく殺せた！」

確かに、襲撃の手順には奇妙な穴があった。

鄭蘋茹は、あの瞬間を振り返ってみた。

射手が配置されていたのは、シベリア毛皮店の出入り口だけだ。

なぜ、私たちが乗ってきた車の近くに、もうひとり待機させなかったのだろう。そこにも射手がいれば、道路を渡って逃げてくる丁默邨を正面から撃ち殺せた。先に運転手を縛っておき、丁默邨の逃げ道を奪ってから撃つ方法もあったはずだ。車の中へ逃げ込まれたとしても、丁默邨は全身に弾丸を浴びるしかなかっただろう。

だが、そんな準備は一切なされていなかった。

まるで、襲撃を失敗させるために、誰かが寸前に計画を変えさせたように見える。実行直前に偽の情報を流し、射手や見張りの位置を当初の予定から動かしたのだとすれば、こういう形で終わったのも不思議ではない。

実行部隊に離反者が含まれていたのか、あるいは76号のスパイが潜入しているのだろうか。悔やんでも悔やみきれないが、いまは家族の安全を考えるほうが先だ。それでなくても、父は以前から76号に脅されている。これをきっかけに、どんなひどい目に遭わされるかわからない。

心配する家族を振り切って、十二月二十五日の午後四時に自宅をあとにすると、鄭蘋茹は実行部隊のアジトへ向かった。今後について皆と話し合ったのち、そこから憲兵隊の藤野少佐に電話をかけた。

事情を話すと、藤野少佐はこう応えた。

「正直に打ち明けてくれてありがとう。あとはすべて任せなさい。取り急ぎ、憲兵隊本部か滬西《こせい》の連絡所まで出頭してくれ。若干の事情聴取を行って書類を作成したあとは、しばらく勾留となるだろう。時期が来れば解放してあげられるはずだ。その後は大急ぎで上海から離れなさい。日本軍がここに駐屯している間は二度と戻ってくるんじゃないぞ」

「どれぐらい拘束されそうですか」

「一ヶ月といったところかな。まあ、君が直接撃ったわけではないのだし、仲間に強要され、仕方なく丁默邨を誘導したと証言すれば罪は軽くて済む」

「本当ですか」

「出頭が遅れると不利になる。なるべく早く来てくれ」

藤野少佐の言葉にほっとした鄭蘋茹は、年末年始の間はアジトに留まり、年が明けてから藤野少佐を訪問すると決めた。

出頭の日、アジトの外へ出たときに、費春玲《フェイチュンリン》と鉢合わせした。

「鄭さん、滬西憲兵隊に出頭するって本当ですか」費春玲は、これまでにない激しい口調で問い詰めた。「自殺行為です。やめて下さい」

「私が行かないと家族に累《るい》が及ぶの」

「だったら、家族全員で香港にでも逃げればいいじゃありませんか」

「父が特区法院で働いているのは知っているでしょう。検察長が市民を捨てて逃げ出したら、みんなはどう思うかしら。父は、一生、臆病者と後ろ指をさされるでしょう。だから、父は何があっても最後まで上海に残る。そんな父をひとり残せない。闘うなら家族も最後まで一緒よ」

「行ったら殺されてしまう。憲兵隊なんて信用できません」

「信用できなくても、これ以外に道がない」

「『上海婦女《シャンハイフーニー》』の呉思涵《ウースーハン》さんから鄭さんの手紙を頂きました。あんな大事な情報をくれたのは、私たちの和平工作が失敗すると見ているからでしょう？　だから私やスミさんに、早くこの街から逃げ出せと、そういう意味であれを下さったんでしょう？　違いますか」

鄭蘋茹は費春玲の手を両手で包み込んだ。「あとをよろしく。今回は残念だったけれど、いつかは誰かが76号を滅ぼす。私はそれを信じている」

費春玲は震えながら鄭蘋茹の手を握り返した。「従承志《ツォンチャンジー》を知っているでしょう。鄭さんの身の回りのお世話をしていた青年です。彼は死にました。家から火が出て、家族もろとも焼け死んだ。近所の人が言うには、彼の家に何者かが押し入り、家族全員を鉈《なた》でめった打ちにしてから火をつけたそうです。でも、工部局警察は、ストーブからの失火だと結論づけて捜査を打ち切りました。中国人が殺されたって、イギリス人も日本人も、まともに捜査する気なんてないんです。きっと、鄭さんも同じように扱われる」

胸がずきりと痛んだ。

従承志は、倉地スミと密会するときに、いろいろと下準備をしてくれた青年だ。費春玲とは特に仲がよかった。ふたりが楽しそうに軽口を叩き合うのを、鄭蘋茹は、いつも微笑ましい気持ちで眺めたものだ。

自分はいつも、策略のためだけに男と付き合ってきた。丁黙邨とも、日本人の将校とも。それが国民党からの命令だった。心おきなく話せる男など、身の回りにはひとりもいなかった。従承志と費春玲が大切にしている友情と同志愛が、鄭蘋茹は、うらやましくてたまらなかった。

そういえば、暗殺計画の少し前、従承志は別の行動班に移っていったのだ。そちらで何か下手を打ったのだろうか。家族ごと殺されるとは尋常ではない。

鄭蘋茹は訊ねた。「その事件、皆に伝えた?」

「勿論。いま、承志の足跡を調べ直しているところです。76号に目をつけられたのだとしたら、何がきっかけになったのか。詳しく調査しておかないと私たちも危ないので」

「あの襲撃で、あまりにもうまく丁黙邨に逃げられたことが、私はずっと引っかかっていた」

「従承志や他の誰かが、76号に情報を流していたと? あり得ません!」

「本人も知らない間に情報を抜かれていたのかも。もしかしたら家族を人質に取られて、脅されていたのかもしれない。従承志の名誉のためにも、しっかりと調べてあげて。とにかく、私は滬西まで行ってくる。皆にも注意するように伝えておいて」

滬西の憲兵隊連絡所は、出頭した鄭蘋茹を穏やかに迎え入れた。

鄭蘋茹に対して暴力もふるわず、知っている事柄をすべて話すようにと命じただけだった。尋問を受けたあと、鄭蘋茹は監獄ではなく、特別犯を収容する邸宅へ移された。ここでの暮らしは軟禁程度で、比較的自由が許される楽な生活だった。

なんとか一段落ついたようだ。

想像していた通りの展開に、鄭蘋茹はほっと胸をなでおろした。

しかし、彼女があずかり知らぬところで、物事は悪い方向へ転がり始めていたのである。

憲兵隊に所属している藤野少佐は、当然ながら、特高課長の林《はやし》秀澄《ひですみ》少佐とつながりを持っていた。藤野は鄭蘋茹から電話をもらった時点で、すぐに林課長へ報告を入れた。憲兵隊員としては当然の情報共有だ。

林は、かつて小野寺工作において、鄭蘋茹が偽の戴笠《ダイリー》を小野寺信に紹介した事件を扱った人物である。当時中佐だった小野寺とその部下の前で、本人と偽者を写真で比べさせ、鄭蘋茹は嘘をついていると指摘した。「この女は国民党のスパイですよ。和平工作に協力するふりをして、あなた方を騙したのです」

小野寺は帰国までに、鄭蘋茹を問い質《ただ》したかったはずだ。林課長の指摘は本当なのか、もしやあなたも誰かに謀《はか》られ、偽者と知らずに紹介してしまったのではないか、等々。

だが、真相を何も得られぬまま、小野寺は日本へ帰っていった。当時大佐だった影佐禎昭《かげさささだあき》の暗躍で参謀本部ロシア課が手がけていた日中和平工作は打ち切られ、小野寺は上海から離れたのだ。

小野寺との関係解消によって、鄭蘋茹は和平工作から退き、国民党からの指示で情報収集に専念するようになった。丁默邨に接近したのも任務のひとつである。

林課長にとって、鄭蘋茹は悪質な女スパイという認識だった。

藤野少佐から「鄭蘋茹が接触してきた」と連絡を受けると、すぐさま林課長は「うまく誘導して手中に収めてくれ」と頼んだ。

藤野は帝国軍人らしい正直さで、なんの良心の呵責《かしやく》も覚えず指示に従った。

いくら親しい間柄にあるとはいえ、皇国に仇《あだ》なす人間に情けをかけてやる必要はない。抗日勢力を徹底的に調べあげ、それを潰すのが滬西憲兵隊の任務だ。藤野はそれを真面目に果たしただけである。鄭蘋茹の予断は甘すぎた。この時代、日本人は個人としての価値観よりも組織を重視しており、組織からの命令は絶対だった。ましてや軍隊は、その典型的な集団なのだ。

いっぽう、日本軍の他の関係者は、今回の事件をめぐって、鄭蘋茹の扱いに困り果てていた。

暗殺計画に関与したとはいえ、彼女が直接手を下したわけではない。これまで日本軍に協力してくれた女性でもある。悪感情を持っている者はおらず、日本人の血が半分流れているという出自もあって、彼女に対しては同情的な声すらあがった。

そして何よりも、丁默邨《ディンモーツン》自身が、いまでも鄭蘋茹に未練たらたらであった。

これは何かの間違いだ、よく言って聞かせれば、彼女はこれまで通り忠実な女でいてくれるはず——という思いを捨てようとしなかった。

藤野少佐も、わざわざ鄭蘋茹の父、鄭鉞《テンユエ》に連絡を入れ、「あなたが汪兆銘政権の擁立に賛成してくれるなら、それを条件にご令嬢を解放できると思います。なんとか考えて頂けませんか」と伝えるほどだった。

鄭鉞の心は大きく揺れたが、蘋茹本人からの連絡ではなかったため、「これは日本軍の策略ではないだろうか」「娘はどこかに逃げおおせて無事なのではないか」と想像して、藤野からの申し出に応えなかった。のちに鄭鉞は、この判断を心底悔やむこととなる。

皆が鄭蘋茹の処分に迷っている間、林課長だけは粛々《しゅくしゅく》と仕事を進めていた。

まず、丁默邨にこれまでの事情をこと細かく問い質した。鄭蘋茹とは何を話したのか、何回ぐらい会ったのかと訊ねると、丁默邨は渋々「個人として語り合っただけだ」「五回程度だ」と答えた。

これは、とんでもない大嘘だった。実際には、丁默邨と鄭蘋茹との逢い引きは、軽く五十回を超えていた。

鄭蘋茹は、学生時代には雑誌のグラビアページに写真が載り、一時期は、上海でラジオのアナウンサーも務めていた女性である。歳はまだ二十代の半ば。多くの日本人将校と交流しており、76号の幹部である丁默邨にとっては、最高に身元を保証された女性だった。今回の一件は何かの間違いだ、きっと複雑な事情が、と言い張って引き下がらなかった。

これまで鄭蘋茹は、積極的に丁默邨の誘いに応じてきた。あらゆる形で彼を喜ばせた。冷酷に暗殺計画を練り、命がけで国民党と闘っている男にとって、荒《すさ》んだ日常を忘れられる時間は貴重だ。鄭蘋茹が暴力だと感じていたものを、丁默邨は深い情愛だと本気で信じていた。すべてが己に対する暗殺計画への布石だったことを、丁默邨はなかなか認めようとしなかった。

認めれば、恥さらし以外の何ものでもない。

女にのろけて殺されかけた76号の幹部など、日本人からも中国人からも嘲笑される。暗殺未遂事件は、76号への信用を失墜させる大問題だった。

76号に所属する人間は、将来、汪兆銘政権下で重要な地位に就《つ》く予定だ。これを約束されていたからこそ、丁默邨は徹底的に蔣派と対立し、同胞である中国人を暗殺する仕事も厭《いと》わなかったのだ。ここまで積み重ねてきた実績が潰《つい》えるのは、どうにも我慢がならなかった。

林課長から質問されるたびに、丁默邨は言葉を濁し、のらりくらりと逃げようとした。が、特高課長の林に、そんな姑息《こそく》な手段は通用しない。林の理路整然とした言葉や鋭い追及にさらされているうちに、丁默邨はとうとう逃げ道を失った。自分の失態を認め、鄭蘋茹の処分を日本軍に一任すると言った。

最終的に林課長は、「鄭蘋茹を解放することはできない」という結論に達し、彼女の処刑を決断した。

丁默邨は肩を落とし、震える声で「やむをえん」と答えた。

処刑の立会人を求めて、林課長はあちこちに声をかけた。が、どこの部署の将校も尻込みした。なんだかんだと理由をつけて断ってしまう。

藤野少佐までもが強い抵抗を見せた。林が「君にお願いしたい」と頼むと、それまでとはうって変わった態度で、藤野は断固としてこれを拒んだ。

「それはあんまりですよ、林さん。私は彼女に対して出頭するように勧めたし、父親に連絡まで入れたのです。その私に処刑に立ち会えとは、いくらなんでも酷すぎる。勘弁して下さい」

そこで林は、やむなく自分を立会人とし、丁默邨の行動大隊で働いていた中国人、林之《リンジー》江《ジアン》隊長に処刑役を命じた。

林之江は、もとは鄭蘋茹と同じく国民党側にいた人物である。が、のちに転向して、76号の仕事を手伝っていた。

日本人である「林《はやし》」と、中国人である「林《リン》」が、日本人と中国人の血を半分ずつひく女を処刑する――。偶然とはいえ、なんとも奇妙な巡り合わせだった。

本来ならば、処刑は丁默邨自身が行うべきであった。

組織人としてのけじめをつけさせるためには必然の行為だ。しかし、丁默邨に任せれば、彼は密かに鄭蘋茹を逃がしてしまうだろうと林課長は考えた。丁默邨の態度や物言いには、未だにそんな執着が滲み出ているのだ。

こいつはどこまでもふがいないと呆れたものの、これが女に骨抜きにされることかという納得感もあった。ただ、その種の人間臭さは、林課長にとっては冷笑の対象でしかなかった。

二月中旬、林之江隊長は軟禁先の邸宅を訪れ、鄭蘋茹にこう言った。「こんなところに閉じ込められて、さぞ退屈な毎日だったろう。今日は気分転換に街へ連れていってあげよう。映画でも観るといい」

軟禁は一ヶ月半に及んでおり、鄭蘋茹は、これを解放の前触れと受け取った。上機嫌でうなずくと真っ赤なセーターに着替え、ペンダントをつけて革のコートに腕を通した。

林之江と同乗した車には兵士もふたり乗り込んだ。警備の者だろうと思い、鄭蘋茹は気にしなかった。うきうきした気分で車窓の外を眺めていたが、車が映画館のある租界の中心部で停まらず、さらに南下していることに気づくと顔色を変えた。

「どこへ行くんですか、林隊長」

林之江は答えない。

鄭蘋茹は金切り声をあげた。「車を停めて。ここで降ります」

「だめだよ鄭さん。あなたを待っている人がいるんだから」

「どこで、誰が」

「徐家匯《シージアフイ》の駅の近く。誰が来るのかは言えない」

「そんな野原に映画館なんて一軒もない」

「私は、ただ連れていくようにと命じられただけだ」

「お願い、林隊長。助けてくれたらお礼をする。私を助けたら、きっと、丁默邨先生がものすごく感謝するはずよ。お金もたくさんくれるでしょう」

「金はいらない。じゅうぶんに持っている」

「同じ中国人同士でしょう。見逃して」

「あんたがそういう言い方をするとはな」林之江は嘲るような笑みを口許に浮かべた。「中国人に中国人を殺させようとしたのはあんただろう。いまさら何を言ってるんだ」

鄭蘋茹はすべてを悟った。だが、命乞いをやめようとはしなかった。なんとしてでも、この場を切り抜けねばならない。私はりっぱな中国人として、中国のために働き続けるのだから。誰もが私を完璧な中国人として認めるようになる日まで。それまでは絶対に死ねない。

鄭蘋茹は、わざと激しく泣き叫んでみせた。このような演技は慣れている。丁黙邨に対しても散々やってきたのだ。「ひどいことをするのはやめて。私はただの平凡な女、丁先生と仲よくしていただけよ」

林之江は微塵《みじん》も眉を動かさなかった。そもそも彼自身が転向者だったので、口八丁手八丁で難関を切り抜ける術《すべ》はよく心得ていた。他人が同じように企《たくら》めば、すぐにその匂いに気づいてしまう。鄭蘋茹がどれほど強く訴えようとも応じなかった。

憲兵隊の林課長は、別の車で、先に徐家匯郊外の原野まで来ていた。

処刑に選ばれた場所は寒さで草木も枯れ果てていた。ここからまっすぐに南下すると、上海事変のときに戦場となった龍華《ロンホワ》へと至る。そこには、戦死者の遺体がまだ放置されたままという、すさまじい光景が広がっている。文化爛熟《らんじゅく》する都市の南に、無数の亡骸《なきがら》が野ざらしになっているのがいまの上海だ。

やがて、鄭蘋茹を乗せた車が林課長のもとへ到着した。兵士に両脇を支えられて歩き出した鄭蘋茹は、逃げる気配も見せず、力なく引き立てられてきた。コートの胸元からのぞく真紅のセーターが目に眩《まぶ》しい。足元のおぼつかなさに、金色の靴の高い踵がいまにも折れそうだ。

血の気を失った顔つきでありながら、両眼が放つ輝きは、その場にいる全員を射殺《いころ》しそうだった。

林課長は思わず目を見張った。美しい。鄭蘋茹に対して初めてそう思った。そう感じてしまった自分自身にも軽く驚いた。追い詰められた獣のくせに、この女は、満開の蘭の花にも似た甘い香りを発している。自身の美貌を超えた、神々しい何かを獲得してしまったように見える。

だが、それを破壊するのが自分の仕事だ。

処刑場には、既に、人間ひとりを埋められる大きさの穴が掘られていた。

林之江は鄭蘋茹に対して、それをのぞき込むような格好で両膝《りょうひざ》をつけと命じた。

処刑の告知文が読みあげられた。私刑や暗殺を行うわけではないので、こんな場合でも正式な手順を踏まねばならない。

鄭蘋茹の両肩は微かに震えていた。人を殺す言葉、権力によって他者から命を奪う言葉に、いったい、どれほどの意味と価値があるのかと嗤《わら》うように。

「最後に何か言い残したいことは」と林之江が声をかけた。

鄭蘋茹は正面を向いたまま毅然とした口調で言った。「私は中国人として、そんなに悪いことをしたのかしら。あなたはどうなの、林隊長」

——私を裏切り者と呼ぶならば、あなただってそうだ。あなたは本当に中国のために闘っているのか。自分が楽なほうについただけではないのか。

それから鄭蘋茹は「顔は傷つけないで」と続け、眼前の墓穴から目をそらし、少しだけ顎を持ちあげて空を見つめた。

郊外まで出ても上海の冬の空は灰色に霞《かす》んでいた。そこに彼女が思い浮かべたのは、共に生きた仲間たちの青白い表情だった。

そこに、美髪店で再会したときの倉地スミの張りつめた表情が重なった。

スミさんと私は似ているようで違う。双方、怒りと悲しみを胸に刻んでいるが、私は人を欺《あざむ》くために笑顔を作り、彼女は心に鎧《よろい》の強さと冷たさをまとったのだ。どちらも本人が選んだ在り方ではない。本当は、かけらほども必要のない選択だ。

だから、図らずも身につけてしまった強さを、スミさんが脱ぎ捨てられる日が早く来てほしい。誰もが本当の貌《かお》を取り戻せる日が――。

直後、鄭蘋茹は、灼けた鉄棒を頭の後ろから打ち込まれたような衝撃にみまわれた。

間近で聞いた銃声の残響が薄れていく。

穴の中へどっと倒れ込み、そのときにはもう息絶えていた。

足が穴の縁にひっかかったので、遺体は底まで落ちきらなかった。兵士が彼女の体をつかんで穴の底へ引き摺《ず》りおろし、シャベルを手にとって遺体に土をかぶせていった。

とりたてて珍しくもない、寂しい埋葬。

満州事変以降、大陸で無数に繰り返されてきた弔いが、ひとつ増えただけだった。

鄭蘋茹の死から約二ヶ月後、一九四〇年三月三十日に、南京で汪兆銘政権が発足したとき――。

丁黙邨はその政権内で、中央政治委員会委員、軍事委員会委員、行政院社会部部長を任命された。

ジェスフィールド76号は特工総部という名称で正式発足し、引き続き、汪兆銘政権を支える役割を与えられた。丁黙邨は、組織からは、とっくの昔に放り出されていた。

彼の心は、いつまでも晴れなかった。

満たされない穴があいたままだった。虚《むな》しい風が洞の中を吹き抜けていく。洞に響く音が身に沁みる。

せっかく得た地位を楽しめなかった。

体を半分、棺桶《かんおけ》に沈めている気分だった。

そんなふうに鬱々《うつうつ》と日々を過ごしていた彼のもとへ、ある日、密かに接触してきた者がいた。

その男は、かつてシベリア毛皮店の前で彼の命を狙った工作員のひとり、稽希宗《ジーシーゾン》という人物だった。

稽希宗の新たな目的は暗殺ではなかった。

丁默邨に向かって、「鄭蘋茹の処刑を決めた日本軍に逆らってみないか」「汪兆銘政権を裏切って国民党の側につかないか」ともちかけたのである。これは稽希宗個人の頼みではなく、国民党からの誘いだった。

丁默邨は少し考え込んだのち、これに応じた。

いくら高い地位を得られても、組織の中では未だに、「女にうつつを抜かした愚か者」と見なされている。しばしば陰口も耳にする。

このまま、馬鹿にされているつもりはなかった。

そんな彼らを嗤う側に回れるなら、なんでもやってみせようじゃないか。

南京と上海を往復しながら、丁默邨は国民党に利益を与える行動を取り始めた。逮捕された蔣派の工作員を解放し、上海にある通信施設を稽希宗に貸し出した。

丁默邨の口利きで助けられた者は膨大な数にのぼった。彼は慎重に行動したので、戦時中は南京政府からなんの罪にも問われなかった。

一九四五年に日本が敗戦すると、この状況が一変した。

丁默邨は汪兆銘政権に協力していた罪で裁判にかけられ、死刑の判決が下った。漢奸罪《かんかんざい》である。

戦時中、蔣介石側に寝返って国民党の工作員を助けてきた行為は、何ひとつ評価されなかった。蒋派から汪派へ、汪派から蒋派へと転向を繰り返した丁默邨を、国民党は信用せずに切り捨てたのである。

処刑は公開で行われることになった。

大勢の民衆が見守る中、刑場へ歩み出た丁默邨は、後方から一度だけ呼びとめられ、足を止めた。

好奇に満ちた眼差しでこちらを見つめる群衆を眺めながら、ここは穴の底だなと丁默邨は思った。己自身の手で大勢の人間を突き落としてきた穴の底に、いま自分も立ったのだ。

蠢《うごめ》く群衆の黒い頭が、壁一面に描かれた文字に見えた。動物の死体にたかる蟻《あり》のようでもある。

大勢の記者がカメラをこちらへ向けていた。処刑の瞬間を撮ろうと待ち構えている。

おぞましくも逞《たくま》しい人間の本性を目の当たりにして、丁默邨は少しだけほっとする。あいつらはおれと同じだ。いずれは彼らもこの場所に立つだろう。その日が楽しみだ。

後悔も反省も丁默邨の心にはなかった。

ただ、死刑を理不尽だと感じていた。遺《のこ》していく家族のことが気がかりだった。政府は支援すると約束してくれたが、漢奸の家族と呼ばれながら生きるのだ。どんなつらさが待っているのか、想像するだけで泣けてくる。世間の無情に鳥肌が立つ。

丁默邨は唇を噛みしめ、歯を食いしばった。

おれよりも酷いことをした奴は大勢いる。そいつらよりも先に逝《い》くなんて、悔しくて悔しくてたまらない。せめて、そいつらの処刑を見てから死にたかった。

直後、丁黙邨の頭部に弾丸が撃ち込まれた。

監獄暮らしで痩せ衰えた体は前方へつんのめり、どうっと地面に倒れ伏した。カメラのフラッシュがせわしく閃《ひらめ》いた。溢れる血が地面に吸い込まれていく。丁黙邨は、そのまま二度と起きあがらなかった。

処刑のあと曇天から雨粒が落ち始め、すぐに豪雨に変わった。稲妻が走り、眩《まばゆ》く躍り狂う。帰宅途上の見物人は、雨宿りの場所を求めて右往左往した。たびたび空を引き裂く光は、何かが大きく口をあけて、丁黙邨の死を嗤っているかのようでもあった。

死の瞬間、丁黙邨がもう一度だけ、鄭蘋茹の美貌と肌のぬくもりを思い出したかどうか、それは誰にもわからない。

第四章　ミッション（一）

1

一九四〇年一月初旬、ピアース公使との二回目の合議が迫った頃、スミたちはフランス租界の事務所に集まった。

前月のクリスマス直前、76号の幹部、丁黙邨《ディンモーツン》が静安寺路《バブリング・ウエル・ロード》で銃撃される事件が起き、その話はスミたちにも届いていた。本人は無事であったが、蒋《しょう》派の刺客による犯行で、事件には鄭蘋茹《テンピンルー》も関与していたという。鄭蘋茹は滬西《こせい》憲兵隊から事情聴取を受け、その後は、特別犯を収容する邸宅に軟禁されていた。

いっぽう事件の直後、かつて鄭蘋茹の行動を補佐していた従承志《ツオンチヤンジー》が、家族ごと何者かに殺害されていた。あまりの事態に、費春玲《フェイチユンリン》は、しばらく和平工作を休ませてほしいと申し出たほどだった。

費春玲の内面を想うと誰も何も言えず、黒月も「彼女には、気持ちを落ち着かせる時間が必要だ」と休養を認め、残った人員だけで仕事を進めていった。

鄭蘋茹から託された手紙についての指示を、支那派遣軍参謀部は、スミたちにまだ伝えてこない。このままだと、蔣介石《しょうかいせき》とソ連との密約に関わる情報なしで、二回目の合議にのぞむことになる。

それはあまりにも危険だと、森塚は黒月を批判した。「あの手紙の内容が本当なら、アメリカを満州の石油開発に誘っても意味がありません。むしろ危険度が増します。満州経由で、ソ連への輸送ルートを開いてやるようなものです。一度道がついたら、後々までこれを利用されてしまう」

黒月は応えた。「しかし、いまさらアメリカにどう断りを入れますか。理由もなく話し合いの内容は変えられない」

「関東軍から横槍《よこやり》が入ったとか、いくらでも言い逃れられるでしょう。彼らの強引さはアメリカもよく知っています」

「そんなことをしたらこちらが信用を失う」

「石油を交渉に持ち出す発想自体がそもそも間違いです。いまからでも遅くありません。方向転換しましょう」

「ピアース公使はかなり乗り気です。石油の線で押していけばアメリカは物の見方を変える。

いいですか。アメリカは自身が石油の輸出国です。満州の石油を押さえなくても、当面は国内の消費には困らない。勿論、将来的には足りなくなるので、積極的に国外に資源を求めるでしょうがね。では、なぜ、いまこの話に乗ってくるのか？　答えはひとつ。満州から日本に運ばれる石油の量を把握し、制御下に置くためです。アメリカは石油欲しさに動くのではない。日本の行動を監視するために、満州での採掘権を欲しがる」

その思惑を逆手にとって、最先端の採掘と精製の技術を頂こう――というのが黒月の作戦だ。技術さえ獲得できれば、将来、日米関係が壊れたとしても困らない。

確かに、アメリカの心をつかめば、蔣介石へとつながるルートの確保は早いだろう。だが、眼前にちらつかせる餌が満州の石油というのは、なんとも危うい話だ。

黒月は続けた。「今回、新たに合議に加わって頂く方々も、もう上海に到着しています。予定は変えられません。このまま進めましょう」

「銀行関係の人脈はどうしますか。『上海婦女《シャンハイフーニー》』の呉思涵《ウースーハン》さんを通して、四明《スーミン》銀行の役員と話がつきそうなんですが」

「そちらは別筋で出番があります。もう少し待って下さい」

打ち合わせが終わると、黒月は「ではまた」と言って席を立ち、すぐに部屋から出ていった。別の仕事へ向かうのだという。

ぐったりとした一同の中から、周治だけが立ちあがって黒月のあとを追った。事務所の外には量産型のフォードが停車していた。ただの自家用車に見えるが、防弾ガラスと装甲で守られている黒月の専用車輛である。

周治は「マンションまで同乗しましょうか」と訊ねた。「丁黙邨が狙われたとなると、我々もどんな形で襲われるかわかりません」

「いや、構わん」と黒月は応えた。「一緒に乗っていると君までやられる」

「仕事ですから」

「それよりも森塚先生をなだめてあげてくれ。ずいぶん無理をさせているから」

「承知しました。しかし、本当にいまの方針でいいのですか。皆、不満を溜めこんでいますよ」

「現場を主導するのは私だ。反対意見は聴くが、最終的な決定は私に委ねられている。それを忘れるな」

黒月は車に乗り込み、扉を閉める前に言った。「君と倉地さんには別件で頼みたいことがある。近々、ブロードウェイ・マンションまで来てもらうから待機しておいてくれ。あらためて連絡を入れる」

「何を考えているんだ、黒月さんは」森塚は部屋に残された皆の前で机をひっぱたいた。

「これじゃあ、まとまる話もまとまらなくなる。せっかく中国側の人脈を確保しても、あの人の独断で停滞させられたんじゃたまらない」
双見が途方に暮れた顔つきで様子をうかがう。「所詮《しょせん》、僕らは参謀部のお手伝いですから
ねえ」
「我々は、ただの使い走りじゃない」
「それはわかりますが、やはり、石油開発の話には桁外れの突破力があります。あれが通る
なら、積極的に押していくべきじゃないですかね」
不穏な空気を察してスミはさっと立ちあがり、ふたりに言った。「皆さん、お疲れになっ
たでしょう。お茶でも淹《い》れます。先生の茶器、使わせて頂いてもよろしいでしょうか」
「――ああ、それなら私がやろう」冷静さを取り戻したのか、森塚の口調が少し和《やわ》らいだ。
「あれは私が趣味で置いているものだから、スミさんの手を煩わせちゃ申し訳ない」
「先生ほど上手ではないけれど、私も中国茶の淹れ方はわかります。たまには、他人に任せ
るのも、いいんじゃありませんか」
「悪いね」
「遠慮なさらずに」
気を荒《すさ》ませた男たちばかりの事務所は、なんだか暗くて物寂しい。こういうときには美味
しいお茶を飲み、甘いものでもつまむのが一番だ。
石炭ストーブの天板の上で湯気を吐いている薬罐《やかん》を持ちあげると、スミはそれを流し台ま

で運んだ。傍《かたわ》らに置かれた鍋敷きに載せる。専用の茶器を盆に並べていった。丸みを帯びた茶壺《ちゃつぼ》に触れると心が癒された。森塚は趣味がいい。高価な茶器ではないが、いくら眺めても飽きない愛らしい品を選んでいる。

森塚が茶を淹れる仕草はどこか化学実験じみているが、葉の選び方や質に拘《こだわ》るので、飲ませてもらうと本当に美味しい。森塚のようにはうまく淹れられないだろうが、同じ葉で味が異なるのもまた一興だ。

茶器に湯を注いで温め、茶壺の中で一煎目《いっせんめ》が抽出されるのを待った。

その間に、黒月を見送った周治が部屋へ戻ってきた。室内の沈んだ空気を察すると、からりと明るい口調で「お茶を飲むならいいものがありますよ」と言って、棚から大皿と広口瓶《ひろくちびん》を何本か取り出した。

卓に皿を置き、広口瓶の中身を次々とあけていく。干し棗《なつめ》、干し葡萄、さんざしの実の飴がけ。

さんざしの実を一粒つまんだ森塚が、「これ、氷糖葫芦《ビンタンフールー》だろう。わざわざ串から外したのかい」と周治に訊ねた。

「これは屋台で買ったんじゃなくて、自分で飴がけしたものです。砂糖水を煮詰めればすぐに作れますので」

「君はお菓子作りも勉強していたのか」

「料理のあとには甘いものを出しますのでね。味付けを工夫したくて、肉桂《ニッキ》を浸した水と砂糖で飴を作ってみました。如何《いかが》ですか」

森塚は一粒口に入れて嚙み砕くと、「おっ」と言って目尻に皺《しわ》を寄せた。「さんざしの酸っぱさと、ニッキの甘い香りがよく合うね。美味《うま》いよ」

「さんざしやニッキには、胃の調子を整える作用があるそうです。神経を使う仕事をしているときには効くんじゃないでしょうか」

双見も一粒つまみ「ほんとだ」と目を見張った。「おまえ、警護の仕事なんかやめて、やっぱり料理人に戻れよ。そのほうがずっといいよ」

「料理ならいまでも作ってる。こっちの仕事のせいで常勤は無理になったが、いまでも研究所の厨房《ちゆうぼう》に在籍しているぞ」

「じゃあ、次は本格的な夕食を頼むよ。打ち合わせすると腹が減るんだ」

「考えておこう」

スミは茶壺から茶海《ちやかい》に茶をすべて移し、茶海から茶杯《ちやはい》へ注いでいった。小さな茶杯でまず一煎目を楽しみ、以後は、葉が完全に開くまで何度も抽出するのが中国流だ。

茶杯を皆の前へ置きながらスミは森塚に訊ねた。「先生も、黒月さんのやり方をおかしいと思われますか」

「倉地さんも気になっていた？」

「はい。ただ、私は外交については素人ですから、あまり口を出すのもどうかと」

「言ったほうがいいんじゃないかな」

「黒月さんを相手に議論で勝てるのは森塚先生だけです」

「あの人は、どうも和平工作に関心が薄いんじゃないかな」ふうっと溜め息を洩らした。「中国との和平をあきらめているのかな。外務省の動きはよくご存じだろうし、日本がドイツに傾いていることも、黒月さんは誰よりもわかっているはずだ。現状はもっと悪いんだ。先送りになったものの、日独同盟の話は政府内で俎上《そじょう》にあがっているんだからね」

「戦争はごめんです。上海事変だけでも大変だったのに」

周治が横から割り込んだ。「交渉自体については黒月さんにお任せしておきましょう。あれだけの発想をする人が何も考えていないとは思えません。わかったうえで、この方法で行くと決めたんでしょう」

森塚は苦笑した。「極端に頭が切れる人の中には、びっくりするほど専門外の機微に疎い人がいるよ」

「それは森塚先生の実体験からですか」

「まあね」

「黒月さんは信用に値する人物だと思います。いまのところは」

「根拠は？」

「できない仕事を押しつけられたことがないので。だめな上長《じょうちょう》は、最初から無茶を言って圧迫してくる。でも、黒月さんにはそのような部分がありません。それよりも、森塚先生があれだけ厳しく仰るのは珍しいですね。何かあったんですか」

　森塚は微かに眉根を寄せた。「実は、上から帰国を迫られてね」

「えっ」

「うちの研究所は、新城《しんじょう》先生が亡くなったあと次の所長がまだ決まっていない。興亜院《こうあいん》のお役人が代行している。ああいう出自の人は研究所員とは考えが合わない。先方の言い分によると、私は中国社会に関わりすぎているそうだ。もう少し付き合いを控えるか、あるいは内地で理学系の人材を欲しがっているところへ移ってはどうかと」

「和平工作をやめろってことですか」

「そこまで気づかれているかどうかはわからん。うちの研究所には別筋で和平工作に手を出してる者がいて、静安寺《せいあんじ》の近くで顔を合わせたときに、いろいろと忠告された。対処を間違えると経歴に傷がつく、あるいは召集されて戦地へ送られるだろうと」

「では、森塚さんも、しばらく活動停止ですか」

「休んでいる暇などない。私が抜けると四川省との人脈が切れてしまう。それもあって、黒月さんには妙な回り道をしてほしくないんだが」

「黒月さんは、いやにアメリカとの関係に力を入れますね」

「大陸での権益をめぐって、日本と欧州の仲がよくないのは事実だ。アメリカまで敵に回したくないのはわかる。外交官としては一番気がかりな点だろう。ただ、汪兆銘政権の発足が迫っているから、この時期を過ぎると蔣介石との交渉は難しくなる。重慶政府との関係は、南京《ナンキン》政府が立つまでに強化しておかないと」

双見が言った。「黒月さんには、もう少し中国の方とも面会してもらいたいですね。僕のほうで少したぐってみましょうか。わが社には、和平工作に関わってきた者が他にもいますので」

「よろしく頼むよ。双見さんなら安心して任せられる」

「わかりました。じゃあ、近々、場を設けましょう」

ピアース公使との二回目の合議は、共同租界にある日本総領事館の一室で始まった。重《じゅう》光堂《こうどう》よりも遥《はる》かに襲撃しにくい場所である。

今回の合議には、新たに、ふたりの参加者が加わった。

ひとりは森塚が連れてきた、国立四川大学の蔡連《ツァイリエン》教授。面長な顔だちに理知的な雰囲気を漂わせ、必要な事柄だけを整然と喋るところは森塚とよく似ていた。専門は地質学だ。森塚は四川大学に何人も知り合いがいて、最も親しいのは自分と専門を同じくする生物学者である。が、和平交渉に石油開発の話が絡んできたため、今回は、採掘に詳しい地質学者に協力を頼んだ。

日本軍との衝突が始まって以来、四川大学には優秀な中国の学者たちが集結している。重慶に隣接する四川省は数年前から蔣介石による社会改革の対象となっており、当然、そこには学問や教育の分野も含まれていた。

森塚が注目したのは、かつて彼自身が生物学の野外調査で四川省を訪れた際に培った、この地での人脈だった。ひとつは大学関係者であり、もうひとつは現地の官吏である。いずれも外交チャンネルたり得るので、和平交渉では接触がある。

残るひとりの参加者は黒月書記官が連れてきた。満州で国産および大陸産煙草販売を手がける会社の経営者、華田《はなだ》一蔵《いちぞう》社長であった。華田は高齢で、健康上の理由から自分の会社を継ぐ者を探していた。実子は商才がないため、自分の引退後は共に働いてきた幹部にいったんあずけたのち、彼らが引退するときに会社を処分する予定をたてていた。

——華田商会を継ぐ者を探していた。

大陸における英米と日華の熾烈《しれつ》な煙草販売競争は満州においても例外ではない。気の抜けた経営をすれば、華田商会は確実に潰れるだろう。ならば、早々と売却先を見つけたいという結論になったらしい。売却先は日本でも欧米でも構わないと華田社長は言った。金払いのよさでは欧米企業のほうが勝る。拘りなく打診してほしいと黒月に伝えてきた。

今回の合議では、前半と後半で日本側の新規参加者が入れ替わり、このふたつの件について話し合う予定だ。

前回と違って、今回は、スミと森塚が通訳者として頻繁に介入する。

蔡教授につくのは森塚である。蔡教授も英語はできるが、和平交渉の場に立ち会うのは初めてだ。森塚が言葉を補いながら、ピアース公使に説明する形をとる。うっかりした発言で誤解を生まないように、交渉慣れしている森塚が、中国語から英語へと慎重に言葉を置き換えていく。理学の専門用語が出たときにうまく通訳できるのも森塚ならではの利点だ。

スミは華田社長につく。華田社長は北京語を多少操れるものの、専門用語は経済関連しか知らない。英語は日常会話程度。こみいった交渉になると日本語しか喋れない。普段は女性秘書が同行して通訳をこなしているが、彼女もまた外交交渉の経験はない。今回は秘書業務だけを担ってもらい、通訳はスミが引き受ける。

スミと森塚は、ふたりそろって合議の部屋に入った。ふたりで一緒に席につけば、あとで、合議の内容を報告し合う手間が省ける。

華田社長と秘書は、いまは別室で待機。

まず、蔡教授を加えた合議から始まった。

ピアース公使の質問に答える形で、蔡教授は、蔣介石の立場の難しさについて語った。適当な長さで言葉を切り、森塚に英語への通訳を委ねる。通訳を挟む対談に慣れているのか、短めに、ゆっくりと話し、通訳者に楽なペースを保っていた。ピアース公使と彼が連れてきた通訳者は、卓に身を乗り出し、森塚が通訳する英語にじっと耳を傾けた。

蔡教授によれば、重慶政府の内部は一枚岩ではなく複数の派閥があるのだという。したがって、大きな問題が起きると派閥ごとに違う意見が噴出し、放置しておくと収拾がつかなくなる。下手を打つと政府が分裂しかねないので、蔣介石はこれを束ねる方法に頭を悩ませているらしい。

政府が彼ひとりの独裁であったら、これほどの苦労はしていないだろうと、蔡教授は言った。

汪兆銘が重慶政府から抜けたといっても、反蔣勢力のすべてが南京に移ったわけではない。それは和平派のみだ。それ以外の派閥は、蔣介石の失墜を虎視眈々《こしたんたん》と狙っている。だから蔣介石はいっときも油断ができない。この調整に時間がかかるため、日中間の約束が、しばしば延期されたり反故《ほご》になったりするらしい。

中国側の政治の複雑さは日本側からはよく見えないので、帝国陸軍としては「いつまで返事を待たせる気だ」「こちらがこれだけ配慮しているのに、どうして中国人は約束を守らないのか」と苛立ってしまうのだが、必ずしも背景に謀略があるわけではない。

蔡教授はおもむろに続けた。「蔣介石委員長は、日本側との和平交渉を、まったく価値なしと切り捨てているのではありません。しかし、日本側の不誠実さも知っているので、簡単には同意できないと考えています。トラウトマン工作中止の際に近衛《このえ》元首相が『国民政府を対手《あいて》とせず』と声明を出したことも、蔣介石委員長は未だに怒っています。日本には正式に謝罪してほしいと願っている。まず、この件に応じて頂けるなら、和平交渉にも乗るでしょう」

ピアース公使は黒月に訊ねた。「日本政府には、近衛声明を取り消すつもりはあるのか」

森塚は蔡教授をちらりと見た。教授は軽くうなずいた。これぐらいの英語なら聴き取れるという意味の返事だ。わからないときには森塚の腕をつついて、中国語に通訳させる予定になっている。

黒月も英語で応えた。「この点については日本政府も反省していますから、強く要請すれば応じるでしょう」

「石油開発は日米のみで行って構わないのか。あるいは中国も参入させるのか」

「それは、蔣介石が満州を国家として承認するかどうかにかかっています」

「承認されなかった場合には」

「日米のみでの開発となります」

「欧米は満州国を国家として認めていない。中国も認めるとは思えないが」

「一九三八年の重光堂会談において、日中双方の意見は出尽くしています。中国は満州国を承認していないものの、社会的な混乱を避けるため、いまの段階では保留としたい立場です。ここは大陸側でも意見が分かれる点ですが、無理に完璧な合意を得ようとすると、和平交渉そのものが破綻しますので」

満州の石油で、アメリカだけでなく蔣介石までをも釣ろうというのが黒月の作戦だ。アメリカによる支援で日本と本格的な戦争に突入するほうが得か、日本と和平を結んで石油開発に乗り出すほうが得か。蔣介石が後者に乗ってくれれば和平は確定する。

「中国の石油開発技術はどれほどか」

「日本と変わらないでしょう。アメリカの協力は欠かせません」

「蔡《ツァイ》教授にお訊ねしたい。あなたは蔣介石委員長と直接お話ができる立場か、あるいは、間に誰かを入れる形になるのか」

蔡教授は答えた。「私自身が委員長にお目にかかる機会は、めったにありません。が、私の兄は重慶で政務に就いています。中央党部秘書長に接触できる立場です」

黒月が付け加えた。「蔣介石は、日中和平交渉を、自分を下野させるための日本軍の謀略ではないかと疑っています。その疑いを解きほぐすには、複数のルートから信用に値する情報を提示し、安心して講和の場に赴《おもむ》いてもらう必要があります。その一端を公使にお願いしたいのです」

ピアース公使はうなずいた。「私自身は、アメリカ陸軍航空隊経由で、蔣介石への接触を確保できる。蔡教授のルートは君たちが使ってはどうか」

「はい。教授を経由して密書を届ける予定を立てています。秘書長を通してそれが蔣介石まで渡れば成功です。次の合議で、その内容を確認し合いたいと考えています」

蔡教授を交えた話し合いが一段落つくと、教授には退室してもらい、華田商会の社長に入ってもらった。

通訳の担当も、森塚からスミに切り替わる。

華田社長とピアース公使との対話は、社長による華田商会の説明から始まった。社長は英語が苦手なので、日本語での発言をスミが通訳する形となる。

合議前の打ち合わせで、スミは華田社長に、なるべく話を短くまとめるように頼んでおいた。が、語学があまり得意ではない人間は、いったん喋り出すと、どうしても話が脱線し、長くなりがちだ。華田社長も例外ではなかった。

会社の概要は、あらかじめ英訳してアメリカ側へ提出してある。社長自身がその部分に言及する必要はないのだが、自分の会社の沿革だから、つい熱を込めて話したくなるのだろう。

話の腰を折るわけにもいかないので、スミは華田社長の発言が終わるのを辛抱強く待った。社長の話は、満州へ来て煙草販売を始めた頃の苦労、業績を伸ばしていった過程での出来事、社員や工場の質が如何《いか》によいかという話など多岐にわたり、本人は簡潔にまとめているつもりらしいのだが、これを逐一英訳していると、いくら時間があっても足りない。

長い前置きが一段落つくと、スミは、まずピアース公使に向かって英語で「いまの話は、お手元の資料に概要がございます。それを参考に、このあと、すぐに質問に入って頂いて構いません」と断りを入れた。

ピアース公使は心得たといった面持ちで、手元の書類をぱらぱらとめくる素振りを見せた。あらためて読まなくても、合議の前にすべて頭に叩き込んでいるはずだが、話し合いの調子を整えるために演技してくれたようだ。

スミは華田社長の発言を要約し、次の発言をピアース公使にうながした。

公使は売却に関する希望をひとつずつ挙げていった。公使側の通訳者が、これを日本語に訳して華田社長へ告げる。スミは、公使の英語と通訳された日本語を聞き比べつつ、鉛筆で帳面に要点を走り書きし、間違いがないか確認する。

公使側の通訳者は前回の合議ではあまり出番がなかったが、今日はありがたい存在だ。スミが両方を担当していると、あっというまに脳味噌が疲弊する。言葉を聴き取れなくなったり、適切な訳語を思い出せなかったり、誤訳頻出という、みっともない事態に陥ってしまう。

どんな通訳者も完璧ではない。

人間なので疲れるし、間違えるし、ときには信じがたい失敗をする。

スミも、通訳を始める直前にはひどく緊張する。何度通訳の場に出ても、椅子に座るまでは初めてのように体が震える。が、いったん当事者間の会話が始まれば、その瞬間に心の中で何かがはじけ、竿一本で急流を下っていく小舟のように、舳先《へさき》の向こうに現れる難所を次々と乗り越えていけるのだ。通訳が済んだ直後は眩暈《めまい》がして倒れそうになるが、ひと仕事終えたあとの解放感は素晴らしく、また誰かのためにがんばってみたいという気分になれる。

相手が熱心に耳を傾けるので、華田社長は上機嫌だった。スミが社長の言葉を短く要約しても怒らず、むしろ、会話が手早く進むのを歓迎している様子だった。自ら訴えた甲斐《かい》があったと喜んでいるのかもしれない。

ピアース公使の発言からスミが理解したところによると、華田商会の日本人従業員はそのまま残し、経営権だけをアメリカ側の企業へ渡すという形もあり得るようだ。持ち株の占有率に関しては、商会に残る日本人幹部との話し合いを経たのち、日米で折半するのか、アメリカ側が三分の二を超えて保有するのか、そこを決める。

大陸の事業で、欧米企業が日本企業を買収するのは珍しくない。煙草販売が本格化し始めた時代にはよく行われた。

したがって、その手順や契約途上で発生しそうな問題は、すべて関係者の間で情報が共有されている。専門家を間に挟めば、日本側が不利な条件を押しつけられても指摘と拒否ができる。

このあたりは、実際に売却先の企業が決まってから、当事者同士で話し合ってもらう予定だ。やっかいな問題が起きたときには、ピアース公使や黒月書記官が、あらためて相談に乗るという約束がなされた。つまり、仲介者として責任を負いますという意味だ。

華田社長には、これがただの企業売却ではなく、両国の外交上、極めて重要な意味を持つ話であると事前に説明してある。華田商会の売却を通して、アメリカ政府は日中和平交渉を本気だと認めてくれるだろう。問題は、アメリカ陸軍航空隊による蔣介石への支援を、満州での石油開発事業参入と引き換えに、本当に放棄してくれるのかどうかだ。仮に中断したとしても、アメリカの腹積もりひとつで、いつでも再開はできる。米中で密約を結び、密かに軍事指導を入れる可能性すらある。

黒月も、その点はわかっているだろう。それでも、アメリカの最新技術を日本へ導入し、対外的には日米友好の姿勢を見せておくことが、いまの日本には大切だと考えているのだ。

売却の話が終わると、華田社長と秘書には部屋からさがってもらった。

ここからは、ピアース公使と黒月との対話となる。厳しい本音が出るだろうと、スミは予想していた。

まず、ピアース公使が切り出した。「アメリカとしては日米協力を歓迎するが、まずは満州で発掘される原油の、双方への分配比率を決めたい。中国を参入させずに日米のみで開発した場合、こちら側の要求は、アメリカ側が六十から七十パーセントを確保、日本側は三十から四十パーセントだ。この範囲内で適切な数値を決定し、正式に文書を作成したいと考えている」

"oil《オイル》"ではなく、"crude oil《クルード オイル》"という単語をスミは聴き取った。

精製された石油ではなく、原油段階での分配比率を指定してきたのだ。日本側の精製技術が未熟であることを知ったうえでの条件提示だ。

黒月は即座に返した。「日本側の要求は、フィフティ・フィフティです」

「アメリカ側は技術提供を行うのだから半々では割に合わない」

「日本からもちかけた話ですから、そこはプラスマイナスゼロとして頂きたい」

「こちらが譲歩できるのは、アメリカ六十、日本四十までだ」

「日本は四十五以下は認めません。しかし、原油ではなく石油で検討して頂けるなら、こちらも再考してみます。ただし、満州の石油開発に参入して頂く場合、日米防共協定の締結は必須です。これについて、アメリカ政府の承諾は頂けるでしょうか」

スミは思わず「えっ」と声をあげそうになった。これは、鄭蘋茹から渡された情報をもとに練られた提案だ。こんなところで抜け目なくカードを切ってきた。参謀部からの情報がまだ届いていないのに、相変わらず黒月書記官は思い切ったことをする。

一九三六年、日本はドイツとの間に防共協定を結んでいる。翌年にはイタリアもこれに加わった。国際共産主義運動に抗するためである。しかし、肝心のドイツが、一九三九年に独ソ不可侵条約を締結してしまったので、事実上は無意味な協定と化している。ならば次はアメリカと結んではどうか、という意見が、軍部のどこかで出ていても不思議ではない。が、あるいはこれもまた、黒月の独断によるトリッキーな作戦のひとつかもしれない。蔣介石と防共協定を結べないならアメリカと、というわけだ。

防共協定があっても、アメリカからソ連に密かに軍需物資は流れるだろう。が、密輸物資を摘発する際、これは強力に効いてくる。

そこまで要求されるとは思わなかったのか、ピアース公使は一瞬言葉に詰まった。しかし、すぐに気を取り直したように応えた。「防共協定に関しては前回提示がなかったので、あらためて、こちらで相談しなければならない。いまここでは答えられない」

「勿論です。では、次回までに返事をお願い致します」

「そちらには、蔣介石に渡す密書のドラフト作成をお願いしておきたい。次回、その内容を検討したい」

「わかりました。資料も含めてそろえておきます」

2

第三回の合議は二月初旬、同じ場所で行われた。

今回は外部からの参加者はなし。

ピアース公使からの報告によると、アメリカ政府は引き続き満州の石油開発を検討する、ただし、原油の配分比率については、今後の話し合いの中で詳しく決めたいとのことだった。

いっぽうスミたちは、蔣介石とソ連との密約に関して、ようやく支那派遣軍参謀部から返事を得ていた。武器の移動は確認されたが、密約に関する情報は取れず、特務機関が放った密偵からの連絡は途絶えている状態。何かあると疑ってかかったほうがいいが、それ以上のことはわからないとのこと。

日米防共協定については、ピアース公使は「検討中」としか言わなかった。ぎりぎりまで、返答を引っぱるつもりだろう。

黒月が提案した五十対五十は、かなり強気の押しだ。おそらく本人も、これがストレートに通るとは思っていない。

ふたりの議論を聞いていると、日本側が四十から五十パーセントのどこかで妥協し、その代わりに、アメリカに日米防共協定を呑ませるという着地点を想像できた。

密書のドラフトについては、前回の打ち合わせ内容がよく反映され、慎重に言葉を選んだ文書があがっていた。文書の作成には専門の翻訳家が呼ばれ、英訳が行われている。

この作業に、スミは関与していなかった。

スミはあくまでも通訳者にすぎず、国家間で取り交わされる重要文書の作成には一切手を出せない。そもそも、翻訳と通訳はまったく異なる能力が求められるし、官吏ではないスミには文書作成に関わる権限自体がなかった。

ピアース公使は、文章の言い回しや言葉の使い方に少し注文をつけたが、内容自体には反論しなかった。日本側の交渉の意思と誠意を伝える文書だから、そう難しい内容ではない。アメリカ側が過剰に干渉すべき事柄でもない。

ただ、密書の中で、日米の石油開発の件に触れることには抵抗を示した。日米間で正式な文書が取り交わされるまでは、他国へ送る文書内にそれを記載してほしくないという考えだ。口頭で話題に出すだけにしてくれという。たとえば、蔡教授の兄が中央党部秘書長に、口伝えで「こういう話も出ている」と話すのは構わないと。

黒月は少し不満そうだったが、最終的にはアメリカ側の要求に応じた。

密書が蔣介石に渡ったとき、ほぼ同時に、複数のルートからの日本側の誠意を伝える情報が彼に届くことになる。疑り深い蔣介石は、それでも容易には納得しないに違いない。が、今井大佐が本気で和平工作に取り組んでいることは理解するはずだ。

とにかく、いったん停戦しようという気分が中国側に生まれれば、それだけで成功なのだ。これ以上、大陸で、貴重な人命や物資が失われずに済むのだから。

二月下旬、長らく和平工作の仕事を休んでいた費春玲《フェイチュンリン》が、フランス租界の事務所に戻ってきた。

病人のようにやつれた費春玲は、事務所に集まっていた皆に力なく挨拶し、おもむろに切り出した。「鄭蘋茹《テンピンルー》さんが日本軍の憲兵隊によって処刑されました。ご家族にも連絡が届いています。誤報ではありません」

「そんな馬鹿な」双見がまっさきに声をあげた。「鄭さんは日本軍に何人も知り合いがいたんだろう。いくらでも処分の抜け道はあったはずだ」

「処刑を決めたのは特高課長の林少佐です。誰も反対しなかったそうです。どうすべきか迷った人は多かったけれど、いったん処分が決まると、逆らってまで助けようとした人はいなかったと」

費春玲は口をつぐみ、それ以上は何も言わなかった。泣き出したりはしなかった。涙など、とうに涸《か》れ果てているのだろう。ぎらつく光を瞳に宿らせ、固く歯を食いしばっていた。

誰もが言葉を失っている中、黒月が最初に声をかけた。「知らせてくれてありがとう。とても残念だが、鄭さんも最初から覚悟を決めていたのだ。我々としては、このあとご遺族がひどい目に遭わないように、しばらく気をつけてあげよう」

「はい。私たちもそこは心配なので、人手を割くつもりです」

「費さんはこれからどうしますか。つらかったら、もう、和平工作の任務から離れても構わないのですよ」

「いいえ」費春玲は激しく首を左右に振った。「続けさせて下さい。今日は、それをお願いするために来たんです」

「でも、こういう仕事に関わっていると、あなたも同じように危険に巻き込まれるかもしれない」

「いまやめたら、ずっと泣いているだけになります。従承志の件もありますし、これでは引き下がれません」

「従くんの一件は、あなたの手には負えないのでは」

「この仕事を手伝っていたら、どこかで、犯人の手がかりをつかめるような気がするんです。だから――」

「そうですか。ならば無理はしないように。いつでも抜けていいんですから」

「はい、ありがとうございます」

スミは横から声をかけた。「春玲、今夜、うちに来ない？　今夜は私ひとりだし、家なら安心してお酒も呑める。そのまま泊まっていって」

「いいの？」

「遠慮しないで。私も鄭さんのことを話したい」

こんな夜は、費春玲をひとりにしておくと危ない。

酔い潰れた先で、どんな事件に巻き込まれるかわからない。

そう直感して、家まで連れてきたのは正解だった。

近くの店で買って温め直した惣菜《そうざい》を、費春玲は葡萄酒をぐいぐい呑みながら食べた。満腹すると居間の長椅子に倒れ込むように寝転がった。疲労から、あっというまに酔いが回ったようだ。

スミはミネラルウォーターの瓶をあけ、グラスと一緒に長椅子の前の卓まで運んでおいた。それから流し台へ戻り、急須に日本茶の葉をふり入れて湯を注いだ。湯呑みと急須を盆に載せて持っていくと、費春玲は既に身を起こし、グラスから水を飲んでいるところだった。飲み干してしまうと、ぽつりとつぶやいた。「ねえ、鄭さんは本当に幸せだったのかな。本人は『国民党のためだ』といつも誇らしげだったけど、私にはそうは思えなかった」

「幸せだとか不幸だとか、他人には勝手に決められない。鄭さんの本心は鄭さんだけのものよ。わからなければ、そのままでいいと思う」

費春玲は口をつぐみ、うつむいた。

スミは費春玲の隣に座り、彼女の手の甲に自分の掌《てのひら》をそっと重ねた。

葡萄酒をがぶ飲みした費春玲の手は、燃えるように火照《ほて》っていた。目元が赤く潤んでいるのは酒のせいだけではないはずだ。

首をひねってこちらを見ると、費春玲は言った。「鄭さんは強い人だった。私もそうありたい」

「私も」

「これからも一緒に闘ってくれる？」

「勿論よ」

「つらい話をするけれど、聞いて」

費春玲は手をぐっと握り、少しだけ身を震わせた。「鄭さんの死をご家族に伝えに来てくれた方は、鄭さんを収監していた監獄からの伝言も運んできた。その内容は、許しがたいほど酷《むご》いものだった！　娘の遺体を返してほしければ金を寄越《よこ》せと、莫大な金額を要求したそうよ。とうてい支払えない金額に、ご家族の方々は絶句して、遺体の引き取りをあきらめたって――。だから鄭さんは、いまでも処刑された場所に埋められたままなの。ずっと、お墓にも入れないのよ――」

スミは言葉を失った。

小野寺工作を通して一瞬だけ彼女と関わったスミと違って、費春玲は、重要な手紙を託されるほどに鄭蘋茹から信頼されていた。実の姉を殺されたも同然なのだ。

それなのに自分は何もできない。

どう話しかけても、費春玲を傷つけてしまいそうな気がした。

自分は日本人なのだ。鄭蘋茹を殺せと命じた者の同胞だ。いつか、「けれども、あなたも日本人じゃないか」と、費春玲から激しく非難される日が来るかもしれない。でも、そのとき自分は何も言い返せないだろう。

費春玲はスミに身を寄せてきた。倒れるようにもたれかかると静かに泣き始めた。

泣き声に交じる費春玲の言葉には、スミが聴き取れない中国語がいくつも含まれていた。

費春玲が故郷で喋っていた方言かもしれない。遠い土地を思わせる音の響きを聴きながら、スミは費春玲を強く抱きしめていた。

やがて、嗚咽《おえつ》がおさまり、体から熱がひいていくのが肌ごしに感じられた。費春玲はゆっくりと身を起こし、ブラウスの袖で目元を拭《ぬぐ》った。

スミも濡れた頰を掌でこすった。卓から急須を持ちあげ、湯吞みに茶を注いだ。ずいぶんぬるくなっている。

「これはだめね。淹れ直してくる」

「いいよ。そのままで」

「本当に？」

「うん」

費春玲は湯吞みを傾けたが、途端に眉間に強く皺を寄せた。「渋い」

「だから言ったのに」スミは笑って立ちあがった。「待ってて。すぐに新しくするから」

もう一度湯を沸かし、日本茶を淹れ直して卓へ運んだ。その頃には、費春玲もすっかり落ち着いていた。

湯吞みを手にとった費春玲は、今度は「美味しい」とつぶやいて目を細めた。瞳に普段の色が戻っていた。「許さない。憲兵隊も76号も絶対に許さない」

「一緒に行動していた人たちは、いまどうしているの」

「犯人を探してる。腑《ふ》に落ちない点がたくさんあるから、いろいろと調べなきゃ。そもそも、丁黙邨の暗殺計画が失敗したこと自体がおかしい。綿密に計画を立てていたのに、あんなに簡単に逃げられるなんて。だから、承志を殺した奴を捕まえて問い詰めたら、そのあたりもわかるんじゃないかな」

「手がかりは」

「怪しい場所に出入りしている連中を、いま、私の仲間が片っ端から写真に撮っている。皆に顔写真を配って、あちこちを探ってもらうために」

「いま持ってる？」

「ええ」

費春玲は手提げ鞄を開き、膨らんだ封筒を取り出した。中から何枚も写真を抜き出し、卓に並べる。

スミはそれを一枚ずつ確認していった。写っているのは知らない男女ばかりだ。中国人もいれば日本人もいる。どちらなのかわからない人物も。が、一枚の写真を見て、目を疑った。ふたり連れの男が石造りの建物から歩道へ出てくる一瞬を撮ったものだ。遠景に日本人が大勢写り込んでいる。日本人向けの店が並ぶ大通り、つまり、共同租界のどこかだ。

写真から顔をあげると、費春玲が沈鬱な表情でスミを見つめていた。

スミは訊ねた。「どうして、この写真に双見さんが」

「実は、それを確かめたくて今日は事務所へ行った。スミが誘ってくれなかったら、私のほうから『スミの家に泊まらせて』と切り出すつもりだった」

「双見さんが承志さんを殺したとでも？」

「違う。双見さんは犯人じゃない。犯人が日本人だったら、承志の実家があった華界《かかい》では目立つよ。でも、強盗は、中国の地方訛《なま》りの言葉を喋っていたという証言がある。双見さんは、そこまで中国語に慣れていない」

「そうね。北京語と上海語が少しできるだけで」

「私、事務所で留守番をしているときに、よく、双見さんから上海語の発音のチェックを頼まれた。でも、双見さんは難しい言葉を長く喋ろうとすると、たいてい声調がめちゃくちゃになって――私が思わず噴き出したら、彼、ものすごく困ったような顔をして、『そんなに笑わなくてもいいのに』ってしょげ返って――。あんな善良な人が、鉈《なた》で一家惨殺なんてできるはずがない」

「そうね――。この写真、北四川路《ほくしせんろ》かしら」

「背後の建物に怪しい法律事務所が入っている。私の仲間は、そこから出てくる人物を順番に撮っていた。何枚目かに、偶然、双見さんが写り込む形になったの」

「怪しいって、どういう意味で」

「日本のやくざがたむろしているみたい。普通の事務所を装って。中国人のチンピラも出入りしている。お金のためなら日本軍に協力する奴らよ。やくざが、日本軍の下働きをするのは知ってる？」

「ええ。軍の物資を運んだり、飛行場の建設を手伝うの。内地に居場所がない人たちばかりだから、軍から仕事をもらって誉められると、とても誇らしい気持ちになるそうね」

「軍と関係しているなら76号とも連携しているはず。私の仲間がここを探っているのは、それが理由よ」

「双見さんの件、あなたの仲間には話したの？」

「とんでもない。下手な説明をすれば、私までスパイだと疑われる。鄭さんが亡くなって以来、みんな殺気立ってる。内部にスパイが潜んでるんじゃないかって、仲間までリンチにかけかねない勢いよ。そんな場所で『これは私の知り合いです』なんて絶対に言えない。和平派の人だと訴えても、たぶん信じてもらえないでしょう」

スミはもう一度写真に視線を投げた。双見の雰囲気に緊張した色はない。ごく普通に振舞っている印象だ。たびたびここを訪問して慣れているのか。「双見さんは取材でここへ来たんじゃないかしら。そもそも訪問先がこの法律事務所だったかどうか、断言できないんでしょう」

「一緒に写っている男が事務所の人間なの。連れ立って歩いている以上、同じ部屋から出てきたと考えられる」

「記事を作るためなら、記者はどんな場所へでも飛び込んでいくから」

「私もそれが真相だと思いたい。でも——」

「黒月さんに相談してみようか」

「だめよ。こんなの誰にも言えない。スミだから話しているのよ」

「じゃあ、新居さんに」

「迂闊《うかつ》には喋れない。新居さんだって知らないかもしれない。それに、もし、これが潜入取材だったら、私たちが外部へ話を洩らした瞬間、双見さんに危険が及ぶかも」

鄭蘋茹の一件があったばかりだ。費春玲が怯《おび》えるのも無理はない。双見が身分を隠して闇社会に潜入し、極右系組織の情報を探っているのだとすれば、自分たちの行動如何《いかん》によっては双見を危険にさらしかねない。

費春玲は両手で頭を抱えた。「正直なところ、どう考えればいいのかわからない。私は双見さんを信じたいけれど、双見さんを警戒するほうが正しいようにも思える」

スミはしばらく考え込んだのち、言った。「じゃあ、呉思涵《ウースーハン》さんに頼みましょう」

「彼女に？」

「事件の取材をよそおって、現場周辺に住んでいる人から情報を集めるの」

「それは、もう私の仲間がやった」

「目を怒《いか》らせた男たちが訊ねていって、どれほどの人が素直に話すかしら。呉思涵さんが行けば、事件に巻き込まれるのを恐れて口をつぐむ人たちでも何か教えてくれるでしょう。勿論、お礼はきちんと持っていく。事件から一ヶ月以上たったいまなら、何か喋ってくれる人がいるはずよ」

『上海婦女《シャンハイフーニー》』の呉思涵に連絡をとって相談すると、聞き込みは可能だと応えてくれた。焼失した従承志の実家は旧県城にあった。普段から行き慣れているので大丈夫と、呉思涵は言った。周囲の状況をよく見る意味でも、夕方や夜ではなく昼間に行くのがいいだろうと。

「中国人しかいない場所ですから、倉地さんは言葉と態度に気をつけて。日本語は絶対に使ってはいけません。名前を訊かれたら中国名を名乗って下さい。中国名はお持ちですか」

「いいえ」

「では、呉蓮《ウーリエン》と」

「わかりました」

次の休日、呉思涵とスミたちは旧県城へ足を踏み入れた。

上海がただの干潟《ひがた》から都市へと発展し始めたのは唐《とう》の時代、千年余り前だ。最初は、この地域が上海の中心だった。阿片《アヘン》戦争を経て南京条約によって租界が拓かれると、港としての機能の中心はそちらへ移っていった。旧県城は、そのまま本来の中国人の土地として残り続けた。

北側に共同租界、西側にフランス租界。租界よりも細かく区切られ、路地や狭い通りが走る土地は、船舶会社、銀行、運輸会社、教会、学校、映画館といった大きな建物だけでなく、庶民の家屋もひしめく。いまスミたちがいるのは、二階建ての家が横に長く続き、窓から突き出した物干し竿に大量の白い洗濯物がはためく区域だった。

呉思涵と費春玲は迷うことなく細い道を進んでいく。スミは歩きながら、あちこちに視線を巡らせた。春節《チュンジエ》は過ぎているが、まだ寒い時期なので外に出ている人は少ない。一戸ずつ回り、玄関先で断られなければ、その場で話を聴くという形になるだろう。閘北《こうほく》の近くと少し似ている。前の語学教室で働いていた頃、生徒たちを家まで送っていくときに通ったのはこういう場所だ。商店の軒先には野菜がうずたかく積まれ、豚の頭が置かれ、絞められた鶏がずらりと吊《つ》るされている。あたりに漂う濃い油の匂いと、鼻から喉へ抜けていく香辛料の匂いに食欲をそそられた。

やがて、費春玲が前方を指さした。「あそこ。まだ片づいていない」

焼け跡には、炭化した木材が傾《かし》いだままの状態で突っ立っていた。火災は両隣にも広がり、そちらも完全に焼け落ちている。

警察の捜査は終わったので、誰かが新しい家を建てても構わない頃だ。しかし、一家惨殺の現場に、すぐに新築したいと思う者はいないのだろう。おそらく、祈禱師《きとうし》による厄払いがまだ済んでいないのだ。それなりに金がかかるから。

呉思涵は『上海婦女』の名前を出しながら近くの家々を回った。県城での生活を取材していると告げ、大きな火事が起きたと聞いたが詳しく知らないかと訊ねた。ある家を訪れたとき、火事のあとで、隣家の住人が同じ区画に住む娘の家へ避難したとわかった。

家の場所を教えてもらい、そちらへ向かった。道ですれ違った人に「胡淑敏《フーシューミン》さんがいる家は、このあたりですか」と声をかけると、家の前まで案内してもらえた。これまで通ってきた場所と同じく、古びた長屋が続く区画だった。

扉を叩くと、胡淑敏の娘が出てきて怪訝《けげん》な顔をした。呉思涵の後ろにスミたちを見つけると、いっそう怪しむような目を向けた。

呉思涵は、自分が婦人雑誌の編集者であると言い、取材のためにあなたのお母さんに話を訊きたいと続けた。「お隣が火事になって、ここへ逃げてこられたと聞きました。さぞ大変だったでしょう。お見舞いの品を持ってきましたので、ぜひお渡ししたいのです」

ここを教えた男の名を告げると、胡淑敏の娘は、ああ、よく知っている方ですと応え、家の奥へ母親を呼びに行った。

しばらく待っていると、短衫《ドワンシャン》に袴《クー》という格好の年嵩《としかさ》の女が姿を現した。壺を思わせる体型で、白いものが交じる髪や首筋や手の皺から五十代後半に見える。体のどこかが悪いのか、とてもゆっくりと動いた。娘が手をとって導き、胡淑敏は玄関脇に置かれた小さな椅子に腰をおろした。傍らの卓に片手を置き、目をしょぼしょぼさせながら顔をあげ、スミたちに訊ねた。「あんたたちは誰？　ちかごろ私は物覚えが悪くってね」

呉思涵が応えた。「こちらは、火事で亡くなった従承志さん一家と、ご縁が深かった方々です。皆、従さん一家の事件をとても悲しみ、どうしてこんなことになったのか、理由を知りたがっています」

「警察へ行きなよ」

「これは社会の問題ですから、警察だけには任せられません」呉思涵は鞄から『上海婦女』の既刊号を数冊取り出し、胡淑敏に手渡した。「お嬢さんと一緒にご覧下さい。うちで発行している雑誌です。お料理の作り方や日常の楽しみから、抗日運動の報告まで幅広く載せています。上海に住んでいる女性には必読の書です」

娘が途端に瞳を輝かせた。「素敵！　こんな雑誌があるなんて知りませんでした」

呉思涵は愛想よく微笑んだ。「全部差しあげますので、どうぞ遠慮なく。気が向いたときに、書店で新しいものを買って頂けると、編集部としてはうれしく思います」

「ありがとうございます」

胡淑敏も、ぱらぱらとページをめくりながら、ぼそりと言った。「私で役に立てるのかい」

「火が出たときの様子を教えて頂きたいんです」

「――火か。火はうちにもすぐに回ってきた。私はこの通り膝が悪いもんだから、ひとりでは何も運べやしない。うちの亭主と向かいの人に手伝ってもらって、できるだけ持ち出せるものを持ち出して、あとは娘夫婦の家へ移った。警察には何も喋っちゃいない。それどころじゃなかったからね。あとで、従承志の知り合いだという若いもんが大勢で話を訊きに来たが、なんだか目を血走らせたおっかない連中だったから、適当に答えて早々に引き取ってもらった」

おそらく、それは費春玲の仲間、丁黙邨暗殺計画にかかわっていた者たちだ。

胡淑敏は続けた。「ここらは安普請だから、隣の家に誰か来ればすぐにわかる。あの晩、従承志の家の戸を叩いた誰かが中へ呼びかける声も、はっきりと聞こえた。私らが使う言葉とは少し違っていたね。訛りがあって、誰かの遣いだと言っていた」

「誰かの遣い？　その名を少しでも覚えていませんか」

「外国人の名前みたいだった。ウーウーとか、ウーリューとか。従承志はすぐに戸をあけて、しばらくは普通に話していた。『約束のものだ』とか『確かめる』とか。そしたら突然、野獣が吼《ほ》えたみたいに悲鳴が響いて、人が逃げ回ったり食器が壊れたりする音がして――。私は亭主と一緒に抱き合って、ただただ震えていた。そのうち、ばたばたと外へ走り出る音がして、猛烈に煙たくなってきて、外へ飛び出してみたら、もう、ごうごうと隣の家が燃えててね」

「一家が襲われたところを、直接ご覧になったわけではないんですね」

「そんなものを見ていたら、いまごろ生きていやしない。殺されてから焼かれたというのは噂で聞いただけだよ。警察が調べてそう発表したんだ」

一連の流れは、費春玲が仲間から聞かされた話と一致する。呉思涵は他にも質問してみたが、それ以上のことは知らない様子だった。最後に双見の写真を見せても、まったく知らない男だと言われた。

「可哀想《かわいそう》に。従承志の家には、まだ小さな子供もいたのにね」胡淑敏の顔に、ふいに強い怒りが浮かんだ。過去に似た体験をしているのかもしれない。袖口で、ぐいと目元を拭った。

呉思涵は引け時だと察し、鞄から封筒を出すと胡淑敏の前へ滑らせた。「詳しいお話をありがとうございました。これは取材のお礼です」

「こんな話でも記事になるのかい」

「街の治安をよくするために必要なのです。警察や役場の担当者に雑誌を配って、改善を訴えるのですよ」

「だったら、従承志もあの世で安心できるかねえ」胡淑敏は封筒を眺めながら、ぽつりとそうつぶやいた。

家から通りへ出ると呉思涵は言った。「訪問者が口にした外国人の名前とはなんでしょう」

スミが応えた。「あの話だけでは判断できません。ああいう音は、日本語にも他の国の言葉にもありますし。ところで、『上海婦女』で記事にするのは本当ですか」

「ええ」と呉思涵は応えた。「旧県城の住人には以前から少しずつ取材しています。ちょうどいい分量になりましたから近々まとめましょう。費春玲さんは納得できましたか」

「また、迷路に戻ってしまったような気分です」費春玲は来た道を振り返った。「でも、従承志と家族をよく知っている人がいて、一緒に悲しんでくれたのは少し救われました」

「あまりお役に立てなくて――」

「いいえ。私も久しぶりにこちらへ来て楽しかった」懐かしそうに周囲を見回した。「私も子供の頃は一時期ここにいました。ここは従承志との思い出の場所なんです」

「倉地さん」と呉思涵がスミに声をかけた。「和平交渉が終わってからの話になりますが、うちの雑誌で何か書いて下さいませんか」

スミは目を丸くした。「私が、ですか」

「はい。『呉蓮』を筆名にして。対外的には日本人であることは伏せますから。あるいは、題材によっては率直に日本人であると記してもいいと思います。みんな、日本人の本音は知りたいので」

「どうして私に」

「向いていると思うからです。倉地さんは中国人を怖がらない。私も怖くない日本人と交流したい。特に女性と。倉地さんも、人間の生き方についていろいろと思うところがあるでしよう。それを文章にしてほしいんです」

「私はただの語学教師なので」

「ならば、語学という学問を通して、日本と中国について語って頂けませんか。日常的なことで構いません。攻撃的だったり批判的な文章である必要はない。倉地さんが、人間にとって、いま大切だと思う言葉を綴《つづ》ってほしいんです」

スミが躊躇《ちゅうちょ》していると費春玲が横から口を出した。「一回でもいい。書いてあげて。呉思涵さんがこう言ってくれるのは珍しいんだから」

「そうなの？」

「大切な雑誌だよ。信頼できない人間には頼まない」

呉思涵が続けた。「中国側にもあなたのような人がいる。両者が出会える場所を私は誌上に作りたい」

「わかりました」スミはうなずいた。「仕事が一段落ついたら考えます。そこまで日本人を信用して下さって、ありがとうございます」

「『日本人を』ではなく、あなたを信用したのです」呉思涵はスミの手を強く握った。「世の中を変えるのは政府の中枢にいる人たちだけではない。庶民こそが、世を動かさねばなりません」

3

四回目の合議が始まる前、双見は北四川路の法律事務所を訪れた。

奥の部屋に閉じこもり、雨龍《うりゅう》と一緒に卓に広げた地図を見つめる。

雨龍は双見からの報告を聞くと、口許《くちもと》にうっすらと笑みを浮かべた。「満州の石油開発にアメリカを誘い込むとは大きく出たものですね。妄想狂が描く画だ」

「僕も、むちゃくちゃな話だとは思うんですが」

「しかし、黒月書記官は本気なんですね」

「ずいぶん自信に満ちています。何か考えがあるんでしょう」

「こちらとしては、せいぜい、今井大佐を補佐する範囲での行動と考えていましたが」

「石油開発が絡むと、もはや和平交渉以上の意味を孕《はら》んできます。予想外の動きです」

「ならば、このルートは潰しておかないとまずい。日中和平工作に、必要以上に大きな意味が生じては困る。だいたい、アメリカを信用するなんて馬鹿げています。欧米もソ連も大嘘つきの集まりですよ。欧米やソ連が、どれほどアジアを食いものにしてきたかご存じでしょう。日本は彼らと正面から戦わねばならない。でなければ日本も奴隷にされます」

雨龍は、いつもの調子で滔々《とうとう》と語り始めた。雨龍は「強い日本」が好きだ。日本はそうなれる、いや、もう既になっていると力説する。

すべてが世界一の国、アジアの国々から感謝される優秀な指導的国家。そのイメージは、惨殺された同僚の姿と、自分が見捨てた中国人の姿を、双見の頭の中から忘れさせてくれる。

雨龍はいつも熱心に語る。『日本は、アジアを欧米による差別から解放しなければならない。白人は有色人種を必ず差別する。骨の髄まで染み込んでいる差別感情だから、彼ら自身ではそれを克服できない。だから我々の手で彼らをアジアから退け、強い反省心を叩き込んでやらねばならない』だとか、『差別は経済格差が生じている国で広がる。皆が裕福で精神的にも満ち足りていれば、それは自然に解消されるでしょう。では、アジア圏内の経済格差をなくすにはどうすればよいか。簡単です。日本が大陸を軸に産業を発展させ、その効果を周囲へ波及させればいい。技術も知識も近代化が遅れている国々を教育し、大陸の隅々まで最新の技術と高度な文化を行き届かせる。やがては、大陸を含めたアジア全域に巨大な経済圏が誕生するでしょう。これを我々が主導すれば間違いは起きない』等々。

夢のような話に思えるが、聴いているだけで胸が熱くなってくる。

雨龍自身も、こういうときには、世界を自分の手で変えてみせると信じる、誇り高い改革者のような顔つきに変わる。いつもは、どことなく気怠《けだる》そうで陰鬱さを抱えている男なのに、奇妙な明るさを放ち始める。日本の将来について雨龍と語り合うとき、邪魔する者は誰もいなかった。それは日本人の思い上がりだとか、中国人から嗤《わら》われるだとか、気持ちを落ち込ませるような言葉は、どこからも出てこない。『日本は強い』『偉い』『りっぱだ』。雨龍の周囲にいる男たちも彼と同じように口にする。判で押したように。

双見は地図の上に手を伸ばし、共同租界の一部を指先で示した。「黒月書記官は、現在、ブロードウェイ・マンションに逗留《とうりゅう》しています。アメリカ公使との合議が行われる日本総領事館は目と鼻の先です。往復に便利ですし、このマンションは日本軍が接収していますので警備も怠りありません。玄関前には歩哨《ほしょう》がいます。黒月書記官は、ここから車に乗り込みます」

「となると、走行ルートは固定されているわけですね」

「はい。待ち伏せして、途中で襲撃するのも可能とは思いますが、車で往復ですから、機関銃か手榴弾を使わなければ確実に仕留めるのは難しいでしょう」

「武器は簡単にそろえられるが、撃ち損じると次からは警備が数段厳しくなる。それは避けたい。フランス租界の事務所はどんな具合ですか」

「あちらは、黒月書記官の送り迎えに新居が目を光らせています。加えて、近くに私服の警備員を密かに配置しています。こちらも、見かけほど襲撃は容易ではありません。それに、ここでやると新居を巻き込んでしまうので、私としては避けてもらいたいところです」

「双見さんに積極的に手伝ってもらえるなら、方法はいくらでもありますよ」

「僕が？」

「最も手軽なのは、あなたを誘拐したことにして、黒月書記官をおびき出す方法です。抗日組織による犯行に見せかけて、事務所に身代金を要求する。黒月書記官に対して『おまえが身代金を運べ』と指示し、人質との交換を租界内ではなく浦東《ほとう》で行う」

黄浦江《こうほこう》を横断する経路を、雨龍は指先でゆっくりと辿った。

「黒月書記官には、まず、港に用意した船に乗り込んでもらいます。船が岸壁を離れたら、その直後に、私の部下が船内で黒月書記官を射殺する」

雨龍は地図から視線をあげ、双見の目を見つめた。「船はそのまま浦東へ向かわせ、あとを追わせていた別の船を接近させます。私の部下は身代金だけを持って、近づいてきた船に乗り換える。黒月書記官の遺体を乗せた船は、流されるに任せておきます。あなたは一定時間が経過したのち浦東で解放され、警察へ駆け込む。船はすぐに発見されるでしょうが、その頃には、もはや犯人一味は捕まえようがない」

「そう簡単に事が運びますか」

「いえ、運びません」

「えっ？」

「これは、簡単ではあるが一番まずいやり方です。身代金を要求した時点で、黒月書記官は必ず警察や憲兵に通報するでしょう。脅迫状の中で、どれほど強く『知らせるな』と指示しておいても」

「僕の命など、どうでもいいと思っているわけですか――」

「そこまで冷酷ではないでしょうが、素直に従うとも考えにくい。自分が身代金の運搬人に指定された時点で、何かおかしいと気づくはずです。彼は先回りして、港に憲兵を張り込ませるに違いない。自分が船に乗り込む瞬間に、彼らを手引きして船内へ突撃させる。そして犯人を捕縛《ほばく》。その後は憲兵を潜ませた船で浦東へ向かい、到着したら、あちらでもひと暴れだ。あるいは、ひとりで船に乗ったとしても船内で犯人を射殺しておく。犯人が複数でも、ためらいなくひとり残らず殺すでしょう。ひとりで船を操って浦東へ行き、あなたを自力で救出する」

「ただの一等書記官がそこまでやるでしょうか」

「彼は、ただの書記官ではないかもしれません。あの肩書きは偽りで、内地から派遣された軍人だと言われても私は驚きませんよ。階級は中尉あたりでしょうかね。特殊な出自であれば、外国語に堪能でも不思議ではない」

双見は口をつぐんだ。

うなじが、ぞわりとした。

もし、黒月がそのような人物であるなら、雨龍と自分との関係も、とうに見抜かれているのではないか。自分はわざと泳がされているだけで、ここに通っているのも筒抜けなのでは――。「確かにそういう人物なら、和平協力者の命など犠牲にするでしょう。自分の任務をまっとうするためであれば」

「ですから、もう少し手の込んだ計画を立てて、不意打ちになるようにしなければ。機関銃や手榴弾を使わないなら、至近距離から確実に弾を当てなきゃならない」

雨龍は胸元で拳を作り、親指の先で自分の胸骨のあたりを軽く叩いた。「準備に怠りのない人間であれば、ここを撃たれたって死にやしません。だから、頭に撃ち込んで、とどめを刺す」

「心臓や肺を狙うのではなく？」

「背広の下に防弾衣をつけていたら助かる確率は高くなる。ただ、陸軍で使っている九二式は重いしかさばるので、特注で軽めのものを作って、常時、身につけているのかもしれません。それなら357マグナム弾で撃ち抜けますが、この弾を撃つには拳銃がでかくなるし、扱い慣れていないと命中精度が落ちる。いずれにしても、逃げ場のない空間に相手を追い詰め、間近から発砲できる状況にせねば」

「では、どんな方法が」

「考えておきますよ。あなたは現場で邪魔をしないように。これに尽きます」

第五章　ミッション（二）

1

　昨年の夏、一九三九年八月中旬。

　内地の参謀本部支那課長であった今井武夫《いまいたけお》は、大佐となって上海へ戻ってきた。影佐《かげさ》少将の業務を助けつつ、新たな日中和平工作に着手するためである。スミたちが、共同租界にある料亭「伊吹」に呼び出され、「今井」と名乗る人物と会い、新しい和平工作の支援を依頼されたのは、この時期である。

　翌月、南京に支那派遣軍総司令部が創設され、今井大佐は第二課長として就任。以後、蔣介石への接触を試みてきた。

　今井は盧溝橋事件での和平交渉に自発的に関わり、重光堂《じゅうこうどう》会談にも出席した経験を持つ人物である。常に交渉の最前線に立ち、和平への道を切り開こうと力を尽くしてきた。だが、そのつど、軍部や政府の方針によって和平の機会を潰されてきた。今回の和平工作は最後の賭けであり、この交渉が失敗したとき、日中は本格的な戦争に突入するに違いなかった。

十一月末、今井は、南京に赴任してきた鈴木卓爾《すずきたくじ》中佐を駐在武官とし、交渉の糸口を探るために香港《ホンコン》へ派遣した。イギリス領の香港は、上海と同じく海に面し、海外に開かれている。その性質上、各国の情報機関員が入り乱れ、重慶《じゅうけい》の要人や中国人富裕層の避難先にもなっていた。大陸に住む庶民が貧困にあえぎ、事変に巻き込まれて命を落としていく中で、大陸から避難した富裕層は、香港で悠々自適《ゆうゆうじてき》の生活を送っていたのである。

鈴木はこの地で、香港大学の教授、張治平《ジャンジーピン》と接触。彼の仲介によって、実業家であり銀行家でもあった宋子良《ソンズーリャン》を経由して、蔣介石との接触ルートを作ろうとしたが、宋本人から断られてしまった。

宋子良には、宋子文《ソンズーウエン》という名の兄がいる。宋子文もまた実業家であり、広州の中央銀行で総裁を務め、重慶政府では行政院長など複数の職を歴任していた。そして、この兄弟には三人の姉妹がいた。蔣介石の妻を含めた宋家の三姉妹である。三姉妹のひとりで、故・孫《スン》文《ウエン》の妻にあたる宋慶齢《ソンチンリン》の邸宅は香港にあり、姉と妹が来香した際には、宋慶齢のもとを訪れるのが慣例となっていた。蔣介石への最短ルートは、この兄弟姉妹を経由するのが一番だった。

大きな機会を失って鈴木は失望したが、これまでの日中間のごたごたを考えれば、最初からうまくいくはずはない。辛抱強く時機を待っていると、十二月下旬、突然、宋子良から連絡が入った。前回とはうって変わった調子で、和平交渉の話に応じると告げてきた。

上海では、スミたちがピアース公使との初回の合議を終え、次回に向けて活動していた頃である。同じ時期、76号の丁黙邨《ディンモーツン》が毛皮店の前で刺客に襲われ、鄭蘋茹《テンピンルー》の関与が日本軍に発覚している。

重慶政府は鈴木が宋子良に接触を試みたあと、日本側の情報を独自に集め、再度の交渉を決断した様子だった。そこには、榛《はしばみ》ルートで伝わった情報も含まれているに違いなかった。

それから数回、鈴木は宋子良と会談を繰り返した。宋子良の話によれば、日本が中国の名誉と主権を尊重するならば、重慶政府は話を聴くという。ついては「汪兆銘政権発足よりも前に、重慶政府と協議してほしい」「この講和において、中国はアメリカなど第三国の仲裁を希望している」「交渉の前に休戦し、さらに、日本側の撤兵が条件である」とも言った。

これに対して鈴木は、「日中和平交渉の場には、第三国を介入させたくない」「汪兆銘政権に関しては中国内部の問題であるから、当事者同士で話し合ってほしい」と応えた。

主張に違いはあるものの、双方、討議の意思を確認できたのだった。

翌一九四〇年二月十四日、今井は香港を訪れた。

同じ頃、上海では、スミたちとピアース公使との三回目の合議が終わった直後。蔣介石へ届ける密書のドラフトがアメリカ側からも承認され、清書が完成し、黒月書記官経由で、四川大学の蔡連《ツァイリエン》教授に手渡されていた。この文書は蔡教授の兄を経由して蔣介石のもとへ届き、日中和平に対する強い希望を重慶政府へ伝えているはずであった。

今井は満鉄《まんてつ》社員の名義で香港に入国しており、到着後は、東肥洋行《とうひようこう》の社屋へ向かった。

ここの応接室で今井が関係者から紹介された宋子良は、四十歳前後の色白の男だった。背は高くない。五尺三寸ほどだ。英語は上手で態度にもそつがない。葉巻の吸い口を切り、火をつけてくゆらせる仕草には、上流階級の余裕が感じられた。

帝国軍人である今井を前にしても、宋子良は少しも臆せず、こう言った。「両国政府で正式に和平会談を持つ前に、まず予備会談を開きませんか」

「私的なものですか」

「はい。それぞれの国から代表者三名を出し、和平の条件について討議します」

「わかりました。準備を整えましょう」

「重慶政府は、この討議に大いに期待しています」宋子良は言葉に力を込めた。「中国側の代表には、身分証明用の委任状を持たせます。蔣介石委員長の奥さまも、討議を手伝うために香港までお越しになります。重慶とのやりとりを、一手に引き受けて下さる予定です」

討議へと至る道のりは順調だった。二十一日には、和平工作に関する報告が天皇まで届き、交渉に関する業務は、正式に「桐《きり》工作」と名づけられた。

ただ、今井には、ひとつだけ気がかりがあった。

香港で面談した宋子良が、はたして本物なのかどうか——という点である。

小野寺工作の際、鄭蘋茹によって紹介された戴笠《ダイリー》は偽者だった。中国は、重要人物を人質にとられることを恐れているのかもしれない。あるいは、交渉の重要性を理解しているからこそ、指名された者では力が足りないと判断した場合、より優秀な者を影武者として送り込んでくるのかもしれない。

仲介役の張治平は、「あれは宋子良本人だ、間違いない」と断言していた。それでも一抹の不安が、今井の心の中でくすぶって消えなかった。

2

その頃、上海では、呉思涵《ウースーハン》からの提案をもとに双見が邦明通信社を介して動き、四明銀行《スーミン》の役員との接触に成功していた。そして、この役員と黒月書記官との会談の日取りが決まった。

四明銀行は浙江《せっこう》財閥に属している。古くから上海の経済界を仕切り、一九二七年には、蔣介石の上海クーデターも支援していたほどだ。のちに、蔣介石自身が身内で固めた財閥（四大家族）を形成したので、いまでは往年の勢力にも影がさしている。が、国内の情勢に詳しく発言力も未だにあるので、黒月はそこに注目したのだった。

会談場所は、黄浦江沿いの欧米人客が多いレストランと決まった。欧米の銀行と日華の銀行が所狭しと軒を連ね、貿易会社、船舶会社、税関、電話局、工部局、消防署、外国人倶楽部、薬局、書店、飲食店等々が建ち並ぶ。港町の熱気に溢《あふ》れている地区だ。

会談用の個室には護衛も入れるが、黒月はその任務から周治を外した。個室は狭いので大勢の警護は入れない。精鋭を、ひとりかふたりそばに置くほうが合理的だ。だから今回は外れてくれと、フランス租界の事務所で黒月は周治にそう告げた。

周治は素直にうなずいた。「了解しました。おれは店の外で様子を見ましょう」

「いや、そちらも憲兵を手配した。普段から周囲を巡回している者を選ぶ。そのほうが目立たないから」

「わかりました。でも、時期が時期ですから、本当にお気をつけて」

「何かあれば連絡を入れる。よろしく頼む」

翌日の夕方、双見は職場で仕事を終えたあと、行きつけの酒場へ直行した。

店の一番奥に席を確保し、ウイスキーのグラスを傾けながら周治の到着を待つ。

いまごろ黒月は、例のレストランで四明銀行の役員と会談を始めているだろう。珍しく警護を担当しない周治は、こちらの酒場で双見と合流し、久しぶりにくつろぐ予定だ。

そして、数時間後には状況が一変したことを知り——驚愕するだろう。

会談の準備に関わった双見は、レストラン内のどの個室でそれが行われるか知っている。途中、黒月たちに会う必要が生じた場合には、店の支配人に「イブキのイチノセさんの部屋までお願いします」と英語と日本語で告げれば、部屋まで案内してもらえるように手配しておいた。黒月もこれを了解済みだ。双見はこれを、和平工作の仲間や四明銀行の関係者にも教えておいた。事件が起きたあと、誰が誰にこの言葉を洩らしたのか——と問題になったとき、自分だけに嫌疑が集中しないようにするためだ。

同席者の人数、警護の人数。それらはすべて、雨龍に伝えてある。雨龍が用意する襲撃者は、レストランに相応しい格好でやってくるという。従軍経験者や元警官で、なんの躊躇《ちゅうちょ》もなく銃を撃ち、反撃されても冷静に対処できるらしい。この街では、どんな人材も金で買えると雨龍は笑った。その顔が、いまでも双見の脳裏にこびりついていた。

黒月たちの会談には、いつものように憲兵が護衛として入る。襲撃者は、まず、護衛を撃ち殺す。護衛は出入り口に最も近い場所にいるはずだから、扉をあけた瞬間に銃撃できる。襲撃者を案内した店員は悲鳴をあげて腰を抜かすだろうが、そんなものは放っておけばいい。黒月と銀行役員は奥に座っているだろう。出入り口を押さえれば逃げ場はない。黒月も銃を携帯しているかもしれないから、場合によっては撃ち合いになる。だが、護衛を潰したあとなら、ふたりで黒月ひとりを狙える。襲撃側にも被害は出るだろうが、手練《てだ》れを相手に、黒月が無傷でいられるとは思えない。

万が一にそなえ、襲撃者には手榴弾も持たせると雨龍は言った。撃ち倒された襲撃者がその場でピンを抜けば、さすがに黒月でも助からないだろう。

計画はよくできている。仮に殺害できなかったとしても、黒月を交渉の第一線から退かせるにはじゅうぶんだ。

そう——黒月が死ななくても、榛ルートによる支援が中断されるだけでいい。桐工作の進展に大きな影響を及ぼし、満州の石油開発の話が消えれば。

あとは結果を待つだけなのに、動悸《どうき》がなかなか治まらなかった。拍動がこめかみまで響いてくる。覚悟はしていたのに、怖くて怖くてたまらない。

あの日、屋形船の上で馬小京が頭をのけぞらせ、くずおれたときの光景が、いまでも、しばしば脳裏に甦《よみがえ》る。中国人暴徒に取り囲まれた山村が、カメラを投げ出して悲鳴をあげた瞬間の光景も。人は忘却する生き物だと思っていたが、そうでもないらしい。

彼らの死だけは特別なのだ。ふたりの魂の重みだけ、自分の心も死んだのだ。

そのとき、カウンターの端に置かれた電話が鳴り響いた。店員が手を伸ばして応対したが、やがて受話器を戻さないまま店内に向かって呼びかけた。「フタミさま、お電話が入っております。こちらまでお越し下さい。フタミさま——」

双見は、はじかれたように椅子から立ちあがった。「フタミは僕です」

店員が受話器を差し出しながら言った。「アライさまと仰る方からです」

「ありがとう」

受話器を耳にあてると、間違いなく周治とわかる声が飛び込んできた。「すまんな。今日は、そちらへ行けそうにない」

「何かあったのか」

「黒月さんから急に呼び出された。やっぱり、会談に同席してくれと言うんだ。いま、レストランの前の珈琲館からかけている」

心臓がひときわ大きく跳《は》ねた。「おまえが行ったって、なんの役にも立たんだろう」

「黒月さんは、気まぐれでものを頼む人じゃない。とにかく行ってくる」

「危険だぞ」

「大丈夫だ。まあ、そういうことだから、呑むのはまたの機会にな」

「だめだ。引き返せ」

双見が叫んでも返事はなかった。回線はもう切れていた。

頭の中が真っ白になったが、すぐに気を取り直し、そのまま雨龍の法律事務所の番号をダイヤルした。呼び出し音は鳴ったが、誰も出ない。たまたま誰もいないのか、面倒くさがって誰も応対しないのか。

叩きつけるように受話器をフックに戻し、上衣《うわぎ》の内側をまさぐって財布を抜いた。震える指先で札を数え、飲み代をカウンターに置く。店員が礼を言う声を背後に聞きながら、店の外へ飛び出した。

街の喧騒を浴びると強烈な眩暈《めまい》に襲われた。よろめき、街灯の支柱をつかんで体を支える。いまから駆けつけても、襲撃の瞬間には間に合わないだろう。ならば、ここから動いてはだめだ。事件のあとの聴き取りで、なぜ大急ぎで現場へ向かったのかと、警察や憲兵から疑われる。追及をうまくかわしても森塚たちは不審に思う。

だが、襲撃寸前に到着できれば計画を中止にできるのだ。

行っても行かなくても後悔するのであれば――。

双見はタクシーをつかまえて乗り込んだ。レストランの場所と店名を運転手に告げると、座席の背もたれにぐったりともたれかかった。

掌《てのひら》に滲んだ汗が、色のない血のように感じられた。

3

レストランを訪れた二人組の男は、どちらも欧州系アジア人の顔だちをしていた。この街では珍しくない容姿だ。肩幅があり洋装が似合う体つきだった。

応対に出た案内係に男たちは「イブキのイチノセさんの部屋までお願いします」と英語と日本語で告げた。英語の発音は滑らかだったが、日本語のほうは怪しかった。

案内係は丁寧に応じ、「支配人に確認しますので、しばらくお待ち下さい」と言ったあと、バックヤードへ引っ込んだ。

やがて戻ってきた案内係は、「ご案内致しますので、どうぞこちらへ」と男たちを店の奥へ導いた。満席のホールから狭い廊下へ入り、少し進んだのち、ノックもせずに、ある部屋の扉をあけた。

男たちは懐へ入れかけていた手を止め、中をのぞき込んで愕然《がくぜん》とした。

部屋の中には誰もいなかった。テーブルクロスがかかった食卓に、ナプキンと食器が整然と並んでいるだけだ。食事がなされた形跡すらない。

罵声が口をついた。「おい、客はどこだ」

案内係は不思議そうな顔をした。「他の方は、まだお見えになっておられません。先に来られた方から、順番に、ここへお通しするように命じられております」

裏をかかれたのだと、男たちはすぐに気づいた。

黒月がレストランの出入り口をくぐるところは、店の外で待機していたときに確かに見た。だが、予約された部屋がここではなかったか、最初から個室には入らなかったのか。

ならば、いまは裏口か。

男たちは目で合図を交わすと、すぐさま踵《きびす》を返した。そのとき、狭い廊下の向こう側から、帝国陸軍の憲兵隊員が二列になって駆け込んできた。全員が拳銃を抜き、襲撃者たちの前に立ちふさがる。先頭の憲兵が彼らに怒鳴った。「銃を捨てろ。壁に向かって立て」

男たちは命令を無視して個室へ逃げ込んだ。憲兵隊は、案内係を突き飛ばして男たちを追った。転倒した案内係が呻き声を洩らす。憲兵たちの眼前で男たちは食卓を蹴倒し、その裏側へ身を隠した。けたたましい音をたてて食器が散らばる中、次に何が起きるのか察した隊長は部下に向かって怒鳴った。「部屋から出ろ。下がれ」

憲兵たちはあわてて廊下を駆け戻った。途中でうずくまっていた案内係を引きずりあげ、一緒に連れて走る。室内から廊下に向かって手榴弾が飛んできた。低い位置で壁にはじかれ、こちらへ転がった。

轟音《ごうおん》と共に爆風が押し寄せて憲兵たちを薙《な》ぎ倒した。壁と床が焦げた臭気と硝煙の匂いが鼻をつく。一瞬静まりかえったホールの物音が、人々のざわめきを伴って徐々に大きくなっていった。

煙がまだ漂う廊下へ飛び出した男たちは、憲兵に向かって拳銃を撃ちながら走った。ひとりは、もう一発残しておいた手榴弾を左手に握っていた。それを応戦する憲兵たちの向こう側、天井近くの位置を狙って投げつける。

再び爆発がレストラン全体を揺るがした。今度の爆発は天井を破壊した。建材が憲兵隊の頭上に降り注ぐ。爆風はホール側にも大きく吹き抜け、最初の爆発で逃げ始めていた客が、恐慌を来《きた》して店の出入り口へ殺到した。

怒号と悲鳴が渦巻いた。客と客がぶつかり、客と給仕がぶつかり、盆から落ちた料理や飲み物が床を汚す。出入り口の扉が開くと、蛇口から溢れる水のように客たちは歩道へまろび出た。通行人が好奇に満ちた目で彼らを眺める。大人に押されて転倒し、膝をすりむいた子供が泣き出した。傍らで親が罵《のの》り合っていた。その背後から拳銃を手にした血まみれの男たちが客を掻《か》き分けて飛び出し、店のそばに待機させていた車に乗り込んだ。負傷した憲兵がそれを追い、車体やタイヤを狙って連射したが、弾丸は車体や石畳に穴を穿《うが》っただけだった。車はあっというまに走り去った。

やがて、通報を受けた工部局警察が現場に駆けつけた。

レストランの支配人は憲兵隊長に詰め寄ると、状況を説明しろと英語で難詰《なんきつ》した。非常識にもほどがある、いったいこの損失をどうしてくれるのだとまくしたてた。隊長は奇妙な冷淡さを湛《たた》えつつ適当に相づちをうちながら、「店の補償問題については我々ではわからない」「憲兵隊本部に問い合わせてくれ」という内容を、ゆっくりと平板な発音の英語で繰り返した。

4

一発目の手榴弾が爆発する前、すなわち、男たちがレストランの受付に来た直後、黒月は護衛の憲兵と周治を連れて、既にレストランの裏口へ回っていた。四明銀行の役員には、ここを訪れないように言ってある。もしもの場合を考え、巻き込まれないように配慮したのだ。

食料品や雑貨を運び込む都合上、裏口は車道に面している。幌《ほろ》つきトラックを戸口の近くに待機させ、荷物を搬入する作業に見せかけつつ黒月たちは店内で待っていた。そして店員経由で「受付に見知らぬ男たちが来た」という知らせを受けた直後、裏口から表へ飛び出し、トラックの荷台へ向かって走った。

上方で銃声が響き、弾が黒月たちの足元の石畳を砕いた。発射音の方向から、射手は建物の上階だとわかる。だが、動くものを狙うのは不得手なようだ。

そのとき、黒月を目指してアジア系の容姿の男が駆けてきた。手にした拳銃を持ちあげて狙いを定める。

周治が黒月と男の間に割って入った。初弾をかわした直後、素早く相手の懐へ滑り込んで一瞬だけ身をかがめ、上方へ突きあげるようにして男の手首を両手でつかんだ。その姿勢から斜め下方へ身をひねり、銃口を地面へ向けさせる。男の体は周治の背後に回り、伸ばした腕を前方で押さえ込まれた格好になった。周治が手首をしめつける力を増すと男は絶叫した。自然に掌が開き、拳銃が足元に落下する。男の手首を解放した周治は、振り向きざま相手の鳩尾《みぞおち》に肘を打ち込んだ。男がよろけた隙に銃を拾いあげ、相手の眉間に照準を合わせる。

「雇い主の名前を言え」と日本語で怒鳴った。

男は両手を挙げたまま、ぶるぶると震えていた。「名前なんか聞いてへん」

「じゃあ、仕事を受けたときの様子を教えろ」

「手紙をもろうただけや。日付と時刻と、ここへ来て何をするかだけが書いてあった」

「そんないい加減な指示で人に銃を向けたのか」

「わしらはいつもそうや。これ以上は何も知らん」

トラックの幌の隙間から黒月が叫んだ。「新居くん、そいつに構うな。早く乗れ」

周治は不満そうに口許を引き結び、銃を構えたまま後退した。近くで、また石畳がはじけた。急いでトラックの荷台へ足をかけ、幌の中へ転がり込む。

トラックはすぐに走り出した。行き先は、蘇州河《そしゅうが》のほとりに建つブロードウェイ・マンションだ。幌の隙間から外をのぞくと、さきほどの男が逃げていくのが見えた。周治は舌打ちし、荷台に腰をおろしてぼそりと言った。「惜しかったですね」

「銃を見せてくれないか」

黒月は警護の憲兵に命じて、周治から銃を受け取らせた。一瞥《いちべつ》しただけで憲兵は応えた。

「市中に出回っているありふれた銃です。襲撃者の手がかりにはならないでしょう」

「そうか」

「地方訛りがありましたが日本語は上手でした。内地で職をなくして大陸に渡ってきた輩《やから》か、共同租界を根城《ねじろ》にしている連中でしょう。尋問したところで何も出ません」

黒月はうなずき、周治に言った。「いまから君は、常時私についてくれ。寝泊まりも私の部屋で頼む。研究所の厨房には、こちらから連絡を入れておく。フランス租界の事務所は残すが、私はもう行かないようにしよう」

「森塚先生やスミさんはどうしますか」

「これまで通り個別に待機してもらう。費春玲《フェイチュンリン》さんは共同租界には出入りしにくいから、フランス租界の事務所を任せるにはちょうどいい。簡単な連絡は電話で、内密の話は文書か無線だ」

5

レストランの前では負傷者の搬送が始まっていた。双見はタクシーから降りると深く息を吸い、気持ちを落ち着かせてから歩き出した。

道路を横切ってレストランに接近していったとき、現場を仕切っている警官のそばに、見覚えのある人物が立っていることに気づいた。

背筋が、びりっと震えた。

上海憲兵隊の西城《さいじょう》中尉だ。あの日、工部局警察のベイカー巡査部長と一緒に、屋形船に乗っていた人物である。

双見は警官に向かって英語で「失礼します。邦明通信社の者です。こちらの方にお話をうかがいたいので、少しお時間を頂けませんか」と断りを入れた。

警官が何か言おうとしたのを、西城が自ら押しとどめた。双見には無愛想な視線を向ける。

「なんの用だ」

「中の様子は。死者と負傷者は何名ですか」

「死者はいない。負傷者は全員病院へ搬送する」

「運ばれる先はどこですか。名簿はありますか」

すると西城は双見の背中に手を回し、軽く叩いた。「あちらで話そう。ここではまずい」

レストランから離れて、路地へ入った。適当なところで立ち止まると、西城は双見と向き合った。「君は、ここが襲撃されることを、あらかじめ知っていたのか」

「ええ。雨龍さんが立てた計画なので」

「では、なぜ、そんなに青くなっている」

「急な変更で僕の友人が同席したのです。負傷者の中に、新居という名前の一般人はいませんでしたか。勤務先はフランス租界で――」

次の瞬間、双見は強烈な平手打ちを受けていた。足がもつれ、石造りの壁で肩を打った。手の甲で口許を拭うと、うっすらと血が模様を描いた。

西城は少し顎をあげ、汚いものでも見るように双見を見おろした。「貴様らがどこで何をやろうと勝手だが、私の部下まで巻き込むな。手榴弾が二発も使われたと聞いている。死者が出なかったのは奇跡だ。普通なら何人もバラバラになっている」

「憲兵の出動は僕が決めたのではありません。一等書記官の黒月さんという方で、北京の日本大使館からこちらへ出張しておられて」

「そいつは何者だ。なぜ、憲兵による護衛が必要か」

「黒月書記官の任務をご存じないんですか」

「我々は人を出せと命じられたら出すだけだ。細かい事情など耳にしておらん」

双見は沈黙を守った。ここで何か喋れば、どんな形で波及していくかわからない。自分は、まだ榛ルートの協力者でいる必要がある。雨龍以外には情報を洩らせない。

双見の様子を見て、西城は舌打ちした。「まあいい。その黒月という書記官はどこに逗留《とうりゅう》している」

「ブロードウェイ・マンションです」

「なるほど。では貴様はもう行け。これ以上、現場の邪魔をするな」

西城がその場から立ち去ったのち、双見は、土の中から這い出した生き物のような鈍さで歩道へ向かった。

現場には何人か記者が集まっていた。見知った顔がいくつかある。自分も取材に来たような顔をして歩いていると、ふいに後ろから声をかけられた。「よう、おたくも仕事かい」

振り返ると、「凱報」の記者、門准《メンジュン》が立っていた。短くなった紙巻き煙草をくわえ、惜しそうに、ちびちびとふかしている。取材だとしても、ずいぶん崩れた雰囲気だ。

双見は訊ねた。「君は違うようだな。ただの見物か」

「いや、仕事だよ」

「『凱報』の？　あそこは襲撃でいったん閉めたはずでは」

「最近また始めた。うちは社会正義を信条にした新聞屋だからな」

「凱報」は華字紙《かじし》だが、資金を出しているのはアメリカだ。抗日運動を支援するアメリカのプロパガンダ紙である。そのせいで76号から社屋を襲撃されて死者まで出たのに、もう復活しているとは、逞《たくま》しいというかふてぶてしいというか、出資者であるアメリカのことも本当は軽蔑しているに違いない。金はもらっても犬にはならん、あくどい飼い主からは、むしり取れるだけむしり取ってやるというしたたかさは、門准をはじめとする「凱報」の社員の個性なのだろう。

門准は言った。「それにしても、なぜ、この店を襲ったんだろうな。いまやるなら、こういうレストランよりも、日本人向けの料亭だろうに」

「個人的な怨恨なら、店の種類は関係ないだろう」

「なるほど」

門准は煙草を投げ捨て、靴底で踏んだ。上衣のポケットから煙草の箱を出し、双見に向かって差し出す。「一本吸って落ち着いちゃどうだ」

「いや、いい」

「顔色が悪いぞ」

双見は視線をそらし、首を左右に振った。「ありがとう。だが、本当に大丈夫だ」

門准は黙って手をおろした。「少々確かめておきたいんだが、おまえ、雨龍さんと付き合っているんじゃなかろうな。おれも迂闊《うかつ》だったが、病院で一度顔を合わせただろう。あのときから交流が始まっていないか」

ぎくりとした。なぜ、門准がそんなふうに切り出すのかわからず、双見は精一杯に平静を装った。「あいつと話をすると何かまずいのか」

「おれみたいに世間擦れした奴はいいんだが、おまえはお人好《よ》しだからな。ちょっと気になった」

「お気づかいありがとう。会っても、邦明通信社の記者として接するよ」

「そうか。じゃあ屋台で一杯どうだ。久しぶりだし」

「悪いな。これから怪我人が運び込まれた病院へ行くところだ」

双見は手を振り、その場から立ち去ろうとした。

門准が、念を押すように言葉をかけてきた。「いいか、何があっても雨龍さんには深入りするな」

いつになく厳しく、真面目な口調だった。気になって振り返った双見は、しばし相手をじっと見た。

門准は、実の兄弟を心配するような目をしていた。いつもは日本と日本人に怒り、攻撃的な議論をふっかけてくる男が、明らかに他人を気づかっている――。

その瞬間、双見はすべてを悟った。

ばれているのだ。

何をどんな形で知り、どこまで知っているのかわからないが、門准はこちらと雨龍との関係に気づいている。今日ここで会っていなければ、邦明通信社まで来ていたかもしれない。

ふたりは、しばらくのあいだ無言で向き合っていた。

先に口を開いたのは門准だった。「もし、おまえがジャーナリストとして恥ずかしい真似をしたときには、おれは容赦なく名指しで記事を書く。いいな？」

「僕は己に恥じることなど何ひとつしていない」

「本当か」

「君こそ、言葉が過ぎて抹殺されないようにな。次は、うまくは生き残れないぞ」

「それで脅したつもりか」

「とんでもない。君には脅しなど効かんだろう。尊敬に値する記者だ」

双見は大通りでタクシーをつかまえて乗り込み、運転手に行き先を告げた。

ふと気になって背後を振り返ると、ガラス窓越しに、門准がまだ見送ってくれている姿が見えた。それが急速に遠ざかっていく。どれほど距離が開いても、門准はそこから動こうとしなかった。車が角を曲がるまで歩道に立ち続けていた。

己の情けなさに胸を掻きむしられるような想いを抱きつつ、双見は、窓の外を流れていく風景を眺め続けた。

病院の受付で負傷者の名前を確認したが、周治や黒月はいなかった。怪我人は憲兵のみ。ようやく安堵《あんど》できたものの、周治たちがいまどこなのか、わからなくなってしまった。明日以降、連絡がつくまで待つしかない。

病院を出ると、双見は北四川路《ほくしせんろ》の法律事務所を目指した。車から降りて石造りの建物を仰ぎ見る。事務所がある階から光が洩れていた。迷わず正面玄関をくぐり、エレベータでその階まであがった。

事務所の扉を何度も叩くと、やがて扉が細く開き、雨龍本人が姿を見せた。双見を目にしても驚かない。既に事件の報告を受けたあとなのか。

双見は訴えた。「中へ入れて下さい。詳しく話したいので」

「どうぞ」

事務所内は雨龍の他には無人だった。奥の部屋には向かわず、雨龍は近くにあった事務用の椅子に腰をおろした。

双見は隣の席についた。「襲撃は失敗でした。黒月書記官は無事です」

「それは報告を受けていますが、なぜ、そんなに焦っているんですか」

「直前に、新居が、予定変更で現場へ行くという電話をかけてきました。心臓が止まるかと思いましたよ。次からはこういうやり方はやめましょう。もっと確実に、黒月書記官だけを狙える方法で」

雨龍は黙って椅子から立ちあがった。奥の部屋へ入り、しばらくしてから、何かを片手に提げて席へ戻ってきた。双見の前の机にそれを置く。拳銃を収めたショルダーホルスターだった。「渡しておきます。小型ですから素人でも撃てます。練習したいなら予備の弾があるから一緒に持って帰って下さい」

双見は椅子から飛びあがった。「僕に黒月さんを撃てというんですか」

「どうしても新居さんを巻き込みたくないなら、あなたが黒月書記官とふたりきりのときに撃つしかない。首尾よく殺せたら私に電話を入れて下さい。逃げ方を教えますから。逃亡先は好きに選んで下さい。金は出しますので」

「記者の職を捨ててまでやることじゃない」

へえ、と雨龍は軽蔑するように笑った。「まさか、いまさら抜けられるとは思っていないでしょうね。抜けるというなら、ベイカー巡査部長に頼んで、あなたを馬小京殺しの犯人にしてもらいますが」

「僕が手を出した証拠なんかない。死体だって河の底だ。そんなことをするなら、別の警官に真相をぶちまけてやる」

「工部局警察は、小さな殺人事件を丁寧に捜査するほど暇じゃない。適当な証言と、容疑者の自白でかたをつけますよ」

雨龍はホルスターを持ちあげると、自分を睨みつけている双見の胸元に押しつけた。「イギリス人はアジア人なんぞ平気で殴る。工部局警察の取調室で、暴行を受けたうえに犯人にされるなんて阿呆らしいでしょう。いいですか。これは好機だと思う瞬間があれば、そのときに思い切って撃つんです。そういう機会は何度か訪れるものです。勿論、やりたくないならやらなくてもいい。こうなっては、こちらも毎回あなたに知らせる余裕はないので、ご友人のこと覚悟しておいて下さい」

「計画は教えて下さい。僕も行きますから」

「行ってどうするんですか」

「その場で撃つ」

双見が腕を持ちあげてホルスターを受け取ると、雨龍は自分の手を離した。掌に、ずっしりと重みが伝わった。革とオイルの甘い匂いが微かに鼻をくすぐる。

「他人から訊かれたら護身用だと答えればよろしい。この街では珍しくない」雨龍は静かに続けた。「双見さんの好きなようにして下さい。後悔しないで済む選択をすればいいんです。簡単でしょう？」

6

襲撃事件の翌日、共同租界のブロードウェイ・マンションで、黒月は西城中尉の訪問を受けた。

周治も黒月も、西城とは初対面だった。憲兵隊には何度も護衛を頼んでいるが、一ノ瀬大佐経由であり、黒月のために組まれた特別班と接触するのみだった。他の管理職との交流はない。

西城は黒月の自室で長椅子に座ると、上長《じょうちょう》のような喋り方をした。「まさかとは思うが、上海憲兵隊を私用で使っているのではなかろうな。こういうことは、あらかじめ連絡を入れてもらいたいのだが」

黒月は慇懃《いんぎん》に答えた。「機密事項を含みますので詳細は明かせませんが、私は現在、極秘任務に就いております。そのため、上海憲兵隊内部に特別班を編制して頂き、そこから人を派遣してもらっています。編制自体には私どもは関与しておりません。今回、もし、何かの事情で中尉殿の部下が臨時に出動命令を受けていたのであれば、中尉殿のほうから班長にひとこと入れて頂ければ、今後の出動要請はないものと存じます」

「テロリストに狙われているのであれば、日頃から、それなりの対応をしておくべきだ」

「正直なところ、ここまで憎まれているとは思わなかったので」

「ふざけているのか」

「真面目に話しております」

「ならば、なぜ、ここまで大きな事件になった。詳しく聞かせてもらおう」

「先ほども申し上げた通り、私の口からは無理なのです」

「誰に訊けばわかる？」

「それもお答えできません」

「では、次からは、すべての出動を制限させてもらうぞ」

「それは無理かと存じます。中尉殿の指示が通るのは人員配置の都合のみかと」

「馬鹿を言うな。貴君は部外者ではないか。なぜ、憲兵隊の人間よりも命令が優先されるのだ」

そのとき部屋の扉を叩く音がした。周治は長椅子から立ちあがり、扉をあけて来訪者を迎え入れた。

帝国陸軍の軍服をまとった将校がひとり、悠然《ゆうぜん》とした面持ちで近づいてくる。一ノ瀬大佐だった。

西城は切れ長の目をさらに細め、口を真一文字に結んだ。

黒月は一ノ瀬に席を譲り、長椅子の脇に周治と並んで立った。

一ノ瀬は西城の正面に座ると、穏やかな表情で相手を見つめた。「支那派遣軍総司令部第二課の一ノ瀬です」今井とは名乗らなかった。一ノ瀬の名でも憲兵隊に話が通るようにしてあるのだ。階級も告げなかったが襟章を見ればそれはすぐにわかる。西城は背筋を伸ばした。

一ノ瀬は続けた。「たびたび憲兵隊を出動させて申し訳ない。すべて私からの指示なので、何か問題があるならこれを機会にご提案をお願いしたい」

「責任の所在が明らかならば構いません」いきなりの佐官《さかん》の訪問にも驚かず、西城は冷静な態度を崩さなかった。「書記官が独断で命令しているなら正すべきでしたが、大佐殿が指揮をとっておられるなら間違いはないものと存じます」

「すまんな。極秘任務なので詳細を明かすわけにはいかんのだ。本日の件も他言無用に願いたい」

「承知致しました。では、私はこれで」

西城はさっと立ちあがり、綺麗《きれい》な所作で挨拶すると、整然とした足取りで部屋から出ていった。

黒月は一ノ瀬に向かって頭を下げた。「ありがとうございます。助かりました」

「礼を言うには及ばない。あれぐらいの相手なら、君の弁舌だけで軽くいなせただろう」

「ご冗談を。頭の固い人間は苦手です。工作のほうは如何《いかが》ですか」

「君たちのおかげで、重慶政府の信頼をだいぶ得られたようだ。三月初旬から本格的に交渉を始めるが、まずまず、いい線で進められるだろう。勿論、土壇場では何が起きるかわからんがね。例のあれは、そろそろ引っぱり出せそうか」

「はい。もうじき表へ出てくる頃かと」

7

三月に入ってすぐ、スミたちは、ピアース公使との四度目の合議を行うことになった。今回も日本総領事館の一室で、前回と同じ出席者のみ。双見と費春玲は、これまでと同じく、フランス租界の事務所で待機だ。

ピアース公使は、日米防共協定と原油配分率の話を、和平工作が成功してから決めたいと言い出した。あくまでも、ぎりぎりまで日延べするつもりらしい。

ただ、和平工作の仲介には乗ってくれたようで、蔣介石と会ってきたと話し始めた。アメリカ陸軍航空隊を通じて蔣介石と面談し、日中和平工作に対する、先方の本音を探ってきたという。

蔣介石の話によると、これまで彼のもとへ日本側から持ち込まれた和平の打診は、十を超える数に達しているらしい。一ヶ所からではない。あちこちのルートから、絶え間なく、交渉の機会を呼びかけられているのだ。

　中国側はこの有様《ありさま》に、いったいどれが本物の和平工作なのかと頭を悩まし、日本は信用できない国だという思いを強めたという。本当に和平を望むなら、日本政府が話を一本化すれば済む話だ。それをしないのは、偽の工作を混ぜて、中国を騙すつもりなのだろうと考えている。

　実際には、おそらくどれも真面目な和平工作なのだ。ただ、政府がひとつにまとめると拡大派に潰されやすく、また、社会情勢に合わせて臨機応変に対応したいという交渉側の思惑もあって、個別に動いているのだろう。

　蔣介石は、それらをすべてはねつけてきたという。和平を勧める書簡も山ほど届くが、返事をしたことはないと。

　黒月は訊ねた。「我々が送った密書はどうでしょうね。やはり無視でしょうか」

「そこまで質問したら、こちらの思惑を悟られてしまう。触れずに帰ってきたが、和平については何も考えていないわけではなさそうだ」

「どのような印象でしたか」

「蔣介石は軍備を整えるためにソ連を頼った。だが、その代償として、ソ連軍による新疆《しんきょう》への介入と駐兵、武器購入費の増大へと至っている。蔣介石は、これをどちらも気に入らないようだ。いま開戦して日本を叩くか、和平交渉を利用して開戦時期を先送りにするのか、未だに天秤《てんびん》にかけているように見える」

アメリカにとって、いまは、どちらへ転んでも構わない状況だ。それ以上強く押さなかったのはよくわかる。

もっとも、満州の石油開発の件は探りを入れてきただろう。石油の件は密書に記述しないでほしいと前回釘を刺されているが、こちらが口頭で先方と話すことまでは禁じていなかった。それは、アメリカ側も先方と口頭で相談するが、これを問題にしないでもらいたいという意味でもある。アメリカは、日本とは結ばず、中国と共同で行う満州の石油開発も想定しているだろう。このあたりは蔣介石の判断次第になる。

近々、日本側へも重慶政府から連絡があるだろうと、ピアース公使はしめくくった。諸々は、結果を見てから、あらためて話し合いたいと言った。

フランス租界の事務所で、双見と費春玲《フェイチユンリン》は、いつものように、合議が終わるのを待っていた。

先日の襲撃事件について、黒月は詳しくは報告しなかった。四明《スーミン》銀行側の都合でレストランを変更したら偶然あの事件が起きた、テロリストと鉢合わせしなかったのは運がよかったと、飄々《ひようひよう》と語った。双見の準備に落ち度があったと責めたりもしなかった。今日の待機も、これまでと同じように双見と費春玲に任せてくれた。

四明銀行の役員を紹介したのは双見だ。その直後に襲撃されたことに、なんの疑問も抱かないほど黒月は鈍くはないだろう。

雨龍が疑っていたように、黒月は何もかも承知のうえで、こちらの動きを監視しているのだろうか。

ならば、今後、雨龍の事務所へ行くのは危ない。和平工作からも降りねばならないが、邦明通信社経由で依頼された仕事なので、やめるにはそれなりの理由がいる。これをなかなか思いつかない。

双見が悶々《もんもん》としているのを見て、費春玲が声をかけてきた。「饅頭《マントウ》を買ってあるから温めましょうか。お腹《なか》がすいたでしょう」

費春玲は饅頭を蒸籠《せいろ》に入れてから、また椅子に戻ってきた。「前々から訊いてみたかったんだけれど、いいかしら」

「なんだい」

「双見さんは、どうして記者になったの」

「え？」

「他の仕事に興味はなかったのかな、と思って」

ふむ、と考え込んだのち双見は応えた。「世界の一番先に、手が届くと思ったからだな」

「世界の先――」

「世の中というものには定まった形がない。広がったり、縮んだり、いつもぐにゃぐにゃしている。アメーバみたいな動き方をする。ならば最も激しく動いている場所――最先端を押さえれば何かがわかるような気がしてね」

「それでどうだった?」

「全然。何もつかめなかった」双見は苦笑いを浮かべた。「世の中を知れば知るほど、世の中のことがわからなくなった。社会も人間も、僕が考えていたよりもずっと邪悪で、同時に、怖いほど純潔で崇高でもあった。そのような在り方の意味を、僕は未だにはかりかねている」

「それなのにまだ続けるの?」

「他に何もできないし。すぐに他へ移れるほど器用じゃない。まあ、僕はこの程度だが、邦明の他の記者たちはみんな頭がよくてりっぱだよ。僕ひとりが落ちこぼれているだけさ」

「双見さんは中国人をどう思う?」

「え?」

「取材では大勢の中国人とも会うでしょう。率直に聞かせて」

「――好きでもないし嫌いでもない、というのが本音かな。正直なところ、よくわからないんだ」

「だったら、なぜ和平工作の支援を引き受けたの。日本人も中国人もどうでもよければ、こんな面倒な任務、やってられないでしょう」

答え方を間違えたなと思い、双見は少しだけ視線をさまよわせた。「いまの国家間の問題は、日中間の好悪の感情が最大の障害だと僕は感じているわけだ」

「『好き』って、いけない感情なの？　私は祖国が好きよ。双見さんたちのことも好きよ。だから和平工作を手伝っているのに」

「執着や憎悪を生むのは好悪の感情だ。外交や平和は、個人の感情ではなく、純粋に論理だけで進めねばならない。論理と正義、これこそが最も大切だ」

「じゃあ、双見さんが考える正義って何？」

「欧米の列強を大陸から退け、アジアの人間だけで、アジア圏に理想的な経済圏を生み出すこと。中国と日本は兄弟として、皆を指導する立場となる。そうすれば、きっとアジア中から感謝される。その頃には欧米もアジアを見直して、むしろ、国力を恐れるだろう」

費春玲の表情からすっと熱が失われ、代わりに、冷ややかな感情が広がっていくのを双見は目にした。いまの発言のどこがまずかったのか、まったく見当がつかなかった。ただ、反感を持たれたことだけは理解した。焦りから、首筋に、じんわりと汗が滲む。

「そういうの、双見さんらしくない」口を開いた費春玲の声には棘《とげ》があった。「なんだか、知らない人の演説を聴いてる気分。それは誰かの本に書かれていた言葉？　それとも誰かから教えられたの？　双見さんは、もっと優しい言葉を使う人だと思ってた」

「ごめん、ちょっと力が入りすぎたかな」双見は平静を装って受け流した。「記者仲間が集まったときには、いつもこんな感じで話すから。難しい理屈を並べすぎたな。普通の人には、なるべく言わないんだけれど」

「私ならいいの？」

「費春玲さんがあまりにも真剣だから。鄭蘋茹《テンピンルー》さんや従承志《ツオンチャンジー》くんが亡くなって以来、ずっと深刻な顔をしているだろう。僕はそれが心配だ」

コンロの上の蒸籠が、いつのまにか強く湯気を吐いていた。費春玲は椅子から立ちあがって火を止め、籠の蓋をとり、菜箸で饅頭をつまんで大皿に並べていった。

双見は、その間に急須で茶を淹《い》れた。気づかれないように、費春玲の様子を横目でうかがう。

鄭蘋茹と従承志の話を出したのは正解だったらしい。費春玲の気をそらすことに成功したようだ。次からもこれでいこう。

卓を挟んで向き合うと、費春玲は再び口を開いた。「私は自分よりも双見さんが心配。このあいだの爆破事件、まだ気にしているでしょう」

「確かに肝を冷やしたが、黒月さんも責任は追及しなかったし、もう忘れたいね」

「困っているなら遠慮なく相談して。事件がきっかけで、四明銀行は双見さんを責めるかもしれないから」

「大丈夫だよ。そのあたりは」

「だめだめ。私や呉《ウー》さんが間に入るから、いつでも頼って」

そのとき、合議の終了を知らせる電話がかかってきた。何事もなく終わったとのことだった。今日は、他の関係者や大使館との連絡も必要ないし、黒月もこちらへは来ない。双見と費春玲はこれで解散だ。

双見はアパートの近くまで費春玲を送っていき、無事に部屋に戻るところを確認してから道を引き返した。

ひとりきりになると、懐に収めている銃の重みが存在感を増した。毎日身につけていれば慣れるかと思ったが、そうでもないようだ。

日ごとに、重くなっていくように感じられる。

8

三月七日。

再び香港の地を踏んだ今井大佐は、以前も利用した東肥洋行へ向かった。

この建物の二階で、何日間にもわたって、日中で予備会談を行うのである。

中国側を手伝う蔣介石の妻・宋美齢《ソンメイリン》は、「毎日の討議の結果は、無線連絡で重慶に伝えます」「これに加えて、飛行機による重慶との往復を担当者に命じているので、前日の討議内容はすみやかに重慶政府に伝わります。政府内で討議された結果は、翌日、すぐに次の討議に反映されるでしょう」と日本側に説明した。

日本側の出席者は、今井大佐の他に、鈴木中佐、参謀本部第八課長・臼井茂樹《うすいしげき》大佐。中国側の出席者は、宋子良《ソンズーリャン》、重慶行営参謀処副処長・陳超霖《チエンチヤオリン》陸軍中将、および、最高国防会議秘書主任・章友三《チャンヨーサン》、香港大学教授・張治平《ジャンジーピン》。

そして、複数の通訳者が立ち会う。

討議に先立ち、まず日本側が告げた。「この会談は、日華和平会議開催の可能性を検討するものです。和平の内容についてはお互いの意見を出し合うに留《とど》め、そこで意見の不一致があっても、会談そのものを決裂させることなく、今後の話し合いで細部を詰めていく努力を致しましょう」

すると中国側はこう応えた。「我々は、蔣介石委員長よりいくつかの指示を受けています。本会議の前に、まず、日本軍撤兵の保証を頂きたい。それから、日本側の和平の条件を明らかにして頂きたい。最後に、この会談は、絶対極秘裡《り》に進めて下さるようにお願いします」

「承知致しました」

一日目。お互いに相手の出方を見ながら、同意できる部分とできない部分を、じっくりと確認していく。

　今井大佐は中国側に向かって言った。「皆様には、まず、中国全土の国民に、抗日行動を中止するようにお伝え願いたい。これなくして和平は成立しません」

　章友三は「勿論です」と答えた。

「満州国の承認については如何ですか」

「日中両国の保護国と致したく存じます」

「満州国は、既に、独立国として存在しています。保護国としなくても、よいのではありませんか」

「では、この問題については保留とさせて下さい」

　簡単に承認するとは言わない。やはり、これは中国にとって、いまでも大きな問題なのだ。

　今井は続けた。「防共協定については、どうお考えですか。日本は、日華防共協定の締結を求めています」

「差し支えありません。検討して参りましょう。日本側は、大陸からの撤兵については、どのような予定を立てておられますか」

「撤兵はさせますが、地域によっては、あらためて、日本軍を駐兵する必要があると考えています」

「それでは中国国内で議論が沸騰してしまいます。駐屯に関しては、和平成立後にもう一度話し合いませんか」

陳超霖中将が横から口を挟んだ。「撤兵のあと駐兵するのではなく、必要な場所で撤兵を遅らせる形でよいのではないか」

今井は答えた。「内蒙《ないもう》は、防共のため、特殊地域として考えねばなりません。そのための駐兵です」

章友三は陳超霖中将の表情を一瞥し、了解の意思を確かめてから、今井に告げた。「わかりました。その考え方自体は差し支えないものとします」

「防共の問題とは別に、華北《かほく》および長江《ちょうこう》下流域を、日華経済合作地帯としたいと考えています。この点については如何ですか」

「中国が主導し、日本が援助する形であれば問題ありません」

再び、陳超霖中将が発言した。「長江一帯には欧州列強の利権がある。むやみには開発できない」

今井は応えた。「勿論、その点については考慮致します。華北の資源開発に関しては、日本の技術を大いに利用しますので、便宜を供与して頂きたい」

二日目。

昨日の課題について、さらに議論を詰めていく。

今井は中国側に対して、「大陸内部における日本人の居住営業権を求めたい」と発言した。いまは鉄道付属地にしか認められていない権利を、大陸全土に拡大しようという計画である。大陸における日本人の経済活動を伸ばすには、この措置が絶対に必要だ。「これを条件に、日本は大陸内での治外法権を撤廃し、租界を中国へ返還することを考えています」

「それは結構なお話です。中国としては歓迎致します」

「日本からは、財政、経済、軍事などの技術顧問を提供しますので、中国側はこれを招聘《しょうへい》して下さい」

「わかりました。そのように致しましょう」

「満州国承認について結論は出ましたか」

「あと一日待って下さい」

「満州国の承認は華北の防共に関わってきます。防共のための日本軍の駐兵を、中国はよくよくお考えになるべきです。これは撤兵問題と分けて考えねばなりません」

「中国は独自に共匪《きょうひ》（※共産党系ゲリラ）の討伐に力を割《さ》いております。防共問題については、中国に任せて頂けませんか」

「我々が求めている防共とは、国内共匪の問題ではありません。対外的なものです。つまり、ソ連を警戒しなければならんということです」

宋子良がおもむろに口を開いた。「今井大佐、中国にとって『駐兵』という言葉は適切ではないのですよ。それでは中国世論の反発を呼んでしまう。たとえ和平が成立しても、新たに駐屯兵がやってきたら、和平の条件が無視されたように見える。これは大変まずいのです。日本軍の撤兵期間を延長する形で、これに対処しませんか。そうすれば、大陸に残っている日本兵を指して、『彼らはいずれ日本へ帰るのだから心配しなくていい』と政府は国民に説明できるのです」

すると、日本側から臼井大佐が発言した。「駐屯の条件を細かく設定し、秘密協定で処理すればよいと存ずるが」

章友三が応じた。「『駐兵』という言葉が、とにかくよろしくないのです。これは重慶政府の立場を危うくするでしょう。しかし、秘密協定は一考に値します」

今井は言った。「日華防共協定を発表し、駐兵については秘密協定とする——という手段は可能ですか」

「原則的には可能です」

「他にご希望は」

宋子良が応えた。「この会談のために障害をつくらぬことが肝要です」

章友三が日本側へ訊ねた。「日本側の意見は如何ですか」

今井は言った。「汪兆銘《かんしょうがい》問題について、あなたの意見をうかがいたい」

「それは私にとって管掌外です。むしろ日本側の意見を知りたい」

「日本は汪兆銘に対する道義がありますから、重慶側と汪派とで協議してほしいのです。最終的には両者が合流することを望んでいます」

「中国国民の総意は『反汪兆銘政権』です。和平を成立させたいのであれば、汪兆銘政権成立前に行わねばならないでしょう」

臼井が言った。「まずは日華の停戦であろう。その次に、重慶と汪派との合流会議が可能となるのだ」

「では、日華停戦の障害をつくらぬことが今後も大切ですね」

今井はうなずいた。「そのために、すみやかに討議を進めていきましょう」

この日は、条文の整理と覚え書きの作成を約束し合って、会議は終わった。


三日目。

今井はまず中国側へ訊ねた。「満州国承認問題は、どうなりましたか」

章友三が答えた。「満州国の独立は既成事実ですから、いまさら干渉せず、しばらく、この問題には触れないようにして頂けませんか」

「つまり黙認するわけですね。和平が成立すれば、四、五年で解決することですから、それもひとつの方法です」

張治平が付け加えた。「いま満州国を承認すると、国際的な誤解を招き、政府に対する国民の信頼が失われてしまいます。時間をかけて、これから、よい方法を探したいと存じます」

章友三が続ける。「重慶の軍隊にもいろいろと派閥があり、いま承認すれば、彼らが予想外の行動をとるかもしれません。我々は、本日から政府の最高位の方々の指示を仰ぎますので、この結論は正式代表会議までお待ち願えませんか」

今井は言った。「ここは、日本側として最も回答が欲しい部分です。見通しが立たなければ、正式代表会議の開催自体が難しいでしょう」

「我々は明日の晩には重慶へ戻ります。四日後には回答できるでしょう。なんとか、お待ち願えませんか」

「我々も明後日《あさって》は東京へ戻りますので——では、あなた方の回答をもって、正式会議の予定を決めることに致しましょう」

翌日、関係者たちは条文の整理を行い、香港での会議は終了した。

中国側の関係者は重慶へ引き揚げ、今井は南京へ、臼井は東京へ。それぞれの上層部に討議の内容を報告し、重慶からの返事を待ちわびた。

今井の報告書に、日本側の反応は芳しくなかった。中国からの要求になど、どれも応えるべきではないという強行派の意見が目立った。とりわけ、がんとはねつけられたのが満州国承認を中国側が退けている件であった。日本軍の上層部は、「なぜ、中国側はこれを認められないのか」と憤るばかりだった。

今井は溜《た》め息を洩らした。確かに、いまの趨勢《すうせい》を考えれば、今井にも中国側の態度は頑《かたく》なにすぎるように感じられる。だが、中国国内に複雑な事情があると打ち明けられた以上、日本側としては待つのが正しい判断だ。

欧米から見れば異常事態である満州国建国も、日本ではこの時代、異を唱える者はほとんどいなかった。庶民、知識人、軍人、政治家などの違いを問わず、大半の日本人が「満州国建国は正しい」と判断していた。

満州の開拓は日本に富をもたらし、日本の国力を増してくれる。そして、アジアの五つの民族が協力し合って、新時代の多民族国家を満州に創出する――という理想は美しく、どこに間違いがあるのかさっぱりわからない、というのが日本人の実感だった。中国側が、その発想の裏に、多くの欠陥と日本人以外の民族の犠牲が生じており、そもそも、国としての運営方法が問題だらけだと指摘しても、当時の日本人は対処しようとしなかった。

和平派で中国通の今井ですら、満州は承認の方向で進めるべきだという考えだったので、中国側を説得できないのは、ただただ、自分の交渉の技量が足りないせいだと、ひたすらに自責の念にかられるばかりだった。

なお悪いことに、重慶側からの返事は、約束の四日間を過ぎても日本側へ届かなかった。

この頃には、汪兆銘政権発足は三月二十六日と決定済みであったので、今井は上層部にかけあい、もう少しあとへずらしてもらえないかと、必死に頼み込んだ。重慶からの返事をぎりぎりまで待つためである。結果、発足は同月の三十日に変更となった。

そして、三月二十四日。待望の重慶からの知らせが届いたが、その内容を一読した瞬間、今井は全身から血の気が引くのを感じた。中国側からの書簡にはこう記されていた。

『満州国承認の問題で、こちらの政府内が紛糾している。四月十五日まで返事を待ってもらえないか』

足下に大穴があき、体が落ちていくような失望感に襲われた。汪兆銘政権発足の予定はもう動かせない。発足前に和平を成立させるという目標は、これで完全に潰《つい》えた。日中和平にとって最大の好機が失われたのだ——。

9

四月に入ってから、スミたちは一時待機を命じられていた。

汪兆銘政権は予定通り三月末に成立。四川大学の蔡教授からの連絡は、その日以来途絶えていた。ピアース公使との次の合議も未定のままだ。

もっとも、軍部から正式に、和平交渉終了という知らせが届いたわけではない。汪兆銘政権が発足し、これが正統な中国政府だと世界中に宣言されたことは、重慶政府の関係者を激怒させただろう。だが、今井大佐宛ての連絡が遅れたのは、中国側が、ぎりぎりまで和平交渉を支持する意見を捨てなかった——という意味でもある。

連絡を遅らせた中国側にも非はあるが、重慶政府内での意見調整が難しいことを知りながら、汪兆銘政権の発足を月単位で延期できなかった日本側にも、同じように負い目はある。少なくとも中国側は「待ってほしい」と通達してきたのだ。「もう交渉しない」とは言わなかった。それをはねつけたのは日本自身だ。「中国人ごときになめられてたまるか」といきり立つ軍人たちの自尊心が、外交と政治の理念を上回ってしまった結果だった。

新政府において、汪兆銘は自分の立場を「主席」ではなく「主席代理」に留《とど》めていた。南京政府を、ゆくゆくは蔣介石との合作に——という望みをいまでも捨てず、主席は重慶政府の人間に就任してもらおうと考えて、わざと空席のままにしたのである。

だが、汪兆銘の細やかな気づかいとは裏腹に、和平交渉に関して、重慶政府は沈黙を保ち続けた。

ある日、スミの自宅に黒月から電話が入り、ブロードウェイ・マンションまで来てくれと頼まれた。周治が車で迎えに行くので、それに乗ってくれという。

時間通りに表で待っていると、ルノーの小型車がスミの前で停車した。運転席の周治は、ウィンドウを下げ、そこからスミに挨拶した。

スミは車体をじっくりと眺めながら言った。「黒月さんの車で来るのだと思っていました」

「あれを勝手に乗り回したら怒られますので。別のを借りてきました」

「すっきりした形ですね」

「素敵でしょう? でも、壊すと部品の調達が難しいから、大切に使うようにと念を押されました。フランスはドイツとの戦争で民間車の生産が止まるかもしれないので」

スミは車に乗り込むと、周治に訊ねた。「黒月さんとは、いまでもよく会っておられるんですか」

「ずっと警護しています」ハンドルを切りながら周治は応えた。「汪兆銘政権発足で一段落ついたのかと思ったら、まだまだ続けるようで」

「ご機嫌は如何ですか。気難しくなってらっしゃいませんか」

「まったく、いつも通りです。前よりも熱心に働いているぐらいです」

「でも、重慶からの連絡は途絶えたままなのでしょう」

「細々と、あちこちのルートから情報が入っています。今度こそ正念場というか、面白いことになりそうです」

「なんだか楽しそうですね」

「楽しいふりでもしてなきゃ、やってられません。これでだめなら、もう本当に戦争ですから。緊張していると失敗しますよ。スミさんも肩の力を抜いて任務にあたって下さい」

「二度目ですね」

「はい？」

「前にもそんなふうに言われました。『伊吹』の出入り口の前で」

「そうでしたか」

「私は、すぐに緊張してしまうから。いったん動き出すと、あとは滑らかにいけるんですが。

——戦争は、やはり本格的に始まるんでしょうか」

「おれたちが和平交渉を成立できなければ、たぶん」

スミは口をつぐんだ。どうしてもそうなってしまうのか。いくら力を尽くしても、この流れを変えることはできないのか。

「中国との本格的な戦争が始まったら、おれの年齢では確実に前線へ回されます」周治は視線を正面へ向けたまま続けた。「たくさんの男たちが黙々と大陸に渡る。本心では行きたくなくても、庶民はいろいろとしがらみがあるし、家族に対する世間の目もある。自分ひとりが我慢すれば角が立たないと、黙って戦地へ赴いてしまう。そういうときにはね、自分が死ぬかもしれないという予感が、あまり実感できていないんです。修羅場《しゅらば》での生死は確率の問題にすぎません。警護の仕事をやっているだけでもよくわかる。弾も大砲も人を選ばない。

大鎌でざっくりと草を刈るように、何十万人、何百万人もの命が刈り取られていく。個人でそれに抗するのは難しい。だからおれは、どんなときでも肩に力を入れたくない。軍隊式の価値観に沿って無駄に命を捨てるのもごめんです。最後まで美味《うま》い料理の作り方だけを考えていたい。それが料理人としての意地ってもんですよ」

「そんな言い方はやめて下さい。悲しくなってしまう」

「すみません。おれは現実的なことしか見えないし、言えない人間なので。スミさんは安全な場所へ逃げて、戦争が終わるまでじっと隠れていて下さい。香港あたりがいいでしょう。スミさんのご主人は貿易商だから渡航は慣れている。スミさんが無事でいてくれれば、おれは戦地でも励まされます」

「私の望みは、周治さんがいつまでも元気でいらっしゃることです。死ぬ前提の話なんてやめて下さい。縁起でもない」

スミは車窓の外へ目をやった。流れゆく租界の風景を眺めながら、時間の流れを遡《さかのぼ》れたら、どんなにいいだろうかと考えた。そうすれば最悪の事態だけは避けられるだろうに。

周治が教えてくれた通り、ブロードウェイ・マンションで顔を合わせた黒月は、いつもと変わらぬ調子だった。

長椅子に腰をおろすと、挨拶もそこそこに本題を切り出した。

「今後は、これまでとはやり方を変えます」と黒月は言った。「ピアース公使との合議は一旦中止。先方とのやりとりは電話や書簡で続けますが、皆が一堂に会する機会はつくりません。そして、榛ルートの人員を三班に分けます。第一班は森塚先生と私、第二班は倉地さんと新居くん。第三班は双見さんと費春玲さん。それぞれに違う役目を担って頂きます」

「別々に動くんですね」

「ええ。汪兆銘政権が発足したものの、蔣介石は和平の機会をまだ捨てていません。しばらく様子を見ながら、再度、接触する可能性が見えてきました。蔡教授とピアース公使の双方から情報が入ってきています。おそらく数ヶ月後には、交渉再開となるでしょう。我々はそれまでに、中国側の日本側への信頼を最大限に上げておかねばならない」

黒月は卓の上に封書を二通並べた。どちらも宛名は書かれていない。「この中には、今井大佐がいかに和平交渉に精力を傾けておられるか、信頼に値するかということを、丁寧に書き綴った手紙が入っています。上海の外交関係者と支那派遣軍総司令部の手による文書です。そして、さらにもう一通、重要な書簡が同封されています。ある高貴な身分の方から、蔣介石へ宛てた私信です。日中の和平を強く望むというご意思が、自身の言葉で綴られています」

「いったい、どなたがそのような協力を」

「いまの時点ではお名前を明かせません。ただ、これまでの和平工作における我々の努力を知り、常に報告を受け、活動を評価していた方が自ら動いてくれた——とだけ言っておきます」

スミは息を呑んだ。自分の想像通りなら、黒月が名を伏せた理由にも納得がいく。

何人かの皇族と、その周辺にいる人々の名前が頭に浮かんだ。宮様たちは陸軍や海軍で将軍の地位に就いており、日中和平の問題についても積極的に発言しているという。実際、昨年の十二月、南京と上海の間を航行する飛行機の中で、今井大佐は秩父宮《ちちぶのみや》雍仁《やすひと》親王《しんのう》とふたりだけで話し合う機会を得て、日中和平工作に対して激励された。宮様は、盧溝橋事件の頃から、今井大佐と同じく不拡大派だ。後日、今井大佐には御下賜品《ごかしひん》まであったそうだ。和平工作に関わっていなければ、スミの身分では絶対に耳にすることのない話だった。

だから、桐《きり》工作と榛ルートの活動を知っている誰かが、関係者から窮状を訴えられ、いまこそと手を貸してくれた可能性は高い。

スミは訊ねた。「書簡は、その方の直筆ですか」

「いえ、仲介者による聞き書きとなります。あまりにも高い地位におられる方なので、私信とはいえ、蔣介石の手に渡ったあと、どのように悪用されるかわからないので」

「これがあれば交渉は成功しますか」

「正直なところ断言はできません。政治や外交は、そこまで単純ではないのです。偉い人間がひとこと添えれば事態が好転する、などという展開はあり得ません。国のトップが和平を口にしても、それすら、完全無欠の切り札にはならないのが現実の政治です。ただ、これまで積み重ねてきた諸々と併せて用いれば、膠着《こうちゃく》した状況を動かせるでしょう。この密書でそれを狙います」

スミはうなずき、微笑を浮かべた。「では、和平工作が成功したら、お名前をお知らせ頂ければ幸いです。私たちにはお目通りもかなわぬ方でしょうから、せめてお名前だけでも知り、心に恩を刻みたいと思います」

「わかりました。約束しましょう。ただし、それでも他言は無用ですよ」

「はい。ところで今回の密書では、満州の石油開発の件にも触れているのですか」

「勿論」

「ピアース公使との約束を破るんですか」

「この書簡では『満州の石油開発』とは記述していません。華北の経済開発については中国側も合作を納得していますから、具体的に書かなければ問題にはならない。我々は、まず、例の華田《はなだ》商会から優秀な幹部をふたりほど引き抜きます。会社自体はアメリカへ売却しますが、全社員があちらへ移るわけではありませんから。そのふたりを、日本が設立する石油開発会社の役員として就任させます。この会社の経営に四大家族にも噛んでもらう。日本は、アメリカと中国の両方に、石油開発の合弁会社を一社ずつ置く形をとる」

「悪くない案です」

「つまり、この書簡こそが、榛ルートが当初から目的としていた本物の密書です。四川大学の蔡教授を経由して渡したものは、アメリカに見せるための仮の密書。こちらは日中の関係者だけで共有して秘匿する、正真正銘の『和解《ヘ》と平和《ルーゼ》のための密書』です」

「なぜ、二通もあるんですか」

「第一班と第二班で一通ずつ持ちます。片方が奪われたり焼かれたりしても、もう片方は無事に届くように」

「では、双方、同じ内容の手紙が入っているのですね」

黒月はうなずいた。「この書簡は、郵送や外交行嚢《こうのう》は使わず、密使が先方へ直接届ける予定です。事前に察知されると、途中で荷から抜かれてしまいますので。両班は別行動で重慶を目指し、向こうで待機している中国側の政府関係者にこれを渡す。私は帝国海軍の飛行場──上海の龍華《ロンホワ》機場から現地へ飛ぶ予定ですが、先日のような事件がまた起きて、重慶へ行けない場合も考えられます。拡大派が飛行場で私を足止めすれば、そうなります。そこで、第二班のあなた方にも、別ルートで重慶へ向かって頂きます。あなた方が密使となることは、我々と中国側の担当者にしか知らせません。私の行動よりも目立ちにくくなるでしょう」

「待って下さい。私や周治さんでは重慶の政府関係者は信用しないでしょう。いくら事前に黒月さんの紹介があっても、きっと現地で何ヶ月も待ちぼうけです」

「おふたりだけで行けばね。だから、向こうで顔の利く者を、もうひとり同行させます」

周治が割り込んだ。「いまさら新しい人員を加えるんですか。それじゃあ、よっぽど地位の高い人間でなきゃ無意味ですね。黒月さんの班よりも、かえって目立ってしまうのでは」

「大丈夫。彼は、あなた方がとてもよくご存じの人物です。大陸の雰囲気に馴染《なじ》んでおり、中国語は完璧。なんの心配もいりません」

黒月は「ちょっと失礼」と断りを入れて長椅子から立ちあがり、円卓に置かれた電話の受話器をとった。内線で何事かを指示し、電話を切ってそのまま待っていると、部屋の出入り口の扉が叩かれた。黒月が歩いていって扉をあけた。お邪魔しますと挨拶して入ってきた男の姿を見て、スミと周治は自分の目を疑った。

それはスミの夫——倉地毅だった。

第六章　ミッション（三）

1

毅が長椅子に腰をおろすと、スミはすかさず訊ねた。「いつから私たちの任務と合流していたの」

「ピアース公使との合議が始まる前から」

「もっと早くから教えてくれればよかったのに」

「すまない。いろいろと事情があって」

「ここで合流するとわかっていたら、引っ越しのあとに、あんな話はしなかったのに」

「ごめん、ごめん。まあ、これはスミさんが僕にかけてくれた言葉への返事だ。そう思っておいてくれ」

黒月が穏やかに割り込んだ。「『倉地さん』がふたりになりましたので、これからは、『スミさん』『毅さん』と呼び分けますね。まず、スミさん。この件で、毅さんを責めないであげて下さい。毅さんは、もとは我々とは別の流れで動いていました。ところが、こちらの和平工作が進むにつれて接点が生じた。きっかけは満州の石油開発の一件です。毅さんは陸軍だけでなく海軍とも交流があった。しかも中国語が堪能で、中国側の要人と接触できた。我々の和平工作にとって、とても有益な方だったのです」

毅が仕事で海軍の人間とも会っていたのは知っている。共同租界に住んでいた頃からだ。それで帰りが遅くなる日がしばしばあったので、スミはひとりで自由な行動がとれたのだ。海軍が陸軍よりも石油の確保に執着しているという話は、初回の合議のあとで黒月から聞かされている。元小野寺工作の人員は陸軍とのつながりしか持っていないので、海軍と交流できる人材を黒月が欲した事情はわかる。それが、たまたま毅だったのか。

いや、あるいは。

自分たちの結婚すら黒月の計画だったのだとしたら——と思うと気が遠くなった。謀略の世界では、そこまで操作されていても不思議ではない。ただ、いまはそれを問い質《ただ》すときではないだろう。

スミは毅に訊ねた。「中国側とのお付き合いは、どの程度だったの」

「かなり深く」と毅は答えた。

「『日本も中国も嫌いになってきた』なんて言ってたのに」

「付き合いがあればこその言葉だよ。完全に関係を断ち切っていれば、そんな思いをせずに済んだ」

「それで、結局どち側についたの」

「僕は仲介者だ。両者をつなぐためにここにいる」

以前、汪兆銘政権についてどう思うかと訊ねたとき、毅は即座に的を射た返事を寄越した。フランス租界へ出張《でば》ってきた憲兵の状況もよく知っていた。黒月と関わっていたなら当然だ。お互いの道が交わったのに、なぜか、スミは素直に喜べなかった。騙されていたわけでもないのに妙に心がざわついた。

周治が会話に割り込んだ。「ご夫婦としては、あとで、ゆっくり話してもらうことにして――黒月さん、これからの予定について教えて下さい。スミさんのご主人が関与してくるなんて、おれだってびっくりですよ」

黒月はうなずいた。「スミさん、毅さん。私の班は龍華機場から重慶へ発《た》ちますが、倉地さんご夫妻と新居くんは南京の飛行場から出発して下さい。上海から南京までは、華中《かちゅう》鉄道の海南線《かいなんせん》を使えば五時間余で到着できます。特急『天馬《てんま》』の一等車に、護衛の者を連れて乗り込んで下さい」

「民間の列車は危険ではありませんか」

「軍の車輛のほうが危ない。運転手が暗殺者と入れ替わっていたら、予想外の場所へ運ばれて殺されます」

問題が深刻すぎて実感が湧かなかった。うなじのあたりに、ぞわっとする不快感が走っただけだった。

「南京駅から飛行場への移動手段は」とスミは訊ねた。

「支那派遣軍総司令部が車輌を出します。一ノ瀬大佐が直接指示しますから、これはさすがに大丈夫です」

「もし、大丈夫ではなかったら」

「そのときは、ご自身の命を最優先して下さい。命を懸けてまで書簡を守る必要はありません」

「軍部の方とはずいぶん違うんですね。将校さんなら、ここは命に代えてでも書簡を守れと言うところでしょうに」

「私は軍人ではありませんので、いくら計画のためとはいえ、そこまで他人に強要したくない。いいですか。一番大切なものは自分の命です。危機に陥ったら書簡はすぐに捨てて下さい。余裕があれば焼いても構いません。今回失敗しても別の方法をとれますから」

奇妙な物言いだったが、黒月らしいと言えば言えた。死者まで出して届けても、中国側が和平に賛同するとは限らないのだ。死んでも任務を遂行する、などという日本人的な意気込みは、外国との駆け引きの場ではなんの役にも立たない。

「わかりました」スミはうなずいた。「この一回に懸けてしまうよりも、繰り返し何度でも働きかけましょう」

毅が続いた。「僕も命を無駄にしたくないので賛成します」

周治だけが少し困ったような表情を浮かべた。「おれは護衛だから事情が違いますが、まあ、なるべく死なないようにしましょう。最後まで倉地さんたちを守らなきゃならないし」

南京への出発は、黒月たちの龍華行きに合わせるという。

「フランス租界のご自宅には絶対に戻らないように」と黒月は言った。「あちらを巡回している憲兵に出発を阻《はば》まれるとまずい。ご面倒をおかけしますが、旅行用の衣服や鞄はこちらで用意しますので、ここから動かないでほしいのです。資金も提供します」

「ありがとうございます。では、ここで、おとなしく待ちましょう」

室内には木彫りの大きな衝立《ついたて》が入っていた。毅に手伝ってもらって広げてみると、うまい具合に部屋を仕切れた。

夕方には給仕が部屋まで運んでくれた食事を摂り、外へは一歩も出なかった。出発の準備は明日中には整うので、早ければ明後日《あさって》にはマンションをあとにできる。計画は森塚と費《フェイ》春玲《チュンリン》にも話してあり、森塚はスミたちが出発したあと入れ違いでここへ来るという。

「双見さんは？」

「いつも通り、費さんと一緒に、フランス租界の事務所に待機してもらいます」

黒月と周治が長椅子で寝ると申し出てくれたので、スミと毅は寝台を借りた。幅広の寝台は間を詰めればふたりでも使えた。

衝立が完全に声をさえぎってくれるわけではないが、落ち着いて話せる機会は、これが最後になるかもしれないと思うと、このまま黙って眠る気にはなれなかった。

スミは声を落とし、毅に話しかけた。「同じ任務についたんだから、これまでの事情を教えてくれる？」

「スミさんも話してくれるなら」

「それは勿論」

「じゃあ、スミさんから先にどうぞ」

スミは小野寺工作に関わっていた頃の話と、その流れから、桐工作を支援し始めた話を打ち明けた。概要は黒月から聞いているはずなので最小限に留《とど》める。和平工作では通訳として働いていること、主な交渉は黒月が担っており、自分は中国側の人脈と少し接触したり、合議に同席していると教えた。

毅は「なるほど、スミさんにぴったりの仕事だ」と微笑んだ。

「私が、もし中国側との交渉にもあたっていたら、どこかで、あなたと鉢合わせしていたかもしれない」

「微妙な場面で出くわさなくてよかったたな」

「ええ」

眼鏡をはずした丸い顔に、毅は優しい笑みを浮かべた。「僕は商売のついでに、民間の和平工作を手伝っていたんだ。うちの会社は大陸の人と付き合いが長いから、日中は平和なほうが助かる。そうこうしているうちに、黒月さんが僕の存在に気づいてね」

「海軍に人脈を持つ人は他にもいたでしょうに」

「僕は鄭蘋茹《テンピンルー》さんと知り合いだったから」

「えっ」

「国民党員と接触したときに紹介された。彼女は帝国海軍の情報を欲しがったので、僕は差し障りのない範囲で情報を小出しにしつつ、その見返りとしてソ連の情報を受け取っていた。彼女が、どこからソ連の情報を得ていたのかは知らない。たぶん、提供者は他の党員だろう」

「鄭蘋茹さんは、あなたと私の関係については――」

「僕からは話していないが、交流を始める前に、こちらの身元は調べたはずだ」

呉思涵《ウースーハン》から渡されたあの手紙、蔣介石とソ連が密約を結んでいるという情報――。

陸軍が手紙の裏づけをとるよりも先に、黒月はピアース公使との合議であれを交渉のカードとして使った。なんと危うい行動だとスミは驚愕したが、黒月が普段から毅を経由してソ連の情報を得ていたのであれば、ある程度まで、手紙の内容の真偽を判断できただろう。だから陸軍からの返答がなくても、あの瞬間、思い切ってカードを切れたのだ。決して、でたらめな行動ではなかったのだ。

スミは訊ねた。「あなたから見て、鄭蘋茹さんはどんな人だった？」

「頭がよくて、やりたいことがはっきりしている人。でも、ときどき、自分の立ち位置に迷っているようにも見えた」

「鄭さんは、日本人の血を半分、中国人の血を半分引いていたのよ」

「うん、知っている。その話をとっかかりに僕らは親しくなったから」

「スパイ行為をやめさせて、鄭さんを救おうとは思わなかったの？」

「丁默邨《ディンモーツン》への接触は鄭さん自身の意思じゃない。兵士が命令に従うように、鄭さんも、やむにやまれぬ事情からあの任務についた。僕には、どうしようもなかったよ。勿論、僕が鄭さんを連れて逃亡していれば、彼女は死なずに済んだかもしれない。でも、僕がそうやって姿を消しても、スミさんは平気でいられただろうか？」

毅はスミの顔を見つめた。さきほどの笑みは消えていた。だが、見かけほど深刻そうでもない。

以前、毅と一緒に側車《そくしゃ》付自動二輪車に乗って遊びに出た日を、スミは懐かしく思い出していた。ロシア料理店に入ったとき、毅は「迂闊《うかつ》に相手の行動の目的を問い質《ただ》したりしないパートナーが欲しい」と言った。つまり、偽装結婚しませんかと。あの日もこんな目をしていた。責任を回避したがっているのではなく、毅の特殊な立場や出自が、平凡な人生を送りたくてもそれを拒むのだ。けれども、自分との生活だけは、どれほどささやかでも、毅にとっては「とても幸せな平凡」だったのかもしれない。

スミは自分から手を伸ばして毅の手を握った。「南京でも重慶でも無茶はしないで」

「うん、スミさんもね。何があっても生き延びよう」

2

出発日の早朝、スミたちは旅行鞄を持ち、玄関前に待っていた車に乗り込んだ。

車は共同租界の北側、閘北《こうほく》へ。北河南路《ほくかなんろ》を越えると、その先が鉄道の駅だった。

午前八時三十分発の特急「天馬」に乗れば、五時間十分で南京に到着する。上海は暑い季節に突入しつつあるが、南京もほぼ同じ気温だという。重慶は、もう少し気温が高いらしい。だが、過ごしにくいわけではなく、こちらも向こうも、いまは最も観光に適した季節だ。

上海駅に辿り着いたところで、私服姿の一ノ瀬大佐が合流した。護衛が同行するのは聞かされていたが、一ノ瀬大佐まで来るとは思わなかったのでスミは驚いた。「大佐殿も重慶へ行かれるのですか」

「いいえ、私は飛行場までです。私がいたほうが話を通しやすいので。何かあったときにも安心でしょう」

「何かとは」

「すんなりと重慶へ飛べるとは思えませんので。日中和平工作を潰したい人間は軍部の中にもたくさんいる。飛行場で何か起きたら、あなた方は自分の身を守ることだけを考えて下さい。密書をお持ちになっているのはどちらですか」

毅が答えた。「僕です」

「ならば結構。そのまま持っていて下さい」

「はい」

一ノ瀬大佐が連れてきた護衛は、先日、周治や黒月と行動を共にした憲兵だという。信用できる人物だから安心していいと、スミは周治から教えられた。スミと毅はうなずき、一ノ瀬のあとに従って、特急「天馬」の昇降口に足をかけた。

一等車は、二等車や三等車よりも座席が大きくて余裕がある。長時間座り続けても腰が痛くならないように、クッションや背もたれは分厚くて滑らかだ。上海には長く住んでいるが、これまで「天馬」に乗る機会はなかったので、内装も含めて何もかもが物珍しかった。窓には鎧戸《よろいど》ではなく、柔らかい布製のカーテンがおりていた。発車したあとは、食堂車で昼食も摂れるという。

もう一種類の特急「飛龍《ひりゅう》」は午後四時発だ。南京には夜中に到着する。さらに遅い時間帯、午後十時三十分発の列車は寝台車である。こんなときでなければ、どれに乗っても楽しい旅になっただろう。

ひとめで裕福とわかる乗客たちが、新聞を広げたり、同行者と楽しげに語り合ったりしていた。

一ノ瀬大佐と護衛の男は、慣れた足取りで自分たちの座席を見つけて席に座った。一等車どころか展望車にも乗り慣れている人たちだ。ためらいはない。

毅も手慣れた仕草でスミを案内し、窓側の席に座らせた。背の低さに反して器用にふたり分の荷物を網棚に上げ、自分も席につく。

周治はスミたちの後ろ、窓側ではなく通路側に着席した。荷物は隣の席の前に置く。何かあれば周治がすぐ動けるように、一ノ瀬大佐は、わざと、ひとり分空席になるように席を押さえたようだ。

毅が腕時計に目をやった。「あと十分ほどだね」

そのとき、後方の昇降口から新たに乗り込んできた集団がいた。彼らはスミたちの座席まで近づくと真横で足を止めた。

日本軍の軍服を着て腕章をつけた男が、睨《ね》めつけるようにスミたちを見おろした。威圧的な声が頭上から降る。「倉地毅さんですね」

毅は顔をあげてすぐに答えた。「はい。何かご用でしょうか」

「少しお訊ねしたいことがあります。ご同行をお願いします」

「僕たちはこれから旅行なんです。もうじき列車も発車してしまいます」

「中止して下さい。憲兵隊本部まで御足労願います」

前の座席から一ノ瀬大佐が立ちあがった。護衛がすぐに通路側に出て、一ノ瀬のために道をあける。

一ノ瀬は憲兵に近づき、穏やかな口調で言った。「君とは前にも会ったな。あのときは名前を訊きそびれたが」

声をかけられた男は姿勢を正し、軽く頭を下げた。「先日は失礼致しました。上海憲兵隊の西城文貴《さいじょうふみたか》と申します」

「今日は、なんの用か」

西城中尉は切れ長の目を細め、ゆったりと笑みを浮かべた。「本日は正式に任務として参りました。命令書もあります。ご覧になりますか」

相手が差し出した紙を受け取った一ノ瀬は、素早く目を通し、顔色も変えず西城を見つめながらそれを返した。「よかろう。好きにしたまえ」

「ありがとうございます」

勝ち誇ったような笑みが西城の顔に広がった。獲物を捕らえたばかりの豹《ひょう》のように、全身から喜びが滲み出ている。

スミは座席から身を乗り出し、憲兵たちに懇願した。「私たち、久しぶりに夫婦で旅行に出かけるところです。なんのご用でしょうか。説明をお願いします」

「では、奥さまもこちらに目を通して下さい。この場で内容を読みあげるのは、さすがにお気の毒かと存じますので」

手渡された命令書の内容を読んだ瞬間、スミは絶句した。毅にスパイ容疑がかかっていた。中国側のスパイだと思われているのだ。

立場が立場だけに言い逃れは難しい。よりによって、なぜ、いまこんな話が出てきたのか。毅も横から紙面をのぞき込んだが、読み終えても平然としていた。スミの手から命令書を取りあげると、すっと席から立ちあがって西城に書類を返した。「仕方がありませんね。では僕だけ降りましょう」

「ご夫婦で一緒にお願いします。後ろのご友人にも来て頂きます。乗客の皆様にご迷惑をかけたくないので、早く支度をして下さい」

スミは助けを求めるように一ノ瀬大佐に視線を投げた。すると大佐は、厳しい表情で首を左右に振った。

意味がわからずスミは戸惑った。このまま連行されろというのか？

憲兵隊本部で密書を開封してみせれば、確かに、毅のスパイ容疑は晴れるだろう。桐工作は支那派遣軍総司令部が主導している作戦だ。その関係者だと判明すれば、どこからも文句は出ない。

　だが、もし、憲兵隊本部に潜む拡大派が密書に目を通し、密書を握り潰してしまったら。毅も周治も自分も、でっちあげの容疑で何ヶ月も投獄されてしまう。かつて大佐時代の影佐《かげさ》禎昭《さだあき》は、小野寺工作を潰すために和平工作者の一部を憲兵に拘束させた。だからスミたちも、支那派遣軍総司令部という後ろ盾があっても、一ノ瀬大佐が選抜した憲兵以外は信用せず、憲兵隊全体に対しては警戒をゆるめなかった。不審な目で見られないように、普段から行動に気をつかってきたのだ。

　それなのに、今日に限って。

　毅が網棚から旅行鞄を下ろしかけると、憲兵のひとりが「触るな」と鋭い声で命じた。

「荷物は我々があずかる。おまえたちは手を触れるな」

「重いですよ」

「構わん。早く列車から降りろ」

　肩をすくめた毅は、憲兵に背中を小突かれながら通路を歩き始めた。

　乗客たちが、見てはいけないものを見るような目つきで、ちらちらとこちらを盗み見る。

　スミは毅のあとを追いつつ、走り出したくなる衝動を懸命にこらえた。

　一ノ瀬大佐は抵抗するなと指示している。

　だが、本当にそれでいいのか。無理にでも血路を開くべきではないのか。

密書が憲兵の手に落ちないように、自分が毅からそれを奪い取り、ここから逃げ出せば。ふいに、耳の後ろで周治が囁いた。「スミさん、ここは連中に従いましょう」スミが黙って首を振ると、周治はたたみかけるように続けた。「大佐殿が何もなさらないのですから、必ず考えがあるはずです」だが、毅にかかっている容疑は大きい。下手をすると何ヶ月も外へ出られなくなる。すると周治は、スミの内面を察したように言った。「おれは命令書を見ていませんが、憲兵隊が強気な態度をとる理由には想像がつきます。それでも、いまは大佐殿を信じましょう」

北四川路《ほくしせんろ》に面している日本憲兵隊本部まで車で運ばれると、スミたちは別々の部屋へ入るように命じられた。

スミの旅行鞄や手提げ鞄は机の上に置かれ、中身をすべて取り出され、ひとつずつ細かく調べられた。

さらに、スミ自身は、衝立の向こう側で服を脱ぎ、身体検査を受けろと指示された。ワンピースはポケットや襟の中まで確認され、肌着まで探られた。

これまで国のために懸命に活動してきたのに、なんという屈辱的な扱いか。だが、一度も反抗せず、沈黙を守り続けた。

検査が終わり、再び衣服を身にまとったあとには、取調官による尋問が待っていた。

列車の乗車券と特急券は南京までだ。宿も南京に予約してある。観光旅行という話に嘘は見つけられないはずだ。南京からは軍用機で重慶へ飛ぶ手筈《てはず》になっていた。つまり、通常の航空券は持っていないので、重慶行きは誰にもわからない。

予想通り、スミへの尋問は軽かった。毅についても、ほとんど質問されなかった。本人を捕縛したのだから、他者からの聴き取りは必要ないということか。

荷物を返してもらって憲兵隊本部の外へ出ると、先に解放されていた周治が歩道で待っていた。少し離れた場所に車が停まっており、後部座席には一ノ瀬大佐の姿が見えた。

スミは周治に訊ねた。「毅さんは」

「大佐殿の話によると、しばらくは出られないだろうと」

怒りのあまり眩暈《めまい》に襲われた。「スパイ容疑が解けなかったのですか。密書を開封すれば、すぐに無実だとわかったでしょうに」

「拡大派と和平派との駆け引きが始まったようです。毅さんは、日中どちらの和平工作者とも接触していましたから、スパイ活動も可能だったはずだと疑われています」

「言いがかりも甚だしい」

「どんな酷《むご》い扱いも、毅さんなら耐え抜けると大佐は言っています。おれたちでは音《ね》をあげるようなことも、毅さんなら大丈夫だと」周治は言い淀むように言葉を切り、そっと続けた。

「特殊な訓練を受けている人だからと――。そのあたりの事情、スミさんはご存じでしたか」

スミは毅の体に残る傷痕を思い出し、またしても目の前が霞《かす》む感覚に襲われた。

「――わざと、だったのでしょう」

「え？」

「本当なら、私か周治さんが憲兵に引っぱられる役だったはずです。それを毅さんは、わざと自分から志願したのでしょう。黒月さんか、一ノ瀬大佐にお願いして」

「どういうことですか」

スミは唇を噛みしめた。「私たち、事情があって、少し前から別々に行動していました。毅さんは、任務の都合によっては、もう家には戻れないかもしれないと言い出して――でも、私、それを引き留めてしまったんです。私は上海に残り続けるから、気が向いたら、また戻ってきてほしいと。結婚して初めての、私からの強いお願いでした。毅さんはとても喜んでくれて、だから」スミは思わず両手で顔を覆った。「たぶん、そのときに、毅さんは、こっそりと決めたと思うんです。私が担うはずだった危険な役目を、すべて自分で引き受けようと」

――これは、スミさんが僕にかけてくれた言葉への返事だ。

ブロードウェイ・マンションで再会した日、毅はさりげなくそう言った。もっと前には、こうも言っていた。

——それは僕には贅沢《ぜいたく》すぎる言葉だ。

——必ず、なんらかの形で応えるよ。

その意味がこれだったのだ。おそらく、ただ一度きりの、命を懸けた毅からの熱い言葉——。

周治は苦笑し、溜め息を洩らした。「なんだかよくわからないけれど、やっぱり、本物のご夫婦の絆《きずな》にはかなわないや。悔しいけれど、おれには割り込めそうにありません。でも、それとは別に、おれたちにはやるべき任務があるようです。さあ車へ」

「黒月さんを助けに行くんですか」

「大佐殿が説明してくれますから、とにかくあちらへ」

周治は車の助手席の扉を開き、座席に身を滑り込ませた。スミは一ノ瀬大佐が座っている後部座席へ乗り込む。

車が発進すると、一ノ瀬はすぐに喋り始めた。「スミさん、ご心痛をお察しします。しかし、気をしっかり持って下さい。ここまでは計画のうちなのです。まっすぐ重慶へ行けなかった場合を考えて、我々はいくつもの別ルートを用意していました。そのひとつを、これから実行するところです」

「何をすればいいんですか。毅さんをここに残したまま、それでもなお、やるべきことがあるとでも？」

一ノ瀬はうなずいた。「この車は、アスター・ハウス・ホテルへ向かっています。中佐時代の小野寺信が、日中和平工作のために事務所を置いていた場所だ。あなた方も出入りしていたでしょう。上階に部屋をとりましたので、そこから香港へ電話をかけて下さい」

「香港？」

「スミさん、あなたは通訳者として外国語に馴染んでおられる。その才能を生かして、いま香港に来ている人物と、電話で対談してほしいのです。暗号通信と違って直接の会話になりますから、用心のために隠語を使います。隠語の一覧表は中国側が用意してくれたので、それをもとに会話の雛形《ひながた》を作りましょう。ホテルについたら受け答えの型を作り、参照用の文書として作成する。準備が整ったところで電話をかけて頂きます。即興で話す必要が生じた場合にも、隠語表をもとに言葉を変換しながら話して下さい。通訳と似た手順ですから、あなたなら手際よくこなせるはずだ」

スミが呆然としていると、一ノ瀬は続けた。

「この電話を通して、日本の和平派が強い交渉の意思を持っていることを、あなたの口から先方へ伝えて頂きたいのです。そして、先方が何かを要求してきたら、その内容を書き取って私に見せて下さい」

「待って下さい。私には黒月さんのような交渉能力はありませんし、あの密書以上に、蔣介石を説得できるものなどないと思いますが」

「勿論、密書はじゅうぶんに機能するでしょう。そう――誰も重慶まで辿り着けなかった場合でも、あの密書だけは必ず蔣介石の手元に届くのです。これは、そういう計画でした」

「え？」

「郵送も外交行嚢《こうのう》も使えない――それほどまでに重要な文書を、いくら和平工作の関係者とはいえ、ただの書記官や民間人に頼んで手渡しさせると思いますか。最も安全な手段はそれじゃない。桐工作の関係者が、慎重に重慶政府の関係者と再び接触し、新たな会談の可能性を探りつつ、その途上であの密書を相手に渡す――このほうが遥《はる》かに確実です。毅さんも黒月書記官も、和平工作を妨害している一派を表へ引きずり出すための囮《おとり》でした。重慶に行けない可能性が高いことは、最初から織り込み済みだった」

あっ、とスミは声を洩らした。「だから黒月さんは、危ないときには密書を捨てて逃げろと」

「その通り。こちらが持っていた封筒は本物の密書ではありません。誰に見られても問題のないもので、手紙ですらなかったのです。毅さんが運んでいた封筒には、便箋でくるんだ『世界画報《せかいがほう》　日支大事変号《にっしだいじへんごう》』の切り抜き記事が入っています。国際情報社が内地で発刊している、大衆向けのグラフ雑誌ですよ。日本軍の戦捷《せんしょう》記事を選りすぐって収めておきました。憲兵隊は密書の封を切った瞬間、さぞ拍子抜けしたでしょうね。スパイ容疑で捕まえた男が、日本の勝利を祝う記事を後生大事に抱えているのだから。本人に尋問してみれば、『商売のためのお守りとして肌身離さず持っています』としか答えない」

一ノ瀬大佐はスミの顔を見ると、悪戯《いたずら》っぽく微笑んでみせた。だから安心していいのだと、スミを慰めるように。

勿論、密書が出てこなくても憲兵は追及の手をゆるめないだろう。逆に、かっとなって殺を殴りつけるかもしれない。だが、それでも密書もスパイの証拠も見つからないのだ。どう探しても絶対に出てこない。フランス租界の自宅を捜索しても何も出ない。そこまで周到に準備してあると一ノ瀬は言った。

話に入りたくてうずうずしていた周治が、助手席から呼びかけた。「じゃあ、黒月さんが持っている密書も偽物なんですね」

「勿論。あちらは南京陥落時のお祝い記事を持たせています。日章旗《につしようき》と旭日旗が、ナチス・ドイツの旗と一緒に街頭ではためく、にぎやかな写真が載っている。拡大派にとっては大変おめでたい記事です。文句のつけようがありませんね」

「一ノ瀬さん」周治は口調を強めた。「あなたは、やっぱり、今井大佐の影武者ですね。本物の今井大佐が、こんなふざけた作戦を立てるはずがない。あなたは今井大佐のふりをして、本物とは違う行動をわざと見せつけ、拡大派に対して誤情報を振り撒《ま》いていたのでは」

「それは前にも答えたね。私が本物の今井大佐であろうがなかろうが、君たちにとっては同じことだ。工作や作戦の意味が変わるわけではない。だが、私を偽者だと判断したのだとしても、もう少しだけ付き合ってほしい」

「そうですか。じゃあ、ついでに教えて下さいよ。これまでの話を聞く限り、榛《はしばみ》ルートの目的は、和平工作ではなく、拡大派の目をこちらへひきつけ、桐工作からそらすためだったように聞こえます。これは正しいんですか」

「半分は当たっているが、半分は外れている。榛ルートの活動が桐工作を支えていたのは確かだから」

「でも、あなた方は毅さんと黒月書記官を、作戦遂行の犠牲として切り捨てようとしている。和平工作が大事なら、このふたりを危険にさらすのは悪手《あくしゅ》でしょう。最も優秀な人たちじゃありませんか」

「彼らは了解している」

「毅さんや黒月さんが納得しても、おれは気に入らないな。あなた方は安全圏にいて、指示を出しているだけじゃありませんか」

「以前もそうだったが、君は実にはっきりと物を言うね。相手が私でなければ、上官を侮辱したかどで銃殺されているところだ」

「わかっていますよ。でも、おれでなきゃ、こんなこと誰も言わんでしょう」

「桐工作は絶対に失敗できないのだ。これは日中和平の最後の砦《とりで》だから」

「それじゃあ結局、あなた方も拡大派と同じではありませんか。押しの強いほう、謀略が上手なほうが勝つだけだ。そこに、いまの軍部や政府の体質を変えようっていう、気高い志はないんでしょう？」

「この切迫した状況で他にどんな選択ができたと思うね。榛の行動が陽動作戦だったのは事実だ。しかし、和平工作そのものや、黒月書記官がピアース公使と行ってきた交渉は、全身全霊をかけた本気のものだ。満州の石油開発とアメリカとの協力関係、このふたつがうまく進めば、拡大派といえども桐工作を簡単には潰せなくなる。これをひとりで担った黒月書記官の度胸については評価してやってほしい」

「本職の外交官の仕事に、おれたちが評価するもしないもありませんよ。変な人だとは思っていたけれど、でたらめをやっていたわけじゃないなら、それでいいんです。でも、だったらなおのこと、おれたちは黒月さんを助けに行くべきだ。拡大派の連中は憲兵よりも危険でしょう」

「危険を承知で、黒月書記官は龍華へ向かっている。森塚先生は途中で帰らせるか、車中で待機するように命じるだろう。目撃者になってもらうために」

「何が起きるかわかっているんですね、龍華で」

一ノ瀬は黙っていた。

周治は声を張りあげた。「降ろして下さい。おれだけでも助けに行きます」

「君に何ができる。ただの足手まといだ。それに、もし君が死んだら、今後誰がスミさんを守るんだ。状況によっては、スミさんはひとりぼっちになってしまうんだぞ。君がついていなくてどうする」

周治はぐっと詰まり、腹立ちまぎれに拳を自分の膝に叩きつけた。

「予定はこのまま進める」一ノ瀬大佐は厳しい面持ちで続けた。「それが、黒月書記官の望みでもあるのだ」

3

龍華機場へ出発する一時間前、森塚は黒月の指示通り、ブロードウェイ・マンションへやってきた。

森塚を部屋へ招き入れた黒月は、長椅子に座るとすぐに話を切り出した。「時間がありませんので手短に申し上げます。まず、森塚先生には、これまでずいぶんご心配をおかけしたことをお詫びします。私のやり方は、小野寺工作とは、まったく違っていたはずですから」

「理由をお聞かせ下さい」森塚の口調に棘《とげ》はなかった。何かを察しているような口ぶりだった。「桐工作は順調とは言いがたいが、密書は完成したし、黒月さんの計画は着実に進んでいます。もっとも私には、アメリカとの交渉が主で、日中和平工作のほうはオマケに見えますが」

「オマケではないのですよ。我々の任務は、あくまでも桐工作を支援し、成功させることですから。ただ、ほんの少し普通のやり方とは違っていた。双見さんは、指示通り、今日もフランス租界の事務所にいますか」

「はい。電話で確かめた限りでは、普段通り、費《フェイ》さんと一緒に」

「実は双見さんは、拡大派から命じられて我々の工作を探り、情報を外部へ流しています。私はこれを、かなり前から知っていました」

森塚は顔色を変えた。「だったら、なぜ、工作からはずさなかったのですか」

「榛ルートによる活動を始める少し前――私は、邦明《ほうめい》通信社の支局長と和平工作の件で話し合いました。仕事を手伝ってくれる記者が欲しかったので。候補として何人か名前が挙がり、双見さんは最も優秀に見えましたが、支局長がためらったのです。『確かに彼は非常に仕事熱心で誠実な男だ。頼めば喜んで引き受けるだろう。だが、以前、つらい事件に巻き込まれて、中国人に対して暗い感情を抱えている。本人は懸命にそれを克服しようとしているが、第三者にはどうにもできない大きな心の傷だ。何かのきっかけで右寄りの陣営から言葉巧みに誘惑されたら、帰ってこられないかもしれない』と。普通なら、そのような人材は、まっさきに外すところです。しかし私は、ならば彼が適任だ、彼が欲しいとお願いしました。自分の意思で拡大派に接触しそうな人物ほど、今回の計画にはぴったりだったので」

「なぜ」

「そちらの関係者を芋蔓《いもづる》式に引っぱり出すために。ピアース公使との初回の合議で、爆弾テロと銃撃戦があったでしょう」

「ええ」

「あれは私が、一ノ瀬大佐にお願いして起こしてもらった事件です。つまり、打ち合わせ通りに進行させたお芝居です。手榴弾は本物を使いましたが、敷地内ではなく道路で爆発させていますし、その後の銃撃戦はすべて空砲です。ああいう騒ぎが起きたとき、双見さんがどう行動するのか確かめたかった。何もなければそのまま流し、別の手段を考えて、双見さんを刺激する。が、双見さんは予想以上に敏感に反応し、北四川路にある法律事務所と連絡をとっていることがわかった」

「法律事務所？」

「表向きはね。そこが拡大派とつながっているのは、深く掘ってみるとすぐに判明しました。内地とのつながりも」

「では、榛ルートによる支援は、双見さんを経由して、すべて拡大派へ筒抜けだったと」

「重要なもの以外はすべて」

「わざと泳がせていたんですね」

「例のレストラン襲撃も、双見さんが準備したものでしたから、ぎりぎりのところで取りやめてみました。すると案の定ああいう騒ぎになった」

「これから双見さんを、どう――」

「どうもしません。右へ傾いたのは、彼なりの事情があるのでしょう。いまはこういう時代ですから、個人の信条を責める気にはなれません。私としては、双見さんを通して拡大派の手先を引きずり出し、もっと上にいる人間たちに詰め腹を切らせることができれば、それでいい」

「ならば、なぜ、これから飛行場へ行くんですか。重慶行きが妨害されるのは、わかっているんですよね」

「はい」

「では、我々が持参する密書の中身は偽物ですか。本物は倉地さんたちが？」

「あちらも偽物です」

「なんだって」

「本物の密書は、桐工作の担当者が重慶政府の関係者に接触したとき、機会を見つけて渡します。それが最も安全ですから。私たちの行動は、和平工作を妨害する者を表へ引っぱり出すための陽動です」

森塚は脱力したように長椅子にもたれかかった。「最初から、そう教えてくれればよかったのに。ずっと、いらぬ心配を」

「極力情報を洩らしたくなかったので」

「私では信用に値しませんでしたか」

「人間は口をつぐんでいても、態度や表情に内面が表れてしまいます。しかし、知らないことは洩らしようがありません」

「確かに――。双見さんの件、新居くんには？」

「少し前に私から話しました」

「ショックを受けたでしょうね。双見さんとは、私たちよりも古い付き合いだ」

「ええ」

黒月の脳裏に、この件を周治に告げたときの光景が甦ってきた。周治には、倉地スミをブロードウェイ・マンションに呼ぶ前に、これについて話した。

森塚が気づかうほどには、周治は驚いたりはしなかった。黙って話を聴き、細かい部分について質問したのち、泣きもせず、怒りもせず、正面から黒月を見据えてこう言ったのだ。

――事情はわかりましたが、お訊ねしたい点がもういくつか。

――どうぞ。

――双見の事情を知っていて、あえて利用したわけですね。

――その通りだ。

――なんとも思わないんですか。他人の心の傷を、こんな形で自分の計画に利用して。

――日中和平工作の成功は、他の何よりも優先事項だ。個人の事情など、その前ではたいしたものではない。

次の瞬間、周治は座っていた椅子から立ちあがり、いきなり黒月の胸ぐらをつかんだ。

――『たいしたものではない』か。あなたらしい言葉だが、今回に限っては許せない。あなたは双見を、人間ではなく道具扱いした。見損ないましたよ。

――他に方法があったか？

――なんだって。

――和平工作を潰したがっている連中を釣りあげるために、他に、もっといい方法があったかと訊いている。

周治は言葉に詰まった。黒月をつかむ手に、いっそう力を込めた。

黒月は平然と言った。

――和平が欲しいんだよ、私は。くだらない戦いを延々と続けて、この先にいったい何がある。時間と人の命の無駄づかいだ。無数の人間を、無数の家族を、無意味に悲しませるだけだ。それを止められるなら、私は君の親友だろうがなんだろうが利用する。すべて勝つためだ。勝たなきゃ意味がないんだよ。この和平工作を、小野寺工作の二の舞にするわけにはいかんだろうが！

――あなたが言っているのは戦争の理屈だ。

――何をいまさら。和平交渉とは銃弾を対話に替えた戦いだ。直接目の前で人が死なないだけで普通の戦争と何も変わらない。気に入らないなら、いますぐこの工作から降りろ。君の役目は特別班の憲兵に担わせる。

周治は突き飛ばすように黒月から手を離し、ぼそりとつぶやいた。

――降りやしませんよ。おれが残っていないと、双見がどう扱われるか、わかったもんじゃありませんからね。

黒月は胸元を整え直しながら言った。

――このことは君以外にはまだ話していない。当分秘密だ。

――おれが双見に教えて逃がすとは思わないんですか。

――君はそういう男じゃない。そもそも、私だって双見さんを憎んでいるわけじゃない。むしろ気がかりなぐらいだ。邦明の支局長からあずかった大切な人材だからね。

――その言葉、信じていいんでしょうね。

――ああ。

――双見を最後まで、人間として扱ってやってもらえますか。

――約束する。私の命を懸けるよ。

――ならば信じます。あなたは自分の言葉には背を向けない人だから。

黒月があらためて感心したのは、周治の平衡感覚のよさだった。双見との友情を決して捨てず、そのうえで物事の道理をきちんと通そうとしている。熱いように見えて冷めており、冷めているのかと思えば妙に熱い。それが新居周治という男だ。周治に双見の一件を打ち明けるべきかどうか、これは黒月にとって一種の賭けだった。周治が友情を優先して双見の側へ寝返ったら、こちらとしては打つ手がない。だが、そうはならないだろうという予感が黒月にはあったのだ。

初めて顔を合わせたとき、周治は自分のことを「犬」だと形容した。が、しばらく観察しているうちに黒月にはわかった。

この男は忠犬ではないが、飼い主の手を噛む犬でもない。ましてや、大陸に渡ってきたやくざな野良犬でもない。

自分から信用した者以外には絶対に従わず、そして、いつでも己《おのれ》の判断だけを基準に離れていく――。そのように得体の知れない、自由な野生の生き物だ。

黒月は森塚のために話を続けた。

「森塚先生と私は、ここから二台の車に分乗して出発します。私は飛行場に着いたら降りますが、森塚先生はそのまま車内に残って下さい。しばらく私の様子を見ていて、これは危ないと感じたら、運転手に命じてすぐに自然科学研究所へ戻るんです。そのあとは、もう二度と、ブロードウェイ・マンションに近づいてはいけません」

森塚は顔をしかめた。「黒月さんの身に何か起きても助けられないのですか」

「はい。私のことは構わず、ご自身の安全だけを考えて下さい。私は一ノ瀬大佐から囮役を命じられ、私自身もこれを了解しています。どのような結果になっても後悔はしません」

「しかし」

「私が自ら出向くという情報は、既に、双見さん経由で向こうへ流れているはずです。私が行くからこそ、拡大派は、この密書を本物だと信じ込む。他の者ではだめなのです。わかって頂けますか」

「——悔しいな。確かに私は素人だから、見ていることしかできませんが」

「証言者が必要なのです。森塚先生にはそれを担って頂きたい。あなたの立場と経歴なら、公の場に出たとき、その言葉を信用する人は多いでしょう。これは、森塚先生にしか頼めない仕事なんです」

森塚は口をつぐみ、しばらくうつむいていた。やがて小さくうなずいた。「わかりました。では、ぎりぎりまで現場に留まり、すべてを見届けましょう」

4

事務机に置かれた電話が鳴った。双見は受話器を取りあげた。黒月が、このフランス租界の事務所へ電話をかけてきたようなふりをする。実際に向こうで喋っているのは雨龍の部下だ。黒月たちが、予定通りブロードウェイ・マンションを出発したと知らせてきた。

適当に受け答えして、受話器をフックに戻す。

傍《かたわ》らで退屈そうにしている費春玲《フェイチユンリン》に声をかけた。「ちょっと出かけてくる」

費春玲は訊ねた。「ここで待つように言われたのに？」

「黒月さんから呼び出された。電話番は春玲さんに任せるよ。あとはよろしく」

「なんの用かしら」

「わからない。行ってみないと」

「いまの電話、本当に黒月さんからだったの？」

双見は笑った。「他に誰が」

「今日は、黒月さんからの電話は入らないはずだけど」

「急な用事ができたんだろう。そのあたりは直接訊ねればわかるさ」

「黒月さんは絶対に電話はかけてこない。本人がそう言った」

「でも、確かに黒月さんだったよ。間違いない」

「嘘をつかないで」費春玲は悲しげに一度だけ目蓋《まぶた》を閉じた。「何もかもわかっているの。榛ルートの人員を三班に分けたとき、黒月さんは私ひとりを呼び出して、これからの予定を教えてくれた。双見さんだけは呼ばれなかったでしょう？　つまり、そういうことなのよ」

双見は笑顔を消し、口許《くちもと》を引き結んだ。

室内の温度が急に下がったように感じられた。暑い季節に入っているのに、じんわりと鳥肌が立ってくる。「僕に何を言いたいのかな」

「いろいろと訊きたい。でも、私が知らない事情だってあるだろうから、安易に責める気はない」

「僕のどこに責められるべき理由が？」

「それをこれから確かめる」

双見は応えず、事務所の出入り口へ向かった。費春玲は、両腕を広げて扉の前に立ちふさがった。

「どいてくれ」双見はいつになく強く出た。「黒月さんが待っているんだ」

「この外には私の仲間が待機している。部屋から出たら、もっと厳しく追及されるでしょう。だから、まず私に話して。事情を知っていれば、私が皆を抑えて、双見さんをかばうことだってできる」

「悪いことなど何もしていない」

「だったら話せるでしょう」

双見は費春玲を強引に押しのけ、扉を開いた。

廊下へ出た直後、警告されていた通り、四人の男に取り囲まれた。

全員、中国人とわかる男だった。恐怖が稲妻のように脳内を走った。山村が中国人の暴徒に取り囲まれたときの光景を思い出す。体がこわばり、口の中が乾いた。懐《ふところ》に銃があることに、これほど感謝した瞬間はなかった。

ひとりが日本語で呼びかけてきた。少し訛《なま》っていたので、動揺している双見にはうまく聴き取れなかった。逃げないと殺されるかも――という思いが脳内を駆け巡り、他にはもう何も考えられなくなった。

双見の無反応ぶりに苛立って胸を突いた男に、双見はいきなり体当たりを食らわせた。ふいをつかれて相手はよろめき、尻餅をついた。他の男たちが腕を伸ばしたが、双見はそれをすり抜けて全速力で駆け出した。階段がある方向を目指す。背中越しに怒号が飛んできた。迫り来る男たちの気配に息が詰まる。気が変になりそうだ。走りながら懐から銃を抜き、階段の間近まで辿り着いたとき、後ろを振り返って天井の照明を狙って撃った。

銃声が轟《とどろ》き、ガラスが砕け散った。

追っ手は落下物を避けて、素早く後退した。

双見は不利を承知でその場に留まり、銃を男たちに向けたまま怒鳴った。「費さん、すまない。見逃してくれ」

費春玲は男たちに「動かないで」と指示し、双見に向かって言った。「私たちは話を聞きたいだけよ。暴力をふるう気はない」

反射的に双見は歪《ゆが》んだ笑みを浮かべた。「どうやってそれを信じればいい。君たちが僕を殴らない、殺さないという保証は、どこにある」

「あなたが人として間違っていなければ平気でしょう」

「僕の同僚は何も間違っていなかった。それなのに、いきり立った中国人に取り囲まれ、殴り殺された。僕が、いま、どれほど怖いか君にはわからないだろう。僕らはあのとき、同僚の遺体を自分たちの手で運びさえしたんだ」

「そんなことを言い出したら、私たちだって、日本人を全員憎まなきゃならない」

「――君は強い。そのまま生きていけばいいよ。でも僕は違う」

「日本と中国との和平を信じていないの？」

「いまの日本のやり方では通用しない。もう何もかも遅すぎる。いまさら歩み寄るのは不可能だ」

「戦争するほうがいいと？」

「僕は召集されたら素直に戦地へ行く。日本人として、それぐらいの誇りは持っている」

「どうしても私たちと決別したいなら、それもひとつの道でしょう。でも、だったら最後に教えて。従承志《ツオンチャヤンジー》の死について何か知らない？　どんな小さなことでも構わない」

「悪いが、中国人同士の事件までは、さすがに僕も情報を持っていない」

「本当に？」

「嘘じゃない。ただ、そういうことは、『凱報』の記者が詳しいかもしれない。門准《メンジユン》という男を訪ねてくれ。高層ビルのてっぺんから溝《どぶ》の底まで嗅ぎ回る、好奇心旺盛な奴だ。何か知っている可能性はある」

「あなたとはどういう関係？」

「記者仲間だ。ちょっと荒っぽい奴だが信用できる」

費春玲の仲間が身じろぎしたので、双見はその足元を狙ってまた銃を撃った。耳をつんざく音が廊下に反響する。

双見は続けた。「費さん、君と一緒にいて楽しかったのは本当だ。中国人だからという理由だけで、君に危害を加えたいと思ったことは一度もない。何度も上海語を教えてもらったのに、いつまでも上達できなくてごめん。かなうなら――いつかまた会おう」

双見は身を翻《ひるがえ》し、一気に階段を駆けおりた。男たちも全速力であとを追った。

費春玲だけが、その場に立ちつくした。

5

車は、共同租界からフランス租界へ向かって南下していく。防弾ガラスの向こうに流れる光景を、黒月は奇妙な懐かしさと共に味わっていた。

この街へ来たのは去年の初春だ。一年以上たってしまった。北京とは違う暑さにも、もう慣れた。西洋式の建物と中国式の家屋が入り交じる様相や、薄暗い路地裏や、日本の地方都市そのものである虹口《ホンキユウ》にも、特別な感慨は持たなくなった。それでも、これで見納めになるかもしれないと思うと、感傷がひたひたと押し寄せてくる。

明日が来ない人生など、ほとんど想像したことはない。勿論、老人になれば、いつかは寿命が尽きる。若くても、事故や事件に巻き込まれれば簡単に命を失う。ただ、それらは突発的な出来事だ。恐怖も一瞬で終わる。いま、自分が置かれている状況は、それとは著しく異なるのだ。刻一刻と自分から死に近づいていく不安感は、時間の流れが極端に遅くなった世界で、仰向けに横たわり、首の上に落ちてくる刃《やいば》を見ているような気分だった。

あってはならない選択だが、故意に寄り道をすれば逃げられる。

怖くなりましたので途中でやめましたと、後日、一ノ瀬大佐に報告してもいいわけだ。恥をかくのは自分だけ。誰にも迷惑はかからない。蔣介石への密書はもう安全なルートに乗っている。今日、自分が龍華機場へ行かなければ、裏で動いている拡大派を取り逃がしてしまうのでそれが惜しくて飛行場へ向かっているが、それだって、別の手段がないわけではない。粘れば、また次の機会があるかもしれない。

ふっと溜め息じみたものを洩らした。こんなふうに考えてしまうのは、いつもより緊張しているせいだ。交渉の場でも緊張はするが、それは仕事のやり甲斐《がい》と直結しており快感に近い。だいたい、失敗したからといって命まで奪われるわけではない。ただ、恥と後悔が生まれるだけだ。けれども今日は違う。先日の事件のように、うまく逃げきれるとは限らない。こんな状況は勇猛果敢な軍人だって怖いだろう。

森塚をこちらの車に同乗させなくてよかったと、黒月はしみじみと思った。これほど怯《おび》えているところを見せてしまったら、冷静かつ思いやりに満ちている森塚は「計画を変えましょう」と言い出しただろう。いくら陽動作戦とはいえ、あなたの命を懸ける必要などないのではありませんかと。

だが、それは避けたかった。

計画の責任を負うのは自分であって、森塚ではない。

森塚は優れた和平工作者だ。生き延びて、これからも仕事を担ってもらわねば困る。すべての流れを見届けるのが森塚であることに、黒月は心の底から感謝していた。科学者である彼ならば、何が起きても動揺せず、正確な記録を残してくれるだろう。

龍華機場は黄浦江《こうほこう》沿いに南下した先、西寄りにある。

軍用・民用として伝われてきたが、第二次上海事変のときに日本軍に占領され、大改築が行われている。最終的には、百機もの爆撃機を並べられるほどの規模になった。

飛行場まで辿り着くと、敷地内に建つターミナルと管制塔が見えてきた。黒月たちの車はそちらへは回らず、駐車場へ向かった。所定の位置に停車すると、黒月だけが扉をあけて外へ出た。森塚は車中で待機。

黒月は駐車場の周囲を見渡した。気温が上がってきたせいで、黄浦江の臭気が風に混じっている。ここからは見えないが、独特の生臭さだけで、あの濁った川の色が脳裏に甦る。ジャンク船が行き交い、小舟が桟橋に群がる黄浦江には、いつも様々なものが流れている。客船の甲板から風に飛ばされてひらひらと水面に落ちていった帽子、中身を盗まれて川に放り込まれた旅行鞄、日傘やハンカチ、体の一部だけ見せて浮いている何かの死骸。ときとして、それは人間である場合も少なくない。

汽笛が幻聴となって耳の奥でこだました。かつて大陸へ渡ってきた日を、黒月は鮮明に記憶している。意気軒昂《いきけんこう》とは、まさにあの頃を言うのだろう。なんでもできると思っていた。現場に出てみれば、それは通用しないと思い知らされた。それでも、意欲を削《そ》がれたりはしなかった。まだ働きたい、もう少し仕事をしたい――という欲が腹の底から燃えあがる。こんなぎりぎりの瞬間まで、ずいぶんと往生際が悪いものだと自嘲する。

駐車場には陸軍の幌付きトラックが数台停まっていた。そのうちのひとつには、黒月を護衛する者たちが待機しているはずだ。合図しない限り、誰も幌の向こうからは出てこない。そして、合図が間に合わなければ当然自分は死ぬ。

そのとき、少し離れた場所に停まっていたベンツの後部扉をあけて、双見が降りてきた。遠くからでも調子が悪そうなのがわかる。葬式の参列者の足取りだ。続いてもうひとり、男がぬっと姿を現した。手足が長くて上背がある。白いジャケットとズボンを身にまとい、襟元は大きくあけている。雨龍礼士だった。

双見が前を歩き、雨龍があとからついてくる。彼らもまた、どこかに部下を潜ませているだろう。駐車場には窓にカーテンをおろした車が数台停まっている。中に武装した連中がいてもわからない。

双見が立ち止まると雨龍も足を止めた。双見の後ろに体を半分隠すような位置に立つ。雨龍は中折れ帽に手をやって少しだけ持ちあげ、黒月に向かってよく通る声で挨拶した。「暑いですね。ターミナルのほうへ移動しませんか」

黒月は応えた。「あちらへ行くと他人を巻き込んでしまう。ここで決着をつけよう。それにしてもよく来てくれたね」

「あなたから直接お電話を頂いたのでは、無視するわけにはいかないでしょう。しかも、私が応じないなら、軍統《ぐんとう》に密告してうちの事務所を襲撃させるというんだから、あなたはやくざよりもタチの悪い外交官だ」

「なぜ双見さんを連れてきた。人質のつもりか」

「人質としての価値が生じるかどうかは、黒月さん次第ですね」

「彼を巻き込む気はない。さっさと解放したまえ。こんなところに居られては邪魔だ」

双見が口を開いた。「すみません、黒月さん。僕もこの場に立ち会わせて下さい。知りたいことがたくさんあるので」

「何を言ってるんですか、あなたは」黒月は双見を睨みつけた。「あなたにはフランス租界で待つように命じておいたはずだ。なぜ約束を破るんです。費《フェイ》さんはどうしました」

「彼女は残してきました」

「どうやって、ひとりで出てきたんですか」

「強引に振り切ってきました」

「まさか、彼女に怪我をさせなかったでしょうね」

「そこは安心して下さい」

「ならばいい。だが、これであなたは、我々の仲間には戻れなくなりましたよ」

「承知のうえです。黒月さんは何もかもご存じなのでしょう」

「あなたが自分から告白するまでは、すべて保留にしておくつもりです」

「ご配慮ありがとうございます。話す機会はないと思いますが、せめて、最後までここにいさせて下さい」

「じゃあ、お好きなように」

「感謝します」

黒月は雨龍のほうへ視線を動かした。「電話でも伝えたが、私は君をどうこうしたいわけじゃない。君と取り引きしたいのだ。私が欲しいのは、君に指示した者の詳細――拡大派の連中に関する情報だ。関係者全員のこれまでの動きと、それを示す証拠を提出してくれるなら君は自由の身だ。どこへなりと逃げるがいい。資金も必要な分だけ出すぞ」

「なめてもらっちゃ困りますね。私にだって守るべき義理がある。たとえ彼らが、どれほど愚かで悪辣《あくらつ》な連中だったとしても」

「ならば殺し合いになるだけだな」

雨龍は微かに笑った。「上海事変のときに、飛行場の整備に土建屋が大勢駆り出されたのはご存じですか。ここもそうだが、上海のあちこちの飛行場は、日本軍が内地から土建屋を呼んで増築や改築をさせた。事変のさなか、弾が飛び交い爆弾が降る中で、みんな命懸けで働いたんです。土建屋といっても、末端はただのやくざだ。だが、この功績を軍部から評価され、その活躍は記事になって内地の雑誌にも載った。栄誉を称《たた》えて、『譽《ほま》れの飛行場』という曲まで作られて、レコードも発売されましてね。この喜びを胸に抱きつつ、大陸で暮らしている者は多いんです」

「それがどうした。虚《むな》しい美談じゃないか」

雨龍は鼻で笑った。「あなたにとって、こういう連中は、人間のクズや虫けらと同じだ。社会にいないも同然の連中でしょう。だが、そんな連中に対してすら、国家と軍部は、人としての誇りと喜びを与えてくれる。いまのご時世で、国家や軍部以外、誰があいつらの人生を救ってくれるというんですか」

「それは心の救いじゃない。社会的な救済でもない。下層階級にいる人間に汚れ仕事を押しつけ、都合よく使い捨てているだけだ」

「でも、彼らはそれで食っていける。社会で自分の居場所を見つけられる。あなたに国家や軍部と同じことができますか。彼らに名誉を与えてやれますか。できやしないでしょう。だったら黙ってろ」

「話が横道にそれているぞ」

「それてはいません。あなたとの取り引きは成立しないと言ってるんです。私は、あなたをここで足止めできればそれでいい。依頼人から成功報酬をもらって、事務所の若い連中を食わせてやれる。あなたからの提案に乗る理由がない」

「拡大派なんかと手を組んでいると、いつか身を滅ぼすぞ」

「私には、和平派のほうが潰れそうに見えますがね」

「保有資源の格差を考えれば、日本はどこの国とも戦争すべきじゃない。戦争は断じて避けるぞ。反対している人間も大勢いるんだ」

「絶対に無理だと言われない限り、人間は、とんでもない選択をしてしまうものです。たとえば、『通常ならば高い確率で負けるが、特定条件下でのみ、極めて低い確率になるものの勝ち目がある』と囁かれると、人はあえて、その不利な条件のほうに賭けてしまうことがある。博打《ばくち》で勝負を挑むときと同じです。なんの根拠もなく、そちらへ情熱を傾ける。日本政府も、おそらく後者を選ぶでしょう。開戦には困難や問題が伴うと、専門家や分析官から忠告されればされるほど、軍部は勇猛果敢に打って出る。それが我々の国、大日本帝国の真髄ですよ。なんとも勇敢で気高い国民性ではありませんか。私は、うっとりしちまいますね」

「その結果はただの負け戦《いくさ》だ。劣勢になっても自分だけは無事だと、本気で信じてるんじゃなかろうな。分が悪くなれば、拡大派は君らなど平気で切り捨てる。軍人仲間だけでさっさと逃げ出すぞ。その前に、私と取り引きしないかという話だ」

「仕事の依頼人よりも、和平派のあなたが我々を案じてくれるとは——なんともありがたいお話だが、こちらも恩義がある以上、裏切れません。黒月さんのほうこそ、密書をこちらへ渡して、ここから立ち去っては如何《いかが》ですか。そうすれば見逃してあげますよ」

「欲しければ力ずくで奪いたまえ」

「いいんですか」

「遠慮はいらない」

雨龍は熟練の舞台俳優のように、ちょっと癖のある歪んだ笑みを見せた。

直後、双見を前へ突き飛ばして、その背後に身を隠した。双見は大きく目を見開いて前へよろけた。双見の体が盾となり、雨龍の姿の大半が一瞬だけ後ろに隠れた。次にはっきりと見えたときには、もう右手に拳銃が握られていた。

だが、ほぼ同時に黒月もコルトM1903を抜いていた。体を斜《はす》に開き、躊躇《ちゆうちよ》なく雨龍に向かって引き金を絞った。

6

スミたちが乗った車は北四川路を南へ走り、蘇州河を右手に見ながら道を進んだ。塔を中心に直角に宿泊棟を配したような、壮麗な意匠《いしょう》の建物が目の前に現れる。

車から降りたスミは、ホテルを見あげた。

かつて、このアスター・ハウス・ホテル内の一室が、小野寺工作の事務所として使われていた時期がある。末端の協力者として、スミたちは、ときどきここを訪れたものだ。

ホテルで初めて小野寺中佐と会い、通訳の仕事を頼まれたときの緊張した気分を、スミはいまでも忘れていない。日中の和平を自分たちの努力でつかみとるのだと決めた日の、あの高揚感。それは小野寺工作が頓挫《とんざ》しても消えることなく、桐工作支援の活動が始まってからも心の中心で燃え続けてきた。

ここは懐かしく、最初の失敗を味わった苦い場所。

だからこそ、もう二度と同じ思いはしたくない。

ホテルに背を向けると、スミは周治に言った。「ここからは私ひとりで進めますので、周治さんは、どうか、黒月さんを助けに行って下さい。お願いします」

周治はぽかんとした表情になった。一ノ瀬大佐をちらりと見てから、遠慮がちに口を開いた。「おれはスミさんの護衛を任された身ですから、ここを離れるわけには」

「中へ入ってしまえば安全です。一ノ瀬大佐と一緒なら、簡単には襲われないでしょう。護衛はもうひとりおられますし」

スミは運転手のほうを見た。車をここまで運転してくれたのは、上海駅で出会った私服の憲兵である。レストラン襲撃のとき、周治と一緒に働いた人物だ。

一ノ瀬は首を左右に振った。「行かせれば新居くんも命を落とすかもしれない。危険です」

「周治さんなら切り抜けられます。場数を踏んでいる方ですから。お許し頂けないなら、私はこの任務から降ります」

「わがままを仰っては困ります」

「もともと私では無理な仕事です。専門の交渉者をお呼びになって下さい」

珍しく、一ノ瀬が嫌そうに顔を歪めた。

スミは怯《ひる》まなかった。「お願いします。毅さんは解放されるのを待つしかありませんが、黒月さんはまだ助けられます」

「これ以上は人を割けないので、飛行場へは、ひとりで行ってもらいますが」

周治が勢いよく割り込んだ。「ひとりのほうが動きやすいので、おれは構いません。黒月さんのルノーを貸して頂けるなら、すぐに」

「いや、こちらにしたまえ」一ノ瀬は、自分たちが乗ってきた黒塗りのパッカードを指さした。「馬力があるし窓ガラスは防弾仕様だ。ガソリンもたっぷり入っている。こういうときにこそ使うべき車だ」

「おれが乗り回すと傷みますよ」

「遠慮はいらん。始末書はこちらで書くから気にするな」

「ありがとうございます。では、行って参ります」

「間に合わなかったときには、せめて、敵をひとり取り押さえるように。手ぶらでの帰還は許さんぞ」

「承知致しました」

護衛の男が車のキーを周治に手渡した。

周治はスミの前へ歩み寄り、軽く頭を下げた。「機会を与えて下さったことに感謝します」

「必ず戻ってきて下さいね」

「はい」

周治は運転席の扉を開いて身を滑り込ませた。パッカードは一直線に黄浦灘路を南下していった。

ホテルのフロントには寄らず、スミたちは、直接、上階を目指した。該当の階でエレベー夕から降り、しんとした廊下を歩く。目的の宿泊室の前まで辿り着くと、一ノ瀬は、決められた合図のようなリズムで鏡板を叩いた。扉が開き、若い男が皆を迎え入れた。

部屋の広さや造りには見覚えがあった。小野寺工作の事務所として使われていたのも、こんな宿泊室だった。

先ほどの男が、一ノ瀬にうながされて日本語で挨拶した。「連絡係として香港から参りました。趙定伯《ジャオディンボー》と申します」

スミは趙定伯に向かってお辞儀をした。「よろしくお願いします」

「はい。私の日本語は少しおかしいかもしれませんが、あまり気にしないで下さい」

「こちらこそ、何か間違いがあればすぐに指摘して下さい」

「わかりました。準備を急ぎましょう」

長椅子の前に置かれた卓を囲み、趙が並べてくれた書類に目を通した。隠語のひとつひとつに、日本語と中国語が対応している。まずは人名の対応表。日中の政府や軍部の関係者、和平工作者の名前が並んでいる。苗字《みようじ》から一字採る、親族関係の名称になぞらえる、植物名や色名などを割り当てる、など様々な方法がとられていた。行動に関する言葉も同じだ。

「交渉」は「お付き合い」、交渉の結果は「晴れ」「雨」などの気象用語に置き換える。たとえば、香港での予備会談がうまくいかなかったことは、「過日はせっかくお目にかかる機会がありましたのに、あいにくの雨模様でしたね」という会話文に変換される。

隠語は森塚と一緒に使っていたので、置き換えの手順自体はわかる。が、中国側が出してきたのは独自の組み合わせだ。すべて新たに覚え、ここから受け答えのパターンを作らねばならない。そして、実際の会話では、こちらが想像しきれない問いも出るはずだ。そこは即興で乗り切るしかない。

一ノ瀬は言った。「会話は日本政府の方針に沿って組み立てて下さい。スミさんが新しい考えを付け加える必要はありません。我々の任務は、蔣介石に渡した密書がいかに信用できるものであるか——これを強調し、中国側からの信頼を勝ち取ることです。成功すれば日中和平会談再開の道が開けます。苦労して設けた機会なので力を尽くして下さい」

「はい」

「対話が始まったら日本語は一切使わないように。盗聴される可能性がありますので、スミさんは徹底的に中国人のふりをして下さい。私に相談したいことが生じたら、帳面に書いて訊ねるように。準備が終わるまで、どれぐらいかかりそうですか」

「丸一日は欲しいところです。香港側では、どなたが待機しているのですか」

趙が応えた。「重慶政府の関係者です」

「お名前は」

「いまは、まだお教えできません。会話の中でも絶対に訊ねないで下さい。『あなた』『こちら』『そちら』という言葉を使ってほしい」

「面倒ですね」

「すみません。お互いの身を守るためなのです。先方は女性なので、知り合いと話すように気軽に喋って下さい」

「私と同じぐらいの歳ですか」

「もう少し年上です」

「年上のいとこぐらい？」

「まだ、もうちょっと」

「叔母さんぐらいかしら」

「そんな感じですね」

三人で話し合い、会話の型をひとつずつ書き出していった。

電話の相手は北京語で喋るが、浙江訛《せっこうなま》りが少しある人だと趙は言った。

スミは訊ねた。「こちらの出身なのですか」

「上海生まれです」

「では、上海語を使ったほうが楽なのでは」

「それもまた身元を知らせてしまう恐れがあるので、ここは北京語でお願いします。難しいでしょうか」

「いいえ。私こそ、発音がまずくて意味が通じなかったら、英語に切り替えてもいいでしょうか。このような任務に就く方なら英語もご存じでしょう?」

「はい、その点は問題ありません。アメリカへ留学した経験をお持ちの方ですから」

香港側とスミとのやりとりは、宿泊室に持ち込んだ装置を通して、一ノ瀬と趙にも聴けるという。一ノ瀬も北京語はわかるが、通訳者ほどには聴き取れないので、話がこみ入ってきたら趙と筆談しながら進めるとのことだった。


文書の検討が続くあいだ、護衛は扉の近くで椅子に座って待機していた。ときどき立ちあがっては、こわばった体をほぐした。手洗いに立つとき以外は、番犬のように扉のそばから離れない。任務とはいえ強靭《きょうじん》な忍耐力だ。

夕方、部屋まで食事が運ばれてきて、ようやく休憩となった。

スミは護衛の男に向かって、「お食事、一緒にどうぞ」と声をかけたが、男はその場から動こうとせず、しゃちほこばった態度で応えた。「お気づかいは無用です。私は皆さんが終わったあとに頂きますので」

料理は、最初から人数分の食器に盛り付けられている。あとから食べても確かに差し障りはないのだが、このまま待たせるのは薄情だと感じ、スミは部屋の隅にある脚の長い円卓を動かすことにした。卓の上の電話をローチェストへ移動させ、男の前へ円卓を運ぶ。そこに料理をひとつずつ並べていった。「冷めてしまってはお気の毒です。温かいうちに召しあがって下さい」

男は目を丸くして、一ノ瀬をちらりとうかがった。

一ノ瀬は軽くうなずいてみせた。「せっかくだから、ご厚意をお受けしなさい」

「承知致しました」

男はスミのほうへ向き直ると、両手を自分の膝に置き、頭を下げた。「ありがとうございます。頂戴致します」

「明日の朝も、こうしましょうね」

「いえ、明日は私が自分で運びます」

「遠慮しないで下さい。些細《ささい》な手間ですから」

食事を終えると、スミは一ノ瀬に訊ねた。「周治さん、まだ戻ってきませんね」

「特定の連絡者からの伝言でない限り、この作業が一段落するまでは、フロントで連絡を止めておくように命じています。よほど重大な知らせがあれば伝えてくるはずですから、それまでは、こちらに集中して下さい」

スミが腑《ふ》に落ちない顔をしていると、一ノ瀬は続けた。「新居くんを行かせたことを後悔しているんですか」

「いえ――ただ、どうなったのかと」

「生きているなら心配する必要はないし、死んでいるなら無用な配慮です」

率直なのか冗談なのかわからない物言いに、スミは途方に暮れた。「私が男だったら一緒に行けたのに、と思ってしまいます」

「あなたが男であっても私が行かせていませんよ。大切な仕事を担って頂くのですから」

「香港とは、一ノ瀬さんが電話されたほうが向こうも信用するのでは」

「逆なのです。日本の軍部はすっかり信用を失っている。私が電話口に出ても、日本側はまた嘘をつくのではないかと中国側を警戒させるだけです。軍人以外の交渉者と話したいというのは先方からの要望でしてね。あなたは小野寺工作でも働いていた方なので、向こうが信頼してくれる可能性が高い。蔣介石は、小野寺中佐には信頼を寄せていましたから」

「なるほど」

「黒月書記官は、毅さん以上に派手な陽動作戦を準備していました。和平工作の主導者である自分が出て行けば、拡大派は、かなりの確率で密書を本物だと思い込むだろうと。だから、現場には護衛の憲兵も潜ませていますが、正直なところ何が起きたかはわからない」

「そうですか――」

「冷たいようですが、この任務が終了するまでは、あちらの件は忘れて下さい。後悔するような結末になったら私を恨めばよいのです。指揮をとっていた以上、すべての責任は私にあります」

それで済む話でもないと思うのだが、軍人相手に責任論を云々《うんぬん》しても話は進展しない。

スミは会話を打ち切り、文書の検討を再開した。

作業は夜中まで続いた。

一ノ瀬が言っていた通り、周治と黒月に関する連絡は入ってこなかった。一段落ついたところで、作業はいったん中断。

部屋は四人でも広すぎるほどだが、スミには同じフロアに別室が用意されていた。ひとりで休めるのはありがたかった。ルームキーを受け取ると、そちらへ移動した。

自室でシャワーを浴びたあとは、すぐに寝台へ倒れ込んだ。南京行きの旅行鞄を持っているので着替えはある。しばらく、どこに逗留しても困らない。

広い寝台にひとり横たわっていると、いまさらのように、この非日常をつくづくと実感した。頭だけが冴えわたり、体に現実感がなかった。疲労のせいか眩暈《めまい》がする。

喉に綿を詰められたような違和感があった。目の奥も痛む。不幸な形でこの任務が終わるのは嫌だ。和平工作に成功しても、毅や周治がいない未来などなんの意味もない。

目を閉じると、すぐに眠りに落ちた。夢の中で毅と再会した。もう憲兵隊本部から解放されたのか、何もなくて本当によかったと喜び、ふたりで散歩した。見慣れた西洋建築物や、なみなみと水を湛《たた》える黄浦江を眺めながら歩く。道行く人々も穏やかな顔つきだ。ふと気づけば、通行人はほとんどが中国人だった。欧米人の数は少なく、シーク教徒の巡査もいない。見たことのない形の車が走り、陽の光を照り返す自転車が行き交う。誰もが西洋式の衣服を身にまとっていた。和服姿の日本人も見あたらない。なんて奇妙な風景だ。ここは私が知っている上海とは違う。

ふと気づくと、足元が水浸しになっていた。

まるで台風の季節のようだ。空は黒に近い灰色に塗り潰され、雨は滝となって降り注いだ。雨宿りできる場所を探して走っているうちに、いつのまにか毅を見失った。泣き出しそうになりながら、繰り返し繰り返し、毅の名を呼んだ。雨の下で逃げ惑う群衆の中に、ようやく毅の姿を見つけ、駆け寄って腕をつかんだ瞬間、こちらを振り返った毅は周治の姿に変わった。

びっくりして目が覚めた。時計が、けたたましく鳴っていた。あわててボタンを押して音を止める。

夢の意味を理解するために、しばらく寝台に座り込んでいたが、やがて無意味な行為だと悟り、寝台から降りて洗面台で顔を洗った。気分をすっきりさせてから、身支度をする。

昨日作業していた宿泊室へ戻ると、朝食がもう届いていた。円卓には護衛用の食事が並べてあり、それを見つけたスミに向かって、趙が茶目っ気に満ちた笑みを返した。

朝食を摂ったあと、昨日まとめた文書をもとに三人で再び議論し、文章に手を加えた。

書類は昼過ぎには完成し、趙が電話で外部と調整した結果、香港へ電話をかけるのは明日の午前中と決まった。

翌日の午前九時。

趙が電話をローチェストから長椅子の前の卓へ移動させ、受話器をおもむろに持ちあげた。回線がつながると香港の担当者と短く会話し、すぐにスミへ受話器を差し出した。

スミはうなずき受け取った。爆発しそうな勢いで脈打つ胸を押さえ、北京語で呼びかける。

「こんにちは、先日はお世話になりました。その後、如何《いかが》お過ごしですか」

耳元で北京語の音が滑らかにうねった。「ありがとう。楽しいお茶会だったわね。お土産をたくさん頂けてうれしかったわ。食べきれないので皆さんにお裾分けしました。皆、大喜びしています」

スミの聞き取り能力では、浙江訛りはほとんど感じられなかった。声質から、三十代後半か四十代初め頃の女性と思われた。ずいぶん堂々とした喋り方だ。人前に出ることに慣れているのか、他人に何かを教える職にある人か。大企業の社長夫人に似た印象も受ける。

相手は続けた。「ところであなたは、榛子《ジエンズー》の花はお好き?」

――榛子は、ヘーゼル・ナッツを意味する中国語である。榛の花言葉は「和解」と「平和」。本題に入りますよという合図だ。

「はい、大好きです」とスミは答えた。「次にお目にかかったとき、苗木をひとつ頂けるとうれしいのですが」

——榛の苗木が欲しいとは、「長く根づく和平を求めている」という意味だ。

相手もすぐに応えた。「榛子を育てるのは大変よ。まずは日当たりがよくて水はけのいい場所を探し、そこに植えたら丁寧に肥料をやる。実がつくまでは十五年ぐらいかかる。でも、鉢植えにすると、なぜかもっと早く結実します。三年から五年程度で」

「不思議ですね」

「幸い、こちらには、三年かけて育てた鉢がひとつあります。これをお譲りすれば、あなたのお庭でもすぐに実を採れるでしょう。如何かしら」

——これは、中国側が提示する条件を日本側がすべて呑むなら、いつでも本格的に和平会談を行いますよという意味だ。

スミは慎重に言葉を選ぶ。「私としては、頂いた鉢で採れた実をすべて食べてしまうよりも、一粒ずつ、別の鉢に埋めたいところです。こうすれば、三年後にはどの鉢にも実がつきます。これを繰り返せば、いずれは市場で売れるほどの量を収穫できるでしょう」

——「榛の花」は和平の意味だが、「榛の実」は満州の地下資源を意味する。「実を増やす」とは石油開発のこと。蔣介石への密書によって、日中共同石油開発については、中国側も理解しているはずだ。鉢をもらうなら、これも併せて行いますよと、スミは伝えたのだ。

相手は応えた。「なるほど、堅実な増やし方です」

「実を売って得たお金の半分は、お礼としてそちらへ送ります。最初の鉢を下さるのはそちらですから」

「あら、たかが鉢ひとつで」

「鉢植えをたくさん育てるには、こちらの庭だけでは狭すぎます。そちらの庭もお借りしたいので」

――石油開発で得られる益を、満州国の承認と引き換えにしてもらえないかという打診である。スミ個人の意見ではない。一ノ瀬からの要望だ。

するると相手は言った。「ならば、最初から、こちらの庭ですべての鉢を育てればいいでしょう。あなたのご自宅よりも、こちらの庭はもっと広いのですから」

――開発は中国だけで行うから、ただちに満州を返還せよという意思表示。

「そうですね――」ゆっくりと答えながら、スミは帳面に文字を走り書きし、一ノ瀬に見せた。『石油開発↑日本の介入は×。どうしますか?』

一ノ瀬も返事を紙に書き、スミに差し出した。『石油の件で、中国にアメリカと結ぶ気があるか確認してくれ』

スミはうなずき、会話に戻った。「そちらの庭で育てるなら庭師が必要ですね」

「勿論、きちんと雇います。心当たりがありますので、いい庭師に来てもらいます」

――庭師とは第三者、アメリカの介入を意味する。重慶政府は、日本ではなく、すべてにおいて、アメリカと結びたいという意見が優勢と見える。

スミはすぐに切り返した。「庭師がいても、豪雨や害虫の大発生で被害が出るかもしれません。私も、ときどきお手伝いに行きたいのですが、よろしいでしょうか」

——石油開発は時間がかかる事業だ。調査して掘っても、必ずそこから大量に出てくるとは限らない。そして、アメリカは中国に対して、日本に要求した以上に、厳しい配分率を提示するかもしれない。しかし、満州国は日本が作った国だから、理由をつければ欧米企業の進出を抑える措置もとれる。欧米列強の干渉を退《しりぞ》けたいのであれば、アメリカと結ぶとしても、同時に日本とも結んでおいたほうが得ですよ、というのがいまの会話の意味だ。

相手はすぐに応えた。「いい庭師がひとりいればじゅうぶんです。あなたは、おうちでお茶でも飲みながら、ゆっくりと休んでいらっしゃい」

ぴしゃりと言い返すような口調だった。スミが思わずたじろぐと、追い討ちをかけるように厳しい言葉が飛んできた。「ところで、あなたは日本人についてどう思う？　日本人は桜をとても愛しているのに、なぜ、あんなにひどい嘘つきなのかしら。桜の花言葉は『精神の美』でしょうに」

驚愕のあまり一瞬喉が震えた。隠語を無視して呼びかけてくるとは思わなかった。あなたは日本人として日本人をどう考えるのかと問われたのだ。なんと応えればいいのか。

一ノ瀬大佐の判断を仰ぐべきだろうか。いや、一ノ瀬の同席は先方も知っている。ここで一ノ瀬に頼ったら、先方はこちらを「自分の言葉で喋れない交渉者」と判断し、最悪の場合、会話を打ち切るかもしれない。

しかし、日本政府の意向を無視した返答もできない。そんなことをしたら、今度は、一ノ瀬のほうが会話の中断を命じるだろう。

——日本人としての立場で返答していいのか？

まず、それについて考えた。

ここまでの会話は、すべて中国語で行っている。

盗聴されているとしても、中国人同士のお喋りとしか聞こえないように、慎重に言葉を選んできた。内容を特定される言葉は出していない。この体裁を貫くなら、ここで日本を話題にしないのは、むしろ不自然ではないだろうか。最近の社会情勢を考えれば、中国人同士が日本人を批判するのは当たり前だ。堂々と行えばよい。中国人を装いながら、日本人としての本心を伝えるのだ。

一ノ瀬が何か言いたげな表情を浮かべたが、スミは視線をそらし、対話に戻った。

「私は——日本人も中国人も、本当の意味では、相手を知ろうとしていないと思います。私自身、日々の暮らしに追われる中で、『中国とは何か』『中国人とは何か』『日本とは何か』『日本人とは何か』とあらためて考えてみると、大きな困惑を覚えます。自分は何も知らないのだと、未知の領域の広さに愕然《がくぜん》となるのです」

——これで大丈夫だろうか。壁を突破できるのだろうか。どきどきしながらスミは続ける。

『人はなぜ憎み合うのか』という言葉は愚問です。人は人を憎みたい。そのような想いが心の底に必ずある。だから相手を理解する気持ちを放棄するのです。理解してしまうと、相手に斬りつける刃が鈍《なま》ってしまうから。でも、同時に、そんな自分を、とても嫌っていたりもします」

「日本人も中国人も、同じところでつまずくのだと？」

「はい。習慣や思想は違っても、私たちの間違え方は似ているし、それを恥じもする」

「では、私たちはどうすればいいのかしら。いまの、この状況下で」

「二番目の庭の話をしたいのですが、よろしいでしょうか」

「どうぞ」

——二番目の庭とは、満州国を意味する隠語である。

「私は、ずっと頭を悩ませてきました。二番目の庭は、既に庭としての形が整い、多くの人が関わっていますから」

「もとの所有者はこちらです」

「承知しています。でも、管理方法を変えるのは容易ではありません。早く解決しようとすればするほど、庭は散らかり、人の負担と被害は増えるでしょう。必要なのは長い時間です。いずれはそちらへお返しするにしても、内側から庭の性質を変えることを私は考えたい」

「どのような形で」

「収穫物全般を掌握する方向へ、計画を進めます」

中国側には、満州国を承認も否認もせず、返事を曖昧《あいまい》にしたまま、内側から切り崩していく方法があるのではないか。権力者をすげ替えるのではなく、たとえば、商業や流通全般を押さえ、間接的に国の運営に食い込むのだ。日本が提案する石油開発に乗れば、このきっかけを作り出せるだろう。

勿論、とても長い時間がかかる。日本が安易に許すはずもない。上海租界の紡績業界において、日本が中国紡（※中国人が経営する紡績会社）の経営に負荷をかけ、在華紡《ざいかぼう》の力を拡大していったように――満州で、たとえ少人数であっても中国人が経済的実権を握るようになれば、日本は必ず、それを潰そうとするだろう。過酷な闘争が起きる。たぶん人の命が失われるほどの闘争が。ある意味、これもまた戦争だ。だが、本物の戦争よりは負担が少なく、場合によっては法律を逆手にとった融通も利く。

隠語を駆使して説明するうちに、自分が黒月のように思考していることにスミは気づいた。黒月ならこう応えるのではないか、黒月ならこう提案するのではないか。彼のもとで通訳者として働き、彼の交渉術を見てきたスミは、未熟ながらも、そのやり方をなぞっていた。そしていま、黒月が行ってきた数々の交渉が、彼の独断でも好き勝手でもなく、実は、榛ルートの理念そのものだったのだと――スミはこの会話を通して、ようやく理解しつつあった。交渉の本道からすれば、これは搦《から》め手なのかもしれない。だが、少しでも人への被害を減らすには、承認と否認の選択肢しか与えず交渉を決裂させるよりも、時間を味方につけて、ゆっくりと解決へ導いたほうがいい。

相手はスミの言葉にじっと耳を傾けていたが、やがて「二番目の庭の管理については、こちらも前々から提案してきました。よくご存じでしょう」と言った。

「はい、うかがっています」

満州国の承認に関しては見て見ぬふりをしたい――これが、初回からの重慶政府の望みだ。香港での予備会談のとき、今井大佐はこの言葉を、先方からたびたび聞かされている。

相手は続けた。「ひとつ、たとえ話をしましょう。これは私の身近にいる人物が、私に教えてくれた話です。ある男が、妻を裏切って愛人と駆け落ちしたと考えて下さい。愛人であるこの女は、その後、男の妻のもとを訪ね、『我々はこれから結婚するので、あなたも正式に我々の仲を認めなさい』と迫った。このとき妻が相手に『では、認めます』と返事をしてやる義務など、かけらほどもないのです。自分を裏切った夫のために、どうして妻が、そこまで配慮しなければならないのでしょうか。二番目の庭と私たちの関係は、これと等しいのです」

スミは驚きのあまり目を見張った。満州国に対する日本と中国の捉え方の違いに、これほどまでに差異があったとは。これでは、会談で話が嚙み合わないのも当然だ。

重慶政府にとって満州国の皇帝とは、このたとえ話に出てくる浮気男と同じなのだ。中国を捨て、日本と結んだ男。だから、日本が重慶政府に対して「満州国の存在を認めよ」と迫っても、彼らがそれを正式に承認する義務は何ひとつない。承認も否認もせず、曖昧なまま放置するのが、重慶政府としては最も正しい態度となる。これを日本がどうしても理解できず、国として承認しろと言いつのるので、重慶政府はいつまでも首を縦にふれないのだ――というのが先方の説明である。

中国側の「満州国を承認しない」という言葉の真意は、日本側――特に軍部が考えているような「承認しない＝拒否している」ではなく、正確には「承認も否認も『できない』」だったのだ。筋が通っていない話に承認は不要であり、返答の義務もない、というわけである。

スミは内容を把握したことを相手に告げた。

相手は滑らかに話を進めた。「そのような事情から、内側へ入って取り戻せというあなたの案は、なかなかよく練られたものだと思います。『私の夫』が、それで納得するかどうかはわかりませんが、一度話して検討してもらう価値はあるでしょう」

受話器を握りしめたまま、スミは飛びあがりそうになった。「私の夫」とは蔣介石を示す隠語だ。

話が通じた。こちらの提案を、上へあげると言ってくれたのだ。

相手の心を動かせた。ほんの些細な変化かもしれないが、自分の手でそれを成し遂げられた――。

「今日はお喋りができて楽しかったわ」相手の口調が柔らかくなった。「またお電話させてもらってもいいかしら」

「勿論です。いつでもどうぞ」

「前にも、こういった充実したやりとりがありました。相手はとても信頼できる方で、『私の夫』は喜び、彼が大陸から立ち去るときに贈り物を届けさせたほどでした」

小野寺中佐の一件か？　蔣介石は小野寺工作を評価していたと、相手は伝えようとしているのか？

「ありがとうございます」小野寺の話と仮定したうえで、スミはすぐさま応えた。「私たちは彼と縁を持っておりました。引き継ぎの際に、よろしく頼むと申し送りされています」

「ああ、そうだったの」相手は驚いたように笑った。「一生懸命やって下さる理由がわかりました。なるほど、彼の――。では、頂いた書簡は、もう一度丁寧に読ませてもらいます。夫も多少は考えを変えるでしょう」

「光栄です。いつかご主人にお目にかかって、直接、お礼を申し上げたく存じます」

「いつでも遊びにおいでなさい。こちらは、いい土地です。楽しく食事をしましょう」

「はい。喜んで」

相手が電話を切る音を聞いてから、スミは受話器を電話のフックに戻し、長椅子に倒れ込んだ。

趙が水差しからグラスに水を注ぎ、スミに差し出す。

スミは礼を言って受け取り、少しずつ味わうように飲んだ。ただの水なのに、甘い葡萄酒のように感じられた。「とても明晰《めいせき》に話す方でした。おかげで私の語学力でもなんとかなりました。隠語ではなく、素の言葉が出たときには、ひやっとしましたが」

真向かいに座っていた一ノ瀬大佐が満足げにうなずいた。「ありがとうございます。我が国の名誉を重んじて頂いた対話でした」

「本当に、あれでよかったのでしょうか」

「非公式なものですから気にしないで下さい。じゅうぶんすぎるほどの出来でした」

「もうお聞かせ頂けますよね。先方は、どなただったのですか」

「宋美齢《ソンメイリン》。蒋介石の妻です」

スミは長椅子から転げ落ちそうになった。

——宋美齢。抗日戦線を充実させるために、宋子文によるアメリカ政府への働きかけと同時に、自らもアメリカ陸軍と粘り強い交渉を続け、陸軍航空隊からの支援をもぎ取った女性。香港での予備会談で、日中和平交渉の準備を一手に引き受け、無線設備や重慶との航空機による往復の手筈をすべて整えた女性。欧米諸国の政府関係者は、その政治的手腕を恐れ、アジア人女性の知性と人間性に対する無知と偏見をむき出しにして、「ドラゴン・レディ」というあだ名を彼女に与えた——。

スミは溜め息を洩らし、首を振った。「事前に名前を伏せて頂いて助かりました。宋美齢だとわかっていたら、気後れして何も喋れなかったでしょう」

「スミさんなら知っていても、きちんとお話しになったでしょう。やりとりを聞きつつ、これは相手の素性を教えておいたほうがよかったかなと、途中で後悔したほどです。ご存じだったら、もっと深いところまで話を進められたかもしれません。これは我々の手抜かりです。申し訳ない」

「いえ、そんな」

スミの胸の奥ではまだ熱い炎が燃えていた。通訳としての仕事以上に心を掻《か》きたてるものが、さきほどの対話には確かにあった。

だが、一度きりだからできたことだ。

自分は通訳者だ。こんな仕事は手に余る。

今回は、たまたま、うまくいっただけなのだ。

7

龍華機場に降り注ぐ陽射しはぎらぎらと眩《まぶ》しく、大気は湿って暑かった。

そんな場所で向き合い、言葉をぶつけ合っていた黒月と雨龍は、雨龍が双見の背中を突き飛ばしたのを合図に、お互いに拳銃を抜いて発砲した。

黒月が射撃を躊躇しなかったのは、銃声を憲兵への呼び出し音とするためだった。当てる気はなかった。そもそも、この崩れた姿勢からでは当たる気もしない。

双見はよろめき地面に無様《ぶざま》に転がった。雨龍も一発撃っただけで、すぐさま背中を見せて逃げ出した。雨龍が乗ってきたベンツとその隣にいた車が同時にエンジンをかけた。黒月は憲兵隊に指示を出すために軍用トラックを振り返った。が、誰ひとり幌の内側から出てこない。

思わず苦笑いが洩れた。

予想はしていたが最悪のケースだ。雨龍が護衛を車に残したままやってきた理由と、迷わず銃を抜いた理由がつながった。拡大派の誰かが、一ノ瀬大佐が使っている特別班の憲兵を足止めしたのだ。出発時刻や出動先について偽情報が与えられたのかもしれない。雨龍の背後にいる者の権力を考えるとあり得る話だ。

黒月の車と森塚が乗っている車もエンジンをかけた。速度を上げてこちらへ向かってくる。黒月に対して何かを警告するように警笛を高く鳴り響かせた。

気配に気づいて振り返ると、地面から立ちあがった双見が、まっすぐ黒月に銃口を向けていた。「密書をこちらへお願いします」

「馬鹿を言うな。君などに渡せるか」

「頂けないのであれば撃ちます」

「撃てるもんか――」

「本気です」

「記者としての誇りを捨てたのか」

「日本人としての誇りさえあればいい」

双見は銃の狙いを少しだけ下げ、引き金を絞った。

直後、黒月は左側の大腿部《だいたいぶ》に殴りつけられるような衝撃を覚え、その場に膝をついた。銃を持ったまま、歯を食いしばって痛みの中心を掌《てのひら》で押さえた。

あっというまに両手が血に染まっていく。脂汗を流しながら呻《うめ》いていると、双見が近寄ってきて、上衣《うわぎ》の内側をまさぐり封書を抜き取った。

「すみません、黒月さん」双見の声はうわずっていた。自分で撃っておきながら、ひどく怯えているように聞こえた。「すぐに病院で診てもらえば大丈夫だと思います。僕らはもう行きますから、あとは――」

黒月が視線をあげた先には、死人のように青白い顔をした双見の姿があった。その傍らに、いつのまにか舞い戻った雨龍が立ち、薄笑いを浮かべていた。双見から受け取った封書を悠然と振ってみせてから、十四年式拳銃を持った右手を持ちあげて、黒月の頭部に狙いをつけた。

「よせ」と叫んで双見が雨龍に体当たりした。手元が揺れての発砲となったが、被弾した黒月は首をのけぞらせて、後方へ倒れ込んだ。

雨龍は不満げに双見を睨みつけた。「その小さな銃で脚なんか撃ったって死にやしない。頭を狙えと言っておいたでしょう」

「もうたくさんだ」双見は吐き捨てるように叫んだ。「密書は手に入れたんだ。早く行きましょう」

そこへ黒月の車が突っ込んできた。はねられそうになったふたりは、素早くかわして、自分たちのベンツを目指して走った。すると、森塚の車が行く手をふさいだ。窓から身を乗り出した森塚が、カメラをこちらへ向けているのを双見は見て取った。雨龍が拳銃を持ちあげると、森塚はさっと頭を下げて連射から逃れた。

双見は「そんなことをしている暇はない」と雨龍を急《せ》かし、先を急がせた。

もう少しでベンツに辿り着くというとき、今度は黒塗りのパッカードが一台、度外れた速度で駐車場へ突っ込んできた。優美な外観に似合わない乱暴な運転だ。倒れたままの黒月のそばでいったん停車したが、誰も降りてはこなかった。車内から様子だけうかがったのか、すぐにまた動き出し、怒れる雄牛のような勢いで双見たちが立っている場所へ突進してきた。

ふたりはあわててベンツに乗り込んだ。運転手が素早く発進させる。助手席で待機していた甲斐谷《かいたに》が、ホルスターからS&W M1917を抜き、いつでも撃てる状態にする。護衛として同行していたもう一台が、疾走してくるパッカードとベンツとの間に車体を割り込ませた。

龍華機場から血華園へ向かう道路は直線状に延びている。ベンツと護衛の車は、パッカードを振り切るために速度を上げた。護衛の車が後部座席の窓を下げた。ハーネルMP28短機関銃を抱えた男が、窓から身を乗り出してパッカードに照準を合わせる。たちまち弾丸の雨がパッカードに襲いかかった。車体に穴を穿《うが》ち、火花を飛ばし、塗装を削り取る。傷だらけになってもパッカードは怯まなかった。車体を左右に揺らしながら弾を避けつつ、獣が大地を蹴るように一気に加速した。エンジンがうなりをあげ、追いついたパッカードは容赦なく相手の車に体当たりした。金属同士が衝突し、こすれるときの嫌な音が響く。スリップによって焼けたタイヤの匂いが立ちのぼる。何度目かの衝突で、護衛の車は激しく横滑りし、路面で円を描いたのちに道路脇の草地へ荒々しく乗りあげた。

パッカードはそのままベンツを追い続けた。

ついに追いつき、真横に並んだ。

後部座席に座っていた双見は、パッカードの運転席に周治の姿を見つけて震えあがった。周治は、双見が見たこともないすさまじい形相をしていた。激戦地を駆ける兵士のように目が据わり、顔面が赤く燃えている。殺気を帯びた目が双見を睨みつけてきた。事務所で皆に甘いものを配っていたときの優しさも、深刻な話ほど茶化してしまう剽軽《ひょうきん》さも、いまの周治には皆無だった。

パッカードが体当たりを繰り返すたびに、双見の体は座席の上で跳《は》ねた。うろたえる双見と違い、雨龍は楽しそうに笑っていた。「無茶をする。あの車を、あれほど粗雑に扱えるとは驚きますね」

「このままでは、はじき飛ばされる」

「まあ落ち着いて」雨龍は助手席の甲斐谷に声をかけた。「あいつを近寄らせるな。仕留める必要はない。車間をあけろ」

甲斐谷は車窓を開いて身を乗り出した。腕を伸ばしてリボルバーでパッカードの運転席を狙う。周治は敏感に反応して、車をベンツから少し離し、速度も落とした。その瞬間、運転席側のフロントガラスと屋根の接点へ連続して弾を浴びた。金属の破片が後方へ飛び散り、窓の端が白く濁る。周治はさらに速度を抑え、ベンツの真後ろにつくようにパッカードを平行移動させた。

バックミラーで様子を見ていた雨龍は、懐から銃を抜いて逆手に持つと、ふいに双見の鳩《みぞ》尾《おち》をグリップで殴りつけた。内臓まで響く衝撃に息が詰まり、双見は体を半分に折ってえずいた。その背中を片手で押さえつけ、雨龍は窓側へ身を乗り出した。扉の開閉レバーに手をかけ、外側へ向かって力任せに押す。

ロックされていなかった扉はすぐに開いた。耳障りな音をたてて外気が吹き込んでくる。思わず顔をあげた双見の襟元を雨龍はつかみ、耳元で何事か囁いた。いつも双見の心を酔わせてくれた声、魂を慰めてくれた声が、からかうように楽しげに響いたが、風の音にさえぎられて内容は聴き取れなかった。ただ、最後に「さようなら」という言葉だけが、鮮明に鼓膜に突き刺さった。

直後、双見は勢いよく車外へ蹴落とされた。開いたままの扉に激突しない程度の、絶妙な距離と角度を保ったその先へ。

一瞬ふわりと体が浮いたのち、叩きつけるような衝撃が全身に襲いかかった。体が何度も路面を転がり、卸し金で削り取られるような痛みがあちこちに走った。腕や脚や胴体が悲鳴をあげた。体中の骨が軋《きし》み、何ヶ所かは折れたのがわかった。背を丸めた格好で落ちたのが幸いしたのか、首の骨が折れるという最悪の事態は免れた。が、ようやく体の回転が止まったとき、双見の視界は真っ赤に染まっていた。

起きあがれなかった。後続車にはねられるとか、このままだと危険だという思考は、まったく働かなかった。陽光で灼《や》けた路面の熱さを、ぼんやりと頬で感じとっていた。遠くでブレーキがかかる音を聴いた。誰かが駆け寄ってくる気配がした。足音は双見のすぐそばで止まり、すさまじい怒鳴り声が耳元で響き渡った。

「おい、生きてるか！」

内地で暮らしていた頃の思い出がふと甦った。自分がなぜ上海へやってきたのか、誰を、何を追って海を渡ったのか、その記憶はもはや曖昧だった。深い動機を、どこかへ置き忘れてきてしまった——その悲しみだけが強烈に胸を灼き焦がした。

頭をかばうために組んでいた腕の先で指を少しだけ動かす。大丈夫だという答えのつもりで。本当は、まったく大丈夫ではなかったが。

すると、誰かがそれを強く握り返した。「病院へ運ぶから気をしっかり持て。いいな」

周治の声だとようやく気づいた。雨龍を追いかけるのをやめ、僕を助けるほうを選んだのか。

なんてことだ。あいつを取り逃がすなんて最悪だ。黒月は撃たれ、密書も奪われてしまったのに。

繰り返し、励ましの言葉が頭上から降ってくる。うれしかったが、つらくもあった。何をどう説明しても、周治にこの気持ちを理解してもらえる日は来ないだろう。あっけらかんとしたその性格で、周治は国境を越えて大陸でも友人を作り、多くの者から信頼を勝ち取った。僕にはできなかった。同じことは何ひとつ。おまえの生き方がうらやましい。

双見はゆっくりと両目を閉じた。

このまま、すべてが消えてしまえばいいと思った。

8

宋美齢との対話を終えたあとも、スミはしばらく、アスター・ハウス・ホテルに留まることになった。宿泊費は一ノ瀬大佐から出るので、なんの心配もいらない。

一ノ瀬は言った。「新居くんは昨日無事に戻りました。いま、こちらへ向かっています」

「お怪我は」

「ありません。しかし、黒月書記官が重傷で意識が回復しないそうです。一命はとりとめましたが、頭部を少々負傷しているので」

心臓がぎゅっと縮んだ。周治が無事だったのはうれしいが、毅はまだ解放されていないし、黒月も重傷というのでは素直に喜べない。

待ち合わせの時間通りに、護衛を連れた一ノ瀬と一緒にロビーまで降りた。周治と森塚がもう来ていた。費春玲《フェイチユンリン》も同行していたが、ひどく暗い顔をしていた。危険な目に遭ってきた周治よりも疲弊している。

スミは気になって声をかけた。「何かあったの、春玲」

「あとで話す」

スミは費春玲の肩をぐっと抱き、周治のほうへ顔を向けた。「周治さんも、ご無事で何よりでした」

「はい。大佐殿から借りた車をボロボロにしてしまいましたが」

一ノ瀬が横から軽口を叩いた。「呆れるほど派手にやったな」

「頑丈な車で助かりました。足回りも安定していた」

「特別仕様だからな」

スミたちは一ノ瀬の宿泊室へ行き、それぞれの報告を行った。

龍華機場の駐車場で起きた諸々については森塚が説明した。双見の事情と裏での行動、黒月の思惑、拡大派の手先であった雨龍礼士という人物について。

森塚は一部始終を車中から観察し、現場と関係者の写真も撮影したという。周治が雨龍の車を追っていったあと、森塚は運転手と飛行場の人員に手伝わせ、黒月に応急処置をほどこし、外科設備が整った病院へ搬送した。

「双見さんも車から突き落とされたときに負傷して、黒月さんと同じく入院中です。しばらく松葉杖《まつばづえ》なしでは歩けないでしょう。幸い意識はしっかりしています」

彼と深く話したのかと一ノ瀬が訊ねると、森塚は首を左右に振った。「まだ何も。新居くんとも相談したのですが、どういう形で見舞うのがいいか迷いまして」

「新居くんに任せるのが一番だろう」

「ええ。でも、双見さんの心にあるのは底なしの孤独でしょう。周囲の人間が日中和平について熱く語り、それを正しいと捉えていた中で、彼だけは自身の体験からそれを信じきれなかった。いま我々が距離を置いたら、双見さんはますます孤立してしまう。だから誰も彼を見捨てていないのだと――いまでも仲間だと伝えるべきだと思うんです。しかし、これも我々の側の考えであって、双見さんは誰とも会いたくないかもしれない。本人の後悔が深ければ深いほど、我々がお見舞いに行くと精神的な意味での裁きになりかねない」

周治が言った。「今回の件については黒月さんも双見を利用していたわけでしょう。双見にしてみれば、期せずして二重スパイに仕立てられていたようなものだ。これはあんまりですよ。黒月さんに対しては文句のひとつぐらい言わせてやりたい。ともかく、まず、おれがひとりで話してきます。皆さんは、あいつの気持ちが落ち着いてから、ゆっくり訪ねてやって下さい」

スミはうなずき、周治に言った。「私も、最初は周治さんひとりがいいと思います。お見舞い品だけ、おあずけしてもよろしいでしょうか」

「はい。何を持っていきましょうか」

「旬の果物でも。病室で剝《む》いてあげて下さい」

そのとき、費春玲が冷ややかな調子で笑った。「皆さん甘いですね。双見さんは私にも銃を向けました。黒月さんを撃ったことを軽く見るべきではありません」

一ノ瀬は言った。「勿論、厳しく尋問しているし、これから関係者を全員追及する予定だ」

「当然です。でも、だからといって、私たちがぬるい対応をしてはいけない」

「森塚先生が話した通り、双見くんにも事情があったのだ」

「なるほど。所詮《しょせん》、皆さんは日本人ですね。だから、双見さんをかばうのでしょう。場合によっては、私も黒月さんも殺されていたでしょうに。スミ、あなたはどうなの。呑気《のんき》に双見さんを許していいと思っているの？　正直なところを聞かせて」

いつになく厳しい費春玲の態度は、彼女が中国人であるという当たり前の事実を、あらためて突きつけてきた。双見の同僚を殺したのは、費春玲でも彼女の仲間でもない。けれども双見はそこへ向かって銃を向けた。筋違いだと費春玲は憤激した。ましてや黒月は、中国と日本との和平に奮闘していたのだ。そのような人物を撃つとは、日中間の戦争を肯定したに等しいと言い放った。

費春玲が自分の家を訪れて泣いた夜のことが、スミの脳裏にふわりと浮かんだ。

あのとき、いつかこんなふうに、費春玲から問い詰められる日が来るのではないかと予感した。これは避けられない問いかけなのだ。

スミは応えた。「ここにいる全員、双見さんのすべてを許してはいないと思う」

「だったら、もう少し厳しい態度でのぞんでほしい。私には、日本人同士で傷をなめ合っているようにしか見えない」

「じゃあ、双見さんを監獄へ入れれば満足できる？」

「違う。双見さんの口から、何が悪かったのかいま何を思っているのか、きちんと話してもらいたい。お見舞いに行くならそれが一番大切でしょう」

「そうすることが双見さんの心を追い詰めてしまっても？」

「背景がどうであれ責任は彼にある。いい歳をした大人なのよ。逃げちゃだめでしょう。あなたたちは中国と中国人をなんだと思っているの？　結局、和平も口先だけなの？」

費春玲は他の誰よりも双見と一緒にいた。裏切られたという気持ちが強いのは当然だ。黒月は、費春玲がこう感じることまでは想像しなかったのだろうか？　いや、何も考えていなかったはずはない。承知のうえで作戦を押し通したのだ。これもまた、費春玲から見れば看過できない話である。

スミは続けた。「無意味だと考えるなら、私たちの和平工作から降りてくれていい。いま私たちがあなたに言えるのは、それしかない」

「冗談じゃない、ここまで来たら最後まで付き合うわよ」費春玲はスミから視線を外さなかった。「和平が成立しても壊れても、この一件が辿り着く場所を見極めたい」

一ノ瀬のほうへ顔を向け、スミは訊ねた。「どう思われますか、いまの話」

「筋は通っている」と一ノ瀬は応えた。「黒月書記官の意識がいつ戻るのかわからないが、話せるようになったら、私から費春玲さんの言葉を伝えておこう。顔を合わせれば彼は素直に謝るはずだが、何しろ口達者な男だ。費春玲さんには誠意が感じられないかもしれない。

もし、少しでも不誠実だと感じたら、その場で遠慮なく追及してやって下さい。言葉による意見の擦り合わせは、彼が最も望むところですから」

費春玲はうなずいた。「では、そうさせて頂きます」それから、スミのほうへ振り返った。「お見舞いに果物を持っていくなら茘枝《リージー》がいい。お店を教えてあげるよ」


双見は個室に入っていた。逃亡しないように監視付きだった。

周治が病室をのぞいたとき、双見は枕を腰にあてがい、上半身を起こして新聞を読んでいた。頭にも両腕にも包帯が巻かれ、病衣の隙間にも同じものが見える。頬には大きなガーゼが貼られ、目の下の擦り傷は赤黒く変色していた。掛け布に隠れた両脚も、きっとぐるぐる巻きだろう。

周治の姿をみとめると、双見は瞬く間に顔色を変えた。新聞を握りしめ「出ていってくれ」と喚《わめ》いた。「いまはひとりで過ごしたい。何も答えたくない」

「わかってる」周治は寝台に歩み寄ると、果物籠を持ちあげてみせた。「病院食だけじゃ味気ないだろう。茘枝をいっぱい持ってきた。旬だから」

「いらない」

「そうか。じゃあ、食べたくなったら看護婦さんに頼んでくれ。掃除のおばさんたちに『毎日ありがとうございます』って、お裾分けするのでもいいぞ」

周治は果物籠を床頭台《しょうとうだい》に置き、丸椅子に腰をおろした。「責任を追及するために来たんじゃない。龍華機場での一件は、森塚先生からすべて聞いた」

「だったら、なおさら話すことなどない。僕は黒月さんを撃ってしまった。動けなくしてから密書を奪った」

「あの密書は偽物だ」

「え？」

「黒月さんもおれたちも囮だった。榛ルートによる工作自体が、桐工作を支援することだけでなく、拡大派を攪乱《かくらん》するための密命を帯びていたわけだ。本物の密書は、別経路で蔣介石のもとへ届いている。おかげで、近々、日中和平会談が再開されると決まった。おれたちの働きかけが重慶政府の心を動かしたんだぞ」

「本当か」

「確かな情報だ。雨龍礼士は意気揚々と逃げ去ったが、あの封筒に入っていたのは写真雑誌の切り抜きだ。仕事の依頼人の前で彼は大恥をかいただろう。いい気味だな」

周治は、手短に今回の陽動作戦について話して聞かせた。

双見はみるまに情けない表情に変わり、新聞を掛け布の上に放り出して、ぐったりと枕にもたれかかった。

周治は続けた。「だから心配するな。日中和平工作は、これからも粛々《しゅくしゅく》と進むだろう」

「――いつから気づいていた。僕のことを」

「南京へ向かう列車に乗る前日まで、何も」

「レストランが襲われたときじゃないのか」

「おれは黒月さんの指示通りに動いていただけだ。レストランの前から電話をかけろというのも黒月さんからの命令だった。なぜだと訊いても、理由は教えてもらえなかったんだ」

本当だろうか。

疑念が湧き起こったが、双見は、あえて口にはしなかった。

疑おうと思えばいつでも疑えたはずだ。こちらを気づかって、優しい嘘をついてくれているのだろうか。だとしたら、僕はこの男に完全に負けたことになる。

「僕はもう皆のところへは戻れない」双見は小さな声で言った。「黒月さんからも、はっきりとそう告げられた」

「それは仕方なかろう。これからの生活については、ゆっくり考えればいいさ。通信社はクビになるだろうし」

「生々しい話をしないでくれ。せっかく忘れていたのに」

「『凱報』で門准《メンジュン》さんと一緒に働いたらどうだ。費《フェイ》さんが感謝していたぞ。門准さんを知ったおかげで、従承志《ツォンチャンジー》くんの一件を突きとめられそうだと」

「そうか――」

「でもな、ちゃんと謝ってほしいそうだ。費さんには、きちんと頭を下げたほうがいい」

「どうして」

「銃を向けたんだろう」

「そうじゃない。追っ手を威嚇しただけだ」

「費さんは、そうは受けとめていない。見て気の毒になるぐらい悲しんでいる。和平のために尽くしてきた仲間同士だ。もう一度話をしろ」

目を伏せて口をつぐんだ双見に向かって、周治は続けた。「おまえを誘導して利用した黒月さんにも責任の一端はある。黒月さんにも謝罪してもらうから、おまえも費さんに謝れ」

「いまさら――なんの意味もない」

「おまえがそう思っても費さんは許さんぞ。彼女は、きちんと筋を通してきた。おれたちがなあなあで済ませようとしたら、厳しく叱ってくれた。ああいう人が仲間で本当によかった」

双見は沈黙を守ったまま、膝に置いた拳を見つめていた。

周治は穏やかに続けた。「あのな、答えたくなかったらいいんだが、なぜおまえは、雨龍礼士なんかとつるんでたんだ？　何か得になることでもあったのか。それとも脅されていたとか」

「――言っても信じてもらえないだろうが、僕はいまでも、あいつの言葉だけは真実だったと思っている。日本を、欧米からなめられる国にしちゃいけない。兄たる中国が道を誤れば、正しく導くのは弟たる日本の役目だ。アジアを守るのは日本であるべきだ」

最初は、ぽつりぽつりと、やがて熱を込めて、最後にはほとんど演説のような勢いで、双見は日本と中国、日本とアジアの理想について語り続けた。雨龍の口調そっくりになっていることに途中で気づいた。だが、やめられなかった。どこからどこまでが雨龍の言葉で、どこからどこまでが自分の言葉なのか、もはやその区別すらつかなかった。喋っていれば幸福感があった。実のない空虚な言葉だとわかっていても止められなかった。なぜか途中から涙が溢れてきたが、手の甲で拭《ぬぐ》いながらなおも語り続けた。

周治はじっと耳を傾けていた。一度もさえぎらなかった。双見が疲れて言葉を切ると、「そうか、いつも、そんなことを考えていたのか」とつぶやいた。「おれは学問には疎いから、そういう難しい話はよくわからない。でも、これからは雨龍の代わりに、おれが聞いてやる。おれはこれから内山《うちやま》書店へ行って、政治の本をいっぱい買ってきて勉強する。おまえと対等に議論できるようにがんばろう。それまで少しだけ時間をくれないか」

「無理をしなくていい」双見は顔をそむけた。「僕が勝手に考えていることだ。おまえとは関係ない話だ」

――わかっている。中国人の友が大勢いるおまえが、僕の意見に同調するはずがない。たとえ話を聞いてもらっても、議論になったら僕は絶対に勝てないだろう。

その思いやりは僕の心を徐々に殺していく。おまえはそれに気づかないまま、いつまでも僕が変わらないことを不審に思い続けるだろう。

双見はゆっくりと視線を窓の外へ転じた。空は気持ちよく晴れわたり、雲が細く流れていた。上海での過ごしやすい季節はもうじき終わる。梅雨《つゆ》に入ったら秋口までは、息苦しいまでに暑い季節がずっと続く。大雨と酷暑と台風が順番に訪れる。その厳しい季節を自分は何もかも失った状態で生きていく。

だが、自分で選んだ結果なのだ。仕方がない。

室内に視線を戻すと、双見はぽつりと言った。「茘枝《リージー》、やっぱり、ひとくちだけでも、もらおうかな」

周治は「そうか！」と顔をほころばせ、椅子から立ちあがった。「ああ、おまえはじっとしていろ。手が汚れるから手ぬぐいを濡らしてくる。少し待っていろ」

その表情には、パッカードで追跡してきたときの、鬼を思わせる形相は片鱗も見あたらなかった。

だが、周治の中には、あの鬼が確かにいるのだ。牙と鉤爪《かぎづめ》を隠し、心の奥底に潜んでいる。誰かを守りたいと強く願った瞬間、そいつは炎となって噴きあがり、敵と見なしたものに暴力をふるう。この自分と同じように。

それが人間だ。

人が決して手放せない業《ごう》なのだ。

数日後、再び、一ノ瀬大佐が病室を訪れた。雨龍を操っていた拡大派の一部を捕らえたので、尋問にかけている最中だと双見に知らせた。

「僕はどうなりますか」という問いに、一ノ瀬は「好きにするといい」と応えた。「邦明通信社には、怪我の治療のため退職すると伝えれば通るだろう。支局長にだけは事情を話しておいた」

「支局長はなんと」

「彼は君を責めてはいない。やり直せるなら、やり直してほしいと言っていた」

「無理です。僕はいまでも雨龍の言葉を正しいと信じている」

「そうか。ならば、それもひとつの生き方だ。戦場で顔を合わせたら、そのときにはお手柔らかに頼むよ」

「ご冗談を。初年兵が送られる先に、あなたのような偉い方は派遣されないでしょう」

「人生は何があるかわからん。私も覚悟は決めている。和平派であっても前線への出動命令は出るし、命じられれば潔く戦って散るのが軍人だ。君らには負けんぞ」

9

宋美齢《ソンメイリン》とスミとの電話会談から、一週間ほどたった頃――。

香港、九龍《ガウロン》ペニンシュラホテルの一室で、今井武夫大佐をはじめとする日本側の交渉者と、中国側の宋子良《ソンズーリヤン》らが、再び、会談のために顔を合わせた。和平交渉が再開されたのである。

中国側は、「我々は、まだ和平を検討中である。ついては、もう一度、条件について話し合いたい」と申し出た。

日本側の参加者は、今井大佐の他には鈴木中佐、通訳として坂田《さかた》嘱託。

中国側は、宋子良と章友三《チャンヨーサン》が参加。

和平交渉を蹴るでもなく、かといって、日本からの条件に譲歩もしない中国側の態度に、今井はこの交渉の難しさをひしひしと感じていた。

和平交渉とは和平を検討するだけの場ではない。双方の国が、相手国の内情を探り合う場でもある。中国側が未だ交渉を打ち切らないのは、日本の内情を知りたがっているからだ。

さらにもうひとつ、今井が気になっている事柄があった。

目の前にいる「この」宋子良は、はたして「本物の」宋子良なのか。これが、いくら調べてもわからないのだ。

小野寺工作において、戴笠《ダイリー》と名乗った人物は実は偽者だった。中国は、今回も同じ措置をとっていないだろうか?

もっとも、宋子良は、あくまでも重慶政府とのパイプ役である。彼自身に政府を動かす力はない。つまり、替え玉であっても影響はほとんど考慮しなくてよい。ただ、この事実をつかんでおけば、こちらの交渉カードが一枚増えるのは確かだ。何かに使えるかもしれない。

ペニンシュラホテルでの会談の途中、今井は鈴木に命じて、彼が席を立って室外へ出たときに、扉の鍵穴から密かに宋子良の姿をカメラで撮影させた。

そして会談終了後、現像させた写真を手に、日本側が信頼できる中国人——すなわち、汪兆銘政権に関わっている者たちに、「これは本物の宋子良か」と訊ねて回った。

その結果は、まちまちだった。本人と似ている、本物だろうと言う者もあれば、まったく違うと首を左右に振る者もいた。汪兆銘政権で要職に就《つ》き、今井自身も信頼を寄せていた陳公博《チェンゴンボー》という人物は、「これは宋子良ではない」と断言した。この意味は大きかったが、決定的な証拠はつかめなかった。

結局、これについては考慮せず、今井たちは交渉を進めることになった。(※巻末註5)

和平の条件はこれまでに出尽くしている。自分たちだけで話し合っても、これ以上得るものはない。ここは思い切って、両国の責任者同士が顔を合わせる「巨頭会談」を実施すべきだと今井は考えた。ペニンシュラホテルの話し合いでも、これを提案した。

中国側はこれを躊躇した。巨頭会談は、あくまでも和平の方針が確定したあとでなければ開けないと言い張った。というのは、巨頭会談を行ったという事実自体が、共産党や抗戦強行派に、蔣介石打倒の口実を与えてしまうからだ。これでは内乱が発生する。まずは和平条件を定め、巨頭会談の開催をもって、反蔣派にこれを容認させる必要があるのだという。

六月四日。

今度は、澳門《マカオ》に会談の場が設けられた。日本側からは今井と鈴木に加えて、臼井《うすい》大佐、そして、支那派遣軍総司令部から新たに内之宮《うちのみや》中尉が参加。中国側の顔ぶれは、春先の会談にも出席していた、陳 超霖《チエンチヤオリン》陸軍中将、章友三《チヤンヨーサン》、宋子良《ソンズーリヤン》である。

会談場所は中国側が用意した。澳門市街外れの、人通りが少ない場所にある空き家を一時的に借りて会場とした。

午後九時、日本側の一行は車で邸宅の近くまで案内され、途中からは夜道を徒歩で進む格好となった。目的地に辿り着いた一行は、不気味とも形容できるほど古い建物の前に立ち、思わず身震いした。そして、地下室へと導かれた。

部屋の中央には長方形の机が置かれ、四隅の燭台《しよくだい》の上で蠟燭《ろうそく》が煌々《こうこう》と輝いていた。

日本側と中国側の参加者は机を挟んで両側へ分かれて着席。陳超霖中将が椅子から立ちあがり、口火を切った。

「蔣介石委員長は日中の会談に疑いの目を向けていたが、同時に、日本側の真意を知りたいという気持ちも強くお持ちであった。そのため、先の香港での会談に我々の参加を許し、この結果をもって、和平の可能性と実現を次第に信ずるようになられた。中国の青年将領も、従来、日本による大陸の完全征服という観念を捨てきれず抵抗していたが、日本側の和平への熱意に心を打たれ、ようやく日本の真意を理解するに至った。まずは、これに深く感謝したい」

今井の胸に熱いものがこみあげてきた。ここへ辿り着くまでに、果敢に道を切り開き、自分を援護してくれた者たちの活躍に想いを馳《は》せる。やっと、ここまで来られた。あとは己の力で話をまとめあげるだけだ。

陳超霖中将は続けた。「共産党は、重慶政府と日本が和平を結んだ暁には、これらを剿滅《そうめつ》するために大きな抗日戦を展開するだろう。したがって、重慶政府は日本と防共態勢をとり、国内の共産勢力を確実に討ち滅ぼさねばならない。また、政府内で和平反対の急先鋒であった馮玉祥《フォンユーシアン》や他の将領も、五月二十八日の談合で和平の意思があると確認済みだ。日本が過酷な条件を出さなければ、和平には反対しないという合意がとれている」

今井は日本側の事情を話した。日本側の対応は最初の香港会談のときから変えられない、条件も変更できない、と。

すると中国側は「中国側が満州国を承認できず、日本軍の駐兵を承認できないのもよくご承知であろうから、今日は汪兆銘問題について話し合いたい」と切り出した。汪兆銘がいては蒋介石の立場がなく、和平の道はない。日本側の斡旋《あっせん》によって汪兆銘を南京から亡命させるか、南京政府主席代理の地位から引退させられないか――と。

日本側はこれに反対した。これは以前の会談では出なかった話だ。

しかし中国側は、「この問題を解決してから、すべてを取り決めたい」と粘る。

夜半にまで及んだ話し合いは、同時間帯を使って三日間にわたって続き、最終的には「重慶政府の蒋介石、南京政府の汪兆銘、支那派遣軍総参謀長の板垣征四郎《いたがきせいしろう》の三名による巨頭会談を開いてはどうか」という結論となった。

日本側はこれを了解し、今井大佐は最後にこう付け加えた。「もし、本会議実施のために中国側が日本側に不安を覚えるならば、どうぞ、我々三名を人質として重慶に抑留して下さい。日中和平を実現できるなら、なんの差し支えもありません」

今井は澳門から南京へ戻ると、以上の点を、板垣総参謀長に報告した。

すると板垣は非常に乗り気になり、「巨頭会談の場所が敵地であっても、堂々と乗り込もうではないか」と宣言して、逆に周囲をあわてさせた。

会談の場所としては、上海、香港、澳門、長沙《ちようさ》の名が候補として挙がってきた。中国側が強く望んだのは長沙である。いずれにしても、総参謀長が直《じか》に赴《おもむ》くのだから、じゅうぶんな警備態勢を敷かねばならない。支那派遣軍の西尾《にしお》総司令官は、現地の安全性はどこまで保たれるのかと今井に問い質した。

今井は答えた。「日本側が自ら会談場所に乗り込んで点検するか、可能な限り大陸における局地戦を停止して、停戦区域を設定するしかありません。最も大切なのは、中国側が完全に信用できるように、こちらが広く大らかな度量を見せることです」

これを受けて、支那派遣軍が六月十七日に予定していた長江《ちょうこう》の宜昌《ぎしょう》占領部隊の移動は、大本営命令で急遽《きゅうきょ》中止となった。巨頭会談実現の可能性が見えてきたので、中国側との衝突を避けるため、兵を動かすなという意味である。

次に今井は、桐工作の指揮をとっていた影佐禎昭少将と共に、事の次第を南京政府に伝え、板垣総参謀長が汪兆銘と面談する予定を立てた。

経緯を説明された汪兆銘は、「重慶軍が敗北しているのが明白な状況下で、板垣総参謀長が自ら、蔣介石委員長と和平について話し合うために敵地へ赴く——これは蔣介石に面子を与える大変よい行動ですから、彼の和平転向を容易にするでしょう。このたびの日本軍の配慮は、中国人として感謝に堪えません」と大変喜んだ。そのうえで、中国側と日本側との考え方の違いについても言及した。「この会談が公開形式であったなら、私はすぐにでも現地へ出かける準備をしたでしょう。しかし、中国側が秘密会談の形を望んだ場合、安全保障の方法をよく研究しておく必要があります。また、蔣介石は和平をめぐって長いあいだ私と対立してきましたから、今回、私の同席を好まないかもしれません。そのときには、どうぞ、板垣総参謀長と蔣介石との二者での会談として下さい」

一連の流れは、汪兆銘にとっては、とても美しいやりとりに見えただろう。だが戦後に判明するのだが、板垣は、第一次上海事変を引き起こした首謀者でもあった。満州国独立への動きを欧州列強の目からそらすため、当時、上海公使館附陸軍武官補佐官で少佐であった田《た》中隆吉《なかりゆうきち》に、上海で騒ぎを起こすように命じたのは板垣である。田中は、金で雇った人間に日本人僧侶を襲撃させ、「これは中国人による仕業だ」という噂を流させた。たちまち、上海では日中間で騒乱が発生した。軍部は日本人居留民保護の目的で上海へ兵を送り込み、これが第一次上海事変の引き金となったのだ。

だが、汪兆銘は何も知らず、日本軍の対応に中国の明るい未来を期待し、後々までその夢を信じて捨てなかった。

支那派遣軍総司令部は、内地の大本営の意向も取り入れ、日本側と南京政府側の安全保障を得るために、重慶政府側へ、それを文書の形で約束して日本側へ渡すように求めた。

ところが、この一件が、再び交渉を暗礁に乗りあげさせた。

六月二十六日、中国側はあくまでも秘密会談として進めたいので、文書は出せないと返答してきた。安全を保障するのは当然だから、文書の提出は不要としてほしいという。秘密会談で文書を作ってしまうと、会談が不成功となった場合、日本がその情報を外部に暴露《ばくろ》する恐れがある――と考えているようであった。

情報漏洩《ろうえい》の件については、前回の香港会談の際、日本は言い逃れのできない過ちを一度犯していた。絶対に秘密裏に進めてくれと中国側から頼まれていた会談内容が、会談の期間中に、日本側の軍人を経由して上海の中国人記者に洩れたのだ。情報を漏洩させたのは、帝国陸軍の和知鷹二《わちたかじ》大佐であった。これをきっかけに、中国側は日本側に対して、これまで以上に強い疑惑の目を向け始めた。

文書で安全を確保できない以上、より安全な場所を会談の場として選ぶしかない。今井は、会談の開催を長沙ではなく上海とし、まずは、蔣介石の代理人と汪兆銘とが会談を行ってはどうかと提案した。ここで和平への合意を確認できたら、長沙で、蔣介石本人と板垣総参謀長が会談する。二段階に分けて、安全対策としたのである。

ところが中国側へこれを知らせても、またしても長いあいだ反応が途絶えた。このようなとき、中国側は忘れているのでも無視しているのでもないと、前回の予備会談での経験からわかっている。重慶政府内で紛糾が始まったのだ。これればかりは、日本側ではどうにもできない。

じりじりしながら返事を待ち続け、一ヶ月後の七月二十五日、中国側はようやく返事を寄越したが、そこには、さらに厳しい条件が書き連ねられていた。

まず、中国側は日本から希望されている事項に関する文書は出さない。そして、会談を行いたいのであれば、第一次近衛《このえ》声明を正式に取り消すこと。中国側の要人の安全を日本側は保障し、以上すべての件に関して文書化して、中国側へ渡すこと。

これでは日本側は、板垣総参謀長らの安全保障に関する文書を一切受け取れず、逆に、中国側の安全と権利を守る文書を提出しなければならない――。これは日本側の予定を大きく狂わせた。内地では七月二十二日から第二次近衛内閣が発足しており、東條英機《とうじょうひでき》が陸軍大臣に就任していたので、七月末、日本に戻り上京した今井は、事の次第を近衛首相に報告した。近衛は意外にも今井を激励し、なんとか和平交渉を成立させてほしいと望んだ。が、東條陸相の態度は冷ややかだった。和平交渉など無意味だと、反対する意思を明らかにした。

それでも、陸軍中央部と総司令部が、引き続き重慶政府との交渉を強く希望したので、ついに近衛首相と板垣総参謀長が、重慶政府宛てに私信を出すことになった。

ただし、近衛が書いた私信の内容は、中国側の要請に明確に応えてはいなかった。漠然と「和平交渉を行いたい」という意思を伝える、ごく短い内容であった。

板垣総参謀長の私信も、具体的に誰かの安全を保障しておらず、日中の円満和平への援助を約束するもので、これもまた短い文書であった。

八月二十八日、鈴木中佐は香港で章友三と会見した。宋子良が私信を閲覧させてほしいと望んだので、快く、これを見せた。

九月八日、この内容を重慶に知らせてくれた宋子良から、やっと返事が来た。だが、そこには中国側の強い不満が滲んだ言葉が並んでいた。「近衛首相は、こちらが要求した言葉にまったく応じていない。板垣総参謀長との長沙会談についても、全面的に支持しようとする意思が見えない。傍観的態度だ」

今井も鈴木も、南京を拠点に、香港、内地と飛び回り、関係者に会見して交渉を重ねに重ねた。胃がきりきりと痛む作業だった。その努力に反し、どの部署も和平には曖昧な態度しか示さず、自分たちの都合でしか物を言わない。それを束ねて中国側が納得できる対応を編み出すなど、もはや不可能だった。

中国側の交渉者である宋子良までもが、「私は、私財を注ぎ込んでまで活動してきましたが、これ以上の調整はもう無理です」と今井に愚痴をこぼした。

こうなったら、いったん交渉を休止すべきではないだろうかと、今井は思い始めていた。せっかく再開したものを止めるのは忍びないが、いまは、これ以上の進展は望めないだろう。

そこへ、さらに悪い知らせが飛び込んできた。松岡洋右《まつおかようすけ》外相の熱心な働きかけによって、日独伊三国同盟締結の準備が、日本政府内で進められつつあるというのだ。日本がナチス・ドイツと同盟を結べば、これと対立しているアメリカは中国側につき、中国はアメリカからの軍事支援を堂々と受けて抗日路線に戻ってしまう。これは今井たちにとって最悪のケースであり、最も避けたい道であった。支那派遣軍総司令部にとっても受け入れがたく、黒月書記官がピアース公使と交渉する中で、石油開発の話まで出して懸命に退《しりぞ》けようとしていたのも、この流れであった。

九月中旬、宋子良から鈴木に連絡が入った。

重慶政府内の会議で、「満州国の問題」と「日本軍の撤兵と駐兵」に関して日中の合意がなされない限り、長沙会談を見送ると決まったという。さらに数日後、以上二点に関して日本側が譲歩しないなら、和平実現の見込みはないという言葉が、宋子良から伝えられた。

六日後、九月二十七日。

日独伊三国同盟が正式に締結された。

支那派遣軍総司令部は、これと同時に、やむなく桐工作の中止を決定した。

十月一日、内地へ戻り上京した今井は、東條英機陸相から「日中和平工作から完全に手を退《ひ》くように」との厳命を下された。

今井が精魂込めて育ててきた日中和平の花は、この日を最後に虚《むな》しく散った。

終章　散花《ちりばな》

桐《きり》工作が中止となった翌々日、十月三日、一ノ瀬大佐による呼び出しを受けて、スミは、アスター・ハウス・ホテルの一室を訪れた。

一ノ瀬は先に来ていた。

スミは丁寧にお辞儀をした。「このたびは、いろいろとお世話になりました」

「お気づかいなく」一ノ瀬の態度はいつもと変わらなかったが声に張りがなかった。その憔悴《しょうすい》ぶりは、ロシア課の和平工作が頓挫《とんざ》したときの小野寺中佐とそっくりだった。

今井大佐を支援するために、非公式なルートまで作って心血を注いできた一ノ瀬にとって、この結末はあまりにも酷《むご》い。巨頭会談の実施まで合意できていながら、なぜ、あと一歩のところで意見をまとめられなかったのか。中国側にも日本側にも、事情と意地と敵意があったとはいえ、ここまで来ていたのだから、もう少し粘って別の結末も選べたはずだ。

しばらく待っていると、周治も部屋へやってきた。護衛の仕事を終えたいま、上海自然科学研究所の厨房で、また常勤の料理人として働いているという。

周治はスミに訊ねた。「ご主人は、まだ勾留中ですか」

「はい。そろそろ解放されるでしょうが、連絡は何も」

桐工作が中止となったので、拡大派には毅を勾留しておく必要がなくなった。だから戻ってくるはずなのだが――。

一ノ瀬が言った。「先日面会してきたが、とても元気な様子だった。ただ、見えないところで疲労が溜まっているでしょうから、毅さんが無事に出てこられたら、しっかりと養生させてあげて下さい」

顔を見るまでは安心できないが、とりあえず次の段階へは進めるということだ。小野寺工作のときも、工作の中止と共に拘束された仲間たちが帰ってきた。毅も、きっとそうなるだろう。どうか、鄭蘋茹《テンピンルー》さんのような結末を迎えたりしないように――と、スミはそればかりを強く願っていた。

ときどき、悪夢を見るのだ。毅が遺体で戻ってくる夢を。監獄から解放されて街へ出た瞬間、背後から射殺される夢も。憲兵隊本部前の通りへ出たところで車にはねられる夢、鄭蘋茹と同じように撃たれて穴の底へ落ちていく夢。やめて。そんな未来は見たくない。どうか、毅さんを元気なままで私のところへ戻して。それがだめなら時を遡《さかのぼ》らせて、もう一度、和平工作の任務をやり直させて。

周治が、しみじみとした口調で言った。「なんだか、すっかり気が抜けてしまいましたね。

スミさんはどうですか。疲れが出ていませんか」

「確かに気力が湧きません。休んでも疲れがとれないというか、これから何をすればいいのかと」

「毅さんが戻られたら、一度、内地の温泉にでも行かれては」

「温泉なら台湾がいいですね。夫も、そちらのほうが安心できるでしょう」

「台湾か。いいなあ」

「周治さんは、まだ、こちらに残られるんですか」

「はい。いずれは、また大連《だいれん》に戻ろうと思っていますが。あちらに友人がたくさんいるので」

「では、いずれ、お目にかかる機会もなくなるのですね」

「たぶん」

周治はスミをじっと見つめた。とても何かを言いたげな様子だったが、スミは自分からは促さなかった。いま口にしていいのは感謝の言葉だけだ。「周治さんには大変お世話になりました。たくさん助けて頂きました」

「そんなことはない。おれは、もっと長くスミさんを守りたかった」

「じゅうぶんですよ。私は人の縁に恵まれました」

周治は口をつぐみ、上衣の内側から小さな紙袋を取り出した。「これ、餞別《せんべつ》にと思いまして。受け取って頂けませんか」

「なんですか」

「あけてみて下さい。たいしたものではないので」

紙袋の中をのぞいたスミは、思わず頰をほころばせた。真っ赤な唐辛子が何本も入っている。生ではなく、しっかりと乾燥させてある。

「唐辛子には魔除《まよ》けの力があるそうです」周治は言った。「だから、中国ではお守りにもするそうで――。迷信だと笑われるかもしれませんが」

「いいえ、そんなことは」

「宝石で作った唐辛子ならいつまでも壊れませんが、生憎《あいにく》、おれにはそれを買えるほどの金がない。それに、形が残るものはご負担にもなるでしょう。本物の唐辛子なら料理に使えますから、日々のおかずに一本ずつ使って頂いて、全部使い切ったときに、おれのことをすっかり忘れてくれるとありがたいんです」

「私、周治さんとの思い出は、ずっと覚えておくつもりです」

「いや、おれはろくでもない男なので、スミさんの記憶にずっと残るのは恥ずかしい」

スミには、周治が言外に隠している言葉の意味がよくわかった。でも、周治自身が伏せているなら、こちらからも訊ねてはいけないのだ。

紙袋の口を閉じ、スミはそれを手提げ鞄にそっと収めた。「ありがとうございます。大切に使います。料理人の目で選んで下さった唐辛子ですから、とても質の高い品なのでしょう。楽しみです」

「そう言って頂けるとありがたい」

やがて、和平工作に関わった仲間たちが次々と集まってきた。

黒月書記官は杖をつきながら部屋に入ってきた。左脚の治りが遅く、傷を負った部分にまだ違和感があるとぼやいた。心配されていた頭の傷は、黒月から言語能力を奪うほどには至らなかったらしい。だが、大きな傷が残ったそうで、室内でも中折れ帽を脱ごうとしなかった。

森塚は少し老けたように見えた。桐工作の中止と共に、これからは本来の研究業務に戻るのだが、上海自然科学研究所は既に軍の管理下に置かれ、基礎研究を封じられている状態だ。帝国陸海軍を手伝う研究以外は認められないのだという。窮屈な研究所になってしまったが、それでも内地よりはまだ自由だろうと微かに笑った。

費春玲《フェイチュンリン》が部屋に入ってくると、黒月は中折れ帽を少し持ちあげて挨拶した。費春玲は屈託のない笑みを浮かべた。黒月からは謝罪が行われ、ふたりで存分に意見を戦わせたと聞いている。双見にも言いたいことはすべて言い終えている。

病院を訪問したとき、双見は、スミたちが心配したほどには落ち込んでいなかった。費春玲からの追及にも冷静に対応した。ただ、双見とのあいだには、透明な壁に似た何かがうっすらとあるように感じられ、スミたちが直接彼に触れることを拒んでいた。最後までそれを解消できないまま病院をあとにすることになった。

日本人同士でもこれほどまでに断絶するのだから、和平工作が失敗したのも無理はないのかもしれない。中国人に対しても日本人に対しても、政府と軍部の理解は最低と言っていいほどに浅かった。誰が責任者であっても、この和平工作を持ち堪《こた》えるのは難しかっただろう。

夢を見たのは自分の責任だから、いまさら何も言うつもりはない。だが、この点だけは口《くち》惜《お》しくてならなかった。

費春玲の話によると、従承志《ツオンチャンジー》の一家を殺害した犯人がようやく突きとめられ、関係者が制裁を下したという。法律の範囲外で行われたのだろう。その過程は詳しくは語られなかった。従承志はある時点から、雨龍によって家族全員を人質にとられ、76号のスパイとして働いていたらしい。丁默邨《ディンモーツン》暗殺計画を頓挫させるために手を貸したのち、約束通り家族を返してもらったが、直後、家族ごと襲撃されて殺害されたと思われる。

双見は、今日はとうとう姿を現さなかった。周治の話によれば行方知れずとのことだった。退院した直後から、杳《よう》として行方が知れないのだという。拡大派との縁を切るつもりで姿を消したのであれば、もう上海にはいないだろう。

「手紙が一通、上海自然科学研究所に届きました」周治の口調は明るかった。「郵送ではなく、守衛に手渡しで。手紙は、おれ宛てになっていました。いまは探さないでくれという言葉と、五年ぐらいたったら上海でまた会おうと書かれていた。それまで無事でいられたら、江海関《こうかいかん》の前で待っている——と」

溜め息のように費春玲がつぶやいた。「大雑把な約束ね。信じているの?」

「勿論。おれが双見にしてやれることは、それぐらいしかありませんから」

「日時を決めた約束でもないのに」

「五年先まで生きてりゃ、なんらかの形でもう一度連絡が入るでしょう。研究所の厨房から動かず、次の手紙を気長に待ちますよ」

「私も行っていいかな、そのときに」

「当然です。おれは召集されたら戻ってこられないかもしれない。そのときには、費さんが双見に会ってやってほしいんです。手紙が届いたら、森塚さんから、費さんへ連絡が入るようにしておきますから」

「そんなの私に押しつけないでよ。必ず帰ってきて、双見さんと会ってあげて」

「もしもの話です。それに双見だって、上海へ戻れるかどうかわからない。でも、生きてたら必ず誰かが迎えに出てやらなきゃならない。五年たってもまだ情けないことを言っていたら、遠慮なく叱ってやってくれませんか。費さんの言葉なら、きっと双見は真剣に耳を傾ける」

費春玲は周治をじっと見つめていたが、やがて、しっかりとうなずいた。「わかった。でも、なんとしてでも帰ってきて下さい。新居さんが会うのが一番いいんだから」

「はい、なんとかしてみましょう」

黒月が横から口を挟んだ。「雨龍礼士の行方も知れないそうだ。こちらも見当はつかない」

密書の件で失敗した以上、彼もまた上海にはいられなくなっただろう。北四川路《ほくしせんろ》の法律事務所は、いつのまにか閉鎖となっていた。出入りしていた男たちも姿を消した。だが、上海租界の暗闇は、あの手の男たちをすべて呑み込んでも、まだ余裕があるほどに底知れない。

「内地へ戻るはずはないから、大陸のどこかへ流れていったのだろう」と黒月は言った。

「あれは時代の徒花《あだばな》みたいな男だ。こういう時代が続く限り、必ずどこかに寄生して、己の欲望だけを頼りに生きていく。誰にもそれを止められない」

周治が訊ねた。「それは敗北宣言ですか」

「馬鹿を言うな」黒月は冷然と返した。「いまはうまく逃れても、あんな男は、いずれ野垂れ死にするに決まっている。我々が手を下すまでもない」

十月一日付で桐工作が正式に打ち切られたことを、一ノ瀬大佐は、あらためて皆に伝えた。ただ、日本政府は、日中和平工作の機会をまだうかがっているらしい。

森塚が微苦笑を洩らした。「今井大佐があれほど熱心に働いても無理だったのに、他の誰かの手で成功するとは思えませんね」

「気持ちはわかる」と一ノ瀬は言った。「君たちは最大限に力を尽くした。これほどまでに時間と手間をかけた日中和平工作は、今後もう二度と行われないだろう。日本はヒトラーやムッソリーニと手を結ぶ道を選んだ。松岡外相は、ドイツを仲介者とする日中和平工作を画策しているそうだが、中国側には応じる理由などもはやない。中国はアメリカの協力で軍事力をつけ、日本軍を大陸から追い出しにかかるだろう。厳しい戦いになる」

黒月が横から口を挟んだ。「では、私の次の仕事は、日本とアメリカを戦争させないことですね」

「その通りだ」

「実は、ピアース公使から私信を頂いています」

日本がナチス・ドイツと同盟を結んでしまったので、当初の約束通り、アメリカは日中の仲裁から手を退くこととなった。日本政府が黒月とは逆の判断を下したことを、ピアース公使は『とても遺憾に思っている』と伝えてきたという。そして、公使は黒月にこう伝えた。

『満州における日米共同石油開発も白紙に戻さねばならない。心底残念でたまらない。だが、これからも日米間には問題が増えていく。今後は、アメリカと日本の和平のために働いてくれ。君が加わるなら、及ばずながら私も力を貸す――』

「内地へ戻るのか」

「私の一存では決められませんが、指示さえあれば」

「では、よろしく頼む」

「はい。お任せ下さい」

外交官は戦争が始まる前には極力それを回避するために働き、開戦後には、なるべく早く戦争を終わらせ、自国へのダメージを減らすのが務めだ。戦時であってもそうでなくても、常に国益のために奔走している。

黒月の目は楽しそうに輝いていた。大変な仕事だとわかっているはずなのに、もう新たな闘志を燃やし始めている。その激しい炎は、いつか、黒月の人生を食い尽くしてしまうに違いないが、本人としては満足なのだろう。

黒月はスミのほうへ振り返った。「スミさん、私はあなたが通訳の仕事を続けることを切に望みます。和平交渉の場にも、戦争が終わったあとの裁判の場にも、通訳者は絶対に必要です。戦勝国に占領された土地では、なおさら重要な役割を担うでしょう。そこで暮らす人々にとって、通訳者とは、嵐の日でも強い光を放つ、大きな灯台に等しい存在です。どうか通訳の腕を磨き、少しでも悲しい事件を避けられるように力を尽くして下さい」

「私も同じように考えていました」スミは自分から手を伸ばし、黒月と握手を交わした。「和平工作の仕事を通して、通訳者とは、なんと広い世界で闘える存在なのだろうと実感しました。人生を懸ける仕事として相応しい。上海でもっと勉強して、自分にできることを精一杯やります。毅さんも賛成してくれるでしょう。ずっと外地を飛び回ってきた人ですから」

一ノ瀬がスミの名を呼び、封書を一通差し出した。「あなた宛てに伝言が届いています。お収め下さい」

「どなたからですか」

「宋美齢《ソンメイリン》さんからです」

スミは目を見張り、すぐに封書を開いた。流麗な筆づかいで綴《つづ》られた中国語の文字に目を通す。

『花は散ってしまったけれど、花が散らなければ実はつかない。立ち止まっている暇は我々にはありません。

榛子《ジェンズー》は、この先も、ほとんど実らないかもしれません。でも、木が枯れずに花が咲き続けるなら、十年先、百年先でも、いつか必ず、多くの実を収穫できる年がめぐってくるでしょう。それまで粘り強くお待ちなさい。

夫を信じてくれてありがとう。

彼は心の底から、榛子の花を愛《め》でていました。』

末尾には確かに「宋美齢」の名が記されている。だが、何しろ初めて目にする肉筆だ。本物かどうかは見極められない。

また、これが単なる社交辞令なのか、蔣介石の本心を伝えるものなのか、推し量るのは難しかった。

日中和平工作に対する蔣介石の態度は、常に大きく揺れていた。重慶政府は日本よりも立ち回りがうまく、蔣介石は欧米との駆け引きにも長《た》けていた。日本の和平工作は、そのときどきの中国側の事情に振り回されていただけなのかもしれない。

でも、それも、もうどうでもいいことだ。

本格的な戦争が始まり、日中どちらが勝利するにしても——いずれは必ず平和が訪れる。

いや、遥か先の未来においては、日本や中国という名の国すら消え去り、アジアは、予想もつかないような地域に変貌しているかもしれない。

けれども、そこにはいつも平和があってほしい。いまよりも酷い時代など、絶対に来てほしくない。

だから、それまでは。

私たちは花を育て続けるしかない。その花が咲いては散り、咲いては散り、咲いては散っていくばかりだとしても、いつかは実がなると信じて。

笑顔で宋美齢の手紙を読んでいたはずなのに、ふと、悲しみとも悔しさともつかない想いが胸の奥からこみあげてきた。

便箋の文字が微かに滲んだ。

それでもスミは、綴られた言葉の彼方に、咲き誇る花々の姿を確かに見た気がした。

【著者による後記】

今井武夫《いまいたけお》（一九三九年〜四〇年当時は帝国陸軍大佐。最終階級は少将）は実在の人物である。今井が関与した、盧溝橋《ろこうきょう》事件および桐《きり》工作における日中和平工作の成果と過程は、本作においてはすべて史実通りであり、多くの書籍を参考に執筆を行った。ただし、桐工作を支援する「榛《はしばみ》ルート」のエピソードは虚構である。鄭蘋茹《テンピンルー》に関しては、多数の史実と若干の虚構を組み合わせて構成した。また、上海《シャンハイ》自然科学研究所に所属する科学者が、小野寺《おのでら》信《まこと》による日中和平工作を密《ひそ》かに手伝っていたのは実話であり、重慶《じゅうけい》との連絡係であったことを記す文書が残っている。本作に登場する森塚啓《もりづかけい》は、彼をモデルとした架空の人物である。呉思涵《ウースーハン》も架空の人物だが、『上海婦女《シャンハイフーニー》』は実在した雑誌である。同誌は、一九三八年四月に上海の中国人女性たちによって創刊されたが、二年二ヶ月後、日本側の圧力・租界《そかい》当局の検査・国民党当局の圧力によって停刊となった。

参考文献としてとりわけ重要であったのが、今井武夫本人による著作『日中和平工作　回想と証言　1937―1947』（高橋久志、今井貞夫《さだお》・監修／みすず書房／二〇〇九年）であった。この書籍との出会いがなければ、本作『ヘーゼルの密書』は生まれなかっただろう。なお、先の書籍に監修者として名前が記されている今井貞夫は、今井武夫大佐のご子息で、他にも次のような著作に関わっておられる。

・『幻の日中和平工作　軍人　今井武夫の生涯』（今井貞夫・著、高橋久志・監修／中央公論事業出版／二〇〇七年）

・『日中和平工作の記録　今井武夫と汪兆銘・蔣介石』（広中一成・著／今井貞夫・資料提供、執筆〈特集〉／彩流社／二〇一三年）

いずれも、本作執筆のために参考になった書物である。この場を借りて、深く感謝の気持ちをお伝えしたい。これらの書物に出会えたことは、著者にとって、このうえなく大きな幸いであった。

最後に、桐工作中止後の今井武夫の足跡について、少しだけ記しておく。

一九四一年八月、今井は第百四十一連隊の連隊長に任命され、十一月に台湾へ渡り、そこで十二月の太平洋戦争開戦を知った。その後、フィリピンへの出撃命令が出たが、今井が率いる連隊は、日中戦争の影響による兵器不足で、通常の半分以下の装備しか与えられていなかった。日本を出発する前、いくら上に訴えても状況を改善してもらえない状態で、フィリピン戦に突入していったのである。途中、食料の補給もままならず、減食・絶食に苦しみながらの進軍となった。

一九四二年、バターン半島にて、米比軍（アメリカ陸軍・フィリピン軍）との戦闘を継続する中で、四月、日本軍は大量の犠牲者を出しながらもナチブ山、サマット山を占領。今井の連隊はリマイ山を占領し、奈良《なら》兵団長から祝電を受けている。

その直後、今井の元へ、第六十五旅団の高級参謀から電話があり「フィリピンの各部隊は、手元の米比軍捕虜を全員射殺せよ」との命令が下された。大本営命令だという。

このとき、今井のもとには一千人余、日本軍全体では七万人の米比軍捕虜がいた。あまりにも非常識な命令に、今井は機転を利かせて電話口で「本命令は事重大で、普通では考えられない。従って口頭命令では実行しかねるから、改めて正規の筆記命令で伝達せられたい」と応えて受話器を置いた。

軍人が大本営命令に逆らうなど、当時の常識ではあり得ないことだ。今井の側近たちは、「連隊長殿は頭がおかしくなられた」とショックを受けて青褪《あおざ》めたが、当の今井は「電話を切っただけでは危ない」と悟り、筆記命令が届く前に対処すべきだと考えて（筆記命令が届いた時点で捕虜が存在していなければ、命令に従う必要がないので）即座に米比軍捕虜全員を武装解除させた。そして、捕虜たちに向かって「マニラ街道を自由に北進するように」と指示して一斉に解放した。今井はそのまま筆記命令の到着を待ったが、案の定、文書は到着しなかった。口頭だけの非公式な命令だったのである。

この命令は、のちに、大本営命令ではなく、辻政信《つじまさのぶ》参謀が、個人の意思で第六十五旅団に発したものであったと判明した。現地の参謀を通じてすべての部隊へ伝達されたものの、今井と同様におかしいと感じた複数の将校は、命令の実行を躊躇《ちゅうちょ》して保留としたため、捕虜の命を奪わずに済んでいる。だが、中には素直に命令に従い、多数の米比軍捕虜を射殺してしまった部隊もあった。

なお、このように特殊な事情が絡む事件であったため、今井は、軍部からの処罰は一切受けていない。

【主要参考文献一覧】

※末尾の数字は書籍の初版発行年。

『日中和平工作　回想と証言　1937―1947』（今井武夫：著、高橋久志・今井貞夫：監修／みすず書房）2009
『幻の日中和平工作――軍人　今井武夫の生涯』（今井貞夫：著、高橋久志：監修／中央公論事業出版）2007
『日中和平工作の記録　今井武夫と汪兆銘・蔣介石』（広中一成：著、今井貞夫：資料提供・執筆〈特集〉／彩流社）2013
『盧溝橋事件の研究』（秦　郁彦：著／東京大学出版会）1996
『ピース・フィーラー　支那事変和平工作の群像』（戸部良一：著／論創社）1991
『新装版　バルト海のほとりの人びと』（小野寺百合子：著／新評論／初版1998）2016
『上海自然科学研究所　科学者たちの日中戦争』（佐伯　修：著／宝島社）1995
『美貌のスパイ　鄭蘋茹』（柳沢隆行：著／光人社）2010
改版『上海時代　ジャーナリストの回想』上・下（松本重治：著／中公新書／初版1974～75／中公文庫／初版1989）2015

『戦時上海 1937〜45年』(髙綱博文：編／研文出版) 2005
『「国際都市」上海のなかの日本人』(髙綱博文：著／研文出版) 2009
『戦時上海のメディア 文化的ポリティクスの視座から』(髙綱博文・石川照子・竹松良明・大橋毅彦：編／研文出版) 2016
『上海』(殿木圭一：著／岩波新書) 1942
『上海歴史ガイドマップ』(木之内 誠：編著／大修館書店) 1999
『上海の日本人街・虹口 もう一つの長崎』(横山宏章：著／彩流社) 2017
『上海航路の時代 大正・昭和初期の長崎と上海』(岡林隆敏：編著／長崎文献社) 2006
『中国における日系煙草産業 1905―1945』(柴田善雅：著／水曜社) 2013
『経済学者たちの日米開戦 秋丸機関「幻の報告書」の謎を解く』(牧野邦昭：著／新潮選書) 2018
「燃料協会誌」 1961年 40巻 第12号
　揮発油の製造法の進歩(渡辺伊三郎：著／一般社団法人 日本エネルギー学会)
「石油技術協会誌」 2005年5月 70巻 第3号
　満洲における日本の石油探鉱(小松直幹：著／石油技術協会)
「石油・天然ガスレビュー」 2006年1月号 Vol．40 No．1
　戦争と石油(1)〜太平洋戦争編〜 (岩間 敏：著／JOGMEC：独立行政法人 石

油天然ガス・金属鉱物資源機構　石油・天然ガス資源情報）
『日本軍はなぜ満洲大油田を発見できなかったのか』（岩瀬　昇：著／文春新書）２０１６
『大日本帝国の海外鉄道』（小牟田哲彦：著／東京堂出版）２０１５
『日本陸海軍総合事典』（秦　郁彦：編／東京大学出版会）１９９１
『不実な美女か　貞淑な醜女か』（米原万里：著／徳間書店／初版１９９４／新潮文庫／改版１９９７）
『通訳ブースから見る世界』（原　不二子：著／ジャパンタイムズ）２００４
『新編　私も英語が話せなかった』（村松増美：著／日本経済新聞出版）１９９９
『同時通訳者のここだけの話』（関根マイク：著／アルク）２０１９
『蔣介石の外交戦略と日中戦争』（家近亮子：著／岩波書店）２０１２
『中国国民党秘史　苦笑録・八年来の回顧』（陳　公博：著、松本重治：監修、岡田酉次：訳／講談社）１９８０
『中国近現代史①　清朝と近代世界　19世紀』（吉澤誠一郎：著／岩波新書）２０１０
『中国近現代史②　近代国家への模索　１８９４―１９２５』（川島　真：著／岩波新書）２０１０
『中国近現代史③　革命とナショナリズム　１９２５―１９４５』（石川禎浩：著／岩波新書）２０１０

『中国抗日軍事史 1937—1945』（菊池一隆：著／有志舎）2009
『中国人名事典』（日外アソシエーツ：編）1993

【※註】

(1) 日本政府は太平洋戦争開戦前、戦争の勝敗を、国内の機関に命じてシミュレーションさせた。分析結果は明瞭で、結果は「敗戦」であった。この結論を得ていながら、なぜ開戦に至ったのか、その理由については、参考資料に書名をあげた『経済学者たちの日米開戦　秋丸機関「幻の報告書」の謎を解く』に詳しい。また、上海自然科学研究所に所属していた某研究者も、リアルタイムで同じ結論に達している。これについては『上海自然科学研究所　科学者たちの日中戦争』をご参照願いたい。

(2) 盧溝橋事件での発砲については、学術研究における「日本軍の仮設敵側に置かれた軽機関銃による空砲射撃を、本物の攻撃だと誤解した中国軍の兵士が、実弾射撃で応じてしまったものであろう」という説を、本作では採用した。

(3) 鄭蘋茹の「鄭」の発音は、中国の普通語では「ジョン」「ジェン」等であるが、地方によっては「テン」となる。日本国内の文献でも「テン」と記している。

（4）鄭蘋茹の生年については諸説あるが、本作では、一九一四年生まれとする説を採用した。

（5）中国側の交渉担当であった「宋子良」は、戦後、替え玉であったことが判明した。今井は替え玉本人から直接謝罪され、「名を偽っての参加だったが、和平工作自体は本気で行っていた」と打ち明けられたという。

解説

末國善己《すえくによしみ》
（文芸評論家）

特殊能力を持ち天皇家の危機を救う謎の一族「ヒ」を軸に戦国時代から近未来までを描く『産霊山秘録《むすびのやまひろく》』、自衛隊が戦国時代にタイムスリップする『戦国自衛隊』などでSFと歴史小説を融合し、伝奇ロマン、伝奇SFというジャンルを確立した半村良《はんむらりょう》は、五木寛之《いつきひろゆき》との対談「下町キンプラ派の血脈」（「面白半分」一九七三年一一月）の中で、「SF作家というのは歴史好きの人が多いんです」と発言している。

火星を舞台にしたSFミステリ『火星ダーク・バラード』で第四回小松左京《こまつさきょう》賞を受賞してデビューした上田早夕里も、戦前に実在した上海《シャンハイ》自然科学研究所で働き、日中和平交渉に協力している日本人を主人公に歴史小説とSFを結び付けた短編「上海フランス租界祁斉《チジ》路《ロ》三二〇号」（『夢みる葦笛』所収）を発表しており、「歴史好き」の「SF作家」の一人といえるだろう。その後、著者は、上海自然科学研究所の日本人科学者が、致死率九八パーセントで現在の薬では治療できず、戦争で使用されたら未曾有《みぞう》の被害を出す細菌R2v（暗号名キング）を追う『破滅の王』を刊行した。『破滅の王』が「上海フランス租界祁斉路三二〇号」のSFの部分を継承したとするなら、本書『ヘーゼルの密書』は、日中の和平交渉という歴史小説のパートに重点を置いた作品となっている。戦前の上海を舞台にした著者の作品は独立しているので本書から手に取っても問題ないが、併せて読むと世界観やテーマがより深く理解できるだろう。

一九三一年九月、満州事変の発端となる鉄道の爆破（柳条湖《りゅうじょうこ》事件）が発生。日本は占領した中国東北部に満州国《まんしゅうこく》を建国した。中華民国は国際連盟に調査を求め、調査委員会（リットン調査団）が派遣された。調査委員会は、満州は法律的に中国の一部であり、満州国は自発的な独立運動で生まれた国ではないと報告するが、事変前に戻すのは現実的でないとして、満州国における日本の特殊権益を認め、日中に妥協案の締結を提案した。満州国の承認問題は、後の日中和平交渉の重要なポイントになる。

一九三七年七月七日、北京《ペキン》郊外の盧溝橋《ろこうきょう》付近で日中間の軍事衝突が起こる。すぐに日中間で交渉が始まり、現地で停戦が合意された。だが北京付近で軍事衝突が相次ぎ、日本は自衛行動を取るとして北京、天津《てんしん》周辺を制圧した。ここから日本は軍事拡大路線を突き進んだと思われがちだが、船津《ふなつ》工作（一九三七年）、ドイツに和平交渉の仲介を依頼したトラウトマン工作（一九三七年末〜一九三八年初頭）、宇垣《うがき》工作、汪兆銘《おうちょうめい》工作（共に一九三八年）など、何度も和平交渉を持ちかけている。

一九三七年に日本が南京《ナンキン》を占領すると、国民党の蔣介石《しょうかいせき》は重慶《じゅうけい》へ遷都した。国民党の穏健派だった汪兆銘は、徹底抗戦を唱える蔣介石と決別し、日本占領下の南京で新政権の樹立を進め、日本でも戦争の拡大派と早期和平を求める反拡大派がせめぎ合っていった。汪兆銘と和平交渉をしていた今井武夫《いまいたけお》陸軍大佐は、友好的な汪兆銘と並行して、対日強硬派の重慶政権との和平を進めなければ戦争の終結はないと考え、蔣介石と交渉する桐《きり》工作を進めた(延安《えんあん》を中国共産党が治めていたが、日本は反ソ連、反中国共産党の路線では重慶政権と共闘できると考えていた)。

著者は、この史実の中に、上海で桐工作をサポートする榛《はしばみ》(英語ではヘーゼル)なるミッションが行われたとのフィクションを織り込んでいく。汪兆銘派の特務工作機関ジェスフィールド76号の幹部・丁黙邨《ディンモーツン》の暗殺にかかわるなど国民党の諜報活動に従事した実在の女性・鄭蘋茹《テンピンルー》、家庭、育児、文芸、女性解放、時事解説などを掲載した実在の雑誌『上海婦女《シャンハイフーニー》』などが重要な役割で登場するだけに、どこまでが史実でどこからがフィクションなのか判然としないほどのリアリティに驚かされるはずだ。

一九三一年。満州事変の勃発《ぼっぱつ》で上海でも中国人による抗日運動が激化し、日本人は自警団を組織して対抗した。商社勤務の父親を持ち幼い頃から上海と日本で暮らしてきた豊川スミは、中国語、英語が堪能《たんのう》なことから語学学校で中国人の若者に日本語を教えていたが、生徒たちを家に送る途中で、日本人と中国人の争いに巻き込まれ体に消えない傷を負ってしまう。それでも日中の架《か》け橋になりたいと考えるスミは、自分と同じ極秘の任務を行っているらしい貿易商の倉地毅《くらちつよし》と形だけの結婚をし、小野寺信《おのでらまこと》陸軍中佐が進める和平交渉を手伝っていたが、その工作は不調に終わった。

子供の頃に上海でオートバイに乗っている女性を見て歓声を上げたスミが、自分も乗ってみたいと毅に話すエピソードがある。明治時代に日本へ輸入された自転車は、ハイカラな乗り物として注目されるが、高価な西洋の最新文化を享受することへの反発もあって、長く女性が乗るのはタブー視されていた（自転車と女性解放の関係を論じたハナ・ロス『自転車と女たちの世紀　革命は車輪に乗って』を読むと、女性を自転車から遠ざけたのが日本だけではなかったことが分かる）。自転車に乗る女性への偏見がなくなるのは、日中戦争が長引き女性たちが銃後の労働を担うようになった一九三〇年代後半以降である。まだ自転車に乗る女性が偏見を持たれていた子供の頃に、さらにラジカルなオートバイに乗った女性に憧れ、成長して試そうとするスミからは、同調圧力に屈せず、自分が正しいと考えた道を進める強さが見て取れる。

本書には、スミの他にも、祖国のために危険な任務に就く鄭蘋茹、女性の労働環境改善や参政権を求める社会変革運動を唱え、日本人女性との連帯も視野にいれている『上海婦女』の編集者・呉思涵《ウースーハン》ら、第一線で活躍する女性たちが出てくる。日中とも社会は男性優位で、戦時下なので特に男性の発言権が強かった時代に、困難に立ち向かって自分のやるべきことを見つけたスミたちは、ジェンダーギャップ指数が先進国で最下位の現代日本で生きる女性たちにも勇気と希望を与えてくれるのではないか。

榛ルートが始まった頃の上海は、租界を除く地域を日本が占拠した孤島期（一九三七年一一月の国民党軍の撤退から一九四一年一二月の日本の対英米宣戦布告まで）にあった。列強の治外法権に守られていた上海の租界は、戦争の混乱を嫌う投資が増え経済が活性化した。また国民党の検閲がなくなり、抗日、愛国のプロパガンダ雑誌やエログロを前面に出した大衆娯楽誌が比較的、自由に刊行できたようだ。

孤島期の上海には、蔣介石派の特務工作機関である軍事委員会調査統計（軍統）と中央調査統計局（中統）、汪兆銘派の特務工作機関ジェスフィールド76号、和平交渉を潰そうとする拡大派の軍人、憲兵、自警団、大陸浪人などが暗躍しており、血みどろの抗争も起きていた。蔣介石とのパイプを探すスミたちは中国人と会って話をする必要があるので、日中双方の特務機関からスパイと疑われる危険があった。銃や手榴弾《しゆりゆうだん》を平然と使用する軍人や特務機関員が相手だけに、スミたちは会合の場所へ行くにも、自宅に入る時にも注意を怠《おこた》ることができない。指令が届けば本物か贋物か、護衛の軍人や憲兵が拡大派から送り込まれた者か否か、相手側の交渉人が信頼できる人物かを判断するなど神経をすり減らす作業が続くだけに、諜報の最前線に立っているかのような臨場感と緊迫感を味わうことができる。

スミたちのボディーガードを務める新居周治《あらいしゆうじ》は、榛ルートのメンバーを狙う敵組織と派手な立ち回りを演じることもあるので、アクションが好きな読者も楽しめるが、真の敵は武器など使うことなくソフトにスミの仲間を切り崩していく。上海のように様々な国の人たちが生活している都市では、開戦と同時に昨日までの隣人が敵味方に分かれてしまう。街で身内を殺した敵国の人間を見かければ罵声の一つも浴びせたくなるし、殴ってやろうと思うかもしれない。それを被害者と同じ国の人間が見たら、加害者は酷い、そんな加害者がいるような国には戦争で勝たなくてはいけないといった負のループに陥る危険性がある。榛ルートへの妨害は、個人的な感情のすれ違いを国家レベルにまで押し上げ、自国を愛する心と敵国への憎悪を煽《あお》る巧妙な方法で行われる。誰もが自分が生まれ育った国に愛着はあるし、自国を貶《おとし》める人間に憎しみを抱いてもおかしくない。敵は反論が難しいロジックで榛ルートのメンバーの一人を寝返らせるが、そこで使われる、日本は間違いのない素晴らしい国で、ある国の人間は残酷で愚かといった根拠のない言葉は、現代のネットにあふれるヘイトスピーチと同じである。敵の甘言《かんげん》に惑《まど》わされない榛ルートのメンバーは、真の愛国心とは何か、真の多文化共生とは何かを教えてくれるのである。

ただ諜報戦に勝《まさ》るとも劣らないサスペンスがあるのが、交渉の現場で交わされる言葉による戦いである。在北京日本大使館一等書記官の黒月敬次《くろづきたかつぐ》は、アメリカから和平の協力を得るため、駐日アメリカ公使のエドマンド・ピアースと会談する。黒月は、満州の地下に眠る資源の日米共同開発を持ちかけて、アメリカを自陣に引き入れようとする。だが、この時期は日米関係も緊迫していて、アメリカに渡す分だけ日本が手にする資源が減れば反対派が騒ぎ出し、日米開戦に発展するかもしれない。アメリカは日本に地下資源を開発する高度な能力がないと知っており、技術提供の代わりにより多くの配分を求めるなど会話だけなのに思わず引き込まれる緊張感がある。妥協点は探りたいが国益を損《そこ》なってまで譲歩はできず、利害関係がある第三国の動向も踏まえて次の一手を繰り出すところでは、〝外交が血を流さない戦争〟といわれる理由がよく分かるのではないか。

　黒月とピアース、あるいは蒋介石派の要人たちとの交渉を読むと、二〇二二年二月に始まったロシアによるウクライナ侵攻でも、二〇二三年一〇月のハマスによる奇襲攻撃と、それに対するイスラエルの報復攻撃でも、早い段階で停戦、和平の交渉、もしくは交渉を仲介する国が出ているが、なかなか合意しない理由も見えてくる。交渉の当事者がこの辺りが法的、論理的な落とし所だと判断しても、各国には国民感情があり、そこを納得させないと和平の締結は難しい。それは日露戦争後の講和条約（ポーツマス条約）の内容に怒った日本の群集が、日比谷《ひびや》焼打事件などの暴動を起こした歴史からもうかがえる。リットン調査団の報告書による提言を受け入れる、名を捨てて実を取るしたたかな外交戦略が日本にあれば、その後の中国、英米との関係は変わっていたかもしれない。だが政府は満州国の承認を譲れず、世論は多くの血を流して満州を手に入れた歴史を忘れておらず、日本は国際連盟を脱退し孤立化を深めた。日中和平交渉を題材にした本書は、戦争は一発の銃声で簡単に始まるが、それを終わらせるためにどれほどの労力が必要かを明らかにすることで、戦争の愚かさを示しているのである。

　外国語を学んでいくと、その国の政治、歴史、文化に興味を持つようになる。中国語と英語を習得しているスミは、当然ながら中国、英米の事情に通じていて、その立場から日中が和平を締結し、英米との開戦を避けるために奔走《ほんそう》する。子供の頃に中華街の大衆料理店で食べた中華料理に魅了された周治は、本場で中華料理を学びたいと考え肉体労働で金を貯め大《だい》連《れん》に渡った。中国語が満足に話せなかった周治は、先輩たちから料理と言葉を学び、料理の腕一本で中国各地を渡り歩くことで中国という国と人を理解していった。この二人が最後まで和平交渉に希望を繋ぐ展開は、国情も国民性も違う国が相互理解するためには、学習したり、実際に現地に足を運んだりするのが近道になると気付かせてくれる。現代日本のパスポートはビザなしで渡航できる国が多く、〝世界最強〟の一つとされる。だがパスポートを持つ日本人は二〇パーセントに満たず、内向き志向が強い。このような時代だからこそ、海外で生活し国際感覚を磨いているが小さな個人でしかないスミたちが、国と国との相互不信を乗り越えさせ、友好関係を築くサポートをする本書が書かれた意義は大きいのである。

　著者は、成功を夢見て一九三四年の上海に渡った日本人の青年が裏社会に踏み入る上海ものの長編三作目『上海灯蛾』を発表しているので、是非とも読んで欲しい。

※小説『ヘーゼルの密書』は、多くの資料を参考に執筆していますが、フィクションです。実在する人物・団体・地名・その他の要素とは一切関係はありません。なお、小説作品内での記述に間違いが発見された場合、その責任は各文献の執筆者ではなく、小説の著者である上田にあります。また、今日の人権意識に照らして不当・不適切と思われる語句や表現については、時代背景を鑑み、当時のままの記述を使用しています。

初出　「小説宝石」二〇一九年五月号〜二〇二〇年八・九月合併号に掲載

二〇二一年一月　光文社刊

光文社文庫

ヘーゼルの密《みつ》書《しょ》

著者　上《うえ》田《だ》早《さ》夕《ゆ》里《り》

2024年1月20日　初版1刷発行

発行者　三宅貴久
印刷　萩原印刷
製本　ナショナル製本

発行所　株式会社　光文社
〒112-8011　東京都文京区音羽1-16-6
電話（03）5395-8147　編集部
8116　書籍販売部
8125　業務部

ISBN978-4-334-10184-8　Printed in Japan

組版　萩原印刷